运河之春

叶敬之 ◎ 著

团结出版社
UNITY PRESS

图书在版编目（CIP）数据

运河之春 / 叶敬之著. -- 北京：团结出版社，
2023.5
ISBN 978-7-5234-0055-5

Ⅰ．①运… Ⅱ．①叶… Ⅲ．①长篇小说-中国-当代
Ⅳ．①I247.5

中国国家版本馆 CIP 数据核字（2023）第 041382 号

出　　版：	团结出版社
	（北京市东城区东皇城根南街 84 号　邮编：100006）
电　　话：	（010）65228880　65244790
网　　址：	www.tjpress.com
E － mail：	65244790@163.com
经　　销：	全国新华书店
印　　刷：	成都兴怡包装装潢有限公司
开　　本：	145mm×210mm　　1/32
印　　张：	11.5
字　　数：	200 千字
版　　次：	2023 年 5 月第 1 版
印　　次：	2023 年 5 月第 1 次印刷
书　　号：	ISBN 978-7-5234-0055-5
定　　价：	62.00 元

序　言

　　泗阳县老科技工作者协会成立于 2007 年 10 月。15 年来，县老科协队伍不断壮大。先后成立了 21 个分会，覆盖教育、卫生、城建、农业、工业等各行业，现有会员 786 人。老科协队伍里，既有从政多年、基层工作经验丰富的领导干部，也有长期奋斗在农业战线、作出突出贡献的农业科技人员；既有描绘工业蓝图、致力于科技创新的工程师，也有因材施教、精心育人的辛勤园丁。可谓群贤毕至，人才济济。

　　15 年来，泗阳县老科协取得了骄人成绩。2020 年和 2021 年连续两年获得省老科协特色工作奖荣誉称号；2021 年度有两个科技示范基地被省老科协命名，四个科技示范基地被市老科协命名；被省市县老科协表彰奖励的会员达 167 人次。编辑出版的《泗阳老科协》杂志，每年 6 期，迄今已经出版了 60 期，为县委、县政府谋划全局提供了重要参考；县老科协举办的"庆祝中国共产党一百周年诞辰书画展"，受到江苏省老科协副会长、宿迁市老科协会长陈学平，江苏省老科协秘书长刘献理的高度赞扬；老科协与县公安局、司法局、教育局共同举办的"携手共创平安校园安全法规报告会"，受到全县广大师生的热烈欢迎；乡村振兴分会编著出版的《新四军独立旅》、黄圩分会编著出版的

《黄圩记忆》（一）（二）产生了广泛影响；还有多名会员因为贡献突出，其事迹被各级媒体报道、转载。

然而，用文学的手法来反映我们泗阳县老科协工作、生活、业绩的，《运河之春》是首创之作。这是一部长篇小说；主人公吕忠华，原先当过副乡长、乡长、镇长、镇党委书记、县局局长，退休以后一段时间无所事事，后来应邀到老科协发挥余热。老科协响应县委、县政府号召，联合县公检法司和教育部门，开展"青少年违法犯罪预防工程"，聘请退休老党员、老干部，深入社区，帮扶、转化不良少年。吕忠华接下这项工作以后，认真学习，掌握技能，全力以赴，兢兢业业，做出了很大成绩。工作当中，他遭到转化对象冷遇，被转化对象家长怀疑过、为难过、欺侮过、诬陷过。甚至家人也不理解他的工作，怀疑他，阻拦他，老伴在不明真相的情况下跟他闹起了离婚。但是，吕忠华怀着一颗中国共产党党员的初心，牢记普通共产党员的使命，毫不畏惧，坚持不懈，敢于斗争，善于斗争，克服了诸多困难，终于迎来了胜利的曙光。

作者叶敬之，是我们泗阳老科协黄圩分会副会长，也是两本《黄圩记忆》的主编。他长期从事教育工作，对家庭教育、后进生转化颇为用心，业余时间爱好文学创作。二十余万字的《运河之春》，虽然是他只用了四个月的时间创作出来的，但绝不是一蹴而就，而是源于他多年的生活、创作的积累。为此，我向叶敬之同志表示衷心的祝贺。也希望每一位老科协会员都能发挥各自的特长，努力为泗阳建成千里运河最美县贡献力量。

宿迁市老科技工作者协会副会长
泗阳县老科技工作者协会会长　　王　民

二〇二二年七月

长篇小说《运河之春》

故事情节简介

　　运河县老党员、老干部吕忠华，退休前是县里的科级干部。退休后，他像其他退休老人一样，每天跳跳广场舞，打打扑克牌，买菜做饭。跟别人不同的是，他没有孙儿孙女可带，因为他的女儿吕丽婷是大龄女青年，快三十岁了还没有结婚。

　　吕忠华住在县城运河小区。他关怀小区里的流浪猫，经常给它们喂食。可是有一天，他发现一只没满月的小猫不见了，查了监控也不知是谁。下午，他看见一群小孩子围在一起，原来他们在观看一只死去的小猫，而杀死这只小猫的就是季宇航。吕忠华很生气，责令季宇航把小猫安葬了。

　　季宇航从此对吕忠华怀恨在心。他派人将一把旧菜刀丢到吕忠华家门口。吕忠华报警，通过调查，证实是季宇航指示他的小兄弟韩俊凯所为。警察对季宇航给予训诫。

　　此时，县里召开预防未成年人犯罪工作推进会，县委书记、县长都参加了，县委书记就这个问题作了长篇讲话。会后，有关单位落实会议精神，公检法、教育局、老科协经过研究，决定互相协作，打立体防御战，由老科协牵头，成立青少年违法犯罪预防工程办公室，简称"少防办"，开展源头教育、救助帮扶工作，实施青少年违法犯罪预防工程。吕忠华被聘为运河小区联络员，负责转化三个孩子。

老科协李会长为了振作他们的精神，带领他们重温入党誓词，回忆入党经过。吕忠华深刻反思，觉得自己退休以后失去了方向，忘却了初心，决心从头开始，退休不退志。

吕忠华主动联络季宇航，从而了解了季宇航的成长过程。原来，季宇航父亲季广发、母亲方小玲，在外地打工相识。季宇航出生以后，父母继续外出打工，就把季宇航丢给了她奶奶楚绍红带。楚绍红对这唯一的孙子十分疼爱，有求必应，使他养成了自以为是、目空一切的性格，好吃懒做、不爱学习的脾性。季广发、方小玲后来回乡发展，跟儿子朝夕相处，对儿子的不满越来越多，互相之间冲突越来越激烈，从而导致季宇航成为不良少年。

吕忠华到季宇航家里家访，发现楚绍红竟然是自己的初恋。原来，吕忠华跟楚绍红同乡，楚绍红父亲是大队书记。吕忠华高中毕业以后回乡劳动，跟楚绍红相恋。楚绍红父亲嫌弃吕家孤门独姓，且太过贫困，所以不同意这门亲事。同时，压制吕忠华，不让他入党，不推荐他上大学。楚绍红也在她父亲的谋划下，嫁给县城的一个工人，自己也到工厂上班了。吕忠华父亲感到在此没有出头之日，就找了自己堂兄弟，把全家迁移到了外地。吕忠华后来考上大学，分配到运河县工作，却没有回过他生活了十几年的小村子。

吕忠华过上了另一种生活。本来风平浪静，可是他老伴蒋桂英不满意了。回到家里吃不到及时饭不说，她还听人传言，吕忠华跟一个老太太来往密切。蒋桂英将信将疑，私下里偷偷摸清了楚绍红的情况，得知是吕忠华当年的初恋，不由得醋性大发，坚决要求吕忠华放弃季宇航，断绝跟楚绍红来往。吕忠华没有听从，同时积极做老伴思想工作。老伴大怒，和女儿谋划折腾吕忠华，还到法院起诉，要跟吕忠华离婚。

　　吕忠华的工作对象还有一个女孩，叫作杜伊雪。杜伊雪父亲杜永安是个酒鬼，又好吃懒做，母亲潘克兰跟他离婚，杜伊雪判给母亲。杜永安对潘克兰恨之入骨，经常喝醉酒去纠缠潘克兰。潘克兰对女儿杜伊雪要求非常高，控制非常严格，不给她留一点空间，导致杜伊雪很反叛。吕忠华对杜伊雪实行帮教。他首先去找杜永安，劝他为女儿考虑，不要再去前妻那里骚扰她们。杜永安不从，扬言宁可自己对不起别人，也不能让别人对不起自己。杜永安还报复吕忠华，吕忠华让自己的外甥镇住了他。杜永安派人干扰女儿的学习，吕忠华也及时发现，予以制止。吕忠华要求潘克兰改变教育子女的方式。

　　韩俊凯家庭经济条件较好。由于是早产儿，母亲田文菊认为他不够聪明，给自己丢脸。她怀疑他有病，给他吃药；为了教育他，总是拿别人的孩子的优点跟他的缺点比，结果，反而使得韩俊凯变得更加不堪。吕忠华指出田文菊教育方法有问题，遭到她的抵制。后来，经过田文菊母亲的巧妙斡旋，田文菊才接受吕忠华的指导，一步步改变了韩俊凯。

　　在工作当中，吕忠华曾经有过徘徊，有过撂挑子的想法，都在李会长的引导和感召下，重新振作精神，继续奉献。最后，季宇航借助篮球显出了优势，回归了自我；杜永安成功戒了酒，与老婆孩子重归于好，杜伊雪也振作了精神；韩俊凯凭借无人机证明了自己，找回了自信。蒋桂英认识到自己的偏激和小心眼，与吕忠华和解，跟楚绍红也友好相处。

中考前夕，运河县初三举行篮球比赛、无人机表演赛，目的就是给季宇航、韩俊凯、杜伊雪等一些孩子鼓劲。随着无人机的起飞，航拍镜头里尽显运河县运河两岸的美好风光。

目录

CONTENTS

第一章　退休干部猫做伴　　　　　　/ 001

第二章　不是冤家不聚头　　　　　　/ 011

第三章　菜刀砸了防盗门　　　　　　/ 017

第四章　原来如此季宇航　　　　　　/ 029

第五章　想起当年入党时　　　　　　/ 038

第六章　俩人相见都发呆　　　　　　/ 048

第七章　父母家暴季宇航　　　　　　/ 059

第八章　女工家里有炸弹　　　　　　/ 066

第九章　家庭噩梦难醒来　　　　　　/ 075

第十章　板栗园中忆往事　　　　　　/ 082

第十一章　家教三招试试瞧　　　　　/ 094

第十二章　半夜园中一女孩　　　　　/ 103

第十三章　忠华选婿被拦阻　　　　　/ 117

第十四章　她让儿子生了病　　　　　/ 120

第十五章　直言惹怒田文菊　　　　　/ 128

第十六章　一张照片起纠纷　　　　　/ 135

第十七章　会上纷纷诉苦情　　　　　/ 141

第十八章　忠华被人赶出门　　　　　/ 145

第十九章　想撂挑子没撂成　　　　　　　／　150

第二十章　T字击垮杜伊雪　　　　　　　／　155

第二十一章　老太智慧出妙招　　　　　　／　164

第二十二章　搞清真相丽婷愧　　　　　　／　175

第二十三章　忠华把脉季宇航　　　　　　／　179

第二十四章　永安教训吕忠华　　　　　　／　188

第二十五章　交流小本用起来　　　　　　／　198

第二十六章　"五二〇"里没谈爱　　　　／　206

第二十七章　吕家夫妇起烽烟　　　　　　／　213

第二十八章　会见厅里遭误解　　　　　　／　220

第二十九章　宇航俊凯被捉弄　　　　　　／　225

第三十章　笔端写出真心话　　　　　　　／　232

第三十一章　俊凯决胜无人机　　　　　　／　239

第三十二章　永安眼前断红砖　　　　　　／　247

第三十三章　甩出篮球当武器　　　　　　／　259

第三十四章　现场采访陷窘境　　　　　　／　265

第三十五章　寻常告别似永别　　　　　　／　274

第三十六章　桂英心里很纠结　　　　　　／　281

第三十七章　一闹二作三离婚　　　　　　／　287

第三十八章　倒吕计划全解析　　　　　　／　290

第三十九章　丽婷下乡侦察记　　　　　　／　295

第四十章　阚主任对抗蒙羞　　　　　　　／　304

第四十一章　忠华出轨有证据　　　　　　／　315

第四十二章　永安饮酒现异常　　　　　　／　322

第四十三章　蒋桂英离家出走　　　　　　／　330

第四十四章　法庭调解离婚案　　　　　　／　335

尾　声　　　　　　　　　　　　　　　　／　345

第一章　退休干部猫做伴

　　吕忠华清清楚楚地记得他退休的日子：腊月二十四。看到人社局签发的表格上的这个日期，吕忠华不由得苦笑两声。唉，小时候，每到这一天晚上，父母都要带着他们兄弟姐妹，在锅灶前面贴灶老爷像，给他磕头，烧纸，敬酒，敬麦芽糖，说是送灶老爷上天，让他跟玉皇大帝多说好话，保佑下界平民百姓。如今，他从单位退休了，偏偏赶上这一天，难不成他也是灶老爷，被人送走了？灶老爷上天说好话；他回归家庭，就只能吃了睡，睡了吃，跟一头猪差不多啦。

　　看到比他先退休的人，都到儿子、闺女那里带孙男娣女，吕忠华真是"羡慕嫉妒恨"呀。虽然那些人常常在他面前叫苦："唉，老了老了，还要给儿女当牛做马！"他也不由得生出阵阵醋意。再苦再累，毕竟他们的儿子、女儿有了归宿；而他的千金吕丽婷，虽然生得如花似玉，读书十九年，斩获二十个"园花""校花"的桂冠（其中一个，是她在实习学校获得的），却至今待字闺中。因此，他就是想当牛，想做马，也没有那个机会！不做猪，做什么？

　　可是，想做猪，却又力不从心。瞧人家那长喙将军，进了猪圈，倒地即睡；主人喂食，千呼万唤始出来，吃完又去梦周公。

而吕忠华呢？半夜三更，数了几百次羊，才迷迷糊糊闭目而眠；不到天亮，耳边哪怕一声蚊子叫，他就一把将周公推了个屁股蹲，从几千年前回到了当下。脑子还停留在梦境里，睁大眼睛四处张望，以为到了一个陌生的世界。待到看见一堆熟悉的花白乱发，乱发下面那一道道沟壑，才知道自己是躺在老伴蒋桂英身边。

日子一天天过去，吕忠华终于适应了退休后的生活。

首先，他把留有自己痕迹的辉煌，全都珍藏起来。以前，什么奖状、奖杯、证书，都放在显眼的地方；省一级的打开，放在玻璃酒柜；酒柜在门边，外人进屋，第一眼就能看见。其他的合起来，放在书柜顶端没有门那一格，一溜中国红，非常醒目。如今，把它们全部撤下，放进书柜有门的一格，从今往后，谁都不让看到了！

可是，当他看到党员徽章时，犹豫了一下。入党三十多年了，自己所作所为对得起这个徽章。可是如今退休了，将来，除参加社区党员大会，还有什么时候、什么地方再用得着徽章呢？他想了想，终于把徽章放进了书柜一个方盒里。

其次，他想尽力过一种跟猪不同的生活；那就是除了吃和睡，他也培养了一些兴趣爱好。

他到市民广场，跟一群老头老太跳广场舞。领头的是一个长期在新疆生活的老头，主动担任大家的舞蹈教师，教大家扬眉动目、晃头移颈、拍掌弹指。吕忠华学了一个半月，终于把最难的动作移颈学会了——而其他很多老头只会晃头！这使他很是自豪，觉得自己是块跳舞的料子，年轻时候不念舞蹈学校可惜了。他还进一步想，如果他当年考舞蹈学校，会娶一个什么样的老婆呢？他想啊想啊，想来想去，还是眼面前这个，一脑袋花白头发，一脑门沟壑的老太婆。这使他非常丧气，觉得自己真缺乏想象力。

他还学会了掼蛋——起源于淮安，流行于华东的一种扑克牌打法。每天吃过早饭，他就像青春期的公猫寻找母猫一样，到处寻觅掼蛋的人堆。逢到人家"三缺一"他就凑上去，凑不上就"看二行"，在边上为人喝彩。不过他的水平很臭，每次一盘打完，对方总忍不住说他几句："哎呀，我那次'三带两'你压它干什么嘛，你不压，我就第一个走了。"此时，吕忠华就嘿嘿笑着，摸着后脑勺为自己解释："我家正巧也有个'三带两'嘛。"

除了跳广场舞和打掼蛋，吕忠华还跟小区里的几只流浪猫交上了朋友。

吕忠华住在运河小区，小区里有不少绿植，黄杨、海桐、法青什么的，十几种呢。它们虽然比人矮了一截，一年四季却显得比人还高兴，每天都鼓着绿色的大肚子，摇晃着，窸窸窣窣的，不知因为什么而得意。它们扎根的地方，即使太阳正午的时候也黑黝黝的；你就是凑近了看，也不知道下面隐藏着什么秘密。冷不丁，从里面窜出一只猫来，吓得你几乎灵魂出窍，好半天才能回过神来。别人被吓了之后，也许就算了，以后离绿植远一点；可吕忠华却恨上了那些猫。每当在小区里见到它们，都要放粗嗓子吼一声："吓！"把那些猫吓得，箭一般飞进绿植里。

吕忠华吓唬猫，源于他不喜欢猫。有人自小不喜欢猫，有人老大不小了才不喜欢猫。吕忠华属于后一种。老伴蒋桂英不爱猫，说猫顽皮，爬上跳下的，没个正形；还说猫虚伪，解个大便还用泥土盖起来，盖什么盖啊？随地大小便，盖住就成君子了？在老伴的影响下，吕忠华渐渐疏远了猫，竟至于对猫产生敌意了——当然，这种敌意，并不是把猫置于死地而后快，而是像小孩子玩的恶作剧，通过对猫的恐吓得到乐趣。

有一次很不巧，他"吓"了一声之后，猫不见了。吕忠华转过身子，因为笑而翘起的嘴角还没有恢复到原位，却发现女儿在不远的地方，抱着胳膊在看他。女儿也在笑；但是很明显，女儿的笑不那么善意；虽然也翘起了嘴角，但是写在脸上的分明是这几个字："跟猫一般见识，是不是返老还童了？"

吕忠华赶忙解释："这些流浪猫太可恨了，时不时从暗处钻出来。大人还无所谓，小朋友可经不住吓唬的。"

女儿放下了胳膊说："爸，你跟我解释什么呢？整天无所事事，每天跟猫打几次世界大战，不是好歹有个乐趣吗？告诉我，你什么时候把它们赶尽杀绝呀？"

"不是，我就是怕它们吓唬小区里的孩子……"

"小区里的孩子，难道他们不想被它们吓唬吗？"

女儿说完，紧走几步，把后脑勺留给了吕忠华。

吕忠华有点懊丧。他知道女儿喜欢猫。小时候，女儿曾经从别人家里抱过一只猫回来。那一段时间，家里到处是猫毛，沙发也被抓得坑坑洼洼的。她妈妈嫌脏，嫌闹，把猫养到半大就送人了。女儿为此还抹了眼泪，好几天不高兴。

说来奇怪，当天夜里吕忠华就做了个梦。梦见自己的老母亲乘着一朵彩云，飘飘荡荡地从天上落下来，落在了农村老屋的院子里。老母亲拄着拐杖，穿着老式的棉布衣服，右衽立领，布襻纽扣，肩膀上还打着补丁，颤颤巍巍地对吕忠华说："忠华呀，听孙女说你对流浪猫不好啊。你不想想你小时候，我们家的猫可是对你很好的呀。你被子薄，夜里冷，猫就钻被窝里给你暖身子；家里买了鱼，都是你吃鱼肉，猫吃鱼头鱼尾和刺啊……"

母亲说着一挥拐杖，驾起彩云就往天上走了。没走多远，彩云骤然变黑，稀里哗啦落下一阵大雨，把吕忠华浇成了落汤鸡。吕忠华猛然惊醒了。他回想着刚才的梦，感到奇怪。老母亲走的时候，给她穿的是绸缎衣服，怎么变成棉布衣服了？给她扎了些轿车、别墅烧了，怎么回来没有坐轿车呢？莫不是阴间驾驶员人工费太高吧……

吃早饭的时候，他把夜里的梦跟老伴和女儿说了。

"尽瞎编！退休以后没事干，学会编故事了！"蒋桂英瞥了他一眼。

"爸，我可没向奶奶告状啊。她那边的人我一个都不认识！你说，我认识谁？阎王老爷还是黑白无常？"

"共产党员呢，还相信迷信！喊！"蒋桂英又跟了一句。

"那你说说，我怎么就做了这个梦，还梦见她跟我说猫的事情呢？"

吕丽婷拿筷子敲了敲菜盘。

"你们，唉，年纪不老，思想僵化，不懂科学，回头是岸。我给你们普及一下心理学啊。妈，不要光顾着低头吃饭，看着我！"

"唉，后悔让你当老师。"蒋桂英嘀咕道，抬起头。

"我爸这个梦啊，怎么能说是瞎编的，是迷信呢？古人说，日有所思，夜有所梦。是不是呀？"

"可是我白天并没有想到这些呀，也没想到过你奶奶，尤其是没有把猫和你奶奶联系起来想过。"

"你能保证，你的潜意识里面没有想吗？妈，你不知道，昨天我爸跟猫杠上了，我爸仗着自己人高马大，竟然对一只可怜的小猫咪下毒手，恶狠狠地说：'吓！'那小猫被吓得呀，估计回去要到精神病院住上几个月了……"

"你这闺女怎么这样说话呢？我不过就是跟猫打了声招呼，猫胆子小嘛就跑了……"

吕丽婷不理他，自顾自说下去。

"我爸跟猫干架，偏巧被我看见了。自己觉得不好意思。他不是没有想到奶奶吗？但是小时候关于奶奶的事情，尤其是奶奶养猫的事情——你能说，奶奶没在你小时候养过猫？这个藏在他的潜意识里面，这时发挥了作用，睡梦当中就跟白天的事情交集起来，怎么能不发生'化学'变化？于是，就出现了奶奶骂他的梦境……"

吕丽婷接着搬出了两个新名词：制约刺激物和非制约刺激物。她说，从前有个心理学家做实验：让一个男婴看一些老鼠、兔子、狗等玩具，男婴没有什么反应；后来，每当小男孩看到玩具的时候，实验者都用铁锤敲击铁器，发出刺耳的声音，男婴就表现出不安的神情，有时候还哭起来。此后，哪怕只让小男孩看老鼠、兔子、狗等玩具，没有铁器敲击声，小男孩也会不安。

"在这个实验里，老鼠、兔子、狗等玩具就是制约刺激物，铁器发出的声音是非制约刺激物。奶奶以前养猫，猫不就是制约刺激物么？如果奶奶养的猫发生过什么悲剧，那就是非制约刺激物，懂吗？为了避免自己不愉快，你就尽量回避关于猫的一切回忆；如果生活当中遇到猫，你也会想办法让它离自己远远的，我说得不对吗？当然，如果你能妥善处理制约刺激物和非制约刺激物的话，事情就可能往相反的方面转化，你会妥善处理吗？"女儿说。

吕忠华不满意女儿的解释，可是又想不出什么话来反驳他。倒是女儿的话让他想起小时候来。

母亲爱猫那是真的，她把猫当作自己的孩子。每次吃饭，猫都享有在桌子上端坐的特权，甚至可以趁人不注意，把碗里的菜咬上一口，放在桌子上慢慢享用。夜里睡觉，猫想钻谁的被窝就钻谁的被窝。猫钻被窝往往在半夜，它知道人们都睡了，所以钻之前都给主人发个信号，那就是打呼噜，上颚发出颤音，直到钻进被窝里才停下。如果主人一直听不见，猫就伸出爪子，轻轻拍打主人的脸，直到把主人拍醒。有一次，母亲养的一只花母猫，咬死了邻居一只小炕鸡。邻居不跟母亲说，却趁吕忠华家里没有人，把母猫和四只出生不久的小猫都打死了。母亲非常伤心，流着眼泪跟邻居吵了一架，哽咽着把母猫一家五口埋葬了。

忽然，他觉得脸上冰凉的，用手一摸，啊，原来是眼泪。他流眼泪了。除了小时候，再就是父母亲去世流过眼泪；从那时到现在，他都十几年没有流眼泪了。可是今天，眼泪不由自主地流下来了。韩愈写的古诗里说，"白头老母遮门啼"，是啊，有谁想起母亲受过的委屈而不流眼泪的呢？

自从唤醒了母亲和猫的记忆，吕忠华感觉到，自己对猫的态度，发生了一百八十度大转弯。以前看见猫，那一声"吓"就好像堵在嗓子里的痰液，不吐不畅快；而今看见猫，那一声"吓"变成了一连串的"咪"——"咪咪咪咪"，吕忠华总是主动跟猫儿打招呼。

吕忠华忽然想起女儿的话来，不由得暗自点了点头。

"几年大学没白念……"他笑了。看来，自己对猫的心理感应往好的方面转化了。以前怕猫、远离猫；现在心结解开了，恢复了对猫的感情，就像母亲那样亲猫、爱猫了……

可是猫儿们并不知道吕忠华的改变，它们还记着当初的恐惧。一听到"咪咪咪咪"，就好像听到了"滴滴答答"的进军号，而自己就像残兵败将，仍旧"哧溜"一下，消失在绿植下面。吕忠华只好耸耸肩，笑笑，自言自语地说："这些小崽子，还记仇!"

不久，它们当中的一只猫怀孕了。这是吕忠华最感到亲切的一只猫，因为它的毛色呈黄、灰、白三种，每一种颜色都有若干个圆形，在猫的身体上自由地组合，跟母亲当年那只被邻居打死的猫一模一样。当地风俗，人们给狗起名，什么小黄、小黑，却不给猫取名。但是吕忠华决定给这只猫起个名字，他叫它"念亲"——怀念母亲。

由于行动不便，当吕忠华呼唤的时候，念亲并没有立即跑开，而是做出逃跑的姿势，扬起头来，警惕地盯着吕忠华。吕忠华买了几袋火腿肠，每袋十根，准备喂它。可是，当吕忠华试图靠近它的时候，念亲却小跑着，钻进绿植底下去了。

吕忠华就在它进入绿植的地方，放下一根切成几截的火腿肠，退到十几米开外，守望着。过了几分钟，念亲抵不住肉香的诱惑，探出头来，四下里看看，见附近无人，就叼起一截，退回去。过一会儿又出来叼一截。几分钟的工夫，念亲吃完了几截火腿肠。

从此以后，吕忠华每天喂念亲火腿肠，或者家里吃剩的鱼、肉、鸡什么的。一大早，天刚蒙蒙亮，吕忠华兜里揣着猫食，就下了楼。从东门到西门，半路上，一字儿排开的垃圾桶旁边，念亲就准时等在那里了。远远看见吕忠华身影，念亲就叫道："喵!喵!"吕忠华看看周围没人，就跟猫对话："饿了么？这就给你吃啊。吃饱了肚子，身体结实，生几个大胖小子——哦，不不不，为了你们猫氏家族兴旺，还是多生几个女儿吧。"说着，把折成几段的火腿肠放在地上，自己远远地走开。否则，念亲不来吃。吕忠华奇怪，为什么自己对念亲那么好，念亲却总是防着他呢？

他想起了女儿曾经说过的话。说是一本叫《发现母亲》的书里讲，动物都有个"敏感期"，在敏感期里面，不用学习就能产生某种行为，否则永远都不会产生。比如说，把刚孵化出来三天以内的小鹅，放到母鸡翅膀底下，它就把母鸡当作母亲，母鸡到哪儿它们跟到哪儿，并且终生不会浮水。吕忠华又想起了小时候的事情：母鸡一抱窝就不下蛋。每逢母鸡抱窝，母亲往往采取两种办法：一是把母鸡一条腿吊起来，让它一条腿着地，过几天它就不抱窝了，继续下蛋。二是把母鸡放在火盆里，放几个鸡蛋让它抱窝。鸡蛋二十一天才能孵化出小鸡；母亲只让母鸡孵几天，就在某一个晚上，把白天买的小炕鸡塞进母鸡翅膀底下。第二天，母鸡就高高兴兴地带着小炕鸡出去觅食了，而小炕鸡也兴奋地跟着自己的"母亲"，叽叽喳喳叫个不停。难怪念亲虽然吃他的猫食，却总是防备着他，看来是自己没有在"敏感期"内与它相识的原因啊！

不知过了多久，可能三四个月吧。老话不是说"猫三狗四"嘛——猫三个月生一次孩子，狗四个月生一次孩子。念亲生产了。吕忠华看不到念亲生产，他是推测的。先是有两天没有看到它；第三天看到它的时候，发现它肚子瘪了。看见吕忠华的时候，念亲叫声弱弱的，有气无力。吕忠华把火腿肠放在地上，念亲迫不及待地扑上去，也不往绿植底下搬运，甚至不待吕忠华走远，直接在光天化日之下享用起来。吕忠华看着它脑袋向左、向右，不停地转动，心里涌起了一丝甜蜜的感觉，仿佛母亲当年的那只小花猫没有被邻居杀死，正在由他来喂养呢！

半个月以后，念亲带着儿女出来了。四只猫仔：一只跟母亲一样，一只全白，一只黑白各半，一只是黑灰相间的狸猫。吕忠华分别给它们取了名字：小花、小白、小黑、小狸。小花绕着母亲跑，小白跟着追。它们尾巴竖起，两条腿分得很开，跑得都不稳。它们都不跑远，只在母亲前后绕圈儿。小黑坐着看它们跑，小狸蹭母亲的身体。念亲蹲在绿植中间的空地上，微微眯起眼睛，左看右看，真像一个幸福的母亲。

吕忠华不敢惊动这一家人。他远远地看着，慢慢朝它们挪动脚步。越来越近，但无论吕忠华怎么放轻脚步，都不能瞒住念亲。念亲眯着的眼睛睁大了，警惕地望了望吕忠华。吕忠华止住了脚步。他从口袋里掏出猫粮，轻轻地蹲下，放在绿植的根下，往后退去。眼睛不离开这家人。

念亲看见吕忠华走远，也闻到了美食的香味，就去吃猫粮。

四只小猫越来越大，也开始吃猫粮了。也许，它们从母亲那里吸不到多少奶，对猫粮的渴望特别强烈。每天，当念亲带着四个孩子走进绿植里的时候，四个小家伙都不像母亲那样慢条斯理，而是迫不及待，高高地竖起小尾巴，蹦蹦跳跳地往绿植里面跑。到了绿植里面，也不像母亲那样胆小，只在绿植里面徘徊，而是窜到绿植外面，直面吕忠华。

看来，女儿吕丽婷讲的那个"敏感期"的话，在这里应验了。小鹅"敏感期"有三天，这些猫可能是一个月，也许两个月。吕忠华在这段时间里，跟这些小猫有了接触。它们看见了吕忠华，闻到了吕忠华身上的味道；它们不怕他，甚至喜欢他。因为每次吕忠华来了以后，它们就能闻到一股香喷喷的味道，母亲的奶水也格外丰富。等到能吃东西了，它们还发现，这位老人每次出现，都给它们带来味蕾的享受；于是，荡漾在心里的那种类似儿女的感情，就止不住地涌了出来。

当然，这一家人，吕忠华也把它们当自己的亲人了。

第二章　不是冤家不聚头

这天，吕忠华照例给念亲一家带来早餐。可是，吕忠华却发现没有小黑。他以为小黑落在后面，等了一会儿，仍然不见小黑出来。吕忠华对念亲说道："念亲，小黑哪去啦？是不是还在睡觉啊？"念亲不回答，坐在那里看着他，不吭声。倒是那些小家伙忍不住了，跑到绿植外面，在他脚下喵喵地叫。吕忠华把猫食给它们，留下一点，轻而易举地捉住小狸，给它喂食。小狸不客气，歪头扭脖子地吃了起来。一边吃，一边"呜呜"地叫，好像感谢吕忠华，赞美猫食似的。

小狸的表现让吕忠华心里暖暖的。但他一边看着小狸吃东西，一边却在想着小黑。小黑到哪里去了呢？以前，小区里的猫经常有失踪的。只要你每天固定在某一个时间上班，总会在小区里遇见某一只或几只猫，从而跟它相识；可是忽然有一天你会发现，某一只猫好多天没见了，而且从此再也没有见过。它是否迁居他处，吕忠华不得而知；估计死亡的可能性比较大一点。难道，小黑也死了吗？

想到这里，吕忠华一惊。喂了念亲一家，他去了小区门卫室。一反平时的客气，没有先跟门卫打招呼，而是直截了当问："刘师傅，你看见小黑了吗？"

刘师傅五十多岁，戴着老花镜，正在读报。听到吕忠华的话，他愣了一会儿，摘下老花镜，望着吕忠华说："小黑是谁呀？我没看见过什么小黑呀。"

吕忠华也愣了一下，抱歉地笑笑，说道："你看，我给急糊涂了，道三不着两的。是这么回事，小区不是有流浪猫嘛，最近一只花猫下了四只小猫，经常在小区里穿来穿去，恐怕你也看见了。其中一只黑白相间，我叫它小黑。其他三只都在，只有小黑不见了。我想你是不是知道。"

刘师傅沉思了一下，摇摇头说："还就不知道哩。"

"我们小区安了不少摄像头，说不定能拍下什么。我能看看监控吗？"

"可以，你看吧。"

刘师傅带着吕忠华，走到里间，拿起鼠标操作了一会儿，点了一下说："这么多个摄像头，你自己看吧。恐怕要花你不少时间哦。"

吕忠华笑笑说："没关系，闲着也是闲着。"

他谢了刘师傅，开始看监控。

他使用了快放模式。凡是有猫的画面，他就仔细看；没有猫的画面，他就快放。折腾了将近一个上午，终于有了眉目。昨天下午，念亲带着一家出来散步，在绿植外面，遇上了三个小孩，两男一女。其中一个男孩个子高点儿，像是领头的，率先做出恐吓的动作，捏紧拳头，连连冲拳。五只猫噌地钻进绿植。高个儿男孩第一个跨过绿植，追逐五只猫；另外两个紧跟其后，很快就不见了。

吕忠华喊来刘师傅，问他："刘师傅，这几个小孩你认识吗？"

刘师傅看着画面，面无表情，一声不吭。

吕忠华催促道："认不认识呀？"

刘师傅叹了口气说："唉，这几个小孩呀，难缠呢。个子高的那个，调皮捣蛋，人见人烦，鬼见鬼愁。"

吕忠华急切地问道："这么说，小黑失踪跟他们有关系咯？"

"我也不知道。那几只猫遇上他们呀，就算倒霉了。"

"他们究竟干了些什么事啊？"

"唉，你现在认识他们了，以后慢慢就知道了。"

吕忠华很纳闷，不就是几个小孩子吗？恐怕最多就是初中生。他们干了些什么事，能让年过半百的刘师傅忧心忡忡，闭口不言呢？看来我要会会他们。即使不为小黑，就为了解开这个谜团，满足自己的好奇心，也值得去花点心思！

下午没事，吕忠华就在小区里转悠。他不知道那几个小孩住在哪里，何时出现，就这么瞎碰吧。上午他问过刘师傅，他也说不清他们的准确住址。不一会儿，他走到了一座小型广场边上。广场上有一个小亭子，亭子里有石凳，石桌。有几个小孩围着石桌，正在吵吵嚷嚷，不知干什么。看见小孩，吕忠华振作精神，加快脚步走过去。

还没到小亭子，几个小孩嗡地一下散开了，你一言我一语，大呼小叫，有的还把手掌拍得噼噼啪啪响。一个个子高点儿的小孩，手里举着一个长形的东西，有黑有白，在头顶上绕着圈子甩啊甩啊。忽然，那个东西从他手里飞出来，就像一颗炮弹，径直射向吕忠华。吕忠华呆住了，身体来不及躲开，只在那东西将要击中他的时候，他稍稍偏了一下脑袋。那东西就从他左耳边擦过，"嗖"的一声；随即"啪"地一下，落在他身后不远的地方。

吕忠华觉得左脸麻撒撒的，又惊又怕，不由得摸了摸脸。感觉手上黏糊糊的，放眼前一看，血！回头望了一眼身后，刚刚飞过去，落在草地上的那件东西，竟然是早上失踪的那只小黑！

"你个小王八蛋！"吕忠华愤怒了，瞪着高个儿男孩，爆起了粗口。他忽然觉得这个男孩面熟，哎呀，不就是监控里那个追猫的孩子吗？吕忠华觉得自己身体在发抖。他三两步冲上前去，一把攥住男孩的左手腕，怒喝道："我可逮到你了！你叫什么名字？"

男孩却并不害怕。他那张白净的脸上，那对看上去并不小的眼睛眯缝着，有点不屑地打量着吕忠华。

"我的名字凭什么告诉你？"

"我会知道你名字的！我现在跟你算一笔账！"吕忠华拉起男孩的手腕，往小黑尸体那边走去。男孩却用力往后挣脱。吕忠华本来力气不那么大，面对这个壮实的男孩，要是搁在平时的话，还真拉不动他。可是今天，吕忠华的血液在血管里到处冲撞，力气就比平时大了许多。男孩挣了几下，挣不脱，被吕忠华拉着离开石桌，到了小黑尸体旁边。

吕忠华弯腰捡起小黑尸体。小黑软绵绵的，鼻子里、嘴里都渗出了暗红的血液。眼睛只剩一条缝，眼珠发出一道暗灰色的光。

吕忠华拎着小黑尸体，朝男孩眼睛杵过去，几乎杵到了男孩的脸。男孩的脸极力朝后仰过去。

"这个是什么？这个是猫！一只还没满月的猫！被你杀死了，害死了！你一个小孩子，心肠这么狠毒！"

男孩伸出手去，朝小黑的尸体推了一把，喊叫道："我杀死它怎么了？我杀它它死，不杀它就不死了？喊！"

"那好啊，今天我就来试一试，我杀了你你死，不杀你你也死，那我把你杀了好不好？"

一个女孩插嘴道："那不行爷爷，你把季宇航杀死了，他爸爸妈妈要难过的。"

吕忠华听到了"季宇航"三个字，对男孩说："哦，你叫季宇航！你不告诉我名字，我不是也知道了吗？"

吕忠华转脸对女孩说："我杀死季宇航，季宇航爸爸妈妈难过；季宇航杀死了小黑，难道小黑的妈妈不难过吗？"

女孩说："小黑猫的妈妈是猫，不是人！"

吕忠华手挥了挥，有点着急，这个孩子怎么这么不懂事！着急了，他的眼睛就瞪着小女孩。

"猫虽然不是人，可它也是一条生命！世界上每一条生命的诞生都不容易，都是无可替代的，都有他存在的价值，所以我们要尊重每一条生命！是不是？可季宇航呢？"吕忠华转脸对着季宇航，"你尊重这只小黑猫了吗？你为了自己开心玩耍，把一只活生生的猫杀死了，你对得起这条珍贵的生命吗？"

吕忠华说话的时候，攥着季宇航的手松了点，季宇航趁机抽出了手腕，咧着嘴甩了几下。

"说完了吧？我走了。"季宇航瞥了一眼吕忠华，转过身去。

"你不能走！"吕忠华又抓住季宇航。

季宇航甩了两下，没甩脱。

"你想干什么啊？猫是你儿子还是女儿呀？死了就死了，有本事你救活它！"季宇航瞪起眼睛，朝吕忠华喊道。

吕忠华把季宇航的胳膊攥得更紧了，拇指不知不觉地掐了下去。

"我没有本事救活它，我要你把它埋葬！"

"我就不埋！"

"不埋别想走！"两个人僵持了一会儿，季宇航拗不过吕忠华，只好从附近人家找了一个小铲子，在小亭子南边的一棵国槐树下，挖了一个坑，把小黑埋了。

吕忠华和季宇航僵持的时候，一些人在边上看热闹，私下里悄悄地议论。有人认识季宇航，就畅快地说："这个兔崽子，今天也遇到对手了！"有人认为吕忠华太较真了，不就是一只小猫嘛，死就死了呗，用得着对孩子这样吗？

对于边上人的议论，吕忠华没有注意，他的心思都在季宇航身上了。在季宇航埋猫的时候，吕忠华看着小黑小小的身体，逐渐隐没在黄土里面，心里不由得阵阵酸痛。等季宇航埋了小黑，吕忠华松了一口气，掏纸巾擦自己脸上的血迹，才看见身边站了不少人，有熟悉的，有陌生的。回想刚才的事情，他有点不好意思。是呀，为了一只小猫，自己大动肝火，忽视了身边的人。他向大家笑笑，解嘲似的，指着季宇航的背影说："这个小孩子太狠了，把一只没满月的小猫给弄死了！"

忽然，季宇航回过头来，指着吕忠华，恶狠狠地说："老头，走着瞧！"

人群里不知谁说了一句："这小孩可难缠了，你怎么惹他呀。"

吕忠华身子一抖，一股凉气从身子里向外扩散开来。

第三章　菜刀砸了防盗门

　　吕忠华是个老实本分的人。他家原本不在此地，是爷爷那一辈从山东迁来的。历史上，山东人一抬脚就去闯关东，不知道为什么，爷爷却舍北而向南，带着一家老小，直奔江苏而来。进入苏北境内不久，就在这里落地生根。故此，吕家在当地无亲无故，属于孤门独户。审时度势，从爷爷那一辈起，他们吕家待人处事就一向小心翼翼，唯恐得罪了谁，给吕家招来灾祸。

　　吕家人丁不旺。爷爷只生了父亲一个男孩，父亲也只有吕忠华一个儿子。小时候，母亲就教导吕忠华："打雷下雨天不要出门。看见小狗挡道绕着走。多做事情少说话。遇事让三分，得理且饶人。"母亲的教育非常有成效，从小到大，吕忠华为人处世，总是谨小慎微，很少与人争论；遇到别人反驳他的意见，他只是淡淡地说一句："那我就不知道了。"甚至受到羞辱，他也能波澜不惊。20世纪80年代，有一次他到省城出差，坐公交车，不小心踩了一个人的脚，他赶忙道歉。可那人不依不饶，用带有省城特殊声调的语言，把骂人的脏话像水一样朝吕忠华泼。吕忠华考虑到人在他乡，此时正值上班高峰，车上大多是那人同事，如果闹起来，人家群起而攻，把自己揍得半死，往车下一推，说不定吕家就没有后了。于是强按住自己怒火，眼睛看着窗外，一副事不关己的样子。公交车一到站，他拎起行李就冲出公交车，生怕那个人从背后给他一下子。后来，他经常回忆起这件事情，觉得自己当时英明果断，为吕家留了一条根！

吕忠华处理完小黑事件，独自回家。一路上闷闷不乐。他回顾了自己的家世和家教，感到非常不解。一向稳妥内敛的自己，只因为一只死了的小猫，为什么就爆发那么大的火气呢？难道自己前世与小黑有什么瓜葛吗？吕忠华苦笑了一下。"老头，走着瞧！""这小孩可难缠了，你怎么惹他呀。"他的耳边又想起这两句话，眼前出现季宇航说这句话的时候，那一对露出凶光的眼睛。季宇航以往有什么劣迹？究竟如何难缠？不，无论如何难缠，总不过是个孩子而已！他能翻起什么大浪？再说，他吕忠华好歹做过科级干部，县城里各部门熟人很多，公安局还有一个外甥当刑警，拳击功夫甚是了得，难道还怕他一个小孩子不成？想到这里，吕忠华心里释然了。

"兵来将挡，水来土掩，有什么担心的？"他自言自语道。

吕忠华回到家里，女儿也下班了。她走进洗漱间，面对镜子，解开扎头发的细绳，让长发披散下来；又把纤长的手指伸进发间，像和面一样地搅和，原先整齐的头发，就变得纠缠不清了。说也奇怪，哪个女孩不爱美呢？偏偏自己这个女儿，一到家就把头发搞得像鸡窝，真让人难以理解！

吕忠华走到女儿身后，朝镜子里望了望。

"嘿嘿，风乍起，吹皱一池春水——你这是手一动，搅乱太平盛世啊。"

"搅乱太平盛世有什么不好？天下大势，分久必合，合久必分。天下大乱，达到天下大治。这些古语你不会不懂吧。"

女儿瞥了老爸一眼，专心致志地弄乱头发。

吕忠华摇摇头，出了洗漱间。

"我就想天天看见一个，头发梳理得整整齐齐，穿衣打扮非常入时，走起路来精气神十足的女儿。"

"那你为什么天天到处乱跑，不跟我上班去呢？走我前面叫人回避肃静，跟我后面做我保镖跟班，让人知道我有这么一个疼我爱我的老爸，不是很好吗？"

"行，你先把回避、肃静的牌子做好，明天我给你扛。"

父女俩斗了几句嘴。吕忠华去做饭，吕丽婷拿了一本书，往沙发上一躺。

六点多钟，老伴蒋桂英回来了。老伴最近有点忙。她早年喜欢画画，但没有人指点，也就是画个青菜萝卜什么的，参加工作以后就搁笔了。如今，县里办了老年大学绘画班，请专业画家当老师，老伴就兴致勃勃地报名学画。回到家里，就占了方桌，铺开纸，摆上笔墨，专心画画。

蒋桂英进门，换鞋，眼睛扫视客厅一圈，开口抱怨起来。

"你看看，桌子上乱的，早上的榨菜瓶也不知道收起来，用过的餐巾纸也不扔进垃圾桶，茶杯为什么放在桌子边上？打坏了哪个赔啊？"

蒋桂英走进厨房，又是一惊一乍的。左手叉腰，右手把厨房东南西北指点一番。

"地上到处是水，那些黑点点是什么呀？油烟机开得不及时吧？一屋子油烟味！这个酱油瓶怎么放在这个地方？还有那个，切菜板用过了要洗一洗，挂起来！跟你说了无数回了，就是不听……"

吕丽婷放下书，懒洋洋地坐起来。

"妈，你歇会儿好不好？我觉得我爸已经做得不错了！你天天没事去画画，我爸除了照顾小猫还要顾家，你得替我爸想想！"

"照顾小猫？小猫是他上辈子情人呀，要他照顾？我真不明白猫有什么好的，对人冷漠，爪子锋利，一身毛走哪掉哪……"

"别说了，吃饭吃饭！"吕丽婷把书往沙发上一扔。"当初你狠心，把那只养了半年的小猫送人，让我哭了好几回！"

"哭就哭呗，小时候哪个没哭过？"

"你说得倒轻巧！我可没有你那么坚强！你不知道，那件事给我的心里留下了创伤！等我什么时候得了心理疾病，把你关起来不给你吃饭，你可别怪我狠心哦！"

"没问题，让自己的亲生闺女关起来，不给吃不给喝，饿死也高兴！"

说话间，吕忠华把饭菜端上桌子，一家人开始吃晚饭。打开电视，边看边吃。三口人都爱看法制节目，吕丽婷调到了法制频道。每当晚饭时，吕忠华都想喝点酒。今天也不例外。他往玻璃杯子里倒了一两白酒，端起酒杯，轻轻抿了一口，拿筷子夹起一片猪耳朵，送进嘴里。吕忠华爱吃猪耳朵，觉得它又香又脆，夹在筷子上颤巍巍的，抖动得极具风度，还能勾起童年的回忆，很对自己胃口，于是经常买来下酒。

忽然，吕忠华夹菜的筷子停住了，停在夹猪耳朵的路上，眼睛直瞪瞪地盯着屏幕。屏幕上那位女播音员，形象颇为迷人，虽然是地方台的，但并不输于央视的"国字脸"。

蒋桂英发现了，生气了。她眉头一锁，举起筷子，朝丈夫筷子上打了一下。吕忠华筷子一弹，掉到了地上。

"看什么看！"蒋桂英呵斥道。

吕忠华并没有发现自己筷子被打掉，所以没有低头捡筷子；倒是用原先捏着筷子的手，空着的，指着屏幕说道："你们听！"

吕丽婷看了妈妈一眼，感到奇怪，电视屏幕上不就是一个播音员吗？有什么不能看的？蒋桂英以为，丈夫在自己的管制之下，会像以往一样，羞赧地笑一笑，捡起筷子，继续吃喝，谁料到他不仅没有收敛，还叫我们……什么什么？叫我们听？面对的是电视呀，不是看吗？

吕忠华又说了一遍："你们听！"

蒋桂英这才注意到丈夫有点反常；而吕丽婷也觉得老爸今晚胆子大了许多，竟然敢违背老妈的话，真是色胆包天呀。她按照老爸的指示，把眼睛转移到播音员脸上；当然，最重要的还是按照老爸说的，去"听"！这才发现老爸反常的原因所在。

播音员说："……十四岁的少年……杀了……"

"往下看！往下看！"吕忠华指着电视说。

接下来的节目说了这样一件事：有一天深夜，某小区住户林先生似睡非睡之际，忽然听到一声惨叫："哎呀！"那是一个女人的声音，因为恐怖、疼痛而发出的声音。林先生竖起耳朵，却再也没有听到任何动静。他以为自己耳朵听岔了，根本没有这声惨叫；或者有这声惨叫，是电视里发出的，看电视的人也觉得瘆人，就把声音调小了，或者直接把电视关了。

不料第二天，林先生门外响起了敲门声。林先生侧耳听了听，敲的是对面的门。对面人家住着一家四口，父亲在省城打工，很少在家；母亲带着一个念初中的男孩，一个读幼儿园的女孩。敲了一会，大约是没人开门，敲门声更激烈了，还夹杂着喊叫声。林先生把门打开，看见男孩的外公在敲门。林先生正要说什么，从楼下上来两个警察，带着一个开锁匠。在警察的监督下，开锁匠打开门。门内的一幕吓呆了所有人：地上躺着男孩的母亲，浑身血迹斑斑。警察蹲下检查，发现已经没有了生命体征。男孩外公朝地上一坐，呜呜地哭起来。

林先生后来知道了事情真相：男孩母亲与闺蜜有约，一两个小时却一直没有赴约。闺蜜打了多次电话，男孩母亲都不接。闺蜜就告诉了男孩外公，让他上门看看；得知没有人开门，闺蜜十分担忧，就报了警。而男孩母亲的死因让人震惊：身上有二十几处刀伤，竟然都是男孩捅的！林先生那天半夜听到的惨叫，就是男孩母亲被捅第一刀时发出的！而男孩杀了母亲之后，泰然自若地换了血衣，把沾了血迹的菜刀扔进小区灌木丛里。第二天，男孩若无其事似的，带上妹妹去了爷爷奶奶家。

"十四岁！杀了人！杀的还是母亲！这这这，这还算人吗？"

吕忠华双手绞着，眼睛盯着电视，嘴唇微微颤抖。

吕丽婷又纳闷了，千里之外的一个地方，少年杀了一个人，跟我们有什么关系呀？怎么让老爸这么在意呢？老爸这种表现，是激动还是害怕呀？如果是激动，那倒说得通，毕竟男孩杀的是母亲，而且只有十四岁；老爸作为一个传统思想非常浓厚的人，激动一下是可以理解的。可是，吕丽婷端详老爸，怎么看怎么有一种害怕的意思，这就有点不正常了吧？

吕丽婷直截了当地说："爸，你怕什么呀？那个少年杀人犯早被抓起来了，他已经满十四周岁，虽然不会判处死刑，但无期徒刑应该是肯定的。就是不判他蹲监狱，他还想杀个人过过瘾，满打满算，他也到不了我们这边呀。"

"你真以为我怕这个少年犯呀？我是说……"吕忠华忽然住了口。

吕丽婷盯着他说："爸，你是不是有什么事情瞒着我们？"

"没有。"吕忠华立即否认。可是话刚说完，他又搔了搔头发，吞吞吐吐地说："就是，今天碰到一件事情……"

他把自己发现小黑失踪，到门卫室查监控，看见季宇航追猫、杀死小黑的事情，一股脑儿说了出来。

"电视里 14 岁少年杀害母亲的事情，让我跟季宇航杀害小黑猫的事情联系起来。我倒是无所谓，一个大男人，又这么大年纪了；我是想到了女儿，不由得担心啊。现在的孩子，怎么都这样了呢？"吕忠华叹了口气，端起杯子抿了点酒。

"天天干什么不行，非要喂那些流浪猫！"蒋桂英狠狠地剜了一眼吕忠华。"以后不准你再去喂它们！"

"天天干什么不行，非要去画那些花啊草的！"吕丽婷学着母亲的口吻，也剜了母亲一眼。"以后不准你去画画！"

蒋桂英刚要开口，吕丽婷马上做了个停止的手势。

"妈，我不知道你要说什么吗？萝卜青菜，各有所爱，何必强人所难呢？"她转向吕忠华。"爸，奶奶对你的教育卓有成效，因此你潜意识里总是惴惴不安。你放心好了，你和那个少年偶然相逢于小区，必将相忘于江湖。你们之间的瓜葛到此为止。以后是大路朝天，各走半边。至于我嘛，嘻嘻，自有办法。"

吕忠华笑了："实际上就是这么回事。我这个人哪，就是多心。"

吕忠华话音刚落，吕家的防盗门就"当"地响了一声。那声音直截了当，绝不拖泥带水，又恰到好处地带上了锐利的尖刺，直奔人的耳鼓。

谁都听得出来，不是两种金属相撞，绝对不会发出如此声音。

一家三口人忽然住了口，互相望望。吕丽婷放下碗筷，急忙走到门边，抓住门把手打开门。门外什么都没有。一低头，吕丽婷吓了一跳，回头朝屋里叫道："爸，妈，你们快来看！"

蒋桂英、吕忠华听女儿声音异常，急忙赶到门口，朝地上一望，都呆住了。

地上躺着一把明晃晃的旧菜刀！

而走廊里、楼梯上，到处空无一人！

"就是那小子！就是那小子！"吕忠华喃喃地说。

吕忠华饭也不吃，酒也不喝，拿了一块旧毛巾，包住那把旧菜刀，下楼来到门卫室。他把刀给门卫室张师傅看了，讲述了事情经过，提出要再看一次监控。

张师傅看见菜刀，不敢怠慢，急忙把监控室打开，让吕忠华去查看。

吕忠华家听见响声，大约在 7 点 15 分；那么，此前进单元门的人，一定就是扔菜刀的人了。本来，每栋楼每个单元都是有锁的，但是大家觉得进进出出，开来开去的麻烦，况且城市治安状况良好，于是约定俗成，单元门就不锁了。因此，这个扔菜刀的人就能轻易来到吕家门前。

吕忠华发现，6 点 59 分有一个人进过单元门，但是因为距离发现菜刀的时间太长，吕忠华排除了。他判断，扔菜刀的人大概率不会提前到来，以防他来查验时间。此后十几分钟，只有一个人在 7 点 13 分进了单元门。这个人个子不大，看走路的样子是个少年，但他戴着遮阳帽和口罩，看不出是谁。手里提着一个购物袋，里面放的大概就是旧菜刀了。吕忠华心里一震，又感到一丝恐惧。如今的孩子真不得了，小小年纪，竟然有了反侦查能力！

这个少年 7 点 17 分出单元门，途中扔掉了购物袋，进了 26 号楼三单元。

吕忠华想，好你个季宇航，可把你给逮住了！

他想请张师傅最终确定一下。张师傅从运河小区刚有人入住就当保安，兼任物业管理人员，至今快 10 年了。大部分住户的根根底底，他都很清楚。

"季宇航，一个十三四岁的孩子，今天刚把一只流浪猫杀死。估计不是个好孩子。他从我家那个单元出来，进了26号楼三单元，他家是住在那个单元吗？几楼？"

吕忠华看着张师傅，期待着肯定的答复。

没想到，张师傅摇了摇头。

"这个小孩不是季宇航。季宇航比他高点儿，也不住在26号楼三单元。"

"不是季宇航？"吕忠华又被惊了一下。

"季宇航家住22号楼。26号楼三单元这个，我估计是韩俊凯。"

吕忠华刚刚平静的心，又咚咚地跳起来。一个季宇航没摆平，又出来一个！这个韩俊凯是谁？为什么朝他家大门上扔菜刀？是受季宇航的指使，还是另有隐情？如果受到指使，表明这个季宇航坑深水浑，远不像表面上看到的这么简单；如果跟季宇航没关系，那又是什么原因呢？

吕忠华带着疑惑，回到家里。关上房门以后，他没有立刻松手，而是抓住门把手，用力推了推，觉得如磐石一般坚固；想了想，又掏出钥匙来，插进锁孔，转动几圈，把门锁得死死的！

"锁门干什么呀爸。"女儿发现了老爸的反常。

"查清谁了吗？"老伴担心地问。

"不是季宇航。叫韩俊凯。不知道什么来头。看来明天得去派出所报案了。"

运河派出所接到吕忠华报案，派了两个警察来到运河小区，在张师傅和吕忠华带领下，很快在韩俊凯家里找到了他。

韩俊凯打开门。客厅里的摆设让大家暗暗吃惊。这是一个大单元，估计 200 平方左右；所有家具都是实木的，而且都是红木；屋里的布局体现了最先进的智能化。看见警察，韩俊凯脸上一丝惊恐的神色闪了一下；接着就放松下来。话也不说，自己先回到客厅，坐到沙发上玩手机。

警察站在客厅里，四下里打量。除了韩俊凯，没见别人。

"你爸爸妈妈呢？"范警官问。

"上班去了。"韩俊凯头也不抬。

"知道我们为什么找你吗？"

"知道，闲着没事呗。"

"说话正经点儿！"范警官严厉地说。"昨天晚上，用菜刀投掷吕局长家防盗门，是你干的吧？"

"不是。"

"胡说！我们从监控里看得清清楚楚！穿着运河初中的校服，留着狼尾头，嘴脸跟你一模一样！尤其是左边鼻翼上的一颗黑痣，没有第二个人长这样子的！"

"你才胡说！"

"我怎么胡说了？"

"昨天晚上我没穿校服，戴了帽子，还戴了口罩……"韩俊凯说到这里停住了。

两个警察哈哈大笑，吕忠华也笑了。

"招认了。那我问你，为什么拿把旧菜刀砸吕局长家门？"范警官坐到韩俊凯对面，目光直视着他。

韩俊凯在玩游戏，手指飞快地在手机上动着，一声不吭。

范警官笑了笑，伸出左手，捏住韩俊凯手里的手机，慢慢地摘下来，像摘下一粒草莓果那么轻松。韩俊凯脸上肌肉绷紧，看得出他双手使足了劲。可是很快地，他的双手张开了，像被无声的电锯切割了一样。

韩俊凯低着头，闭紧嘴巴。屋子里没有人声，只有屋子外面什么地方，有孩子在嘻嘻哈哈，愈来愈远。

范警官站起来，对另一位民警说："没时间了，带到所里去吧。通知他家里人。"

韩俊凯慌了，仰起头来说："我，我说……是季宇航叫我扔的。"

"菜刀哪来的？"

"季宇航给我的。他说是从垃圾桶里捡的。"

"大热的天，你为什么要戴口罩？"

"季宇航叫的，叫我戴口罩，戴帽子，把自己伪装起来，这样你们就找不到我了。还说，如果给警察抓到，不准说出他来，不然就揍我。"

"你知道拿菜刀砸门是什么行为吗？"

"不，不知道。"

"你犯了损坏财产罪，危害公共安全罪，杀人未遂罪……"

"我，我没有杀人……"

韩俊凯抬起头来看着范警官，左鼻翼上的黑痣在发抖，好像一只苍蝇陷在蜂蜜里面，试图飞起来。

吕忠民和另一个民警忍住笑。范警官依旧板着面孔，说道："我没说你杀人，但是你是不是想杀人？如果不是想杀人，拿菜刀干什么？所以我说你是想杀人，但是没有成功，这就叫杀人未遂！"

"我没，没……"

"这样，如何处理你，我们研究一下再说。你想想看，有没有什么情况没交代的，想起来就去派出所找我们。"

"我想想，我想想。"

"就这样，我们走了。你在家老实待着，随时等我们找你！"

吕忠华、范警官和另一位民警转身离开。韩俊凯呆呆地坐在客厅里，盯着他们的背影。范警官回头看了一眼说："把门关好！"

下了楼，范警官说："我们去找季宇航。吕局长回家歇着吧，不用跟我们一起去了。"

吕忠华摇摇头说："不，我跟去看看吧。了解一下这是个什么样的小孩，怎么变成这个样子的。"

他们在物业管理员带领下，一起来到季宇航家。可是季宇航家没有人，管理员敲了好一会儿门，门里面都悄无声息。

"我们抽个时间再来吧。"范警官说。

第四章　原来如此季宇航

当天，吕忠华没有接到范警官通知，不知道范警官去没去季宇航家。倒是女儿给他打了一个电话，说晚上约他吃饭。

吕忠华非常惊讶。他把电话从耳朵边移开，放到眼前看看。他怀疑自己是不是听错了，或者是哪个女孩子打错了电话，也许是串线。从前固定电话就有串线的情况：别人打电话，另外一个不相干的人在另一台电话上也能听见。可是手机上标注的文字很清楚：吕丽婷。他把手机又放到耳边。

"你没发烧吧？或者，太阳没从西边出来吧？请我吃饭，到时候会不会后悔，让我空等一场？"吕忠华笑道。

电话那头，吕丽婷哈哈几声："老爸说话真刻薄啊！你就说我没请你吃过饭得了！"

"那我今天非常荣幸了？到底还是女儿好啊，女儿是爸爸小棉袄！"

"你别高兴得太早啊，今天不是请你的，我是请闺蜜吃饭，顺便请你作陪的。"

吕忠华听了，哭笑不得地说："女儿啊，你对老爸有什么意见就提，不要捉弄我好不好？你们女孩子家聚餐，我瞎掺和什么呀？不去不去！"

吕丽婷哈哈笑了："老爸真的经不住考验，当初怎么就让你混进党的队伍的！实话告诉你吧，我联系了两个同事，有一个是季宇航的班主任。他不是跟你较劲吗？知己知彼，百战不殆，你不了解他怎么行？"

吕忠华又惊又喜："我去，我一定去！几点？在哪里？"

女儿说了时间、地点，就把电话挂了。

晚上 6 点半，吕忠华准时来到长门一号。楼下两排小包间，每排六个，各自用木板隔开来。吕忠华走到 06 号门口，女儿和两位班主任已经到了。吕丽婷看见老爸，站起来，笑盈盈地看了老爸一眼，却没有跟他打招呼，而是向两个闺蜜说道："隆重推出我老爸。你们看年轻不年轻？帅不帅？"

一位老师面容俊俏，小巧的鼻尖上翘。她站起来，转过身，低头鞠了一躬说："叔叔好！"

吕丽婷介绍说："小刘，最懂礼貌了。"

另一位老师瓜子脸，两根辫子颇见功夫，一头黑发分作二十几缕，在脑后汇聚成两条黑色的河流，编成了两根辫子。她把站、跳两个动作连在一块儿，甚至同时完成了张大嘴巴、形成"O"字口型这个高难度动作，还拍着手说："常听小吕夸叔叔年轻，帅气，今日见了果然不假！男神啊！叔叔有三十了吗？"

吕丽婷说："是呀，今年三十'公岁'。小严，人称笑面观音。"

吕忠华面对小严的夸张，倒有点不好意思，他笑着说道："我这个女儿呀，背后还不知怎么埋汰我呢。我真有这么年轻吗？"

小严赶忙接话说："真的年轻！如果我早生三十年，一定把叔叔追到手！"

吕忠华哈哈大笑："你瞧，说实话了吧，你为啥不说现在追呢？我还是老啦！"

大家笑作一团。

服务员拿着菜单进来，吕丽婷点了猪耳朵、卤牛肉、山药红枣、西红柿锅巴、炸鸡柳、酸菜鱼。

小严说："怎么都是我们爱吃的菜？点两个叔叔爱吃的吧。"

吕丽婷说："我爸呀，有一个猪耳朵就行了。嘎吱嘎吱的，有什么吃头？可我爸总是吃不够！"

吕丽婷带来一瓶红酒，一瓶半斤装白酒。四个人吃着聊着，就聊到了正题：小严老师说季宇航。

季宇航，叔叔见过的吧！他的个头，在同龄孩子里面是比较高的呢！而且壮实，往那里一站，简直像一棵来自大西北的白杨树哎！那种白杨树你们见过吗？茅盾先生在《白杨礼赞》里不是描绘过吗？它所有的丫枝一律向上，而且紧紧靠拢！还有哦，季宇航的脸色是白的哦！我想想看像什么？对了，像一粒刚剥去了皮的银杏果！对，就像一粒银杏果！

跟你们说呀，他没到我班上的时候，我就很喜欢他。我想，这个孩子长得多可爱呀！到我班上多好啊！初二时候分班，季宇航果真分到我班上了！我一看名单里有他，忽然间呼吸都畅快起来了！

可是，你们万万没有料到，季宇航简直就是我的一场噩梦！

刚到我班上第一天，他就跟人打起来啦！

说起来，这件事情简直太小了，小到不值得一提呀！可硬是给他搞成了一场世界大战！这天，季宇航一大早来到学校里，脑袋上肿起来一个小疙瘩！这个疙瘩很小的呢！小到什么样子呢？

把绿豆再切成四块！对，就是绿豆切成四块！这是个什么疙瘩呢？是蚊子咬的疙瘩，你说小不小？

他坐在座位上。你猜他在干什么？学习吗？不，他才不会学习呢！他张大眼睛，在那里乱看乱瞧！看见什么他感兴趣的事情，立马就窜过去，像个楔子一样插进去，把别人都挤到一边！

这个时候，谁知道邓景鸿从前门进来呀？谁知道他一进门就朝季宇航望呀？望什么呢？当然是望他脸上的疙瘩啦。为什么望他脸上的疙瘩呢？邓景鸿后来说："我感到很奇怪，季宇航那样干净的脸上，竟然会长疙瘩！而且那个疙瘩好奇怪哦，像一粒红色的老鼠屎！"

邓景鸿虽然这样想，但是他没有说出来呀！毕竟老鼠屎这个词不好，说出来哪能不得罪人呢？所以只是朝他脸上望一眼，再望一眼，就径直向座位上走去。

可是季宇航不是正在闲着吗？看见邓景鸿这样看他，他哪能忍得了呢？马上就站起来！指着邓景鸿说："你看什么看！"

邓景鸿感到奇怪呀！不就是看你两眼嘛，有什么关系呢？邓景鸿是不了解季宇航呀！要是了解的话，他哪能这样回答呢？邓景鸿说："怎么，不能看吗？"

季宇航不是正在找事吗？邓景鸿这样回答，不就让季宇航有了借口吗？季宇航就从座位上站起来啦！他走到邓景鸿跟前，手就伸出来啦，朝邓景鸿肩膀上推了一把："你就是不能看！"

你们不知道邓景鸿比季宇航矮！可是他竟然不怕季宇航！季宇航推了他肩膀一下，他也伸出手去，推了季宇航肩膀一下！其实呀，不要说邓景鸿了，就是再窝囊的男人，在这样的大庭广众之下，哪个会忍下来呢？还在不在世界上活啦？

季宇航真是没有想到呀！这个世界上竟然还有人敢跟他对着干！他的脸立刻就泛红！而他额头上那个小疙瘩，竟然变成了紫色！他二话不说，就把两只胳膊一起伸出去啦！你猜他要干什么？掐脖子！把邓景鸿的脖子给掐住了！季宇航也真能下得了手啊！他用力地掐，邓景鸿的脸一下子就红了！

旁边的人吓呆了，胆小的就往后面躲，胆大的就往前凑，可没有人拉架，不敢呀。就有学生往办公室跑啦！到了办公室就喊："老师，打起来了！打起来了！"我一边往办公室外面冲，一边问那个学生："谁跟谁打起来啦？"学生说："季宇航和邓景鸿打起来了！"

我没问打架的原因，想问也来不及呀！我知道小孩子打架不知深浅，有时候哪怕耽误一秒钟的工夫，都能带来意想不到的后果啊！

我一下子冲进了教室！看见有人在拉架，心里说："不简单！好样的！"可拉架的班长是个女孩子呀，哪里能拉开两个干架的男孩子呢？我冲上前去啦！一把拉开季宇航的胳膊！我后来想想挺佩服自己的呀！我从没有给人拉过架！可是我第一次拉架就成功了！

可季宇航还想扑上去呀！我朝他胸脯上推了一把，他往后退了一步啦，可他还想往前上，我不能不呵斥他啦，我说："季宇航，回去！"他朝我和邓景鸿扫了一眼，转脸就回到座位上去啦！朝凳子上一坐，竟然满不在乎地晃腿！你说能不气人吗？

不过，当时我没工夫管他，我得看看邓景鸿怎么样啦，你们说是不是？我看见邓景鸿用手抚摸着脖子，把他手拿开，你们猜我看见了什么呢？我的天，一道十厘米长的血痕！这个季宇航呀，真是够狠的！

接下来我就长话短说啦。每个人都有底线不是吗？我们学校也有哇，我们学校设置的底线叫作"五条高压线"，哪五条呢？打架、带手机、早恋、偷东西、顶撞老师，只要违反这五条中的一条，就叫学生回家反省。可不能开除哦！因为义务教育阶段不允许开除学生呀！季宇航也回家反省了。

其实反省有什么用呢？学生回到家里，指望家长教育，家长哪能教育呢？如果家长懂教育，教育得好，季宇航怎么会变成这个样子哦！

反省了一个星期，季宇航回来了。他回来时候的那个神情，哇，我一辈子哪里能忘记呢？他的母亲非常谦恭，一口一个对不起，对不起；可是季宇航呢？那是得胜的将军啊！凯旋啦！脸上的笑容能挤下来一碗哪！

唉唉，多了我也不说了，说了心烦。我就说说他上课吧。老师说："上课！"班长喊一声"起立！"大家都站起来啦，可人家季宇航不站。老师点名："季宇航，站起来！"季宇航可不高兴啦！瞪了老师一眼，嘴上没说，可神情在责怪老师呀："喊什么喊？"瞪了一眼之后才站起来。

别人站起来是眼望前方，可人家不是，季宇航的脖子，可像行驶中的车轴啦！一刻也不停止转动。刚站起来脖子就转动了，转过去跟人说话。算了，我就忍气吞声吧！装作没看见吧！

上课啦，季宇航应该老实一点了吧？可话说回来，人家既然不爱学习，凭什么老实呢？你看看他的桌子吧，哎呀，堆了一桌子的书，乱七八糟呀！可是这堂课需要用的书却没有！老师说："把书拿出来呀。"他也装模作样地找呀，找呀，可是经常找不到。你找不到老师帮你找吧！老师三下两下帮他找到了，就在最上面一本书的下面呢！

总之，这是一个不爱学习，调皮捣蛋，喜爱打架的孩子。

对这样的孩子老师可头疼啦！人家说一泡鸡屎坏缸酱，他就是那泡鸡屎啊！可是怎么办呢？谁叫他是我班上的孩子呢？我还得教育他呀。我跟他谈心，讲道理，经常督促他，检查他，还家访。可以说，我真正做到仁至义尽了！可他呢？属老鼠的，爪子一落地就忘！

唉唉，不说了，不说了，让我喝口酒吧。总之，这样的孩子千万别招他惹他呀！吕叔叔！

吕忠华听了小严的讲述，摇了摇头，叹口气说："都是爹生娘养的，这个孩子为什么这样呢？要说社会风气带坏的，可我们县治安状况良好啊，是国家首批全国平安建设先进县，江苏省社会治安综合治理先进县，社会环境怎么会带坏这个孩子呢？要说是父母教坏的，哪个父母不希望自己孩子爱学习、不调皮、不惹事呢？要说是学校造成的，当然更不可能！"

吕丽婷嗤嗤地笑。

看到女儿笑，吕忠华心里高兴，却故意板着脸说："笑什么笑！难道不是吗？"

吕丽婷拍拍老爸肩膀说："老爸，如果你真的对家庭教育感兴趣，我介绍你读几本书。先读一下《都是父母的错》，海天出版社出版，日本相部和男写的。"

吕忠华拉长了脸说："女儿，如果你想批评老爸就直接说！拐什么弯呢？'都是父母的错'，做父母的辛辛苦苦把儿女养大成人，反倒错了？我只把你培养成一个中学教师，没把你培养成一个大学老师，我就错了？"

吕丽婷指点着吕忠华，对两个闺蜜说："你们看看，我说老爸年轻吧，这脾气就跟小伙子似的，我还没点火柴呢，腾地一下就着了！"

小刘捂着嘴笑；小严笑得往后仰，两条花式辫子朝地面垂下去；她扯住小刘的肩膀，使自己不至于倒下去。

"我说吕叔叔年轻嘛，不到三十岁嘛。"小严边笑边说。

吕丽婷转脸对吕忠华说："爸，你听我说完嘛。《都是父母的错》这本书，来自对万名问题孩子的调查、研究和转化。作者从事这项工作 38 年，得出了一个结论：凡是孩子成了问题孩子，都是父母的错！注意到没？前提是孩子成了问题孩子！"

吕忠华笑了，说道："你没把话说周全，道三不着两的！"

吕丽婷说："哟，倒怪起我来了。我还没说完呢，你憋不住了，怪谁啊？"

吕忠华打圆场说："好了，都怪我啊，都怪我。我们继续吃菜，喝酒！小严老师，我敬你一杯，你让我了解了季宇航！"

"不敢不敢，我敬吕叔叔。"

两个人各自干了一杯酒。吕忠华放下杯子拿筷子，感慨地说道："真的要感谢你。本来，我真要跟这个孩子'杠'下去的，就是跟他多接触一下，教育转化一下。经过你这么一说呀，我明白了。我算老几呀？连他爸爸妈妈、你们老师都对他束手无策，我就更是连边都不沾了！算了，我不跟他'杠'了！我认输，我撤退！"

"就是呀，老爸。就好比你走路不小心，撞到了一根电线杆子上，你是揉揉被撞的地方，赶快离开呢；还是怒火中烧，责怪电线杠子，再踹它几脚，把脚也给扭了呢？"

吕忠华笑着说："当然赶快离开呀。谁那么傻，跟电线杆子较劲啊！"

"来，祝贺老爸不跟电线杆子较劲，迅速逃离案发现场，干杯!"

"你看你说的，还'案发现场'，就好像我是犯罪分子似的!"

大家哈哈大笑，一起干了杯中酒。

第五章　想起当年入党时

自从决定不管季宇航的事情，接下来几天里，吕忠华没有问范警官是否找过了季宇航，跟他谈了些什么；而是继续跳广场舞，打扑克，喂猫，做家务事。双方好像有了某种默契，季宇航没有再给吕忠华惹麻烦；他没有再杀猫，也没有派人骚扰吕家。让吕忠华奇怪的是，季宇航那群孩子也没有再在小区出现，好像他们突然从小区里消失了。问门卫室，刘师傅说："我也奇怪呢。估计他们都在家里没出来。"

这天，吕忠华突然接到一个电话。电话的标注是"李县长"。李县长叫李民，1976 年才 20 岁就入党了。先后担任过县农业局技术员、副乡长、乡长、乡党委书记，县委常委、常务副县长，县人大党组副书记、副主任。吕忠华曾长期在他领导下工作。李县长退休以后，吕忠华就很少见到他了，只知道他担任市老年科技工作者协会副会长、县老年科技工作者协会会长。吕忠华赶忙接了电话。

电话那头，李县长爽朗的声音像以前一样："吕局长啊，还记得我吗？"

"说哪里去了！怎么能不记得老领导呢？"

"听说你退休了，在家里享福啊，每天跳跳舞，打打牌，买买菜!"

"老领导这么了解我啊,不好意思!"

"退休了吗,就应该享享福。哪像我啊,快七十岁了还闲不下来!"

"那是老领导有才呀!老科协,发挥余热呢,继续为党的事业作贡献啊。"

电话那头,李县长笑了。

"什么才呀,拉着毛驴当马骑呗!真正有才的是你吕局长呀。当年你大学中文系毕业,搞通讯报道,在《人民日报》都能上稿子,全县上下谁不知道啊!"

"老领导过奖了!"

"如今有个发挥你才能的机会,想请你出山,你看行不行啊?"李县长话锋一转。

吕忠华愣了一下,脑子飞快地转动起来。

"李县长,不知道什么工作需要我啊?"

"电话里说不清。这样吧,明天上午九点钟,你到县政府办公大楼 11 楼 1105 办公室来,到时候我们开个会。不光请了你,我还请了其他一些老同志呢!"

"好好好,我明天一定准时到。"

放下电话,吕忠华回味着李县长的话。请我出山,干什么呢?提到我当年搞通讯报道的事情,难道是让我重操旧业?不会的。本县搞新闻的出了不少能人,上央视、上《人民日报》一年十几次,还要我干吗?哦,他担任着县老科协主席一职,老科协下面有好多个分会,都是退休老同志组成的,难道说是让我到某一个分会任职?那么,是哪一个分会呢?咳,不想那么多了,明天到老科协再说。

第二天九点以前，吕忠华如约来到老科协。从前的李县长，现在的李会长，已经在等候着了。看见吕忠华，李会长站起来往前走，握住他的手，打量着说："几年没见，更加年轻了嘛。"

　　吕忠华笑着说："哪里，头发都白了。"

　　屋子里还有几个人，都是以前的熟人，大家彼此打了招呼。李会长写字台旁边，有一张长方形桌子，围着十几把椅子。看来这间屋子是办公室兼做会议室。大家随意坐在长方形桌子旁边。九点半，李会长从写字台转移过来，坐在桌子顶端，给大家开会。他的面前，放了一个蓝色的文件夹。

　　开会以前，李会长用手机打了一个电话，简单说了句"过来吧"。就挂了电话。不一会儿，进来一个年轻人，手里一个托盘，里面放着几张粉红纸。

　　"挺讲究的嘛。"李会长笑着夸奖。

　　"今天这场合，应该讲究一点。"年轻人说。

　　他把托盘放在桌子上，原来粉红纸上还放着一些徽章。年轻人给每一位与会者发一个徽章，一张粉红纸。吕忠华拿到手一看，心里一震，竟是党员徽章和入党誓词。他看了一眼李会长，李会长坐在那里，扫视着大家，不动声色。联想到年轻人刚才说的话，吕忠华搞不懂，李会长到底想干什么。

　　年轻人发完入党誓词和党员徽章，带上门，出去了。

　　"今天请来的，都是我熟悉的老同志，"李会长笑着说道。"我不是随便请的，事先都经过摸底调查的，得知大家闲来无事，加入社会上的老人行列，每天跳舞、打牌、练书法、聊大天，借此来消磨时光。于是，我就冒昧地把大家请来了。"

　　"有事让我们做吗?"前住建局孙局长问。

　　"事情不大，也不小。在做这件事情之前，我们先把眼面前的事情给做了。我说一下今天的会议议程：佩戴党员徽章，朗读入党誓词，回忆入党过程。"

三句话，三个议程，句句话带一个"党"字，大家顿时严肃起来。

李会长拿起自己的那颗党员徽章："这个党员徽章，没退休的时候我们都发过，一上班就戴好。退休以后，大家的党员徽章恐怕就收起来了。今天我们再次把党员徽章戴起来。"

李会长说完，把党员徽章戴在了左胸前。大家纷纷戴上党员徽章。

"接下来，我们朗读入党誓词。"

"我志愿加入中国共产党，拥护党的纲领，遵守党的章程，履行党员义务，执行党的决定，严守党的纪律，保守党的秘密，对党忠诚，积极工作，为共产主义奋斗终生，随时准备为党和人民牺牲一切，永不叛党。"

李会长没有喊"一、二"，他话音刚落，大家就读起来了。声音在屋子里回荡，虽然低沉，但是有力量；读着读着，大家不由得提高了声音，好像此时此刻，大家就站在党旗下面，又回到了当初入党宣誓的那个时刻。

读完了，全体静默，大家看着誓词，还沉浸在朗读誓词的氛围里。

李会长打破静默，说道："下面，请大家轮流谈一谈自己的入党经过。"

吕忠华仰起脸来，吁了一口气。当年的一幕一幕，开始在脑子里回放。有人开始讲述了。吕忠华沉浸在自己的回忆里，听得断断续续。入党经过！多少年没有想过了？记不清了！说实话，吕忠华是不想回忆，因为那里面既有幸福，也有不堪回首的痛苦。但是对比现在，回忆往事，显然是幸福多于痛苦的。

思绪理清了，吕忠华开始讲述。

我1974年高中毕业，最大的愿望就是加入中国共产党，原因是：我家从外地逃荒至此；而之所以逃荒，就是在老家无房无地，遇到荒年，过不下去。新中国成立以后，共产党给我家分了田地，分了房子。小时候，我父亲经常跟我讲："共产党让我们过上了有吃有穿的好日子！"更重要的是，我如果入了党，推荐上大学就更有把握。

为了入党，我做生产队记工员时，每天坚持参加生产劳动，中午冒着酷暑，肩头搭一条毛巾擦汗，到各家各户，把工分记到工分本上；做小学代课教师时，虚心求教，认真教学；做大队农业技术员时，刻苦钻研业务，每天步行下田，指导社员们耕种粮食……当我做着这一切时，我也写了入党申请书。我相信自己一定能入党，不仅因为我全力拼搏，还因为我谈了一个对象，而这个对象的父亲就是大队书记。

可是我错了。因为我家在当地属于孤门独户，父亲又是老实巴交的农民，大队书记看不起我们。他得知女儿和我谈对象，百般阻挠；还托人把女儿嫁给了一个县领导的侄子，到城里进了工厂。高中毕业后三年半时间里，我写了很多入党申请书，都如泥牛入海。从此，我对入党心灰意冷。

1976年，轮到我推荐上大学，可是，大队推荐到公社的名单里压根儿就没有我。在那份名单上的，有的是领导干部的儿女、亲戚，有的是供销社、食品站、粮管所职工的儿女、亲戚。大家知道的，供销社、食品站、粮管所职工，手里掌握着紧俏物资的分配大权。

1977 年恢复高考，我被录取为恢复高考后的第一届本科生，上了南京师范学院淮阴分院，成为全国 27 万首批大学本科生中的一员。大学里，我开始潜心文学创作，于 1981 年 1 月，在当时非常红火的文学杂志《青春》上发表了一篇小说。我想，我虽然是党外人士，但做个中学教师，搞搞文学创作也不错！入党就算了吧。我沉浸在自己设定的生活当中，颇感欣慰。

可是不久，我第二次动起了入党念头。大学毕业，我被分配到乡下中学教书。1981 年 12 月某一天，校长忽然找我，笑嘻嘻地递给我一份调令，说："文教局调你到文化馆搞创作。不过，你现在不能走，把这学期课上完怎么样？"太意外了！我爽快地同意，同时脑子里也涌起了很多个问号："为什么调我？调往好单位、调往县城不是凭关系吗？我没有一个亲戚、朋友做官，文教局领导我一个都不认识，怎么就调我了呢？"

过了很久我才听说，地区文化局创作组组长，曾经在我们县的县中当过老师，看过我在《青春》发表的小说，就向文教局领导推荐了我。领导们可能觉得我是个"人才"，就下文调我了。到了文化馆之后，我才认识了当时文教局的几位局长。他们以工作为重，不讲私情，表现了一个共产党员的优良品德，永远值得我敬重！

此时，我又想入党了。因为我觉得，共产党里面还是立党为公的人多啊！

在此后的两年里，我从文化馆调到了宣传部，先后遇到了很多令我钦佩、政治素养很高的党员领导。正是他们，让抽象的"共产党员"几个字，变得清晰可感：

文化馆馆长陈力扬，部队军官转业，性格直爽。我由于年轻气盛，跟他发生过不少争论，但他从不跟我发火，也不以为忤，只是跟我说道理。我调离文化馆的时候，他依然给了我很好的评价。他写在档案上的评价，我当时并不知晓，而是在很多年后，一次偶然的机会看到的。

戴溪，无锡宜兴人，宣传部副部长，"原地踏步"多年，毫无怨言，一心一意做好自己的工作；学习中央文件、读《人民日报》社论，总是用红笔勾勾画画，还在边上写了密密麻麻的心得体会。

还有方、林两任宣传部部长，前一位作风亲和，与群众谈话和风细雨，推心置腹；后一位富有才华，性情耿直，处事果断。他们的一言一行影响着我，感动着我。从他们身上，我看到了共产党的形象，我下了决心：我要入党！就向宣传部党支部递交了入党申请书。

此后的一年时间里，当时的部领导，宣传科长、党教科长多次跟我谈话，对我进行思想教育。搞入党材料时，因为我的社会关系多在山东，宣传科长还连续几天，风尘仆仆地奔走于山东乡下。

终于，我站在了鲜红的党旗前面。1984年9月14日上午，一面鲜红的党旗，挂在了宣传部党教科办公室的西墙上。在宣传部党支部其他党员的见证下，我庄严地举起了右手……

从那以后，我成了一名共产党员。此后30多年里，无论在哪个单位，我都牢记自己的入党誓词，牢记老领导们做出的榜样，用共产党员的标准要求自己，尽力做好每一件事情，给"共产党员"几个字增光添彩！可是，可是……

吕忠华说到最后，连说了两个"可是"，摸了摸后脑勺，尴尬地笑了。李会长见此情形，哈哈一笑，替他打了圆场。

"吕局长啊，你不说，我也知道。其实呀，不仅是你，我也这样，我们在座的各位恐怕都差不多吧。在职的时候履行职责，以共产党员的标准来严格要求自己；退休以后呢，觉得船到码头车到站，就把入党誓词、共产党员的职责放到一边了。不瞒各位，我退休以后搬办公室，那个党员徽章我都没有带回家，留在办公室抽屉里了。只是后来，让我做县老科协会长，我才重新要了一个党员徽章，把它戴起来。"

大家会心地一笑。吕忠华也笑了，面孔恢复了常态。

"刚才，"李会长接着说，"我们戴上了党员徽章，朗读了入党誓词，回忆了自己入党经过，大家是不是觉得，跟我们刚进门时候相比，想法上有了一点变化？我要的，就是大家的这一点变化！我相信，有了这一点变化，我们才能振作精神，接受新的挑战。"

"挑战？什么挑战？"大家纷纷问道。

李会长打开面前的蓝色文件夹。

"大家知道，我们县农业人口占80%，农村青壮年外出打工多，留守儿童现象突出。留守儿童由隔代老人抚养。农村老人大多没有文化，对留守儿童只有生活上的照顾，谈不上什么教育。留守儿童也许生活上还行，但是往往存在成长上的隐患，导致留守儿童不仅学习成绩差，思想行为也往往失范，变成问题少年。"

大家静静地听着。

"最近，我们县召开预防未成年人犯罪工作推进会，县委书记、县长都参加了，县委书记就这个问题作了长篇讲话，可见上级对这个问题的重视。会后，有关单位落实会议精神，公检法、教育局、关工委、老科协经过研究，决定互相协作，打立体防御战，由老科协牵头，成立'青少年违法犯罪预防工程办公室'，简称'少防办'，开展'源头教育，救助帮扶'工作，实施'青少年违法犯罪预防工程'。"

说到这里，李会长停了下来，看着大家。

"李会长今天把我们找来，就是为了这件事情吗？"有人问。

"就是啊，"李会长说。"源头教育，就是学校开展法制教育；救助帮扶，就是由社会人士深入家庭，帮助问题少年走出困境。我们决定先在县城搞试点，选择十来个小区，也就是各位所在的小区，请你们担任联络员，负责小区问题儿童转化工作。"

一时间没有人说话。大家有的歪着头在沉思，有的仰着脸看天花板，有的用手指轻轻敲着桌面。好像大家都是吝啬鬼，李会长向他们借钱来了；又好像他们是一群鸭子，李会长赶着他们往树上爬呢。

终于，吕忠华开口说话了。

"我很愿意参加这项工作。可是，我们都是外行啊。别人不说，就说我吧，我最近就得罪了小区里一个小孩子，被他搞得够呛。我想，惹不起躲得起呀！如果说转化这个小孩子，我真不知道如何下手。"

李会长连连点头。

"有什么话，大家都说说。"

"没有什么了，吕局长替我们说了。论教育我们是外行，尤其是转化问题少年，我们担心不能胜任，辜负了组织信任。"前住建局孙局长说。

李会长哈哈笑道："大家说得对，没有金刚钻，谁敢揽瓷器活！包括我在内，我也是外行啊。别看我们把子女教育得不错，在座各位，小孩没有没上大学的；那是因为我们从小就带着他们走在正道上。现在，给我们跑偏的孩子，要把他往正道上带，我心里也没底。好在，上级替我们想得很周到，在开展这项工作之前，先对我们进行培训。从明天开始上课，每天上下午，各两小时，培训一个星期，怎么样？"

大家互相看看，都笑了。

"很好很好。"

"没想到年过花甲又当起学生来了。"

"哎，既然当学生，就要像当学生的样子。钢笔，笔记本不能忘记哟！"

"橡皮擦，铅笔盒，蜡笔！还有，上厕所要喊报告！"

"你真以为自己是小学生啊！"

大家笑得前仰后合，个个都回到了少年时代。

"那就这样说定啦。明天在三楼县政府第二会议室，还是上午九点！"李会长最后说道。

第六章　俩人相见都发呆

　　吕忠华回到家里，快到十一点了，赶快淘米做饭。11 点五十，老伴和女儿先后进门。吕忠华把菜端上桌子，对她们母女说："赶快洗洗手吃饭！"

　　女儿洗了手，来到客厅，仰着下巴打量吕忠华，一副高高在上的样子。

　　吕忠华看了看她，说道："什么样子啊？"

　　女儿指了指椅子，严肃地说："坐下！"

　　吕忠华蒙了，一边坐下，一边问道："怎么回事啊？"

　　"起立！"女儿又说，还做了个向上的手势。

　　吕忠华迟迟疑疑地站起来。

　　蒋桂英也莫名其妙，瞅着女儿说："干什么呀？别折腾你老爸了，赶快吃饭！"

　　女儿这才露出笑容，说道："嗯，还不错，算一个听话的好学生。坐下，吃饭！"

　　吕忠华坐下，嘟囔着说："你把你老爸弄糊涂了。"

　　"糊涂什么？我告诉你，你就明白啦。从明天开始，你就是我学生啦。"

　　吕忠华惊讶地张大嘴巴。

"什么？明天你给我们上课呀？"

"是啊，"吕丽婷得意地一晃脑袋。"我是我们县最有名的家庭教育指导师、心理教育咨询师！你还不知道吧？"

"你不就是个语文老师吗？"

"别忘了，我还是个班主任！为了做好班主任工作，我自学家庭教育学、心理咨询学！两门学科早就过关，顺利拿到职业资格证！"

吕忠华摇头感叹："没想到，乳臭未干，竟然搞出这么多名堂，还要给老爸讲课！这个世界怎么了？"

"你说怎么了？你不思进取，每天跳舞打牌，还跟你的猫情人眉来眼去，当然不知道世界变化有多么快！告诉你，明天上课我要带戒尺的噢！如果你有闲事、闲话、闲思、闲看等四闲行为，我严惩不贷！"

"行，你惩罚吧，我到教育局告你体罚学生！"

"哼哼，教育局领导来了，一看我就是个优秀教师，一看你就是个调皮学生，说了声活该，拍拍屁股，扭头就走！"

"在你眼里我简直十恶不赦了！"

一家三口哈哈大笑。

笑声停了，蒋桂英沉思了一下，对吕丽婷说道："哎，刚才我没搞懂啊，什么你爸做你学生啊，你安排你爸干什么啦？"

"不是我安排我爸干什么，是县老科协安排我爸干什么。干什么呢？转化问题少年。那不是需要专业知识嘛，县教育局就安排我去给他们讲课。"

蒋桂英转向吕忠华："你不是说不跟季宇航那帮孩子'杠'吗？怎么到底还是跟他们'杠'啊？"

"我也不想啊，可是老科协安排我，我总不能推辞吧。"

"你都是退休的人了，有什么不能推辞的？你一口拒绝，他能怎么着你？扣你退休金啊？"

"怎么这么说话呢？"吕忠华拿筷子敲了敲桌子。"我是共产党员，面对党的安排，我能推辞吗？"

"啧啧啧，"蒋桂英讽刺地咂咂嘴。"还共产党员，退休以来你天天跳舞打牌，拿火腿肠喂你那小情人，也不说自己是党员了！"

吕忠华岔开话题说："唉，你别说，老科协李会长还真有一套，你不服不行。说实话，我们退休人员，都有船到码头车到站思想。你猜李会长怎么着？他首先给我们每人发一颗党徽，让我们戴上；又给每人发一份入党誓词，让我们朗读；随后让我们回忆自己入党过程。这么一来啊，我们真好像回到了刚参加工作的那个时候，回到了争取入党的那个时候，每个人激情都燃烧起来了！就是那些光冒烟没有燃烧的也不好意思啦！就这么着，我们都答应参加这项救助帮扶工程了。"

蒋桂英仍旧是一脸不高兴。

"你干归干，一天三顿饭还得做啊。"

吕丽婷忍不住说道："妈，你这就过分了。我是做教师的，我知道问题少年有多麻烦，我觉得爸爸做这件事情很有意义。反倒是你每天画画，跟我爸跳舞、打牌有什么区别？还不都是为了自己消磨时间？这样，妈，以后我们多替老爸想想，每个人都尽量早点回来，该做饭做饭，给老爸腾出点时间来。"

"行呢。"蒋桂英不高兴地说，把吃完的饭碗端着，放进洗碗池去了。

吕忠华笑了，朝女儿竖起了大拇指。

一个星期培训结束，吕忠华他们开始工作。吕忠华代表老科协，和季宇航班主任小严老师，还有检察院的王检察官，组成一个帮教小组，负责运河小区三个问题少年的教育转化工作。转化工作以吕忠华为主，其他人做吕忠华的助手。

这天上午，小严老师来到运河小区，带吕忠华前往季宇航家家访。

季宇航家在六楼。小严在前面带路，轻巧地迈着两条小腿，踩着高跟鞋，哒哒哒，走得很快。回头一望，把吕忠华落下了五六个台阶。小严赶忙退回几级，不好意思地说："哎呀吕叔叔，我多么失礼啊！"

吕忠华气喘吁吁地说："不服老不行啊。还有就是，我家住在电梯楼，好久没有爬楼了，缺少锻炼。"

到了季宇航家门口，小严举手敲门。因为事先约定，刚敲两下，门就开了。

"严老师好，请进请进。"门里的人说。是个老太太。本地方言，但不是纯粹的乡下话语，带有一点县城的口音。应该是一个生长在农村，后来进城工作的人。

"阿姨好。今天我可不能先进去啊，吕叔叔先请！"

小严回过头来，把吕忠华往前面让。吕忠华不好客气，就走到小严前面，准备进屋。到了门口，跟开门的老太太打了个照面，吕忠华一下子愣住了。他的脚已经迈进一只，另一只留在了门外。

小严不知道吕忠华会停下来，照例往前走，没想到一脚踩到了吕忠华的脚后跟。

"对不起吕叔叔，对不起。"小严赶忙道歉。

吕忠华并没有意识到自己脚后跟被踩到。后脚停留了几秒钟，终于往前迈动。可是，对面的老太太却没有让开。

老太太一直盯着吕忠华看。嘴唇动了动，却没有发出什么声音。

小严笑着说："阿姨，让我们进去呀。"

老太太像从梦中醒来，连忙说道："哦，对不起对不起，请进请进。"

小严和吕忠华走进客厅，老太太关上门，把两位客人请到沙发上坐下，朝卧室喊："季宇航，快出来，老师来家访了。"

卧室里没动静。老太太又喊，才听见轻微的脚步声，磨磨蹭蹭地越响越近。

季宇航倚靠在卧室跟客厅的拐角上，朝两位客人看一眼，不说话，头向边上一扭。

"你这孩子，老师来了也不打个招呼！"

"打招呼干吗？来就来呗，还不是向你告我的状！"季宇航瞥了他奶奶一眼。

"唉，你们看这孩子，真是不像话！"老太太叹了口气，无奈地说。

"季宇航，"小严笑着说道，"今天我不是来家访的，更不是来告你状的。我给你带来一位客人，跟你住同一个小区，我叫他吕叔叔，你就叫他吕爷爷好了。"

"我认识他，不要你介绍。"

"认识了好呀，以后你们多交流一下。"

"哼！"季宇航从鼻孔里发声。哼完了，一扭身子回去了。

"你不能好好说话呀！气死我了！"老太太冲他的背影喊。

小严跟着季宇航进了卧室。

老太太坐到吕忠华对面的沙发上，低着头，好一会儿没有抬起来，好像抑制着什么。抬起头来的时候，吕忠华发现，她的眼角，隐隐地有点水光。眼睛却不看吕忠华；或者说，每当眼光即将与吕忠华眼光相碰的时候，她就急速地移开。

她长长地叹了口气。

"不知道孩子会长成这样，我想这都怪我。"

她把目光移到窗外。她的鼻梁凹下去，鼻尖向上翘起。上午的阳光反射在上面，可以非常清晰地看见上面的细小皱纹。老太太六十多岁，从这个年龄来说，这些皱纹简直不算什么。

"我好歹也是个高中生，可不知道水平怎么这样差，连个小孩都教育不好。我不知道是不是由于推荐的原因；我们那时候上学都是推荐的，不管你成绩好不好。孙子没教育好，我不知道是不是也跟他爸爸有关。他爸爸成绩不好，就读了个职中，一毕业就出去打工了。我不知道让他出去打工对不对。他在外面谈了个对象，结了婚，两个人又出去打工了。我不知道会有这样的后果，要不然，我就不给他们出去打工了。就地找个工作，工资低一点，可是能带孩子呀。"

"你就别自责了。不知道也是正常的。当时还没有留守儿童这个说法。"

老太太收回目光，收回的过程中与吕忠华目光对视，像个受惊的兔子似的，肩膀一抖，赶紧把头低下去，不停地绞着双手。

"季宇航三个月大，他妈妈就把孩子丢给我，出去继续打工。我当时不知道她这样做对不对，现在看来这是不对的。我二十几年没带孩子了，我不知道现在的人怎么带孩子，就按照当年带儿子的方法来带孙子。无非是饿了给他吃，冷了给他穿，困了让他睡，吃饱睡足让他玩。我不知道季宇航为什么那么爱哭，每次饱了哭，饿了哭，冷了哭，热了哭。每次哭了，我就抱他起来。说来也怪，我一抱他起来，他就不哭了。我不知道这是为什么。

我记得高中时看过一篇文章，是忆苦思甜的，说一家人哪个跟哪个相依为命。不知道为什么，那时我想起了这个词语，就在心里想，我跟季宇航也是相依为命的。因为这个，我特别疼爱季宇航，疼爱到什么地步呢？不知道这样说对不对：真是捧在手里怕摔了，含在嘴里怕化了。不管他要什么，只要我能办到的，我都答应他。那时我不知道这样做不对呀。

好几年时间里，我和季宇航祖孙两个，一年到头，生活在一个空荡荡的院子里。那时，我们还住在老宅的平房里。那些平房到现在也没有拆迁。现在想起来，那是一段多么难挨的日子，我不知道怎么就过来了。我不知道时间为什么过得那么快，一转眼，季宇航就上小学了。小学四年级，儿子媳妇他们就回来了。我不知道他们为什么回来，他们说，我们县经济发展好了，在外打工不如在家赚钱踏实。"

门锁嚓嚓响起来。有人开门。老太太住了口，抬起头来看向门口。

"我儿子回来了。"

门向后退去，一个中年男人跨进门来。看见吕忠华，愣了一下。老太太站起来，向他介绍："班主任带来的，帮我们家季宇航的。"

吕忠华站起来自我介绍："我姓吕，是县老科协的，最近接受委派，配合学校在小区里教育转化学生。"

中年人关上房门，快步走近吕忠华，握住吕忠华的手上下晃动着。

"感谢你们！感谢严老师，感谢吕先生！我叫季广发，是季宇航父亲。"

"不用谢，是我们应该做的。我们想了解一下季宇航的情况。刚才你家老母亲给我说了一些。我们还想跟你谈谈。"

季广发沉思了一下。

"你们看这样行不行？我现在回来拿材料，马上要赶回单位。我先给你们看一样东西，看过了我再请两位过来交流。"

"也行。你给我们看什么东西？"

"我曾经在家里装了监控，录下了我们家生活的一些实况，声音图像都有。经过剪辑，内容比较精炼。当时我的目的，就是想把一些实情反映给老师，请老师指导一下的。"

"那好啊，我们先看看。"

"请您等一下。"

季广发走进卧室。一会儿出来，手里拿着一个 U 盘。

小严老师也来到客厅里。季广发进卧室的时候跟她说了这事。

"季先生你放心啊！我跟吕叔叔会认真看，仔细研究的啊！"小严说。

"那我们走吧。我跟季宇航说一下。"

吕忠华来到卧室里。季宇航斜躺在床上，手里拿着手机，两只眼睛盯着屏幕。

"季宇航，我们走啦。以后再来看你。我跟你说啊，那天处理死猫的事情，是我做得不对。你那样对待猫，肯定有你的道理。我没把事情搞清楚，就当众对你发火，让你处理死猫，真是不应该。爷爷请你原谅啊。"

季宇航眼睛离开手机片刻，看了看吕忠华，又回到手机上。

"季宇航再见。"吕忠华朝季宇航摆摆手。

季宇航眼睛斜着看了看，动了动身子，似乎想说什么，或者想送一下，但是终究还是躺在那里，全神贯注在手机上。

小严和吕忠华从季宇航家里出来，到了楼下。

小严扭着头，左右看了看。

"什么事啊，神神秘秘的。"吕忠华感到奇怪。

"我告诉你哦，你可别吃惊啊！季宇航这孩子可不得了啊！你猜他在干什么吗？他在制造炸弹啊！"

"炸弹？"吕忠华站住了，瞪着小严，"不会吧？"

"怎么不会呢？我一进屋就闻到了一股鞭炮味啦！我就问，你这房间里有鞭炮啊？这可不安全哪！他就朝他的床头柜跑去，把上面的东西都给收拾啦！他收拾的时候我看见啦！有电线，有闹钟，还有电子上的其他零件呀！我说不出名字，但是我知道那是电子零件啊！我从电影上看到过的啦！定时炸弹不就是由这些东西做成的吗？"

"别那么神经过敏，"吕忠华笑了笑说，"他搞定时炸弹干什么啊？"

"你说干什么呀？是不是为了报复你呀？不对哟，也可能是为了对付哪个老师呢！这孩子可真不得了啊！"

"你想多了，"吕忠华说，"一些家长为了培养孩子的动手能力，物理、化学器材都买，让孩子拼拼装装，拆拆卸卸，搞化学实验。我一个大学同学就是这样培养孩子的。他家阳台上不仅有火药味，还有各种化学药品味呢。有人不了解，还以为孩子在配置毒药呢，哈哈。"

"哦，也许我真的想多啦。"

"小严老师，你看这样吧。我们做这方面的防备，但也不能一口咬定。我们得加快脚步，尽快展开对季宇航的转化工作。我们什么时间看那个视频？"

"下午我有事，明天吧？上午九点我打电话联系您。"

"行，那就明天。"

小严跟吕忠华挥挥手就走了。她并没有回家，而是给吕丽婷打了个电话。

"丽婷赶快出来哟！我有个天大的秘密告诉你哟！"

"你哪天没有秘密？这次又是什么秘密呀？是一个神秘的约会电话，还是一份神秘的礼物啊？"吕丽婷笑道。

"这次是真的哎！而且是你老爸的秘密呀！"

"是吗？我倒想听听。"

"那你到我家来。"

吕丽婷到了小严家。小严坐在沙发上，已经在茶几上摆了几样小食品，冲好了奶茶。客厅了飘满了薯片、牛肉干、五香瓜子、奶茶的混合香味。

吕丽婷在小严旁边坐下，毫不客气地捏起一块牛肉干，张开红润的嘴唇，咬了一口。

"我老爸的什么秘密呀？说吧。"

"你老爸跟一个老太太有情况！"小严贴近吕丽婷耳朵，小声地说。

"大声点嘛，又不怕谁听见。"

"你老爸跟一个老太太有情况！"小严喊起来。

"发生么神经！小点声！"吕丽婷朝她肩膀上打了一下。

小严嘻嘻笑了。

"今天我们去季宇航家家访，你猜怎么着？"小严把两条花式发辫甩了一下，"季宇航奶奶开门。你老爸一看见季老太就呆住啦！连进门都忘记啦！我踩他脚后跟他都没反应啊！我没看见他脸，不知道他眼神怎么样呢！倒是季老太的眼神——哎呀，那个专注啊，我看了都感动啊！好像天底下什么都没有了，什么都消失了，只剩下你老爸一个人啦！连让客人进门都忘记啦！"

"真的假的呀？"

"我在现场啊！我亲眼看见的呀！能有假吗？"

"两个人一见钟情？不会吧！那个季老太一眼相中我爸倒还说得过去，我爸对他……真是不可思议！对了，肯定是老太太拦着他，我爸想进去进不了！"

"哎呀，这个我倒没想过，完全可能的呀！对对对，就是这么回事！"

"不过也难说，"吕丽婷端起奶茶杯喝了一口，"那还得看那个季老太怎么样。季老太好看吗？"

"好看？老太太好看什么呀？满头白云彩，一脸橘子皮，好看吗？"

"那是你的眼光！情人眼里出西施，我老爸跟季老太年龄相当，也许相中她呢？"

"你这么一说呀，还真是的呢！"小严把小腰一挺，拿着薯片的手在空中划拉一下，"季老太年轻时候肯定长得不丑！鼻尖翘起来，多像外国人的鼻子啊！现在皱纹也很细，年轻时候皮肤绝对像玉子豆腐！"

"我回家问问我爸，究竟怎么回事！"

"哎呀！你可别呀！我可是当笑话跟你说的，你千万别动真格的呀！不然吕叔叔要骂我凭空捏造，惹是生非啦！"

"跟你开玩笑呢！我才不相信我爸还有那个闲心思！就是他真的相中季老太也不错，他和季老太来一场黄昏恋，老妈再找一个，我也相中一个，一家三口同一天举行婚礼，保证轰动全世界！哈哈哈哈！"吕丽婷说着，被自己逗笑了。

"然后再同一天生小孩！产房里你抱着你的女儿，挨个儿跟他们的女儿喊姨妈！"

两个人笑得躺倒在沙发上，浑身乱颤。

第七章　父母家暴季宇航

第二天上午九点，吕忠华按照小严电话里的约定，来到县检察院第四检察部小会议室。第四检察部对未成年人实施司法保护，同时负责预防未成年人犯罪工作。王检察官已经在等着他们了。

王检察官身材高，两条腿很直，一头黑发朝四下里炸着。对于桀骜不驯的头发，王检察官可能很无奈，为了防止头部形象过分庞大，所以他不得不留一头短发，也就是"寸头"。也许正因为这个头发，他的检察官威风更加凸显出来。他拿出两只一次性杯子，在一只杯子里放一撮六安瓜片茶叶，倒进滚热的开水，端到吕忠华面前。另一只空杯子给了小严。

"你呢？"吕忠华问。

"我有自己杯子。"王检察官指了指旁边带盖儿的玻璃杯。

"怎么不给我倒水啊？"小严望着王检察官抱怨道。

"注意影响！"吕忠华低声对小严说。

王检察官听见了，笑道："没关系吕局长，她这个人就这样，从小就难伺候。你不是不喝茶叶水吗？"

"你们原来就认识啊？"

"何止认识啊？他还是我表舅嘞！我不喝茶叶水，喝别的水呀！既然承担了待客的职责，总不能没有吧？"

"我早就知道，不把你伺候好了我们别想安稳。"王检察官笑着说，从自己包里拿出一小盒奶茶，往小严面前一扔："给你，一盒十包，够你一上午喝的了吧？"

"这还差不多！"小严笑嘻嘻地拆开盒子，从里面抽出一小袋，自己跑过去拿水壶冲上了。

王检察官把电脑、投影仪连接好，插上 U 盘，播放视频。三个人坐下，专注地看起来。

门被推开了，季宇航背着书包进门，反手把门一推，门关上了，发出巨大的声响。

季广发坐在客厅里的沙发上。听到声音，他怒气冲冲地看着季宇航，随即站起来，走到季宇航身边，伸出脚去，朝季宇航臀部踢了一下。

"用那么大劲干什么？不知道轻点吗？"

季广发出脚的时候，左臂向后划动，右臂弯曲向前抬了一下，给人优雅的感觉。如果面前没有站着一个季宇航，人们会误以为他在舞蹈。

季宇航一声不吭，躲闪了一下。很显然，他的躲避是无效的，因为他爸爸的脚已经明显地接触到了他的身体；他的身体也有了反应，震动了一下。

沙发上还坐着一个中年妇女。小严介绍说，她是季宇航的妈妈，叫方小玲。方小玲没有站起来，她在削苹果。

"过来！"方小玲对儿子发出命令。她虽然在家里，穿着便服，但是坐姿端正，像是经过训练。

刚进门就挨了一脚，季宇航心里应该充满怒气，他站着不动。

季广发上去又是一脚："怎么？你妈叫你没听见啊？过去！"

这次，季宇航没有躲。再挨了一脚之后，季宇航慢吞吞地挪到方小玲对面。背着书包的身子佝偻着，此时的季宇航看上去矮了，好像一个老人，被一辈子的辛劳压弯了腰。

方小玲削好了苹果，狠狠地咬了一口。她一边咀嚼一边说话。

"知道你放学了，这只苹果本来是给你削的。可是你太让人失望了，不配吃这只苹果。"

她把苹果咽下去，又咬一口。

"门是自家的，你凭什么用那么大力气关上啊？摔坏了怎么办？还不是要花钱再买、再装？你家有钱吗？没有钱！我们都是打工的，钱都是流血流汗赚来的！你不心疼，我和你爸心疼啊！关一扇门都这么狠，你的文明礼貌在哪里？不懂文明礼貌，将来到社会上怎么混日子？"

"我不是故意的，"季宇航为自己辩解，"我只是随手带了一下。今天风大，窗户都开着，一下子就把门吹上了。"

"你还抵赖！气死我了！不吃了！"

她把苹果往茶几上狠狠地一顿。一只苍蝇飞了过来，要往苹果上落。方小玲伸出胳膊在空中乱扑，没扑着，就随手拿了一个苍蝇拍，跟着苍蝇追。

苍蝇落到了一个地方，方小玲举起蝇拍"啪"地拍下去。

"哎哟！疼死我了！"

原来苍蝇落在她裸露的小腿上，她拍的是自己的小腿。她把蝇拍狠狠地往地上一丢，伸出一只手，朝季宇航推搡了一下。

"都怨你！"

门又开了，进门的是季宇航奶奶。她反手把门一关，也像刚才那样，门"嘣"地响了一声。

她看见眼前的光景，明白了家里正在发生什么事情。

"怎么啦？又怎么啦？"她一边说，一边走到季宇航跟前，扯起他一只胳膊。季宇航抬起头来，眼泪在脸上闪光。季老太伸出手，给季宇航擦眼泪。

季广发夫妇都没说话。大概他们此时感到，门重重地关上不怪季宇航，确实是风吹的。

"小孩子犯了什么错？又打又骂的！有什么不能好好说吗？走，宇航，回屋去。"

她扯了他的胳膊往卧室里拉。季宇航顺从地跟季老太走。

方小玲忍不住了，说道："妈，我们在管孩子，你最好不要插手。"

"你们这样管孩子我不赞成！有话好好说，跟孩子讲道理嘛。我不知道你们这样做有什么好！"

"季宇航都是给你惯坏的！"季广发帮着妻子说话。

"我怎么惯坏他啦？你们只顾打工赚钱，把他一个人扔给我，我一把屎一把尿把他养大，还说我惯坏的！"

一家人就这么吵起来了。季宇航呆呆地站在原地，又擦起了眼泪。

第一个视频看完了，三个人都不说话。吕忠华端起茶杯，喝了一口水，叹息一声。王检察官接着放，他们继续看视频。

三个视频看完了，他们想就此展开讨论。小严忽然说道："哎，我把丽婷找来怎么样？她是行家，最好听听她的意见。"

"丽婷是谁？会不会耽误人家时间？"王检察官说。

"丽婷是我闺蜜，是吕叔叔女儿。她跟我一样都是老师，眼下正是暑假，没事的！"

小严说着就打了电话。

"丽婷说，她马上到！"

王检察官笑着说："她就这么听你话呀。"

小严脖子一扭："当然啦！你不看看我是谁！"

"说你胖你就喘了！"

说话间，吕丽婷到了。王检察官是主人，他站起来迎接，让座。拿了一个杯子放在桌上，朝小严伸出手掌："拿来！"

小严莫名其妙："拿什么啊？"

"奶茶呀！十包，都给你了，你不会吝啬到舍不得给闺蜜喝吧？"

"哈哈哈哈，忘了。给！"

小严拿出一包奶茶给王检察官，王检察官用开水冲了，递到吕丽婷面前。吕丽婷接过来，说了声"谢谢"。

王检察官回自己位置，吕丽婷朝他的背影看了几眼。待王检察官坐下以后，吕丽婷看着他说："我们好像见过哎。"

王检察官脸红了，低头说道："不好意思，我叫王相岩，我们是老同学。"

"老同学！"小严和吕丽婷同时惊呼起来。

吕丽婷脑子里迅速转了几圈，回想自己从小学、中学到大学的同学，实在找不出来点滴印象。

"我，我记不起来了。我们是什么时候同的学？"吕丽婷尴尬地说。

"我们是初中同学，"王相岩抬起头来，脸上的红色渐渐消退。"记不得不怪你，我那时在教室里几乎不算一个存在。我从农村小学考到运河初中来，家里条件差，没有好衣服、新衣服穿，在你们城里人面前自卑感很强，从来不和你们打交道。再加上个子小，成绩一般，上课从来不发言，所以班级大多数人对我没有印象。"

"真不好意思，我那时候年纪小，不懂事。"吕丽婷抱歉地说。

"不过，我一直记得一件事，"王相岩望着吕丽婷说。

"哪件事？"

"不知你注意到我的头发没有，总是炸着。现在好多了，当年比这个厉害。有一天大课间，你们几个城里的女生在说笑，我从你们面前走过，你忽然指着我的头说：'哇，小刺猬！'其他几个女生也跟着喊：'小刺猬！小刺猬！'当时我又羞又愧，撒腿就跑。"

吕丽婷瞪大了眼睛："啊？有这回事？"

小严哈哈笑着，捶了吕丽婷一下："你小时候那么欺负人啊！"

她们笑声停了，王相岩接着说："当时我很生气。不过，我后来报复了一下。"

"还有报复？怎么报复的？"小严好像比吕丽婷更感兴趣，着急地问。

"我知道你们女生怕小虫子、小动物之类的，猛然看见就会吓得大叫一声。好，你叫我小刺猬，那我就让你尝尝刺猬的滋味。一个星期天，我就跑到田里，抓了一只刺猬，放在书包里带回来，打算把它放进你的桌肚里，吓你一下。到了教室，有人，我就把书包塞进自己的桌肚里，出去办点事。等我回来的时候，发现班里有人在嚷嚷，说教室里抓到刺猬了，班长说交给老师。

原来，我没把刺猬关好，它自己跑出来了。"

"哦，这个事情我记得。我听说班里有刺猬，就去看了。那是我第一次，也是唯一一次看到刺猬。原来是你带来的呀！"

"不好意思，正是鄙人。"

几个人都哈哈大笑。

"好像……高中我们不在一个学校吧?"

"唉，别提了。农村孩子在城里读书，压力山大。我没有考上正取生，要交钱。我家交不起。我姨父在外县一个高中当教导主任，我就到他那里上学去了。读了三年，后来考上了政法学院。"

"从矮个子到高个子，从农村孩子到检察官，从说话害羞到谈吐落落大方，发奋励志的典型啊！"吕忠华不禁称赞道。

王相岩脸又红了："吕局长过奖了！"

说完闲话，开始讨论。小严先把视频相关内容做了介绍，吕丽婷主讲，其他人补充。快到中午十二点才散。

临别时，王相岩和吕丽婷互相加了微信。王相岩的微信名叫做"天光云影"。

第八章　女工家里有炸弹

　　季广发把 U 盘给了小严和吕忠华，回到单位，心里时时想着这件事情。几次拿起手机，想打给他们问问情况，又忍住了。毕竟看视频需要时间，还得花时间想办法，哪能催得那么急呢？可是，不急又不行，毕竟儿子往悬崖那边噌噌地滑！

　　每当想起儿子季宇航，季广发心里总是隐隐作痛。

　　他和妻子一直在外打工。季宇航出生的时候，季广发没有回家，直到孩子满月了，按老规矩要办满月酒，他才从千里之外的打工之地回到家里。季宇航满三个月，他和妻子又出去了，孩子留给季宇航他奶奶带。离别的时候，他和妻子抱着季宇航，亲了又亲，想到这一别又得几个月时间，他和妻子心里酸酸的，眼泪在眼里打转。又一想，孩子谁带还不一样？而钱不是想赚就能赚到的！跟孩子相处时间少，将来可以用钱来弥补！儿子成年的时候，能给他买一间房子，一辆车子，再给他办一个风风光光的婚礼，此时的离别又算得了什么呢？何况，孩子奶奶是个细心人，也很能干，还能让孙子饿着、冻着？就这么着，一咬牙，把孩子交给他奶奶，夫妻二人头也不回地走了。

　　孩子一天天长大了。逢年过节，季宇航夫妻每次回来，都是一家人最大的乐事。夫妻俩带回来很多土特产，像围墙一样把孩子围在里面。看着孩子在围墙里打滚，大叫，欢笑，夫妻俩的心化了。觉得离别值得，思念值得，吃苦值得！

季宇航十岁以后，季宇航奶奶打电话的次数多了起来。以前每次打电话，都是告诉他们孙子会笑啦，孙子会发声啦，孙子能翻身啦，孙子会喊爸爸妈妈啦，喜事一串接着一串。可是季宇航十岁以后，她的电话内容变了，孙子不好好吃饭啦，孙子不写作业啦，孙子考试作弊啦，烦心事一件接着一件。每次接到电话，他们都嘴里苦唧唧的，心里沉甸甸的，吃饭不香，睡觉不甜。最后，夫妻俩一商量：回家。不然，钱赚得再多也没用。恰好逢到运河县地方企业春季招工，春节后他们就留在家乡就业，教育季宇航的事情也就摆到面前了。

当每天跟孩子在一起的时候，他们发现，如今的儿子跟从前的儿子简直换了个人。以前怎么看怎么舒心，现在怎么看怎么窝心。

就拿做作业来说吧。在母亲的监督下，季宇航打开书包，拿出笔、课本和练习册，却不做，在那里东张西望，好像寻找什么东西。母亲方小玲问他："找什么啊？我替你找。"季宇航却说："不找什么。"低下头来，拿起笔，笔尖却长时间停留在半空。方小玲问他："怎么不写啊？"季宇航说："我在想呢。"想就想吧。过了半小时，方小玲看了看他的练习册，只有歪鼻斜眼的几个字！季广发搞不明白，儿子为什么不写作业！

后来，季宇航找了个理由："你在我身边我写不出来。我到房间里写。""行，你去吧，不能关门。""不关门我写不出字。"好吧，关门。过一会儿，方小玲推开门，看见他笔放在桌子上，一只手前面抓抓，后面挠挠。"怎么不写作业？""我写啦。"方小玲走近了看，一行行字，像一根根稻草绳，你缠着我，我缠着你，扭曲着，盘旋着，根本分不清写的什么。

"你怎么写这样的字？""老师教我这样写的。""老师会教你这样写呀？""老师就这样教我写的！"方小玲气呀，方小玲急呀！不仅是方小玲，哪个做父母的看到这样的儿子、这样的行为，想想在孩子小的时候，对他寄予的无限希望，不急得要上吊、不气得要投河？

于是，就开始管教他。俗话说："棍棒出孝子。"对季宇航的体罚和责骂，由此开了头。可是，究竟怎么回事呢？流传了几千年的话，怎么在他季广发手里就不管用了呢？体罚和责骂，不仅没有让季宇航变好，反而使他像雪橇一样，被人放在积雪的山坡，朝山脚飞速下滑。季宇航厌学的情况更加严重，成绩由中等到垫底；并且开始参与打架斗殴了。季宇航奶奶不打电话了，老师的电话多了起来，几乎全都是告状："你家季宇航啊……"怎么怎么，"你家季宇航啊"如何如何，最后一句总是千篇一律："你们把他带回家反省一下！"

无奈之下，季广发开始反思，究竟是哪里出了毛病。是自己的教育方法不对，还是季宇航天生就这样？为什么有些家长也打孩子，孩子不仅并没有变坏，反而让家长喜笑颜开？为什么有些家长从来不为孩子操心，孩子却像得风得雨的小树，噌噌地往上蹿？所以他坚定地认为，所谓教育方法都是无稽之谈，关键还是基因，基因决定一切。有的人基因不好，一生下来就得了罕见病，一家多少代得同一种病；有些人基因不好，没有表现在身体上，而是从智力和行为上反映出来，或者笨得要死，或者调皮捣蛋。老一辈人不是把调皮捣蛋的孩子称作"讨债鬼"吗？意思是说，父母上辈子欠了某人的债，某人就托生成为他们的儿女，要智商没智商，要品行没品行，让父母一辈子为他们操心劳肺。难道不成，季宇航就是老一辈人说的"讨债鬼"吗？如果不是，他为什么这么顽劣异常呢？

思来想去，不得要领，季广发决定向行家请教。他利用自己的特长，在家里装了一套监控设备，把季宇航日常表现，他们如何教育季宇航的情况，客观地录下来，呈送给老师，或者哪里的教育行家，请他们指点一二，看看季宇航还有没有救。如果没有指望了，他们就此认命，随他去吧；如果还有一丝希望，那就试试看。

视频录制、剪辑好了，还没有来得及请教老师，老师却到家里来了，还带来一位退休的老干部，目的就是转化季宇航。这让季广发非常欣慰，觉得政府关怀老百姓真是无微不至，连这个都想到了。

三天过去了，季广发无时无刻不在焦急等待之中。他们看视频了吗？看了以后有什么想法？季宇航还能转化吗？脑子里经常盘旋着这些问题。

不行，无论如何得打电话问问！这样想着，季广发掏出手机，准备拨号。

忽然，手机铃声响起来，是本地一个陌生号码。季广发没怎么思考，就接了电话。

"请问你是季宇航家长吗？运河派出所，我姓范。你家季宇航现在在我们这里，你过来一下。"

"什么什么？季宇航在你们那里？他犯了什么事了？"季广发脑子嗡地响了一下。

"来了再说吧。挂了。"

手机寂静无声，季广发却还放在耳边。他脑子里像一片白茫茫大地。不知过了多久，这片大地上长了草，刮了风，飘了沙尘。季广发思绪回到现实里。他长叹一声，到楼下骑了电瓶车，去运河派出所。

到派出所，季广发见到范警官。除了季宇航，还有一个中年妇女，面熟；一个初中生模样的女孩子，他认识，叫杜伊雪，也是小区里的，跟儿子同校、同年级。季广发想，季宇航跟她们有什么瓜葛呢？

中年妇女一看见季广发，就气呼呼地伸出一只手指，指着季广发。

"管管你家儿子！差点闹出人命了！"

虽然对中年妇女的态度看不惯，觉得她夸大事实，但是季广发知道自己的儿子不是省油的灯，一时不便发作，就按住性子问："怎么回事？我家季宇航怎么了？"

中年妇女拍拍范警官的写字台："怎么了？你看这是什么？定时炸弹！你儿子要炸死我们母女俩！"

季广发一进门，就看到范警官写字台上有些东西，不是他们办公时间应该摆放的，他没怎么在意。听中年妇女如此说，季广发就把目光转到写字台上，见是电线、计时器，还有他说不出名字的什么器具。这些东西跟炸死人有什么关系？季广发生气了。

"说话要负责任哦！我家儿子跟你们有什么仇啊，要炸死你们？他虽然调皮，还不至于到这个地步吧？"

中年妇女还要说什么，范警官拍了拍写字台，眼光转向季广发。

"别说了。我来讲一下事情经过。"

原来，这位中年妇女跟季广发住同一个小区，叫潘克兰。今天上午9点30分，她打电话到运河派出所报案，称小区里一个叫季宇航的孩子，拿了一颗定时炸弹到她家，要炸死她们母女俩，已经被她控制住了。这还了得！范警官和同事立即出警，把潘克兰母女和季宇航带到派出所来。经过初步询问，季宇航承认，自己通过加微信的方式，从网上购买了起爆器、计时器、电线、开关等物品。买不到炸药，就买来鞭炮，藏在储物间里，把上面的鞭炮取下来，一个一个剪开，留下火药，扔掉纸壳。一共取出50多克火药。

季宇航本来不会制作定时炸弹。可是上学期期末考试，试卷上有一道物理题目，让他开了窍。这个题目是这样的：

如图是定时炸弹的引爆装置电路示意图，S是定时开关，起爆器中有电流通过时它就会引爆。未到达设定起爆时间，起爆器上_____（填"有"或"没有"）电流通过；当设定起爆时间一到，定时开关S会自动_____（选填"断开"或"闭合"）。为使引爆装置停止工作，拆弹专家应剪断图中的_____（选填"红线"或"蓝线"）。

题目还有示意图。季宇航对它非常感兴趣，就偷偷摸摸地摸索着制作。至于制作目的，季宇航说只是做着玩；问他为什么要把这个东西带到杜伊雪家，他却闭口不谈。因此，潘克兰才担心季宇航是针对他们母女搞爆炸。

范警官讲完，季广发气不打一处来。"你这个兔崽子！"他捏起右拳朝季宇航冲过去。自从季广发进屋，季宇航就盯着他的一举一动；见他怒气冲冲地朝自己压过来，照例脖子一缩，身体一蜷，等待着拳头的光临。

拳头没有落下来，因为范警官的吼声超前响起。

"停！家暴违法！你现在在派出所！"

季广发无可奈何，停下脚步，捏紧的拳头无处发力，就朝自己的左手掌狠狠捶了一下。

"季宇航家长，"潘克兰走了两步，来到季广发对面，"范警官说的你都听到了。一个小孩子胆子这么大，制造定时炸弹，还要用它来杀人，不都是你们大人的错吗？我想来想去想不明白，我们跟你家到底有什么仇，你儿子要来炸我们？我觉得这件事情不能就这样算了，要按照法律严厉处罚。"

说完，气哼哼地走回到长椅子边，在她女儿身旁坐下。

"你说的没错，"范警官说，"这个行为性质非常恶劣，关系到公共安全的大问题，我们一定会严肃处理。这样，你们母女俩先回去，处理结果我及时通知你们。"

"那好，那好，谢谢范警官！"潘克兰站起来，弯了两次腰。回头对女儿杜伊雪说："走，我们回家！"

杜伊雪端坐不动如冰墩，脸上似笑非笑，好像天上仙女，俯视人间这场小戏。她妈妈见了，伸手扯她衣袖，催促道："吓傻啦？叫你走，听见没有？"

杜伊雪两只胳膊在胸前一叉。

"定时炸弹，是我让季宇航造的。"

声音极细小，却如定时炸弹爆了，把范警官、季广发、潘克兰震了一下。

"你说什么呀，伊雪？你真的吓傻啦？"潘克兰俯下身子，扳着杜伊雪肩膀晃了晃。回头对范警官说："我家伊雪脑子是不是出问题了？季家要赔偿精神损失费！"

"你们家要赔偿精神损失费！"潘克兰对季广发说。

"不要谈什么精神损失费！我们听范警官的！范警官，请你问清楚是怎么回事！"

"大家都静一静，我们听听杜伊雪怎么说。"

"我听季宇航说他想造定时炸弹，我说我给你钱，你给我造一个。季宇航答应了。我想，有了定时炸弹，我要把它放在我们家客厅里。我把时间调到 9 点以后，这时妈妈上班了，我也不在家。季宇航造的定时炸弹威力小，炸不到人，也炸不到天然气，炸不到电路开关。可是它声音大。'轰'！全小区都能听到。然后，警察来了，消防队来了，大家都围过来看，指点着说：'看哪，这是潘克兰家。看哪，这是杜伊雪家。'"

潘克兰越听越怕，我的天，杜伊雪吓出精神病了！季广发也越听越怕，正常孩子哪有想给自家放炸弹的？看来杜伊雪真的给吓傻了，他季广发真的要赔偿精神损失费了！范警官听着，思考着：杜伊雪说的是事实，还是胡言乱语？

"杜伊雪，"范警官说，"你说的都是真的？"

"当然是真的！我为什么要说谎？从小妈妈就教导我，要诚实不要撒谎，要诚实不要撒谎。所以我从来不撒谎。除了妈妈对我撒谎。"

"你——"潘克兰的脸，像突然被泼了一盆猪血，一下子红了。"我什么时候对你撒过谎！"

杜伊雪不说什么，放下胳膊，身子往前探了探，眼睛像两道电光，向她妈妈直射过去："你发誓。"

"女儿，你真是神志不清了。跟我回家休息一下。"潘克兰慌了，转了话题，拉着杜伊雪要带她离开。

范警官摆摆手。

"情况不明，等等再走。"

范警官寻思，杜伊雪的话，虽然听起来像天方夜谭，但是无风不起浪。她之所以这样做，一定有她的道理。接下来要搞清楚她想给家里放炸弹的原因。如果她的解释不能自圆其说，那时再判定她撒谎不迟。

"你能告诉我，你要给家里放炸弹的原因吗？"

杜伊雪看着她妈妈，胸脯起起伏伏，呼吸逐渐急促起来，脸色也由玉兰白变成了玫瑰红，再变成葡萄紫。

大家都盯着杜伊雪，期待她说出些什么来。

谁都没有料到，杜伊雪突然举起胳膊，张开手掌，捂住了自己的眼睛和脸，"哇"的一声哭起来。

大家都愣住了。潘克兰更是手足无措，过了好一会儿才缓过神来，赶忙跑上前去，把杜伊雪抱住，拍着她后背，轻轻说道："伊雪，闺女，你怎么啦？你怎么啦？受到什么委屈了？跟妈妈说说，啊？跟妈妈说说……"

杜伊雪却并不领情，轻轻推开她妈妈，走回长椅子上坐下，掏出餐巾纸捂住嘴唇，让自己哽咽的声音低一些；随后擦擦眼角。

过一会儿，杜伊雪呼吸渐渐平静。她仰起脸来，暗淡的目光，对着门外空荡荡的庭院。她开口说话，声音低缓，谁也不看，像是自言自语一样。

第九章　家庭噩梦难醒来

杜伊雪像舞台上的拉幕人。不同的是，舞台上的拉幕人用手，而杜伊雪用语言。随着她的叙述，她的人生大幕徐徐开启……

对于杜伊雪而言，爸爸杜永安是个恐怖的存在。

在杜伊雪记忆中，杜永安跟酒是连在一起的。提到爸爸，"酒"这个词就同时蹦了出来；而看见了酒，爸爸这个词也就写在了酒瓶上。

如果说，杜永安是为了酒而活着，似乎并不过分。在他的心目中，没有比酒更珍贵的物品，没有比酒更好的朋友，没有比酒更亲的亲人。家里什么东西都能扔掉，但是酒不能扔；对于劝他少喝一点的朋友，杜永安可以怒目相向，出言不逊，而把酒瓶紧紧地攥在手中。有时父亲看儿子喝得多了，把酒瓶收起来，杜永安马上起身离去，撇下老人，到别的地方再喝。

杜伊雪见过酒喝多了的人，他们要么跟跟跄跄，要么呕吐不止，要么迷迷糊糊倒头就睡，要么手舞足蹈慷慨陈词。而杜永安与他们都不一样；喝多了总是骂人，打人。

骂，有指责、批评的意思，也有用脏话侮辱人的意思。杜永安的骂，总是属于后一种。更让杜伊雪感到羞愧的是，杜永安脏话特别多，脏字、脏词儿也数不胜数，而且都用得恰如其分；每一句平平常常的话，杜永安都能妥妥帖帖地配上脏字，就好像眼睛长在眉毛下面那么自然。杜伊雪至今也想不明白，杜永安怎么能想出那么多脏字、脏词儿。她想，如果有谁收集一下，编一本《杜永安脏话集》，肯定不愁材料不足的。她想到班里的一些男同学，仅仅因为嘴里只说一个两个脏字、脏词儿，就被老师叫到办公室批评；如果杜永安是学生的话，那不得专门为他设立一个职位？这个职位就叫作"杜永安批评师"，只用来对付他。

让杜伊雪记忆深刻的，还有杜永安骂人的神情和动作。杜永安皮肤比较黑，一喝了酒脸就变了颜色，黑里透红，油光水面。喝多了酒，头还高高仰起，一直向后仰，向后仰。因为个子矮，只有这样，才能表现出居高临下的神态，便于垂下眼皮来骂人。好像他是这个世界上唯一的神，而其他人都是草芥，只要他伸出脚来踏一踏，就全都夷为平地了。一般的人骂人，都是伸出胳膊指点着被骂的人，双方的身体处在平行的位置；而杜永安骂人则不然，他的胳膊是举起来的，朝向天空；似乎只有这样才能表现他的神的地位。但是，天上的神仙毕竟神圣不可侵犯，因此，他的手并没有指着天空，而是五只手指并拢，手里握着筷子，筷子尖儿一律朝下，指点着被他骂的那个人。

与杜永安骂人配合默契的，是打人。一般的人，打人之前，先做热身运动。据说老淮安乡下，两个男人打架之前，先"抗架"，即嘴里嘟嘟囔囔，说着不满的话；各自侧着身子，右肩朝前，用力对撞，过一会儿开打；当然，也可能对撞以后，火气渐渐消了，各自走散。而一般的人，是这样热身的：捋起袖子。夏天穿短袖衣服，或者光着膀子，没有衣服袖子，但是照例作出捋袖子的动作；不是真的为了捋袖子，而是制造声势。而杜永安打人，完全不需要这些热身运动。他往往一边骂着，突然脑子一热，巴掌或者拳头就出去了："啪！啪啪！""噗！噗噗！"有时候，要打的对象不在贴身的地方，他就随手抄起一个家伙，石头也好，棍子也好，筷子也罢，碗也罢，有时候猫儿、狗儿也行——总之，只要有一个顺手的"家伙"，杜永安就抄起来，稳、准、狠地砸出去。

一个小女孩，整天生活在这样一个家庭里，就好像躲在一块随时掉落的巨石下面，每天睁大两只惊恐的眼睛，盯着巨石，看着巨石旁边摇曳的小草，簌簌洒下的尘土。她不知道巨石什么时候落下，心总是悬在半空。

杜伊雪没有疯掉，已经是奇迹了！

不是每个人都有一个嗜酒如命的家长，一个暴力型的家长；但是每个人都见过酒鬼，见过打架斗殴。听着杜伊雪的叙述，范警官、季广发都被震惊了。

季宇航大约也是刚了解杜伊雪的家庭，看着杜伊雪发愣，脸上现出恐怖的神色。他一定想起了自己的父母亲，想起了自己在家里的遭遇。他向季广发看了一眼；而季广发也看了他一眼。季广发伸出舌头，舔了舔嘴唇，脸上显出复杂的表情，说不清是同情、羞愧还是后悔。

潘克兰哭了。她走到女儿身边，坐下去，抱着女儿，拍着她的后背，哽咽着说："伊雪，伊雪，不要难过了。我们不是离开他了吗？"

她掏出纸巾，不顾自己满脸泪痕，先给杜伊雪擦眼泪；先擦她脸上的两道泪流，再擦她的眼角。

是的，潘克兰跟杜永安离婚四五年了。

杜永安这样的男人，无论他有多成功，怎么会赚钱，估计能跟他过下去的不多。当然，如果妻子练过跆拳道，能把他收拾得服服帖帖，另当别论。潘克兰没有练过跆拳道，充其量带有与生俱来的妇道，离婚就是必然的了。

婚离了，潘克兰从精神的重压下解脱出来，但是另一重负担压在了她的心坎上。

杜永安喝酒抽烟，不是婚后开始的，早就在他的朋友圈里有名了。潘克兰婚前也听说过，杜永安爱喝酒，且没有酒德，喝酒之后打人、骂人。当时潘克兰以为，年轻人嘛，谁不会做几件荒唐事呢？有了家庭的束缚就好了。更重要的是，潘克兰家在农村，经济条件不好，有一个弟弟，职中毕业，在外打工。而杜永安父母亲在县城开了一家超市，年收入十几万，给的彩礼相当丰厚，潘克兰没有多想，就一口答应了。

潘克兰和杜永安结婚以后，杜永安父母给他们买了一套房子，两个人组建了小家庭。但是，杜永安并没有像潘克兰希望的那样，有所收敛；反而变本加厉，喝过了酒总是编自己："你家那么穷，嫁给我，算是糠箩跳进米箩了！没有我家的彩礼，哼，你弟弟还在打光棍呢！"吃人的嘴软，拿人的手软。杜永安的话，潘克兰听着虽然不那么舒服，但是也不好说什么，只装作没听见。

最后，实在过不下去了，潘克兰决意离婚，宁愿带着杜伊雪净身出户。

她们搬离了小区楼房，在城郊接合部一间平房里住了下来。母女俩的生活，一下子从云端跌进了山谷里。脚下踩着的不再是细腻的瓷砖，而是粗糙的水泥地；墙上涂着的不是涂料，而是波浪起伏的石灰。没有液晶电视，潘克兰从电器修理部买来一台老电视机，让它像一尊弥勒佛坐在墙根的桌子上，每天晚上发出模糊不清的声音，展示闪耀着斜线的画面。夜间，母女俩睡在生着锈的铁床上，无论是谁翻一下身子，铁床就咯吱咯吱叫。

潘克兰从家里搬出来的时候，杜永安满口喷着酒气，冷笑着说："辛辛苦苦几十年，一夜回到解放前！敢跟老子离婚！骑驴看唱本，走着瞧吧！就凭你们娘俩，将来穷一辈子！你老来讨饭，我一口都不会给你，你们饿死吧！"

杜永安的话戳到了潘克兰的软肋，她的心被压得沉甸甸的。晚上，躺在咯吱咯吱响的铁床上，潘克兰在那一刻发誓：一定要把杜伊雪培养成才，考上好大学！让杜永安看看他们母女俩，离开他生活得更好！

潘克兰给杜伊雪擦完了眼泪，杜伊雪却把她轻轻推开了。

"你以为，我伤心是因为父亲的打骂吗？"她用冷冰冰的声音说道。"你错了。虽然我永远不能忘记父亲的暴力，想起他就好像做噩梦，但是毕竟过去几年了，我很少去想那些不堪回首的事情了。我的难过是因为，因为……"

"因为什么？是有别人欺负你吗？"

杜伊雪"腾"地站了起来，仰头看着潘克兰。

"没、有、人、欺、负、我！"她一字一顿地说。

说完，杜伊雪突然一转身，快步朝门口走去，拉开门，头也不回地跑了。把范警官和留下的几个人都闹愣了。

"伊雪！杜伊雪！"潘克兰首先反应过来，朝门外喊着，也跟着杜伊雪跑了。

范警官看着她们的背影，耸了耸肩膀。

"她们的事情以后处理。"范警官收回目光，示意季广发父子坐下。

"我们先来说说季宇航吧。季宇航，你在学校里学到自己感兴趣的知识，就把知识用到实践当中，这个很好。知识嘛，学了就是为了用的。可是，你分不清是非，制作危害人身安全的东西，这是法律所禁止的。不是考虑你年龄还小，我们就拘留你了！"

范警官顿了顿，目光严厉起来。

"杜伊雪叫你造定时炸弹，她有错；你替她造了，你的错比她大。季先生，以后对孩子的关心要多方面，不要只给他吃喝穿戴，其他什么也不管。"

季广发连连点头："我以后一定注意，一定注意。"

"现在我们看看季宇航技术怎么样。跟我来。"

范警官站起来，走到季宇航制作的那个定时炸弹跟前，拿起来，朝门外走去。季广发和季宇航赶忙跟上去。

走到院子里，范警官给定时炸弹调好时间，放到地上。

"五分钟起爆。"范警官轻声说。

计时器指针开始转动。声音很小，在喧闹的街道旁边几乎可以忽略不计。季广发看着它，大约想起了电影里看到的镜头，慢慢向后退去；季宇航则惊恐地撒腿就跑，躲到一辆电瓶车后面，从车座后面露出头来。

三个人都静静地盯着定时炸弹。路过的人觉得他们行为古怪，走到这里就放慢脚步，看看他们，看看地上的那个什么玩意儿，轻轻走过。

五分钟到了。定时炸弹旋转起来，像眼镜蛇一样发出嘶嘶声，一阵烟雾四面散开，把定时炸弹给围住了。

季广发立即蹲下身子，捂住耳朵，闭上眼睛；季宇航把头往电瓶车下面藏，不小心磕了脸，"咚"的一声。范警官则一动不动。

并没有响起爆炸声，也没有腾空而起的烟尘和碎屑。

不过几秒钟的工夫，定时炸弹就停止了转动，烟雾也散得干干净净。

"我早就知道，它就是这样的。"

范警官笑了笑，说道。他向季家父子招招手。

季宇航从电瓶车后来走过来。他的鼻子下面有一点血，刚才磕的。他的脸上有一点羞愧的神色——精心制造的定时炸弹，竟然只冒了一阵烟就歇菜了！

"总算留下一点纪念。记住啊，这能称作'血的教训'了。"范警官看着季宇航鼻子，掏出纸巾给季广发。"给他擦擦。"

范警官从地上捡起定时炸弹，走到季宇航身边。

"这只定时炸弹我们没收了。以后，凡是涉及危害人身安全的事情，包括打架斗殴，你都不能再干了，不然的话，牢饭有你吃的！如果你想培养自己动手能力，不妨向老师请教一下，搞点实实在在的物理、化学实验。"

季宇航"嗯"了一声，垂着的脑袋点了几下。

第十章　板栗园中忆往事

范警官把季宇航、杜伊雪的情况通报给"少防办"。"少防办"联系吕忠华，请他尽快拿出对策，对这两个少年开展转化工作。有什么需要他们帮忙的尽管说。

吕忠华根据那天所看视频，以及女儿的意见，拟定了一个转化方案。经女儿审看之后，吕忠华再三熟悉了一下，决定第二天到季宇航家去，并提前给季广发打了电话。

头一天，吕忠华接到一个陌生电话。电话一接通，只听到呼吸声，没有人说话。

"哪一位?"吕忠华问。

"我，"是个女的，且上了年纪。似乎很近，又似乎很遥远。对方停了一下，使人仿佛看到她舔了舔嘴唇，才说出下面的话来。"楚绍红。"

听到这个名字，吕忠华不知道该说什么，平时那么活泼的大脑，此刻忽然停滞了。就好像当年谈恋爱，决定向对方表白时，却不知道说些什么，害怕说错了遭到拒绝一样。

"哦!"吕忠华想了一会儿，才吐出这么一个字。想说很多话，但是嘴里发干，可是又不能不说。

"别把注意力聚集在'楚绍红'三个字上! 她现在是季宇航

奶奶！"他暗暗告诫自己。

舌尖竟然活络起来。他想说"你有什么事吗"，可是话到嘴边，觉得不妥，临时变成了："我跟你儿子约好了，明天到你家去。关于季宇航的转化问题，我们准备了具体方案，到时候跟你们沟通。"

"太感谢你了！"楚绍红说话流利了一些，"我想，今天你要是有时间的话，跟你聊聊。"

吕忠华沉吟了一下，说道："可以啊。到你家里吗？"

"家里有人。到板栗公园去方便吗？"

"行啊。几点？"

"现在吧。"

结束通话，吕忠华沉思了一下。他的心里很矛盾。虽然答应了去，但是放下电话又觉得不妥；如果不去，那也不合适，已经答应了人家；何况为了季宇航的事情，也不能绕过楚绍红。思来想去，还是决定前往赴约。

他走到卫生间镜子跟前，对着镜子，看着里面的自己。左边的头发有点凌乱，他伸出手去理了一下，还是不服帖，就从梳妆台上拿起梳子，梳理几下。又挺了挺有点弓的腰杆，抻了抻衣襟，对自己笑了笑。忽然，他觉得面孔发烫，这算怎么回事？不就是见一个老太太吗？头发乱点，有什么关系？嘁！

十几分钟以后，吕忠华来到板栗公园。

板栗公园，因半数以上的树木为板栗而命名。走进板栗园，但见板栗树枝叶繁茂，一粒粒青色的板栗果，在叶片之间忽隐忽现。树木之间，点缀一些灰色大理石桌凳；边上的长廊里，一排棕色的木椅绵延十几米；活动器材展现不同的姿势，静静地待在阳光里。正是半下午，没到做晚饭时间，公园里到处是老头、老太太，一边看着孩子，一边聊天。还有人拿着手机给孩子拍照片。

吕忠华进了板栗公园，四下里看看，见楚绍红站在一张石桌旁边，就走了过去。

两个人打了招呼，各自坐下。

"我不知道有没有打搅到你，"楚绍红说。看了一眼吕忠华，眼光迅速转向别处。

"没有没有。我退休了，每天闲着。"吕忠华说着，眼光扫着四周的景物。

"季宇航的事情，就麻烦你了。"

"没关系，这是我应该做的。你一直住这里吗？以前没见过你。"

"不，我一直住在城郊。季宇航他爷爷老家还有几间平房，我就住在那里。儿子搬来这个小区之后，我有时过来看看，很快就回去了。"

"哦，怪不得没碰到过你。"

"今天请你过来，我不知道做得对不对。主要是请你原谅，当年，我，我们家，对你做下的错事。我对不起你，我们家对不起你。我不知道现在道歉是不是晚了。"

"唉，当年的事情，过去就过去了，现在提它干什么？"

"不。我不知道我该不该说，但是我要说，我要说。几十年了，我心里一直憋着。想到它我就心里难受。现在终于有机会说了，我不知道会不会让我心里畅快一些。"

楚绍红眼里流出泪水。她伸出手指去擦。吕忠华从口袋里掏出纸巾，抽出一张递给她。

楚绍红拿纸巾抹眼泪。她眼角模糊了；而四十多年前的事情，却像一片无垠的土地，在她脑子里铺展开来。

楚绍红的话，也把吕忠华带到了四十多年前那些日子里。

1974年，吕忠华高中毕业，回乡劳动。楚绍红比吕忠华小三岁，低一个年级。

不知道从什么时候开始，两个人互相之间产生了好感。那个时候，乡下学校没有"校花"这个词，但是大家都公认楚绍红长得好看。吕忠华当然很早就注意到她了，也曾多少次想入非非，要娶她做老婆。但也就是胡乱想想而已，从来没有当真，更没有付之于行动，给她写一封情书什么的。因为楚绍红父亲是大队书记，家庭条件好，跟吕忠华家不在一个档次上；就是楚绍红同意了，她父亲那一关也过不去，所以干脆不去做那个无用功。

不过，楚绍红却对吕忠华有点那个意思。

楚绍红成熟早。她对自己认得很清，这辈子就是嫁人，做农民；除了这，农村姑娘还能干什么呢？她高中毕业，固然有了上大学的条件，但是她的哥哥已经被推荐上大学了，怎么可能再轮到她呢？想到城里做工人，却没有过硬的后台，也只是想想而已。所以，如果说她这辈子能过上幸福生活的话，那就是找个好男人嫁了。

经过精挑细选，她把目标对准了吕忠华。

楚绍红读初中时候，吕忠华读高中。两个人同一个大队，彼此住家相距不远。逢到周日、周六，本大队十几个男女生一起放学，一起上学。路上，虽然女生一伙，男生一伙，但前后走着，互相之间免不了说些闲话。两个人就这么熟悉了。

吕忠华长相不错，虽然算不上帅哥，但是国字脸，高鼻梁，红脸膛，一米八个头，往那里一站，都是让人注目的角色。在学校里，吕忠华的文科堪称第一。每一次书法竞赛、作文比赛、诗歌朗诵，拿第一的基本上都是他。有好几次，楚绍红站在获奖作品展示栏下面，久久不愿离去，看着吕忠华的作文、书法作品发呆。

于是，楚绍红的眼睛看吕忠华的时候，就多了点异样的光彩。

爱情这个东西，眼睛看不见，却像电流一样能使人感觉到。楚绍红隔着空间发出的信息，吕忠华自然收到了。但是，他宁愿认为，楚绍红的眼睛本身就亮，也不朝别的方面去想。他是一个农民的儿子，吕家在村里孤门独姓，家境不好，他从来没有想过，楚家的闺女会嫁给自己。

眼睛射出的光线没有收到反光，楚绍红觉得，是自己没有投射到吕忠华的镜面上。

楚绍红把长辫子一甩，想出了一个主意。

运河县只有一个公社产苹果，其他公社只产梨子。于是，苹果就成了稀罕物品。大多数人一年到头吃不上一次苹果；有些人终其一生，甚至不知道苹果长得什么样。这一年，县里召开三级干部会，给每个与会者发了五斤苹果。那时苹果很小，五斤有二十几个。楚绍红爸爸一个没舍得吃，都带回家来。

楚绍红拿了四只苹果，带到学校。书包里装着苹果的时候，是星期天下午，他们大队十几个学生，还像以前一样，分成男女两伙儿上学校。楚绍红没有在路上把苹果给吕忠华。到了学校，同学们进教室上自习。楚绍红一只手攥着一只苹果，进了吕忠华班级。一进门，她就叫了一声："吕忠华！"教室的沉寂被打破了，大家抬头朝门口看。楚绍红大大方方地走近吕忠华，把两只苹果往他桌子上一放，说了声："给你的！"扭头就走。

教室里骚动起来。大家都朝着吕忠华笑，有人轻轻地发出一声赞叹："哇！"有的人故意大声怪笑，还有谁学着电影里的女声喊道："哥——"坐在讲台前的班长拍拍桌子，严肃地制止道："不准讲话！"

吕忠华没抬头，脸红得像红萝卜。两只苹果放在桌子上，他看着像两颗炸弹，不敢动手碰一下。一下课，他就迅速抓紧两只苹果，像越狱的逃犯一样逃出了教室。他来到校园里，眼望着高一教室，仿佛看到楚绍红就在那间教室的某个座位上，脸上泛着微笑。他想把苹果还给她；又一想，本来事情只有本班级知道，如果还给她，又增加一个班级几十张嘴说三道四，算了吧。

那两只苹果，他自己终究没有吃。他把苹果包在自己的换身衣服里，周末带回家，给了父母亲，告诉他们，自己参加作文比赛得了奖，学校发奖状；语文老师私下里托人买了两只苹果，单独奖励给他的。别人都没给，所以不要出去跟别人说，不然，语文老师面子上不好看。父母果然严守秘密，和一家人分享了两只苹果。出了门，从来不提苹果的事情。

让楚绍红没想到的是，她的两只苹果并没有让吕忠华向她靠近，反而使吕忠华疏远了她。以前，两个人从家里上学校的时候，吕忠华两只明亮的眼睛，都能坦然地迎着她的目光；自从苹果事件发生以后，吕忠华的眼睛就躲着楚绍红了。而今，楚绍红的眼光就像一个拙劣的弓箭手，每次想射中吕忠华的眼睛，虽然听到"嗖"的一声，箭镞却射向渺茫的天空。楚绍红很着急，不知道怎么回事；可是当着那么多人的面，她又不好问，只好在心里憋着。

她暗中做了准备，并偷偷观察吕忠华的行踪。发现他逢单周星期五两节作文课之后，会到语文老师办公室，怀里抱着一摞作文本，去交给语文老师。终于有一天，她在吕忠华回教室的路上拦住了他。

"你为什么躲着我？"她把眼睛里的灼热和辛辣，毫不留情地泼向吕忠华。

"我，没有……"吕忠华的眼光，落到了自己的脚尖上。

楚绍红还想说什么，看到不远处有人走来，就闭了口，只是把一只本子塞给了吕忠华。吕忠华低头没看见，楚绍红拿本子砍他的手。吕忠华一惊，双手不由自主地张开，随即闭合，本子已牢牢地捏在手中。

楚绍红扭头就走，很麻利地迈动双脚，想着吕忠华收下了自己的一颗心，跨步格外高远。迎面碰到学校革委会夏主任。夏主任跟楚绍红父亲很熟悉，看见楚绍红活力四射，好像气球要飞上天的样子，就笑着问道："楚绍红，什么事情这么高兴啊？"

楚绍红不说话，却向路边跑去，撇下夏主任发蒙。那时，校园里除了操场，其他地方都种了些蔬菜。楚绍红跑到西红柿田里，摘下一颗青青的西红柿，又回到夏主任面前，把青色西红柿往他手里一塞："给你！"转脸就跑。

夏主任留在原地，看着楚绍红的背影，又看看手里的青西红柿，自言自语道："这小丫头，怎么回事啊？"愣了半天。

楚绍红后来跟吕忠华说："当时就是心里高兴，想唱，想跳，想哭，想笑，都不敢。看见夏主任，因为他跟我爸熟悉嘛，经常在一起喝酒，我更高兴。脑子都没想，就跑去摘了一个西红柿送给他。现在想想真荒唐！哈哈哈哈！"

吕忠华得到了楚绍红的本子，揣进内衣口袋里。趁人不注意的时候，他一个人溜到一边，打开本子，发现是楚绍红写给他的情书。

楚绍红表明了自己对吕忠华的好感，也分析了自己和他之间相爱的可能性。吕忠华很赞同楚绍红的观点，对楚绍红能看上自己欣喜不已。与此同时，吕忠华还发现了另一道曙光。楚绍红哥哥推荐上大学了，楚绍红不可能再被推荐；但是吕忠华不是楚家的人，完全有资格被推荐上大学。吕家从前是本大队底层人家，和楚家一向没有私交，想被推荐上大学如同登天。如果成了楚家的准闺女婿，吕忠华上大学几乎就十拿九稳了。

经过左思右想，吕忠华给楚绍红写了一封回信。

两个人的关系，就这么暗中定了下来。半年后，吕忠华高中毕业；再过一年，楚绍红高中毕业。楚绍红把自己的恋情告诉了父母亲。

楚绍红以为，自己的想法很实在；她能找上吕忠华这么一个小伙子，是她这一生的福气。父母亲一定会赞赏她的眼光，并给予全力支持。不料父母亲万分惊讶。

"想不到你会看上吕忠华！你就这么眼光短浅吗？"楚绍红父亲说。

"我怎么眼光短浅了？吕忠华哪里不好？在学校品学兼优，在农村劳动也是一把好手，跟他过日子我不会吃亏的！"

"你呀，绍红！你怎么能找个农民呢？"她母亲痛心疾首地说，"现在上大学、进工厂都靠关系、凭后台，他姓吕的在当地孤门独姓，什么关系、后台都没有，品学兼优有什么用？将来还不是一辈子跟泥土打交道？"

"跟泥土打交道怎么了？你们不是农民吗？我家祖祖辈辈都是农民，有什么丢人的？"

"你懂什么？"父亲拍了一下桌子说，"时代不同了，今后当农民没有出路了！只有进城当工人！你先在农村干着，我们替你想办法，一定会让你进城当工人！"

"我哪里都不去，就在家当农民！"楚绍红说罢，一甩头出去了。

楚绍红并没有把家里反对的意见告诉吕忠华；楚绍红家里也没有公开阻止他们之间的往来。楚绍红父亲毕竟是大队书记，在婚姻自由的新社会，公开反对的话影响不好。但是，他暗中进行了两拨操作。一个是加快步伐，托人在城里给楚绍红找对象。仅仅找一般的工人不行，还得找家里有后台的，才能把楚绍红也介绍去当工人。二个是，极力压制吕忠华的进步。吕忠华工作积极，任劳任怨，社员们个个都夸他，但是楚绍红父亲对此视而不见。吕忠华多次上交入党申请书，楚绍红父亲从来不组织支部讨论。有一次，副书记向他提起此事，楚绍红父亲说："这个事情不用你操心，我自有安排。"一句话堵住了副书记的口。

1976 年，吕忠华回乡劳动满两年，有资格推荐上大学了。这天，大队广播喇叭里，大队会计点了几个人的名字，让他们到大队部报名。吕忠华和几个同学一起，到了大队部，郑重其事地填了表格，并在表格下方签了名。接下来，进入大队推荐环节。大队党支部开会讨论，其实就是楚绍红父亲一个人说了算。推荐结果保密。

几个月以后，大学录取通知书到了。意料之中，没有吕忠华的。他们几个同学当中，接到通知书的只有一个人，那人是某供销社主任的儿子。此前，吕忠华虽然知道自己不会推荐上，但是当结果没有出来的时候，他的心里依然存着希望。就好像一匹被围猎的狼，虽然周围都是枪口，但是当枪声没有响起的时候，总是幻想自己能逃得出包围圈。

可是现在，枪响了。

好在，他还有一根精神上的支柱，那就是楚绍红。

同学收到通知书的当天，他去找楚绍红。他不敢到她家去；

他害怕看见楚绍红父母冷漠的面孔，无法面对他们把他当空气一样的举动。他在楚绍红家四周走来走去，等待楚绍红出来，向她倾诉自己心里的痛苦。

可是，楚绍红没有出来，倒是楚绍红母亲出来了，而且朝他这个方向走来。

吕忠华知道她是来找自己的，本能地停住脚步，等待她的到来。楚绍红母亲一如既往地沉默，眼睛不看他，好像他就是田里被摘了棒子的一棵玉米秆，或者是路边吃草的一只散放的山羊。

她递过来一封信，同时淡淡地说了一句："以后不要再找绍红了。她快要嫁人了，未来的丈夫是新农机厂工人，她自己也快要到纺织厂上班了。"

听到这些话，吕忠华伸出一半的胳膊僵硬了，仿佛失去知觉，没法动弹。楚绍红母亲没等他接信，直接把信朝他胳膊上一拍，扭头走了。

信没站稳，飘到地上。草是青的，信是白的，是流尽了血的人的脸，惨白得可怕。

后来他才知道，信里只有几句话，大意是我进城了，当工人了，嫁人了，我们的关系到此为止了。

当时吕忠华没有看信，但他也知道信里写的会是什么。

吕忠华忽然蹲下来。他鼻子发酸，胸腔抽搐。他双手捂住脸孔，泪水从指缝里流下来。他的肩膀一耸一耸的。间或从嗓子里发出一声干号，像是牛被宰杀前的哀鸣。

有下地的人路过此地。他们远远地站着，神情肃穆。他们知道怎么回事，但不知道如何劝解，更知道劝解也没有用。那年那月，谁没有过这样伤心的时候呢？让他哭哭吧。痛苦就像毒药，哭出来就化解了。

不久，吕忠华全家搬走了。当初，他爷爷兄弟俩一同逃荒，一个在此地落脚，一个在邻县生根。如今，他的堂叔在邻县工作，当一个不大不小的领导，听说了吕忠华的处境，就出面找人，把他们全家迁移到邻县。堂叔许诺，第二年推荐上大学，他尽力帮忙。

第二年就是 1977 年，招生制度改革。吕忠华和全国几百万青年一起走进考场，凭自己的能力考上了大学。

阴差阳错，大学毕业以后统一分配，吕忠华竟然回到了这个县。但是几十年里，他从来没有踏上过那个生他养他的小村子！他没有见过楚家的任何人，也没有向别人打听过楚绍红。

楚家对他的伤害太深，他不敢也不愿，揭开那个令他痛不欲生的伤疤！

可是如今，楚绍红竟然坐在了他的面前！真是造化弄人啊！

楚绍红长长出了一口气。

吕忠华安慰她："事情都过去几十年了，不必放在心上啦，多关注眼下的生活吧。哦，你老父亲，楚书记现在高寿啦？"

"唉！"楚绍红叹了口气，"哪来高寿啊，六十多岁就脑中风，开颅手术做得不成功，去世了。"

"哦，对不起，冒昧了。"

"没什么，一人一命。"

"你，你……"吕忠华嗫嚅着说，"当初怎么就一下子当了工人了呢？"

"你不知道，广发他爸也是一个农村人，但他的叔叔是老革命，县领导，就给他在新农机厂安排了一份工作。他长得不好看，当了工人以后心气却高了，非要找个好看的对象。我不知道他为什么会这样。他叔叔也支持他，说要能找个好看的，也给她介绍一份工作。我的一个远房亲戚，不知道怎么就打听到了，就把我介绍过去了。父母亲知道我的情况，估计我肯定不愿意，就没有直接跟我说，只说带我去走亲戚。我不知道他们是骗我的。把我骗去以后，把我关在亲戚家里，轮番做我的思想工作。母亲呢，哭哭啼啼，请死命活的。我不知道当时为什么那么软弱，没办法，只好听从命运安排了。"

"那年头，农村人能进城当个工人，天上掉下来的福气呀。"

"可是到底抗不过命啊。我不知道为什么厂子忽然就不行了，倒闭了。我和广发他爸失了业，就到处打零工。我不知道为什么没能把孩子教育好。他念个职中就不念了，也到苏南打工，东奔西走。这两年回家就业，才算安定下来。我不知道广发他爸怎么就生了糖尿病，还有那么多并发症，前几年去世了。现在，全家的指望都寄托在季宇航身上，哪知道他会变成这个样子。真是报应啊！"

吕忠华安慰道："你先不要着急，我们一起想想办法，一定把季宇航转变过来。"

"有你这句话我就放心了。"楚绍红露出一丝笑容。

这时候，他们看见一个三四岁的小女孩走过来，到石桌边站住了。她看看吕忠华，又看看楚绍红，喊道："爷爷！奶奶！"

他们的脸一下子红了。虽然按理来说，小女孩就应该叫他们爷爷奶奶，但是此时此地听到这个称呼，他们浑身都不自在。

两个人转脸向周围望。她的爷爷奶奶或者爸爸妈妈肯定就在附近。

果然，一位老年妇女急匆匆走过来，唠叨着："一转眼就不见了！跑这里来了！"

她向吕忠华和楚绍红看了一眼，牵上小女孩的手走了。

小女孩一边走，一边回头看他们。

第十一章　家教三招试试瞧

第二天，按照事先的约定，吕忠华前往季广发家。楚绍红把季宇航带出去玩，家里只留下季广发和方小玲夫妇。

出门之前，吕忠华站到镜子前面，对着镜子梳理一下。头发已经白了一小半，白发夹杂的也不是黑发了，而是灰发；看上去，整个脑袋就像一个煤球，刚从炉子里掏出来的燃烧过后的煤球。而脸上的几颗老年斑，也长得愈来愈大，愈来愈明显了。像什么？木板上的霉斑？

吕忠华举着的胳膊无力地垂下来。

"老了，真的老了！是不是该去染发了？"他自言自语地说。

他忽然对前往季家失去了信心。转化不良少年，说起来多么简单，做起来是多么不易啊！他长期从事行政工作，唯一的教育经验是把女儿带大。可是男孩跟女孩不一样，好孩子与不良少年差别巨大，那么多教师、家长对不良少年束手无策，任其自生自灭，你吕忠华何德何能，能把季宇航转化？

可是，事已至此，他能打退堂鼓吗？他吕忠华什么时候服过软、认过输？树活风雨土，人活精气神，他吕忠华精气神可不能丢！赶鸭子上架？没错，他虽然是一只老鸭子，翅膀不能飞，但是他可以借台阶，找跳板，一步步接近、最终跳上那个架子！

吕忠华抖了一下肩膀，再看一眼镜子里的自己。他忽然觉得，自己脸上的老年斑更像黄土高坡上的羊屎蛋。

　　吕忠华被自己的想法逗笑了。他带着笑容朝门口走去。

　　到了季广发家，季广发、方小玲夫妇正在等着他。季广发把吕忠华领到沙发前坐下。茶几上放了些橘子、葵花籽；一只玻璃杯底部沉了一层茶叶。吕忠华坐下以后，季广发拿来开水壶，在玻璃杯里倒上水。

　　"你们呢？"吕忠华见只有一只玻璃杯，问道。

　　"我们不喝茶叶。渴了就倒白开水喝。"方小玲说。她给吕忠华剥了一只橘子，递给他。

　　"吕局长吃橘子。"

　　"谢谢！"吕忠华接了橘子，托在手掌里。"我们就来谈谈季宇航的教育转化问题。我看了你提供的三个视频，发现你们最主要的教育方式就是体罚，直白地说就是打。"

　　"对，打！"季广发说。他坐在沙发上，起先两腿并拢，肩膀略向前弓。听了吕忠华的话，他挺直了腰，双腿略略分开。"古人说，棍棒底下出孝子嘛！我小时候，父亲也是经常打我的！"

　　"看着小孩子被打，我心里也难受啊！可是，除了打，还能有什么办法呢？"方小玲说。

　　"打，固然是一种教育方法，而且是古人常用的一种方法。但是我告诉你们，打孩子，尤其是不论青红皂白，先把孩子揍一顿，这样就会毁了孩子。我不客气地说，你们过去打季宇航都是不对的，季宇航过去几年已经被你们毁了。"

　　吕忠华把橘子放到茶几上。

　　季广发满心不愉快，但是不好发作。他重新挺直了身体，咳了一声。

"可是，季宇航现在还不是少年犯对吧？以往几年如果我不打的话，恐怕他就变成一个少年犯了！"

"是啊，我们刚回来的时候，季宇航一天到晚都不学习的，打架斗殴、干扰课堂那是家常便饭。"方小玲附和着丈夫。

"现在呢？不错，他还是那样，打架斗殴，干扰课堂，不学习，可是毕竟没有变成一个少年犯是吧？如果不打，他能保持现在这个样子吗？"

季广发眼睛盯着吕忠华，说得理直气壮。

"难道你们就没有想过，如果你们没有打孩子，而是选择另一种方法，季宇航也许就能脱胎换骨，变成一个好孩子了？"

"我们没想过。因为我们觉得，打，是唯一的方法，也是最好的方法。当然，如果不打，像你们所说的那样做思想工作，我们也尝试过，给他讲道理。讲得我舌头都麻了，讲得我都烦死了，结果怎么样？季宇航油盐不进，我那些话都像狗屁，放出来，飘在空气里，只能臭一阵子，臭几分钟。几分钟以后，季宇航该干什么干什么。所以说还是一个字：打！"

面对这样一个顽固不化的家长，吕忠华真想一拍茶几，把他训斥一顿，就像当年在职的时候批评犯错误的部下似的。可是不行呀，自己现在不是领导，季广发也不是自己下属，一顿痛批，很可能激化双方矛盾，教育转化就成了一句空话。怎么办呢？虽然空调开着，客厅里弥漫着凉意，可是吕忠华脑门上却冒出了细汗。

他忽然想起来，自己口袋里装着一个小本子。那是他最近读教育名著时候做的笔记。他把小本子掏出来，翻着。可是看不清本子上的字；伸直胳膊让本子离自己远一点，还是看不清。他自嘲地笑了笑，赶忙从口袋里掏出老花镜戴上。

"你刚才啊，引用了古人说的话，棍棒底下出孝子。我们就这个问题聊一下。你知道'棍棒底下出孝子'这句话是怎么来的吗？"

　　季广发扑哧一声笑了。

　　"哎，真是为难我了。我不过职中毕业，哪里懂这些？我只知道这是从古到今流传下来的话，父母都这样教育孩子的。"

　　吕忠华浏览了一下小本子，合起来。

　　"说实话，很多知识我也不懂，我也是边做边学。'棍棒底下出孝子'，这句话是这么来的。孔子你知道吧，他有个学生叫曾参。有一次，曾参在瓜地除草，把瓜苗除掉一棵。他父亲看见了，就拿棍子打他。曾参不跑，站着让父亲打，结果就被打昏了。醒来以后，他回家弹琴唱歌，意思是父亲放心吧，我没有被打死，也没有被打伤。你们怎样看待这件事情呢？"

　　季广发想了想说："曾参？现在还有人记得他，说明他是个很厉害的人啊。他厉害，难道不是因为父亲打他吗？如果当年父亲不那样打他，他就不会那么厉害了。"

　　"曾参被父亲打没有跑，应该说他是个孝顺的儿子吧。"方小玲说。

　　"我告诉你，孔子并不赞成曾参的做法，"吕忠华说。"这件事情发生以后，孔子对学生说，以后曾参来了不要让他进来。学生就问，为什么呢？曾参不是很孝顺吗？孔子说，父亲打他，他任由父亲打，不逃跑，这是故意让他父亲犯错误啊。父亲如果把他打死了，就是'不义'之人；作为儿子，让父亲背上一个'不义'的罪名，这是天底下最大的不孝啊！后来，曾参向孔子承认错误。历史上一些不学无术的人，就把这个故事解释为'棍棒底下出孝子'，其实是对孔子的极大误解，这句话毒害了多少父母亲啊!"

季广发和方小玲互相看了一眼。

"原来是这样的啊!"方小玲说。

"我这里还有一句话,"吕忠华又掏出小本子翻起来,"这句话是明末清初思想家王夫之说的。他说,'蒙养之道通于圣功。苟非其心之乐为,强之而不能以终日。'意思是说,教育孩子这件事情,是非常伟大的事业。如果一件事情不是小孩子愿意做的,你强迫他做,他连一天都坚持不下去。你看,你们每天都因为一些小错误体罚孩子,可是体罚的效果怎样?这些错误他还不是每天都在犯吗?"

季广发叹了口气,肩膀又弓起来了。

"可是,我们到底该怎么办呢?"方小玲眼巴巴地看着吕忠华。

吕忠华看见他们转变了态度,心情也好起来。他端起玻璃杯喝了一口茶水。

"我觉得,现在最重要的事情有三个。第一个,从今天开始,停止一切体罚行为。无论季宇航犯了什么错误,你们都不要打他。"

"这个,这个……"季广发说。

"我们已经习惯了……抬脚就踹,抬手就扇……"方小玲脸有愧色。

"一下子断不了,那就慢慢改。前提是要有一个补救措施。打了以后要及时认识到,打是错误的,要立即向孩子赔礼道歉。"

"赔礼道歉?这恐怕不行吧!明明是他错了,我凭什么要赔礼道歉呢?"季广发愤愤不平。

"赔礼道歉,不是向孩子表明认可他的错误,而是检讨自己方法错误。"

方小玲点点头。

"第二，孩子犯了错误，告诉他错在何处。交谈的时候和颜悦色，态度诚恳。"

"可是，如果他仍然不改呢?"季广发对吕忠华的方法表示怀疑。"以往这样的情况出现很多次了。"

"这就是我要说的第三点了。孩子转化是一个漫长的过程，不要指望立竿见影。要有一颗包容心，允许孩子反复。天底下没有不犯错误的人;对孩子那些不属于大是大非的错误，要睁只眼闭只眼。"

"那我们试试吧。"季广发叹了口气。

吕忠华从身上掏出几张 A4 纸。他先把一张拿出来。

"我给你们准备了这个。我把这三条打印出来，你们找个眼面前地方贴起来，就当作座右铭吧。民族英雄林则徐座右铭是'制怒'，就是克制发火的意思。你们向他学习啊。"

方小玲收下 A4 纸。

吕忠华又拍了拍另外几张纸。

"这几张纸，是你们自我监督的表格，每天填写一下。季宇航有没有犯错误，犯了错误你们采取了什么方法，是因为小小不言而一笑了之，还是因为不能忍受而严厉批评，或者照旧体罚。"

方小玲把这几张纸也收下了。

目的达到了，吕忠华起身告辞。他临走的时候说道:"以后，我会经常跟季宇航交流的。你们做得怎样，我会问他的哟。还有，我也会抽时间看看你们自我监督的表格。"

"你就放心吧。"方小玲说。

季广发看着妻子手里的打印纸，就像看着医生开的药方。医生开药方，是让病人家属去拿药，最终让病人吃药，才能治好病；而眼前这个老人，像医生一样开了药方，开出的也算是药吧，却并不是让"病人"服下，而是让"病人家属"去"吃"，效果令人怀疑。

"没有效果的话还要找你啊。"季广发淡淡地说。

"行，我们以后多沟通。"

下午，吕忠华回到家里，开始做晚饭。他煮了一锅小米粥，蒸了几只包子，炒了两个菜。随后坐在沙发上，打开电视，等老伴和女儿回家。

门锁响，进门的是老伴，她换了鞋子，把拎包放到沙发上。

"闺女呢？还没回来？"

"没有。该回来啦。我打电话看看。"

"算了吧，又不是小孩子，迟回早回管她呢。"

吕忠华没有听老伴的，仍然拨通了电话。他这个人胆子小，每次只要老伴或女儿迟回一会儿，他就胡思乱想，被人拐骗啦，跟人吵架啦，车子撞啦。这一次，还没容他瞎想，那头就有回音了。

"爸，有事啊？"

"怎么还不回来啊？我和你妈都吃饭了。"

"你们吃呗，今晚不回去了，有聚会。"

"有聚会早点说呀。"

"这不说嘛。好了爸爸，再见。跟妈妈说一声啊。"

"这个闺女！想怎么就怎么！"吕忠华嘟囔两句。女儿经常这样，他已经习惯了。

放下电话，吕忠华盛小米粥，端出包子和炒菜，和老伴一起吃起来。吃着聊着，话题又扯到女儿的婚事上来了。

"唉，这么大大咧咧的，将来嫁到人家怎么办啊。都是你宠的！"蒋桂英瞪了吕忠华一眼。

"怎么叫宠呢？女儿跟你一样，从小就很优秀，你让我怎么办？想打她、骂她，都找不到下手、下口的地方！总不能鸡蛋里挑骨头吧？"

听到捎带着恭维自己，蒋桂英心里很受用，但脸上却没有表现出来。她随即想到了另一件事，改变了心情。

"唉，就是这个婚姻问题让人操心！都快三十岁了，连个眉目都没有，她自己一点也不着急！难道将来真的做个老姑娘不成？"

吕忠华眼睛一亮，放下筷子："哎，你提起这件事，倒让我想起一个人来。那天，我到检察院看家庭教育视频，一个叫王相岩的检察官接待我。王检年轻，个子高，头发直，长得不错。后来，小严老师打电话叫闺女来，他们一交谈，嗨，你知道吗？她跟那个王检察官竟然是初中同学！"

蒋桂英瞥了他一眼："你激动什么？同学有什么稀罕的！"

吕忠华笑呵呵地说："你懂什么？我后来偷偷打听了一下，那个王检察官啊，还没谈对象嘞！"

蒋桂英警惕地看了老伴一眼："我懂得你的意思了。可是我高兴不起来。如今女孩子优秀的多，找不到对象很常见；而男孩子优秀的很稀罕，如果三十岁还找不到对象，那他本身一定有问题！"

吕忠华说："你不要这么武断。我打听了一下，王相岩为什么没谈对象，归根结底是高不成低不就。他想找一个长相好、有文凭、在事业单位、合得来的女孩子；可是，这样的女孩子又看不上他，所以就耽搁了。"

"这个条件不算高呀。这样优秀的男孩子，为什么还有女孩子看不上他？"

　　"我听说，主要因为他家庭经济条件差。他家是农村的，有一个姐姐，早就出嫁了，嫁在外地，家庭条件一般；一个弟弟没有文凭，在南方打工，还没娶媳妇；母亲身体不好，不能干重活；父亲在家种地，经济收入有限。他没有能力在县城买房子，每个月工资还要贴补家里一些……"

　　说着说着，吕忠华停住了。

　　"说呀！说呀！不好意思说了吧？瞧你这个样子，脑子进水啦？这样的家庭，让我们丽婷去了干什么？受罪呀？"

　　"我就是想，女儿也不小了，耽搁不起呀。"

　　"耽搁了怕什么？不嫁人不能活呀？喊！"

　　吕忠华叹了口气，不再说话。

第十二章　半夜园中一女孩

　　根据老科协"少防办"交代的任务，吕忠华电话联系了潘克兰，约定了时间去杜伊雪家访问。

　　杜伊雪家住在顶层的阁楼上，算作七楼吧。阁楼比单元房矮一些，给人一种压抑感；太阳直射房顶，一到夏天，热得人喘不过气来。阁楼没有单独的房产证，当年不是独立出售的，而是无偿赠送给购买顶楼的业主的，也算一种补偿吧。这阁楼不属于杜伊雪家所有，是她母亲潘克兰租的。潘克兰收入有限，付不起太高的房租，就用较低的价格，租了这间阁楼。

　　吕忠华气喘吁吁地爬到阁楼，敲了敲门。潘克兰开门，把吕忠华让进屋里。

　　吕忠华习惯性地在门口停了一下，想要换拖鞋。可他发现门口并没有拖鞋；屋子里的地坪是水泥的，似乎也不需要换拖鞋。潘克兰看出来吕忠华的心思，赶忙说道："进来吧，不用换鞋。"

　　屋子有四间，一间厨房，一间客厅，两间卧室。屋子里陈设简陋：一张陈旧的折叠桌子，橘黄色；周围几个塑料凳子。西墙下放一只箱子，颜色灰暗，看不清是什么木质的；箱子上面放了一只电视机，那种老式的、大肚子的电视机。

　　潘克兰给吕忠华让座，张罗着给他倒水。她从矮小的碗柜里拿出一只碗，放到折叠桌子上。

"不用客气，我喝过水来的。"吕忠华赶忙制止她。

没有茶杯，没有茶叶，潘克兰自己也觉得不好意思，就没有坚持倒水。回头朝卧室喊道："伊雪，吕爷爷来了，出来一下。"

西边卧室门无声无息地开了，杜伊雪不声不响地出现在门口，脸上毫无表情，看了吕忠华一眼，低下头。

潘克兰伤心地对吕忠华说："你看，每天就这样，跟一个死人似的，没有一丝活气。"回头朝着杜伊雪："你就不能叫一声吕爷爷吗？"

杜伊雪用几乎听不见的声音叫了一声："吕爷爷。"

"哎，你好，杜伊雪。你刚才在屋里做作业吗？做哪一科作业啊？"

"做语文作业。"

"是吗？当年我在大学里是学语文的。我看看你写的作业好不好？走！"

杜伊雪转身回到卧室里，朝长方形课桌前一坐，顺手拿起笔，直愣愣地看着面前的练习册。吕忠华背着双手，站在杜伊雪身后，看了练习册一眼，见是一片空白，说道："怎么还没写呀？"

杜伊雪不吭声，过了一会儿才说道："我一坐到课桌前，脑子就发僵，发硬，就一片空白。"

"怎么会这样呢？"

"我也不知道。"

"一直这样吗？"

"小时候不是这样的，不知道从什么时候开始就这样了。"

"作业完不成怎么办？"

"以前老师批评我，后来就不批评了，反正我就这样子了。"

"你妈妈呢？也像老师那样放弃你了吗？"

"要像老师那样就好了。她一直没有放弃我，一直希望我好。可我总是不能像她希望的那样，考出个好成绩，让她在人面前风光一回。我在班级总是垫底。"

吕忠华陷入了沉思。杜伊雪成绩为什么这么差呢？是她智商不高吗？恐怕不是，大多数人智商都是彼此相差不大的，决定成绩好差的关键因素，还是在人的主观能动性。像杜伊雪这样，朝桌子跟前一坐，脑子一动不动，怎么会有好成绩呢？人的肢体动起来，这叫体力劳动；人的脑子动起来，这叫智力劳动。有肢体却不想动，这叫懒惰；有脑子而不想动，这不也是懒惰吗？

可是，杜伊雪脑子为什么这么懒惰呢？不仅是杜伊雪，社会上有不少孩子，他们同样不爱动脑筋，学习成绩一塌糊涂，这究竟是什么原因呢？

吕忠华愣了一会儿，觉得现在想这个问题不妥当。眼下，他最重要的是搞清楚，杜伊雪为什么要让季宇航给她制造"定时炸弹"。

"杜伊雪，"吕忠华转了话题，"学习的事情我们以后再谈。我这次过来呀，可能你也清楚。上次你在派出所里面，范警官问你为什么要让季宇航给你制造定时炸弹，你没有把话说完就离开了。现在，你能不能告诉我其中的原因呢？"

"我为什么要告诉你？"杜伊雪乜斜了吕忠华一眼。

这句话应该是戳到了杜伊雪的痛处，她脸色突然变得阴沉。如果说，刚才她的脸像一个被扯烂了的灯笼，让人痛惜的话；那么，她现在的脸就像一个冰球，邦硬，冷气嗖嗖。

"当然，你可以不跟我说，"吕忠华耐心地说道，"可是，制造定时炸弹毕竟是个危险的行为。我们只有找出这样做的原因，才能最终杜绝这样的事情再次发生。不然，对你、对你母亲、对季宇航、对社会都没有好处。你不是想把成绩提上去吗？也许，搞清楚这个原因，有助于提高你的成绩呢？"

"提高不提高成绩我不管，"杜伊雪生硬地说，"实在要我说，你把我母亲叫来，我要当她的面说。"

卧室门没有关，潘克兰在外面已经听到了。她走进卧室里，对杜伊雪说："好吧，你有什么话要当我面说，我来了，你就说吧。"

忽然，杜伊雪哇地哭了起来。吕忠华和潘克兰互相看了一眼，都感到莫名其妙。

吕忠华急忙弯下身子，掏出纸巾递给杜伊雪。

"杜伊雪，心里难过就哭吧。把所有的委屈、痛苦都哭出来。"

吕忠华的话，让潘克兰有点不高兴。她打了两份工，每天累死累活，虽然住处条件不好，但是只要出了这个门，女儿吃的、穿的，从来不比别人家的女儿差。她对女儿那么好，女儿有什么委屈，有什么痛苦呢？不过，她不好把这些话说出来，只是沉默着。

但是，在女儿杜伊雪的心里，自己并没有任何幸福感可言。

"妈妈，如果让你不穿衣服，站在大街上，你愿意不愿意？"杜伊雪忽然说道。

潘克兰脸一下子红了。她眉毛一拧，呵斥道："胡说什么？打嘴！"

吕忠华也说："杜伊雪，不能这样说妈妈，这是不礼貌的，懂吗？"

"你不愿意，我知道你不愿意，可是，你自己不愿意的事情，为什么要我去做呀？"

吕忠华愣住了，转脸看着潘克兰。

潘克兰急了。她举起胳膊，想要打杜伊雪。一看吕忠华在场，她把胳膊放下来，指着杜伊雪，嘴唇抖动着说："你，你……我什么时候让你……让你不穿衣服站大街上啦？"

"什么时候都有！天天的！"

杜伊雪克制不住自己的情绪，再次爆发。

自从搬离父亲的家，杜伊雪就像从山沟里爬出来，可是很快又掉进悬崖里。她永远记得，母女俩租房住的当天晚上，母亲激动地对她说，伊雪，我们终于离开那个狼窝了！可是话说回来，那虽然是个狼窝，倒吃穿不愁。从此以后，我们只能靠自己了。那个酒鬼不是说，我们离开他就不能过吗？不要紧，我现在能行能动的，打工养活你；你好好学习，将来考上好大学，找一个好工作，气死那个酒鬼！杜伊雪说，妈妈，我一定好好学习！

那天晚上的话，杜伊雪倒不是随口说说的。她不怕吃穿差一点；她就怕父亲喝醉酒，就怕父亲那张没有遮拦的嘴巴，就怕父亲那两条随时举起来的胳膊。如今，她和母亲住的小房间里，没有了嘴巴里喷出的酒臭，没有了喉咙里吼出的脏话，没有了胳膊肘甩下的暴力，她觉得从地狱来到了天堂，学习算什么难事呢？

直到有一天……

杜伊雪性格开朗，嘴巴甜，不计较，吃点小亏也不生气，喜欢帮助人，跟班里同学关系都不错；班里有什么活动，范围大的、小的，大家都爱叫上她。尤其是女同学，杜伊雪跟她们相处得都像姐妹一样；她想做什么事，上小店啦，买小吃啦，上洗手间啦，踢毽子啦，无论跟谁说一声，谁都欣然同意，两个人手一拉就去了。

不知从哪一天开始，杜伊雪发现，小范围的活动同学们不再叫她了；她想做什么事，叫人家一起去，人家答应得不那么爽快了。以前，路上遇到女同学，两个人老远就开颜一笑，嘻嘻哈哈跑起来，扑到一起就抱住对方，拍对方后背；可如今，两个人在路上遇见时，对方的脸色不如以前那么自然，明显地把杜伊雪拒绝了；杜伊雪只能按部就班地走过去，跟对方淡淡地打个招呼。

杜伊雪翻来覆去地想，到底是什么原因，导致她跟同学们隔了一层厚障壁了呢？却总是想不明白。

有一个星期天，一个女同学突然把她拉黑。星期一到学校，杜伊雪找到这位同学，有点生气地说："你为什么把我拉黑呀？"

这位同学板着脸，下巴一撅："你还问我为什么，回家问你妈去！"

杜伊雪一愣。

"至于吗？我不就是给你发微信的时候打错了一个字，一个正常的字变成了一个脏字，你妈就打电话给我，说我不要脸，带坏她的女儿。她才不要脸呢！"

女同学气呼呼地说完，噔噔地走了。

杜伊雪哭了。她至此才知道，妈妈一直通过微信了解她的思想和行动。她就像间谍一样，通过微信刺探杜伊雪的情报；通过微信里的只言片语，掌握杜伊雪和同学的一举一动。只要她对哪一个同学的言论不满意，她就给人家打电话，批评指责。于是，她就渐渐被同学们屏蔽了，疏离了，孤立了。而她却毫不知情。

杜伊雪后来发现，妈妈对她的监控还不止于此。妈妈每天翻她的书包，甚至连每一本书都翻一下。她不止一次发现，第二天上学以后，书包里的书换了位置，夹在书里的卷子、讲义由这两页中间到了那两页中间。

　　杜伊雪终于忍不住了，与妈妈爆发了搬出父亲家以后的第一场冲突。但说是冲突，方式却与人们想象当中的大不一样。她们之间，既没有言语方面的交锋，也没有肢体上的冲撞。连冲突的另一方，杜伊雪的妈妈潘克兰，都没有想到过女儿会与她发生这样的冲突。

　　这天上学，杜伊雪一切正常，临出门时跟妈妈打了一声招呼，脸颊上甚至还隐隐约约地露出一丝笑容。杜伊雪中饭是在学校吃的，晚上六点半放学，六点五十到家。潘克兰下班回来，像往常一样做饭，等女儿回家一起吃。可是，六点五十杜伊雪没进门；七点外面没有动静；七点半钥匙孔还没有开门的声音。潘克兰有点着急，就给班主任打电话。班主任惊讶地说："杜伊雪走了呀。五点五十到六点半是我的晚自习，下课以后我看着她离开教室的。"

　　潘克兰不知道怎么回事，她想，是不是到同学家去了呢？她从手机上找出几个杜伊雪同学的电话，一个一个拨打过去。无一例外，她们的语气都非常冷淡，都说没看见杜伊雪。只有一个同学肯定地说，杜伊雪出校门了，是她一个人走的。

　　潘克兰有点尴尬，因为杜伊雪这几个同学，都是被她打电话骂过的。慌忙之中，竟然没有想起来。

　　无奈之下，她只好一个人骑上电瓶车，沿着女儿放学回家的路找过去。一趟、两趟、三趟……前后走了三个来回，花了将近三个小时，中间还打了几个电话，给小区门卫、给楼下邻居。自己没有找到杜伊雪，门卫没看见杜伊雪回家；邻居到她家里敲门了，没有人回应，屋子里也没有灯亮。潘克兰吓得到派出所报案。警察说，满十周岁的市民，失踪24小时以上才可以报案。杜伊雪快到十四岁了，你先回家等等吧。

潘克兰就回家，晚饭未吃，以泪洗面，一宿未眠。

第二天一大早，潘克兰又给老师打电话。老师说："你家杜伊雪到学校了。"

潘克兰长长地出了一口气，却马上朝凳子上一坐，呜呜地哭起来。

那么，杜伊雪究竟到哪里去了呢？

她哪里都没去，就在小区附近的板栗园待了一夜。

此前那几天里，杜伊雪的心像被放在油锅里煎熬着。当年跟父亲在一起的时候，她每天感受到的是恐惧，好像身处 30 楼，只有一根手指勾住窗棂，身子悬在半空，而几十米下面就是水泥地面；而现在，她每天感受到的则是痛苦，好像一只手指的指甲和指头之间，被刺进了一根竹签，她妈妈每天用一把锤子，不停地敲打竹签的另一端。

当年，她不敢反抗父亲；如今，她不忍反抗母亲。但是，母亲的行为，又让她无法忍受下去。她思来想去，决定采取一种她自以为温和的方法来反抗一次：夜里不回家。

晚自习放学以后，她在路上买了一块葱油饼，放进电瓶车篮子里。她并没有立即去板栗园。板栗园晚上是叔叔、阿姨、爷爷、奶奶们的乐园，不到九点他们不会回家的。她离开每天上下学必经之路，来到另一条路上，在路边一条长椅上坐下，吃下那块葱油饼。之后就盯着马路发呆。有时候，她会想起妈妈，现在是如何焦急地寻找她。她想到妈妈的声音会变得尖利或者沙哑，两只眼睛会变得茫然或者无助；桌上的饭菜一分一秒地变冷变硬，但是妈妈却吃不下去，咽不下去；或者根本就没有动筷子。想到这些，杜伊雪动摇了，有几次站了起来，想马上回家。可是最终还是无力地坐了下去。

晚上九点以后，她来到板栗园。那里已经空空荡荡，但长椅还在。她有点犯困，就坐在椅子上打瞌睡；坐不住了，往一边倒下去，她就顺势躺在长椅上。初夏时节，夜里不冷，但是凉气犹在。有时她打了个激灵醒过来，浑身凉冰冰的，她就围着长椅跑一会儿。终于等到东方发白，她推着电瓶车离开板栗园，步行到学校，正赶上早读的时间。

早读时，老师找了杜伊雪，问她昨晚去哪儿了，她妈妈到处找她。杜伊雪撒谎说，跟妈妈赌气，去舅舅家跟表姐住了一个晚上。她跟表姐说好了，一起瞒住她妈妈的。老师叮咛她，以后不能这样，到哪里都要打个招呼，不然，母亲急出病来怎么办？杜伊雪嗯了一声。

接下来，这个白天像往常一样，没有任何波澜。妈妈没有来学校，杜伊雪正常上课。直到晚上六点五十，杜伊雪回到家里，妈妈才像疯了一样，眼睛里一副恨铁不成钢的样子，指着杜伊雪吼道："你回来干吗？死外面算了！你知不知道，你一夜没回家，妈妈有多担心吗？妈妈连死的心思都有了！"

说着，从女儿出世到现在的一幕幕，都在眼前回放起来。当然，其中也夹杂着杜永安嘴里的酒臭、喝醉酒跟跄的身影、挥舞的拳头、刺耳的脏话……潘克兰扑上去，抱住杜伊雪哭起来。

"我的闺女啊……"

杜伊雪也抱着她哭起来，一边哭，一边断断续续地说："妈妈，我错了，我以后再也不乱跑了……"

经过沟通，潘克兰搞清了杜伊雪不回家的原因。潘克兰哭着保证，以后她再也不会乱翻女儿的东西了。

"有什么事就跟妈妈说，不要躲起来啊！"潘克兰叮咛说。

听杜伊雪讲完，吕忠华说："妈妈下了保证，从此不再翻你的东西，这不是很好吗？"

杜伊雪反问道："可是她做到了吗？开始一段时间她还能忍住，不看我微信、QQ，不偷听我打电话，不翻我东西，我出去的时候不跟踪我。可是她很快就忘记了自己的话，又像以前那样鬼鬼祟祟的了！"

"伊雪！"潘克兰脸红了，"什么鬼鬼祟祟的！到你嘴里，你妈像一个贼了！"

"我倒宁愿你是一个贼，偷了东西赶快逃走！而不是像你一样，虽然不是一个贼，可是像一个摄像头，一天到晚在我身边晃来晃去，让我的五脏六腑都没躲没藏的！"

"好，你嫌弃我，那我就离开这个家好了！"

吕忠华拍了一下巴掌。

"好了，都别说了。小潘，你把话题扯远了。杜伊雪的意思不是嫌弃母亲，而是不赞成你的一些行为。杜伊雪，我想问你，是不是因为这个，你才叫季宇航制造定时炸弹？"

"不是，不是我叫他造的。我跟季宇航一个班，又住一个小区，他经常跟我谝一些事情。有一回，他说他正在制造定时炸弹，我说你要杀人吗？他说不是的，就是鞭炮，不过能定时爆炸就是了。我当时脑子一亮，就叫他给我造炸弹。我想，我心里憋着一肚子气，实在没有办法了，就用这个来出气！"

"我明白了。"吕忠华对杜伊雪说，"好了，其他的不说了。你先在这里做作业，我和你妈妈出去谈谈。"

吕忠华挥挥手，和潘克兰一前一后出了卧室，随手把门带上。

"你既然已经答应杜伊雪，不干涉她的私事了，为什么后来违背了诺言呢？"到了客厅，吕忠华坐到凳子上，说道。

"违背诺言？我根本没有许下过什么诺言，哪里来的违背诺言？当时保证不翻她的东西，就是想稳住她。我想，以后我做得隐蔽一些，让她不再察觉就好了。"

"不是我批评你，小潘。古人说，一言既出，驷马难追。我们这里也有这样的说法：一口唾沫一颗钉，意思是说，说出来的话来就像钉在木板上的钉子，不能随意更改。以后啊，做不到的事情不要随意答应，免得给孩子留下把柄。"

"我就是为了让她以后不要随便离家出走。"

"可是，这会带来什么后果呢？孩子有样学样，也用这一套来对付你，你怎么办？"

潘克兰她眼睛望向窗外，不吭声了。

吕忠华又从口袋里掏本子，同时掏出老花镜戴上。

"你还记得春节文艺晚会上一个小品吗？贾玲演的，她说到过一个人，苏联大货司机。其实她说错了，这个人准确的名字叫苏霍姆林斯基，是苏联著名的教育家。他说过这样一句话，你听啊。"吕忠华翻开本子念道："学校里的一切问题都会在家庭里折射地反映出来；学校的复杂的教育过程中产生的一切困难的根源都可以追溯到家庭。人的全面发展取决于母亲和父亲在儿童面前是怎样的人，取决于儿童从父母的榜样中怎样认识人与人的关系和社会环境。"

"所以说，"吕忠华摘下眼镜，"如果你希望孩子具有诚实的品格，你自己首先就得诚实。"

"还有，"吕忠华看见潘克兰一声不吭，低头沉思，觉得她听进去了，于是继续说，"你这样管控你的女儿，究竟想达到什么样的目的？"

"我就是想让她一门心思好好学习。"潘克兰抬起头来。

"可是你错了!"吕忠华坚定不移地说,"欲速则不达。意思是说,不管什么事情,如果违背规律,一味地求快,反而达不到目的。"

"我怎么就错了呢?"

"我先问你啊,你这样控制杜伊雪,她心里舒服不舒服?心情好不好?"

"她不舒服是她的事情,她心情不好也怪她自己。我只是想为她排除一切干扰,让她好好学习!"

这个潘克兰!吕忠华有点着急,可是又不好发火,觉得自己脑门上又该冒汗了。情急之下,他四下里望了望,忽然灵机一动,跑到厨房里,一把抓起切菜刀,回到餐桌旁坐下,把菜刀"哐"地往桌子上一放,说道:"我们继续聊。"

潘克兰睁大眼睛看一眼菜刀,说道:"吕……局长,你……这是什么意思啊?"

"别叫我吕局长!你就当不认识我,我们现在开始谈话!"

"可是,我心里不踏实……"

"为什么?"

"因为你这里放了一把刀……"

"你心里舒服吗?"

"不舒服。"

"你心情好吗?"

"不好。"

"你是不是希望我把菜刀拿走?"

"当然是拿走了好……"

"可我要是不拿走呢?你心里不舒服是你的事情,你心情不好也怪你自己，跟我有什么关系？"

"哈哈哈哈……"潘克兰笑了几声，忽然又绷起了脸，垂下头说："你是批评我呢。"

"你知道了就好。当一个人心情不好的时候，心里不舒服的时候，还能做什么事情？你有秘密，我有秘密，小孩子也有秘密，任何人都有秘密。人只有守住自己的秘密才能有安全感，才能保证自己具备正常的心理状态。可是如今，杜伊雪每天胆战心惊，像走在薄薄的冰层上面，觉得自己随时都会掉进冰窟窿，她还能静下心来学习吗？成绩还能提上去吗？"

吕忠华情绪激动，说到最后提高了声音，右手不自觉地在桌子上摸索，就摸到了那把刀，拿起来……潘克兰惊叫一声："你……"

吕忠华低头一看，笑了，赶忙放下菜刀，不好意思地说："对不起，刚才太激动，说得口渴了。我以为是在自己办公室里，伸手去摸水杯子呢。"

"那我给你倒水。"潘克兰赶忙起身。

"把菜刀也带走。"吕忠华笑呵呵地说。

潘克兰给吕忠华倒了一碗水，端过来放在桌子上。吕忠华端起来喝了一口说："就这么说定了，啊。从此以后，你要尊重杜伊雪的隐私，不要像个放大镜一样，把人家一个细微的毛孔都给照出来。"

"可是，如果她交了坏朋友，做了不该做的事，怎么办？"

"这个就需要你心细一点了。发现孩子有什么反常，就及时跟孩子沟通，也可以随时跟我联系。还有啊，杜伊雪以往的一些问题，不是一下子就能解决的，要有耐心。古语说，十年树木，百年树人。意思是说，小树长成木材需要很长时间，而一个人长大成材则需要更长的时间。"

潘克兰只有初中毕业，平常接触的都是文化比较低的人，几乎从来没有跟吕忠华这样的人交流沟通过。今天，她从吕忠华这里听到了好些个新鲜的道理，不禁非常佩服。

"我听你的，吕局长。"跟吕忠华道别的时候，潘克兰诚恳地说道。

第十三章　忠华选婿被拦阻

　　这几天虽然忙，吕忠华却一直想着女儿的事情。比起当年的老同学、老同事，事业上他算是不错的了，正科级领导，荣誉得过不少，退休金每个月近万。可是，他总觉得比其他人矮一个头。不为别的，就为女儿没找到对象。虽然人家总是说，你家女儿条件好，小县城有几个配得上，也解不了他心里的忧烦。那天见了王相岩之后，他心里一直放不下来，觉得他跟女儿很相配。当然，老伴的话没有错，王相岩家在农村，条件不佳。可是，老伴不说这话还好，她这么一说，反而让吕忠华打定主意，一定帮女儿撮合一下。

　　王相岩的处境，让他想起了当年的自己。吕忠华大学毕业以后，分配在县文化馆当创作员。文化馆属于文化局下属单位。那时，文化局和教育局在一起，叫作文教局。文教局的人，包括乡下教师，因为只拿一份死工资，没有奖金，没有福利，手头就拮据一点，用起来就精打细算，城里人就批评他们说："真是'文较'！"意思是文教部门的人，用起钱来斤斤计较。

　　除此以外，吕忠华还有一个软肋，那就是"农村人"。虽然他自己脱离了农村，户口迁到城里，身份是国家干部，但父母兄弟姊妹还在农村，所以依然被城里人视为"农村人"。城里人一般不会跟农村考出来的大学毕业生结亲；除了农村人收入少，还有一个重要原因就是穷亲戚多，负担重。文化馆里的一位会计就说："我的女儿绝不会嫁给农村人！亲戚朋友一大堆，没事就往城里跑，浑身脏兮兮的，还要花钱招待他们吃饭住宿，烦死人了！"

别看现在工人地位不高，当年可是香饽饽。单位同事给吕忠华介绍过绢纺厂、棉纺厂、织布厂的工人，可是相亲之后就没有下文，因为她们知道了吕忠华的真实情况：农村人。于是，大学本科学历、国家干部身份也就失去了分量。他的老伴也是城里人，说起话来"z、c、s""zh、ch、sh"不分，统统念成"z、c、s"。吕忠华不止一次拿老伴的口音开玩笑。当年蒋桂英也是看不上吕忠华的，不仅嫌他是农村人，还嫌他土气。确实，当年的吕忠华经济条件不好，缺乏穿衣打扮的基础，比起城里同年龄的青年人，显得不大入时，看上去比实际年龄大几岁。但是蒋桂英的父亲是工厂采购员，走南闯北，消息灵通，听到介绍人说吕忠华是大学生，又当面看了吕忠华以后，立马拍板同意。蒋桂英母亲反对，理由跟文化馆会计一样。可蒋桂英父亲说："你懂什么？将来领导干部年轻化，有文凭的人首先提拔！"果然，不到一年，吕忠华就调到宣传部，从干事、科长，到副乡长、乡长、镇党委书记、局长，一级一级提拔起来。反倒是城里的许多工厂倒闭了，让很多城里人一下子从山峰跌进山谷。还好，吕忠华有先见之明，在工厂倒闭前，托人把蒋桂英调到了事业单位做工人，没有受到下岗潮的影响。

如今，虽然城镇户口、农村户口的界限消失了，但是农村、城市还存在；在很多地方，两者条件还不可同日而语。老伴不同意把女儿介绍给王相岩，也就是自然而然的了，是疼爱女儿的母性使她这样的。但是，吕忠华从自己的经历当中得出结论：选女婿只看眼下，不看未来，那是眼光短浅，并不可靠。

他找到小严老师，请她当介绍人。不料，小严把头摇得像拨浪鼓，两条花式发辫在脸颊上甩来甩去，差点就发出"咕咚咕咚"的声音了。

吕忠华感到奇怪，开玩笑地说："哦，王相岩是你表舅，你是不是害怕自己的闺蜜成变成长辈啊？"

小严笑道："表舅妈算什么呀？才比我长一辈。你不知道呀！丽婷喜欢在我们面前摆谱，我们时常叫她姑奶奶呀！"

"她这么欺负人？看我回家不收拾她！"

说笑了一会，小严向吕忠华交了底。其实，小严早就有心介绍他们相识的。但是，她也知道，女孩子爱面子。此前，有很多条件很好的男孩子，其中不乏家庭条件极其优越的男孩子，吕丽婷都不感兴趣；如今找一个家在农村的男孩子，吕丽婷难免面子上过不去，拒绝就是必然的了。另外，她也不了解吕丽婷父母亲的想法，所以一直不敢给他们介绍。

吕忠华听了小严的话，觉得有道理，陷入了沉思。

"那只能看缘分了？"吕忠华想了想，说道。

小严又摇头。见吕忠华一脸疑惑的样子，小严说："一般来说，所谓缘分都是偶然啊，没错吧？换句话说，那都是天意，不受人主观控制的呀！根据他们俩的情况，要指望偶然因素使他们走到一起的话，恐怕可能性为零啊！但是，如果我们加上人为的努力，想办法增加这种偶然性，是不是更好呢？"

"我不明白。你说具体一点？"

小严却又摇头，笑起来。

"暂且保密。"

吕忠华无奈地叹了口气。

"现在的年轻人呀，真让人捉摸不透！"

第十四章　她让儿子生了病

　　吕忠华回到家里，刚刚进门，却又接到了运河派出所的电话。范警官告诉他，运河小区的韩俊凯又惹事了。他到隔壁小区去玩，遇到一个刚刚会走的小孩子，用一颗棒棒糖把他带走了。带到马路上，见到环卫工人停在路边的垃圾车，就把这个小孩子抱起来，放进去，盖上盖子，跑了。小孩的奶奶找孙子找不到，就报了警。环卫工人回到垃圾车旁边，听见垃圾车里有人哭，打开一看，是个小孩；问他话，小孩什么都不知道，环卫工人就把他送到了派出所。通过监控，他们发现是韩俊凯干的，就把他和他母亲带到了派出所。

　　吕忠华接了这个电话，哭笑不得。韩俊凯这个小兔崽子，纯粹是没事找事嘛。你干点什么不行，非得干这个？绑架吗？他并没有把小孩带走；敲诈吗？他并没有找小孩家里要钱；谋害吗？他只是把小孩关在有盖子的车斗里……这究竟叫什么事啊？

　　想起不久前，韩俊凯替季宇航朝他家门上扔菜刀，吕忠华对韩俊凯更加不理解了。这个小孩子做事情，好像从来没有什么目的，扔菜刀的事情是受人指使，藏小孩的事情搞不清什么动机。这究竟是怎样的一个小孩？他怎么会成为这样的小孩？

　　到了派出所，韩俊凯和她妈妈田文菊都在那里。田文菊打扮得非常精致，头发像央视主持人那样朝两边蓬松着，手腕上戴着玉镯子，脖子上挂着珍珠项链。高跟鞋擦得锃亮，像镜子一样发出反光。一个贵妇人的形象，吕忠华想。

"我一定好好管教，范警官，你放心。"田文菊不停地说。

范警官向田文菊介绍吕忠华。

"吕局长是县老科协的，参与县里的青少年违法犯罪预防工程。你们小区的三个小孩，季宇航、杜伊雪和你家韩俊凯，都归吕局长管。还有，韩俊凯扔菜刀，砸的就是吕局长家门。"

对于吕局长，田文菊以前有所耳闻。她心里嘀咕道，他是行政领导啊，怎么干起了这个事情呢？他当局长是一把好手，教育孩子行吗？如果每个人拉过来就能教育孩子，那世界上就不会有后进学生了！

田文菊心里这么想，表面上却依然很有礼貌。

"哎哟，真是不好意思！"她站起来，向吕忠华弯了弯身子说，"我们家韩俊凯给您添麻烦了！"

"没关系，小孩子么。"

"教育韩俊凯的事情，让吕局长费心了。"

"谈不上费心不费心，这是我现在的职责。我们聊聊吧。"吕忠华在长椅子上坐下来说。

"不知道您想聊点什么？"

"先谈谈韩俊凯吧。"

田文菊有点不乐意。说实话，田文菊真不想谈。韩俊凯十四岁了，她教育他十几年了，名师也请教过不少，韩俊凯不仅没有像她希望的那样优秀起来，似乎反而在走下坡路。她几乎都绝望了。你吕忠华能有什么灵丹妙药？

不过，如今是在派出所里，是范警官把吕局长叫来的。唉，说就说吧。

"我们家韩俊凯……怎么说呢？我都想象不到，他能有那么大的胆子。"田文菊没精打采地说。"上次是给您家门上扔菜刀，这次是把人家小孩带走，关进车斗里。他真的有这么大胆子吗？直到现在，明知道证据确凿，我还是不敢相信。他真的能干出这样的事情吗？可是，不是他干的又是谁呢？监控是不会造假的。"

"嗯，在你心目当中，韩俊凯胆子小。"

"是的呢，他从小胆子就小。小时候去他奶奶家，他奶奶家有母猫，刚下了一窝小猫。他去逗小猫，小猫看见陌生人就张大嘴巴，发出'哈!'的声音。韩俊凯竟然被吓哭了。所以为了韩俊凯，我们甚至都不敢养一只猫，害怕猫不知道什么时候发火吓着他。"

"可是，韩俊凯胆子为什么这么小呢?"

"我想，可能是他天生的……"

吕忠华摇摇头。

"先不要下这个结论。请你先把韩俊凯的情况介绍一下吧。"

田文菊仿佛想起了什么，仰起脸来，看着屋顶，说起了韩俊凯的事情。

韩俊凯是早产儿。医生说，一般来讲，导致早产的原因有胎盘功能不全、羊水超量，孕妇怀孕期间太过紧张、孕妇年纪大、不注意饮食等。这五个原因，田文菊占了三个。孕期体检，医生说田文菊胎盘功能不全，要多加注意，出现异常要及时就医。医生的话对田文菊产生了影响，导致她每天都很紧张，经常失眠，又不敢吃安眠药。饮食方面，田文菊爱吃刺激性物品，像辣椒、螃蟹、羊肉等；她还喜欢喝咖啡。而这些，都是导致韩俊凯早产的原因。

韩俊凯早产，让他们一家人都很紧张，对他的一举一动都非常关注，害怕他长成低能儿。到了满月的时候，韩俊凯仰脸躺着，有时也让他趴着。孩子趴着的时候，本能地就会抬头，医生说，这是检验孩子发育是否正常的一个方法。可是，韩俊凯往往头一抬就落下去。他们见了，紧张得要命，赶忙抱着韩俊凯往医院跑。医生告诉他们，正常呀，新生儿抬头一两秒都是正常的，他们心里一块石头才落了地。此后，六个月能双手撑住坐一会儿，八个月能爬，十一个月能站……十个月开始学说话，十六个月能说简单的短句子……可以说，韩俊凯发育基本上是正常的。

　　"可是，等孩子上幼儿园、小学之后，我们发现，韩俊凯跟别人家的孩子还是不一样。"田文菊叹了口气。

　　县城里的人，文化素养高的不多，本科学历以上的家长更少。田文菊夫妇都是本科学历，丈夫还是苏州大学毕业的，这在县城里算是很稀罕的了。田文菊看过家长信息表，父母都是本科以上学历的幼儿，一个班只有三四个。这让她非常自豪，也对韩俊凯产生了极大的希望。古人说："虎父无犬子。"田文菊和丈夫都期待着韩俊凯出类拔萃，在各个方面都把其他幼儿远远地甩在后面。

　　可是，韩俊凯让他们失望了。

　　幼儿园老师教儿歌《圆圆圆》："皮球圆圆，铃鼓圆圆，挂钟圆圆，盘子圆圆。看看橘子，还是圆圆圆。"孩子们会唱了，老师要求学生不用原文唱，用生活当中的一个圆形物体替代。于是，孩子们各展风采，自编儿歌。有的说"脸儿圆圆"，有的说"眼睛圆圆"，有的说"肚脐圆圆"，韩俊凯则说"大西瓜圆圆""生活圆圆"……

　　田文菊忧心地说："'圆圆'前面是两个字，人家的孩子都用两个字填上去，韩俊凯偏偏用三个字！不合字数啊！还有生活圆圆，生活不是一个物品，怎么能用圆圆来形容呢？"

"可是，我觉得……"吕忠华说。

田文菊说了这么些事情，似乎找到了宣泄的快感。她朝吕忠华摆摆手："请听我把话说完。"

田文菊家庭条件非常好。公公是当地房地产开发商，公司董事长、总经理；丈夫任副总经理。她自己则辞了工作，专门在家带孩子。他们把韩俊凯送到本地最好的幼儿园，最好的小学、中学，目的只有一个，不要让韩俊凯输在起跑线上。可是，韩俊凯却总是输给别人，而且常常输得让家长抬不起头来……

"我给你说一个例子，"田文菊轻轻叹了口气，"小学时候，老师出了一道数学题，说是 N16 型小客车带客，一次可带 8 个人，一天跑了 12 趟，一共带了多少客人？列成算式，不就是 8×12 吗？可你知道韩俊凯是怎么做的？$16 \times 8 \times 12$！老师就问他，为什么乘以 16 呢？他说，16 不也是个数字吗？老师说，难道数字就应该被乘吗？你知道他怎么问的：如果不应该被乘，为什么要写在题目里呢？你看看，他就是这么笨！老师跟我说了之后，我臊得呀，恨不得一头钻地底下去！如果你是个初中生、高中生的儿子就算了，我们两个可都正儿八经的本科毕业啊！他爸爸还是名校的！这样的成绩不是让我们丢死人了吗？"

吕忠华发现，田文菊自恃条件优越，有很强的表现欲，就不再打断她的话，先让她说下去。在她说话的时候，吕忠华趁机观察了一下韩俊凯。韩俊凯坐在他妈妈旁边，既不贴紧她，也不远离她，似乎可以用"若即若离"来形容。他两条腿垂着，一动不动，不像一些小孩那样晃来晃去。两只手按在长椅的边缘，身体往前倾斜，眼神空洞，仿佛他的眼珠是假的。他的脸上没有任何表情，让人怀疑戴了一个面具；又或者他的母亲说的是别人的事情，跟他毫无关系，而且他一点也不感兴趣。

"这孩子麻木了……"吕忠华想。

"那么，你们对韩俊凯做了什么呢？"趁田文菊停下来的时候，吕忠华抓住机会问了一句。

"我们能做什么呢？你想想，韩家三代单传，好不容易有了这么一个男孩，一家人疼得跟命似的！学习不好就不好吧，比人家差就差吧，丢面子就丢面子吧，可不能把他身体也给毁掉了！所以我们对孩子也就不抱太大的希望了，也就不对他提出过高的要求了。每当学校换了新的老师，我们总要当面跟老师说，我们的孩子是早产儿，早产对他的身体和智力都造成了一定影响，请老师对他的要求降低一点。我们只要孩子身体健康、心情快乐就行了，成绩不成绩的无所谓。"

"这些做法只是被动的。我想说的是，有没有主动一些的，比如采取一些措施，让孩子发生改变，激励孩子奋发向上。毕竟人的主观努力也是重要的。"

"唉，怎么没做呢？都尝试过啦！可是一点作用都没有！"田文菊烦恼地说。她绞着两只手；两个脚踝也不停地分开了一下、交叉，再分开、再交叉。一双皮鞋的光芒左右闪烁。手和脚互相配合，非常完美。

田文菊接着说，她和爱人怀疑韩俊凯的智商有问题，可到几个医疗机构做智商测试，都很正常。既然孩子智商没有问题，为什么学习成绩不好，不能赶上或者超过其他孩子呢？他们想，是不是存在这样一种情况：智商没问题，但是发挥智商的某个部件出了问题。就好比每个人都长着两条胳膊，但是有的人胳膊举不起来，什么原因呢？肩周炎呀，肩周炎治好了，胳膊就能举起来了。对，就是这么回事！

田文菊家有的是钱，田文菊有的是时间，就带韩俊凯到南京、上海、北京等地大医院，挂专家号，给韩俊凯治病。专家们用各种仪器给韩俊凯做了检查，用多年的医疗经验分析判断，最后得出的结论都是，孩子一切正常，没有病。

但是，田文菊无论如何都不相信。

"如果没有病，一个智力正常的孩子，怎么可能学习成绩比不上人家呢？"

医疗专家们说："学习成绩好坏，原因非常复杂，即使智商相同的孩子，受到各种因素的影响，学习成绩也不尽相同。"

他们的话说服不了田文菊。她继续带着韩俊凯，奔走在挂号、就诊的路上。

后来，终于有医生诊断，孩子得了"LD症"，他把韩俊凯称为"LD儿"；也有的医生诊断韩俊凯得了"阿斯伯格综合征"。他们说有药可治，开了些利培酮、氟西汀、氟伏沙明、舍曲林等等。田文菊一颗悬了好久的心终于完全放下来了。她开始让韩俊凯服药。

说起来真奇怪，人家说孩子没病，田文菊觉得不爽；现在有人说她孩子有病，她反倒快乐起来。那一段时间里，她每天高高兴兴地给韩俊凯喂药。带着孩子到学校，跟班主任说："我家俊凯生病了！吃药了！"看见熟人就好像炫耀似的说："我家韩俊凯为什么成绩上不去？因为他有病呢！现在好了，买药了，每天吃药。你看俊凯，吃了药多可爱呀！"

人们就附和着说道："过去就可爱，现在更可爱了！"

转过脸去，大家心里却直嘀咕："田文菊没病吧？小孩生病她这么高兴？"

与此同时，田文菊还做了另外一件事情。她利用自己经济条件好的优势，广交朋友。当然，这个"广"还是有一定范围限制的；换句话说，她广交的朋友只有一种人，那就是成绩出类拔萃的孩子的家长们。每次考完试，她就向老师打听考得好的学生，然后给人家的家长打电话，约人家逛街吃饭。她让人家把孩子带上，自己则带上韩俊凯。无论是在路上，或者是饭桌上，田文菊都是谈话的中心。她表扬人家孩子如何优秀，批评韩俊凯如何不争气。她非常善于发现人家孩子的优点；只要人家学习好，一举一动、一颦一笑都是优点。人家孩子爬上爬下，到处乱钻，惹得路人侧目，她夸人家既会学习又会玩；人家孩子饭桌上把盘子里的菜翻来翻去挑好的吃，她夸人家"既会学习又会享受"。相反，韩俊凯跑跑跳跳，她批评道："走路都没个正形，学习能好吗？"饭桌上，韩俊凯把喜欢的菜多夹了一筷子，她马上敲敲桌子："注意形象！要是学习能有这么积极就好了！"

　　最后，田文菊伤心地说道："你说，我对孩子都这样了，为什么他一点进步没有，反而变得越来越让人烦心了呢？为什么别人家孩子都那么优秀，我们家孩子这么糟糕呢？是不是老天爷嫉妒我们，故意让韩俊凯来添堵呢？"

　　田文菊从小包里掏出纸巾擦眼睛，后又捂住鼻子轻轻地擤了一下，把纸巾投进长椅旁边的垃圾桶。韩俊凯依旧茫然四顾，悠闲得很。他仿佛身边没有人似的，她妈妈讲的好像也不是他的事情。

第十五章　直言惹怒田文菊

听了田文菊的一番话，范警官"嘿嘿嘿嘿"笑了几声。田文菊继续低着头，似乎没有在意范警官的笑声；而吕忠华听懂了范警官笑声里的意思，他对田文菊的做法也是不以为然的。吕忠华看着母子俩的样子，感情很复杂，他既反对田文菊的所作所为，又为韩俊凯的遭遇感到痛心。

吕忠华为了平息自己的情绪，站起来走了几步。

"田女士，我不得不说你，韩俊凯到了今天这个地步，跟你的教育方法脱不了干系。"吕忠华在田文菊面前停下来。

"你的意思是说，"田文菊蓦地抬起头来，语气里明显带着不满，"孩子犯错误都怪我？我操心劳肺地为他付出这么多，反倒害了他？"

"也可以这么说吧。"

田文菊撇了撇嘴，缠着的手腕、脚踝忽然分开了，腰也向前倾了一下，似乎要马上站起来，用手指着什么……但是她很快又恢复原状。显然，她意识到了眼前这个人的身份，以及他此行的目的。

"如果吕局长要是认为我不适合做母亲的话，"她回答的语调有点冰冷，"你可以向法院起诉，让法院判决取消我作为监护人的资格。"

吕忠华听了这话，心里的火苗"呼"地一下蹿起来。这个女人太不像话，明明做错了事情还不给人说！他真想狠狠地骂她一顿。又一想，算了，不跟她计较，你懒得给我批评，我还懒得帮你呢，你的孩子废掉了跟我有什么关系？我们井水不犯河水。

这样想着，吕忠华心头一松。他好像放下一副担子似的，出了一口长气。

这个时候，范警官说话了。

"田女士，你这个话说得可不对。吕局长直言不讳地批评你，是为了你好，为了你孩子好；孩子好了你家才好。吕局长跟你无亲无故；他来帮你，纯粹是作为一个共产党员的无私奉献；除了退休金，也不从国家那里拿什么报酬。你不听人家把话说完，就耍态度，这个不大好。"

"可是范警官，我真的不知道我哪里错了！"

"那你听人家把话说完啊。"

"行行行，那我听听。"田文菊挥了挥手，好像给了范警官和吕忠华很大面子似的。

吕忠华起先一肚子气，听了范警官的话，"噗嗤"一声，好像轮胎给戳了一个洞，气全都消了。是啊，这可不是一般的助人为乐！如果在路上碰见一个需要帮助的人，我帮你，你不乐意，我扬长而去。现在，他是在完成一项政治任务，不能任性啊！

"刚才，我的态度不大好，表达也不大恰当，请田女士原谅。"

吕忠华这么说，田文菊心里舒服了一些。

"没关系，没关系。"她摆摆手。好像吕忠华真的错了，她大人大量，原谅了他。

吕忠华讨厌这种高人一等的做派。但他没有说什么，也没有撇嘴、皱眉。

"我们拿韩俊凯来说吧。他小时候编的那两句儿歌，你把它贬得一钱不值。孩子会怎么想呢？他想到的只能是这三个字：我不行！一次、两次这样，十次、二十次、无数次这样，'我不行'这三个字就在孩子心里扎下了根！以后无论遇到什么事情，不管自己行还是不行，他都不愿意去尝试了！即使迫不得已去尝试，受到'我不行'的暗示，他也就真的不能发挥正常水平了！"

田文菊没有说话，但她注意地听着。

"我们回到韩俊凯编的两句儿歌本身，真的不行吗？不，我认为编得很好！为什么？因为第一，他在西瓜前面加了一个'大'字，并不妨碍孩子们念出来；而且老师只是要求用另一种圆形物代替，并没有提出字数的要求。第二，生活圆圆，生活固然不是圆形物，这里的圆圆也不是'圆'的本义，虽然不符合老师的要求，但是它从形象过渡到抽象，是认识事物的更高层次呀！这一点，我们为什么看不到呢？"

"这个，这个……我当时没有想到……"

田文菊的神情有点拘谨，她的手绞得快了一些。

"所以说，看问题要经常换一个角度。"范警官附和着吕忠华说。

"我们再看韩俊凯做的那个数学题，"吕忠华接着说。"我们每个人每天都处于生活当中，养成了生活型思维。打个比方吧，假如田女士你每天吃3个鸡蛋，一星期7天，你一共吃多少只鸡蛋？"

田文菊迟疑着。好像回答这个问题就侮辱了她的智商似的。

"可是，我是很少吃鸡蛋的，我怕蛋黄，不好咽。"

吕忠华轻轻笑了起来。

"你瞧，你这就是典型的生活型思维。我想，你当初读书的时候，数学成绩一定不大好吧?"

"就是呢，总分 150 分，高考才考 50 几分，丢死人了。所以我才考的文科。"

"由此可见，要想把数学学好，就要从生活型思维当中走出来，培养自己的数学型思维。如果有了数学型思维，在回答吃鸡蛋这个问题时，你就不会想到自己吃不吃，而是跳出生活，把鸡蛋抽象成为一个'量'，就是只有'3'和'7'这样的量的概念。回到韩俊凯做的那个题目里。韩俊凯具有生活型思维，所以把所有的数字都乘起来；如果他具备了数学型思维，他就会只盯住小客车跑多少趟的'量'和客人的'量'，从而计算出答案。所以说，你当时正确的做法不是沮丧和悲伤，而是跟老师沟通，培养他的数学思维!"

田文菊的眼睛发出光来；并且这光不再冰冷，而是温暖了一些。

"吕局长!您真是厉害啊!生活型思维、数学型思维，这样的话我是头一回听到!"

"那当然!人家吕局长是恢复高考后第一届本科生!"范警官情不自禁地夸奖道。

"难怪呢!吕局长您请坐!"田文菊看到吕忠华还站着，也站起来，指了指对面的椅子。待吕忠华坐下，她才坐下来。"您还有什么意见，再跟我说说。"

田文菊先是不想听，现在乐意听；面孔由冷漠到带着笑容，这个转变来得太突然，反倒让吕忠华不适应，有点受宠若惊的感觉；以至于刚坐下的时候，只把半边屁股搭在椅子上，身子一闪，差点摔到地上去，才使他发现了这一点。他暗暗骂了一句自己："真贱！"随即把另一半屁股也坐了上去，这才稳当了。

他从口袋里掏出那个小本子来，翻了几页。

"其实呢，我也没这么高水平。如果有几句说到点子上了，那得亏苏联一个教育家，他叫苏霍姆林斯基。他当校长的那所学校啊，还是农村中学呢，可是高考成绩全国最好。他是这样说的：'如果你想做到使儿童愿意好好学习，使他竭力以此给母亲和父亲带来欢乐，那你就要爱护、培植和发展他身上的劳动的自豪感。这就是说，要让儿童看到和体验到他在学习上的成就。不要让儿童由于功课落后而感到一种没有出路的忧伤，感到自己好像低人一等。'"

念完了，吕忠华合上本子。

"你们看看，他好像就是专门给我们说的一样！所以啊，对待孩子，要让他看到和体验到他在学习上的成就；即使他功课落后，也要帮助他找出原因，以利再战。不能总是贬低他，让他感觉自己低人一等。"

吕忠华期待着田文菊的表态；范警官也看着她，已经准备好了赞美词："田女士真是聪明人，一点就透，一说就通！"

让他们没想到的是，田文菊却皱起了眉头。

"可是，"她的双手又缠在一起，绞来绞去，"我们家韩俊凯身体不好啊，他有病，还一直吃着药呢。我就是帮他，表扬他，恐怕他也力不从心，效果也不好。"

吕忠华从凳子上站起来，东张西望。范警官问他找什么，他说找杯子，喝点水。范警官拉开柜门，取出一只纸杯，接了半杯水给他。吕忠华接过来，咕嘟咕嘟喝了两口，又喝了两口。他其实不想喝水，只是听到田文菊的话有点着急，想说几句；又担心自己说得太冲，对方受不了，就借喝水的机会，让自己平息一下。

范警官似乎看出了吕忠华的意思。他把杯子递给吕忠华，对田文菊说道："田女士，其实你儿子并没有病，人家北京、上海那些大医院的医生都说了，你儿子没病。只是你认为他有病，所以一个小地方的医生说他有病，你就相信了。是不是？"

田文菊不高兴了，她瞪着范警官说："有病就是有病，没有病就是没有病，我不是三岁小孩子，连有病没病都分不清。"

吕忠华喝了点水，用手掌抹了抹嘴唇，斟酌着用词，慢慢地说："怎么说呢？我打个比方啊。有甲乙两个人，各自带着猎枪，到山林里打猎，约好只打三只野兽，看谁打得多。到了山林，忽然跑来一只狼，甲乙两个人同时看见，各自举枪就打，狼倒下了，是甲打中的；乙的枪没响。后来又打到两只狼，都没有乙的份儿。什么原因呢？原来，乙知道自己枪法不如甲，就临时换了一支新枪。新枪上了油，乙没有擦，导致无法射击。乙失败了，但是乙说，那天要不是换枪，他一定能胜过甲，打到两只狼！"

"什么意思？我不懂。"田文菊说。

"我说的是，你们夫妇学历高，家境好，对儿子期望值当然就高。希望他是天才，远远超出周围所有人，这样才跟你们的学历和家境相配。可是韩俊凯并没有像你们所期望的那样聪明，把别人甩下一大截；有时候、有的地方反而还不如别人，这就让你受不了，让你觉得没面子。于是你就在孩子身上找原因，认为他有病，就带他到处求医。别人说他没病，你不相信；别人说他有病，你相信了，甚至有点高兴。因为这就能证明不是你们的孩子不聪明；相反，孩子很聪明，跟你们家境、学历很相配，只是因为他有病，导致他不如别人了。这样，你们的面子就保住了，面子上就有光了。你不知道，恰恰是你的爱面子思想，导致孩子失去了教育转化的机会，使他的学习成绩一直处在低位，使他做出一些令人不可思议的事情。你的行为，不是跟前面那个故事里的乙很像吗？如果那个乙承认自己枪法不如甲，抓紧时间练习枪法，说不定枪法早超过了甲。只是为了自己的面子，不去练枪法，才导致自己的枪法一直不如别人。"

吕忠华讲话的时候，田文菊双手渐渐停止了绞动；其间几次张口，想要说什么，都因为吕忠华讲话越来越快，她没有机会打断。等吕忠华说完，田文菊再也受不了了。她一下子站起来，气呼呼地说："好，我孩子没病，我要面子，我让孩子失去了转化机会。你干脆说我有心理疾病得了！"

说完，把小包一拎，脸一转，高跟鞋用力踏着地面，噔噔噔地走了。刚走几步，想起儿子丢下了，就回头，扯住韩俊凯胳膊，头也不回出了门。

吕忠华和范警官两个人互相看了一眼。范警官两手一摊，做了个无奈的手势。

第十六章　一张照片起纠纷

傍晚，吕忠华回到家里。老伴还没有回来，女儿卧室的门开着，里面静悄悄的。吕忠华瞥了一眼卧室，只看见女儿两条腿，斜搁在床沿上，一动不动；高跟鞋也没有脱下。吕忠华感到奇怪。一般情况下，女儿此时应该扯开头绳，把头发搅成一团乱麻，躺在沙发上看书，等老爸老妈送上不算精美的晚餐。今晚为什么有点反常呢？

吕忠华走到卧室门口，敲了敲门，头朝里面探了一下，说道："丽婷怎么啦？不舒服？"

女儿没有回答，但是身体动了动。吕忠华走进门，看见女儿脸朝外躺着，一声不吭。

"是不是生病啦？"

"没有。"女儿懒洋洋地回答，看也没看他，坐了起来。此时才开始例行公事：从后脑勺撤下带有弹性的头绳，往床头柜上一丢；两只手从上到下，朝自己长发上胡乱地抓挠几下，将它们搞乱。随后，从书架上抽出一本书，悠悠地走到客厅，躺到沙发上，看起书来。

虽然女儿没说什么，但是吕忠华知道，女儿遇上了不愉快的事情。不过，看来事情不大。当然，也和女儿心理能力变得强大了有关。要是小时候啊，在外面稍微受了点委屈，她早就擦鼻涕抹眼泪，向爸爸、妈妈告状了。

吕忠华默默地做好晚饭，老伴还没有回来。吕忠华要打电话去问，女儿才说，妈妈来过电话了，说今晚不回来吃饭。

打开电视，一边吃晚饭，一边看新闻。

和女儿一起吃饭，吕忠华心里很温暖。他想起了女儿小时候的事情。那时候，她妈妈经常上晚班，很多时间，他和女儿两个人一起吃饭。女儿性格活泼，总是一边吃饭，一边像小喜鹊似的，叽叽喳喳叫着。如今，转眼间过去十大几年了，女儿也快到三十岁了。女儿性格没怎么变，还是爱说爱笑，吃饭时总是让爸爸妈妈开心。可是，她今天晚上怎么了呢？遇到什么烦心事了呢？是不是跟她个人问题有关？

嗯，老伴不在家，不妨利用这个机会，跟女儿谈谈王相岩，试探她对王相岩的印象。老伴不赞同，先征求一下女儿的意见。只要女儿有这个意思，一家人二比一，老伴想反对也难了。

"丽婷，"吕总华说，"你跟王相岩是同学，你们搞不搞聚会呀？"

"我们只是高中同学搞聚会，初中、小学同学没搞聚会。"

"那是为什么呢？"

"毕业那么多年了，也就高中同学有一点印象，小学、初中同学很多都忘记了，连长相都记不得了。"

"哦。不过我倒觉得啊，小学、初中、高中、大学，各自代表了人生的不同阶段，都有怀念的意义和价值，适当聚会一下还是必要的。你想不想组织初中同学聚会一下啊？爸爸可以赞助你。"

"不想。"吕丽婷干脆地说。

吕忠华碰了个钉子，觉得是自己没有找准角度。他想了想，何必拐弯抹角呢？直接说出来得了！

"确实，一个班几十个人，太多了，到一起话都不好说。找几个投缘的聚一聚，或许更有意义。上次你碰到的那个王相岩，不是你初中同学吗？你们找几个人聚一聚如何？"

"爸，你直接让我找王相岩得了。实话告诉你吧，我不想见他。"

吕忠华吃惊地看了女儿一眼，希望从她脸上找出原因。可是女儿不看她，脸上也没有什么表情。

"那，那，你能告诉我什么原因吗？是不是因为他是农村人？你是知道的，你老爸也是从农村走出来的……"

女儿放下碗筷，站起来，从沙发上拿起书，回到卧室里去了。

吕忠华看着女儿的背影，忽然觉得女儿很陌生。他轻轻叹了口气。

卧室里，吕丽婷躺在床上，还在生气——生王相岩的气。虽然王相岩说了"对不起"，但是吕丽婷仍然不想原谅他。

起先，她对王相岩并无印象。她和王相岩一起在运河初中读书的时候，运河初中不像现在这样按照居住地招生，而是从全县选拔优生。按照居住地招生，学生基本上都是城里人；从全县掐尖，城里学生、农村学生都有，每个班大致一半对一半。由于经济条件、学习条件、兴趣爱好差别较大，城里、乡下学生来往很少，城里学生也很少关注乡下学生。加上王相岩初中毕业以后不在本县念高中，吕丽婷就把他忘记了。但是因为他头发很特别，所以那天一见面就觉得面熟。

然而相认以后也就到此为止，两个人没有深谈，都以为对方已经成家立业。后来听小严含含糊糊地说，王相岩还没成家，吕丽婷也没有放在心上。毕竟以前拒绝过那么多，有不少条件很优越的；现在找的话，起码不能比以前的那些差吧。而王相岩呢，除了堂堂相貌，职业不错，家庭条件就差远了。更因为过了冲动的年龄，没有那种一见钟情的感觉了，所以吕丽婷对王相岩的感觉也就不咸不淡的，没有产生过要跟他谈恋爱的想法。

也就在前几天，他们又有了一次相遇。按照县里统一部署，中小学校要在公检法司机关聘请法制联络员，运河初中聘请的就是王相岩。那天，王相岩到运河初中商谈工作，梁校长负责接待。公事谈完之后，梁校长留王相岩吃晚饭。

"你是我的学生，"梁校长说，"我私人请你，另外请几个老同学陪你。"

就这样，作为梁校长在实验初中的共同学生，王相岩和吕丽婷坐到一张桌子上，吃了晚饭。席间，同学们互相敬酒，轮流敬老师的酒。当时到场的有八个同学，其他同学都成家立业了，只有王相岩和吕丽婷单身。免不了有人拿这个说事，含而不露地开他们的玩笑，希望他们走到一起。他们都装傻，含含糊糊地扯到别的事情上，及时扼住了扩大的势头。在这一点上，吕丽婷对王相岩倒是很赞赏的。她虽然不了解王相岩的真实想法，但是王相岩的做法，客观上维护了吕丽婷的自尊心。

那天酒局上，吕丽婷对王相岩有了新的了解。她发现王相岩口才不错，知识面广。他是学法律的，谈起教育来也颇有心得。

"有一位语文专家说，语文学科是农业，其他学科是工业，"他侃侃而谈。"工厂里加工一个零件，机床一开，很快就好；农村里种植一种植物，播种、施肥、除草，要经过一个季节。同样，数理化、政史地听了一堂课，你就能做出简单的习题；而语文课上老师教你写对联，一般人就是听得再认真也写不出来。为什么？因为缺少长期、大量的阅读。"

梁校长非常赞赏他的话，说道："没想到，你比我手下那些家伙都懂啊！无论何时何地，他们看见学生读课外书就没收。我就骂他们：'无知！你们不知道吗？没有阅读就没有语文！没有语文就没有其他学科！'可他们屡教不改！干脆，你来当我的副校长吧！"

王相岩的话，吕丽婷也很赞成。她爱好阅读，虽然没有刻意钻研过写作，但是无论写什么提笔就来。也许行家觉得还欠火候，但是足以让周围的人竖大拇指了。

他们在欢乐的氛围中结束了聚会。不想几天以后，吕丽婷的感受完全改变了。有一天，吕丽婷打开微信朋友圈，发现"天光云影"发了一张照片，竟然是王相岩和吕丽婷碰杯的照片！两个人都笑得灿烂，眼睛里的光芒清晰可见。吕丽婷也没有想到，当时的自己是如此开心，面孔不禁有点发烧。她又看了一下，发现下方加了一个隐约的"❤"！这一下，吕丽婷不高兴了。

她知道，"天光云影"就是王相岩。于是把照片截图发给他，然后一个电话拨过去。

王相岩很开心地说："老同学，是你啊。有什么指教啊？"

吕丽婷听他没事人似的，更加生气了。

"朋友圈里的那张照片是你发的吧？"她用质问的口气说。

"是……什么照片啊？"

"装得倒像！就是那张我们碰杯的照片！我发过去了，你看看！"

"哦，我看看。"

王相岩挂了电话。过了一会儿他没有回复，吕丽婷又打了过去，说道："看见了吗？你有什么话说？照片发就发了，还在下面加了一个'❤'！你想传递什么信息？"

"我，"王相岩愣了一下，"真是，对不起啊！"

"请你马上把它删掉！"吕丽婷说完，狠狠点了一下手机，挂断了电话。

第十七章　会上纷纷诉苦情

这天，老科协李会长打电话给吕忠华，说青少年违法犯罪预防工程实施一段时间了，明天找大家开个会，总结一下上阶段工作，包括基本情况、成绩和存在问题；谈一下今后目标、任务和措施。

接到这个电话，吕忠华又喜又忧。喜的是可以利用这个机会反思一下以往工作；忧的是不反思还好，越反思越觉得这项工作非常棘手。

第二天，吕忠华和其他十几个退休人员按时到会。大家围着一张长方形会议桌，随便找个地方坐下来。然后，李会长指定从左手边开始，挨个发言。

轮到吕忠华，他翻开本子。昨天晚上，他回顾几天来的工作情况，写了个发言提纲。他浏览一下提纲，眼睛离开本子，扫视一下与会者。

"上一个阶段我总共做了三件事，"吕忠华说道，"首先是了解情况。我所在的运河小区，一个有三个需要我帮助转化的少年，两个男孩，一个女孩。目前，对他们的家庭情况、家长的教育方式、本人的表现，已经基本上有所了解。其次是初步沟通。我跟三位家长都交谈过了，对他们的教育方式发表了看法，指出其不合理的地方，提出了改进意见。第三，那就是'恶补'教育学、心理学。以前由于工作原因，虽然对这些知识有所了解，也看过相关书籍，但是针对家庭教育、儿童教育的心理学、教育学知识，尤其是转化不良少年的知识，都是最近一阶段开始补的。"

"你女儿是这方面的专家，你学起来方便。"李会长笑着说。

"你不知道啊，李会长，"吕总华笑着回应道，"天底下最难做的事情，就是做自己女儿的学生。你看她那个得意扬扬、居高临下的样子，简直气得人牙根痒痒。你稍微提个问题，她就抱怨：'爸，你连这个都不知道啊！六十几年饭吃到哪里去啦！'刚讲了一会儿，她就要这要那的：'爸，你想把我渴死啊，给我倒杯水！''爸，咱们说定了，中午吃红烧牛胸骨啊！'"

"你这个小棉袄可是带刺的！"大家都笑了。

"带刺也要穿啊，绑在身上扔不掉了。"吕忠华也笑了。

"可是问题也是显而易见的，"吕忠华继续说，"那就是家长不配合。我提出的整改方案，他们怀疑，执行起来打折扣，有的根本就无所谓，该怎么样还怎么样。仔细想想，他们也有道理。毕竟十几年都这么过来的，一下子改变方式很不容易。再一个，我们都不是行家，他们难免有所怀疑。提起我们曾经的身份，他们都很尊敬；要他们按照我们的要求去做，他们就不那么愿意了。"

"就是啊，"吕忠华的话说到大家心坎上了，大家纷纷诉苦，"有的家长不听就罢了，还说我们多管闲事。还有的家长说，我家的孩子，我想怎么管就怎么管。"

"有个家长我一见就来气。他儿子抽烟喝酒，满嘴脏话。他不仅不认为有错，当着我的面抽烟，还给他儿子扔了一支。我说，小孩子不应该让他抽烟。你知道他说什么？他说，早一天抽迟一天抽，迟早都得抽。气得我差点一个巴掌甩过去！"

"有句话不知道当说不当说。敲锣卖糖，各管一行。父母是孩子第一任老师。第一任老师没有教育好孩子，送到学校，就应该由第二任老师继续进行教育。现在，第二任老师也没有教育好，让我们来做第三任老师，这合适吗？我们没有受到过专业训练，没有人家那样的专业知识，我们能做得比人家好吗？"

"就是啊，李会长，这项工作的可行性到底有多大？毕竟我们一辈子都是搞行政的，现在让我们来搞预防青少年违法犯罪，就好像关羽使惯了青龙偃月刀，现在非得让他使丈八蛇矛，不是强人所难吗？"

一时间，大家你一言我一语，争着诉说自己的疑问、委屈和不满。会议室回荡着嗡嗡嗡、呀呀呀的声音，搞得谁的话都听不清了。

李会长敲了敲桌子，大家才渐渐安静下来。

李会长脸红红的，看上去有点激动。他平静了一下，说道："你们说的，我都能理解。你们以为我想干啊？我也有孙子，我也想每天亲自接他上下学；我也可以打一份工，到我侄儿那里照应一下办公室，每个月拿个六七千；我也想带上老伴，到全国各地游花看景；我也可以到县委彭书记那里去撂挑子：'我不干了，你另外找人去！'可是，我说得出口吗？话容易说，可是说出去以后，我良心会一辈子受到折磨！再听到'共产党员'这几个字，我心里就会像刀割一样难受！你们现在表个态，哪个不想干的就提出来，我绝不勉强！"

看到李会长发火，大家都不吭声了。

"完了，我没有娘家人了。"忽然有人说了句。

大家转脸一看，是前住建局孙局长。一个大老爷们，正儿八经地说出这句话来，大家伙忍不住想笑，却又不敢笑。

"嗯？"李会长看着孙局长说，"什么意思啊？"

"我们响应李会长的号召，退休以后从事预防青少年违法犯罪工作。我们就像出阁的闺女。之所以诉苦，是我们把老科协当作娘家啊。现在李会长不给我们诉苦，我们不是没有了娘家了吗。"

李会长哈哈笑起来。李会长一笑，大家也笑了。

"怪我怪我，"李会长笑着说，"我刚才理解错了，我把大家的抱怨当作消极情绪，以为大家想当逃兵，所以发了火。现在我做个检讨。同时诚恳邀请大家，有什么困难尽管提出来，我一定帮大家解决；我解决不了的，就去找彭书记。"

"牢骚发完了，我们该怎么做还会怎么做。"孙局长说。

"大家说得都有道理，"李会长点头说，"可是我们自身还是存在问题啊！这就需要我们进一步向行家学习，向书本学习。先当学生，再当先生。"

吕忠华继续发言。他提出了下一步工作方案：一是跟家长加强沟通；对家长不当的教育方式不仅说服教育，还要监督管控。二是跟孩子多多交流，让他们明白事理。三是引导孩子们参加一些活动，通过活动实现改变他们的目的。四是鼓励孩子读课外书，课外书能改变他们的人生。

散会以后，李会长示意吕忠华留步。他握着吕忠华的手说："今天你的讲话我很赞成，接下来就看你怎么做了。希望你能把这三个孩子教育好，给我们做个示范。"

吕忠华紧紧握了一下李会长的手："我尽力。"

第十八章　忠华被人赶出门

　　老科协会议结束之后，吕忠华按照自己在会议上提出的工作方案，再次跟家长沟通。

　　吕忠华首先跟季广发联系，说要到他家家访。季广发听到铃声，看见是吕忠华的号码，第一个反应是不想接；再一想，不接不行，一个小区住着，低头不见抬头见。就是不想见他，也得找个理由啊。又一想，上一次他答应过吕忠华，说从此不再打季宇航；还把三张 A4 纸收下了。可是几天来，他根本没有丝毫改变，只要季宇航犯了错误，惹他生气，照旧一顿狠揍；不用说，记录自己如何对待季宇航的表格都是空的。想到这个，他就有点心慌。

　　"哦，那个，我最近有点事情，实在没有时间，我们过几天再说吧。"电话里，季广发支支吾吾地说。

　　听到季广发的口气，吕忠华就知道他在找借口。

　　"你没有到外地，还在本地上班吧？"吕忠华说，"如果你上班忙，我可以到你班上去，边工作边聊；如果你加班回家晚，我们可以晚点谈；如果你干活累，我可以请你去喝咖啡，边喝边聊。"

　　"死搅蛮缠，真是不识抬举！"季广发心里骂道。但他嘴里还是说着客气话："哪能麻烦你呢？我真的有事情……"

吕忠华说道："行，有事情你就忙。不过呢，我跟门卫张师傅、刘师傅都说过了，我一天二十四小时手机不关机。如果他们看到你回来，只要不是半夜三更，就立即给我打电话，我们抓紧时间说上几句。你看这样行不行啊？"

季广发被逼到了南墙根，再也不好推辞了，只好答应见面。他撒了个谎："行行行，那就今天晚上8点钟，我跟同事调个班，跟车间主任请个假……"

"好的，我准时到。"吕忠华说。

挂了电话，季广发朝自己脸上打了一下，恨道："没有用！说话自相矛盾！既然说跟同事调班，怎么又说跟车间主任请假呢？"

季广发不想见吕忠华，除了觉得他没事找事，管自己打小孩的事情，还有一层。上一次，也就是楚绍红和吕忠华见面之后，就有人把话传到了他耳朵里。什么样的话都有。

"楚绍红黄昏恋啦，找个老头约会呢。"有的说。

"人家两个人是初恋，中学里就谈了。要不是姓季的插上一杠子，人家早就结婚成家了。"有的说。

"什么青少年犯罪预防工程！姓吕的就是想找个借口，跟老情人再续前缘！"有的人说话很难听。

小时候，季广发经常回外婆家，曾听人家含含糊糊地讲过，母亲在中学里谈过恋爱，后来因为进城当工人，就不要人家了。母亲结婚之后，那个人全家就搬走了，再也没有回来过。当时，没有人提起那个人姓名。随着时间的推移，此事渐渐被他淡忘。如今有人提及，勾起了他的记忆。他找人打听了一下，才确切地知道，那个人就是吕忠华。他对当年的事情又增加几分了解。

当然，他不认为吕忠华帮季宇航是假，借机接近他母亲是真。但是，出于对自己父亲的尊敬，自从听了那些传言以后，他对吕忠华增加了几分抗拒。他真心希望吕忠华离他家远一些，离他母亲远一些。有了这些想法，他给自己找了见吕忠华的理由。见一见也好，借这个机会把话说清楚，以后大路朝天，各走一边。

晚上8点，吕忠华敲开季广发家的门。季宇航、方小玲都不在客厅里。也许他们都不在家。季广发一个人坐在沙发上，是专门等候他的。电视没有开；茶几上空无一物，没有上次的橘子、葵花籽、放着茶叶的茶杯。

吕忠华不在乎人家是否准备什么小吃，他也不从这一点判断主人对他的态度。但他从季广发的面部表情、客厅里的氛围，明显感觉到自己是个不受欢迎的人。按照他的性格，碰到这样的情况就一走了之；但是，他知道自己眼下不能走。谈话是自己再三约定的，无论面临什么样的处境，他都不能当逃兵。

可是，季广发为什么会变成这样呢？他一时想不明白，更不知道背后发生的事情。算了，不管那么多，还是按照既定方案执行吧。

"季先生，"吕忠华坐下来以后，慢慢说道，"这次登门呢，还是谈上次的事情。上次临走时候，我不是给你们几张纸嘛，一张是座右铭，另外几张是记录表，记录季宇航犯错误以后你们的处理情况。不知道表格填了没有，我想看看，然后再交流一下。"

季广发脸上表情淡淡的，直截了当地说："那几张纸，不知道放哪里去了。几张表格，我也没有填写。"

吕忠华虽然心里很诧异，但表面上还是点点头："没有填写没关系，能记住我说的三条就行了。这几天季宇航的表现怎样？如果他犯了错误，你们是这么处理的？"

"这个嘛，我觉得就没有必要跟你说了，"季广发一副不耐烦的样子，"我自己的孩子，我知道怎么管他。"

吕忠华越发觉得不可理解了。

"上一次，你不是还录了像，要找人帮你解决问题的吗？"

"上一次归上一次，"季广发说，"上一次我是想找老师的，结果你说帮我们，把事情揽过去了。揽过去又怎样呢？给我们提出解决问题的方案，竟然不是让小孩怎么样，而是让我们放弃管教，这不是驴唇不对马嘴吗？"

"虽然错误是孩子犯的，但是根源在父母亲身上，所以要从父母亲这边抓起。就好比有的人吃芒果过敏，嘴唇肿胀，脸部皮肤出现皮疹，口腔起泡，不是涂抹一点药膏就能治愈的，必须杜绝吃芒果。"

季广发站起来说："吕局长，跟你明说了吧。我们家小孩不要你来操心。"

吕忠华也站起来："为什么呀？"

季广发憋不住了，终于脱口而出："我知道你跟我妈几十年前就认识。她现在不想见到你。我们都不想你来干涉我们家的生活。"

终于把话说了出来，季广发长长地出了口气，感到很畅快。

吕忠华没有料到他会说这样的话，感到很震惊。一瞬间，他觉得浑身无力，两条腿有点抖，像要支撑不住自己身体似的，腿弯了几弯。吕忠华暗自用力，才站稳身体。

他叹口气，说道："既然你这样说，也是你妈妈的意思，那，我就向上级申请，退出来吧。以往有做得不到的地方，还请你原谅。"

说完，他转过脸去，有点蹒跚地走到门口，抓住门把手，用力拧了一下，竟然没有开。拧了第二下，门才打开。

他径直跨出门去，没有回头说再见。

他刚出季家，身后的门就发出"哐"的一声，合上了。

楼道里没有灯亮。楼道灯是声控灯，他没有大声咳嗽让它发光。他就这么摸着黑，慢慢地用脚蹭着，一步一步往下走。他的心里一阵阵发酸。不知怎么的，"她现在不想见到你"，这句话像刀子一样扎着他的心，当年的事情清晰地在眼前呈现出来。

他感到胸口像被刀子戳了一样。

第十九章　想撂挑子没撂成

　　吕忠华回到家里，脸色阴沉。老伴问他怎么了，他说有点不舒服，可能是感冒了。老伴说吃点感冒药啊。他说等等再说，也许不是呢。早早上床睡了。

　　第二天，他草草吃了早饭就出门了。才7点多钟，而行政机关9点上班，他就沿着人行道，没有目的地朝前走。人行道两旁种了很多灌木，叶子绿得像油要滴下来似的。灌木丛里，每隔一段距离还栽了一棵月季，每天开满了红色的花朵，非常耀眼。人行道是彩色塑胶的，铺在路边绿化带上，弯弯曲曲，高高低低，颇有山间小路的味道。以前，吕忠华非常喜欢沿着这些小路散步，既能闹中取静，又能赏花看景，每次散步都非常愉悦，精神振奋。可是今天，他虽然在路上走着，却对月季和绿色的灌木视而不见，满脑子乱七八糟的，理不出个头绪。他努力思考着，就像一个砍柴人迷了路，竭力要从原始丛莽中斫出一条路来。不知过了多久，他渐渐理清了思绪。

　　他看看手表，八点半，就下了人行道，往老科协办公楼走去。他打定主意，不管季家的事情了，让李会长另外找一个人。昨天晚上季广发说的话，让他郁闷了一夜，前半夜没睡着，后半夜似睡非睡，心里一直窝着一团火，也一阵一阵地疼。昨天晚上，面对季广发，他忍下了。他不好发火，也不能发火。他是受老科协委派的工作人员，怎么能跟工作对象发火呢？偏偏又牵扯到楚绍红，这就更不能发火了，万一被人知晓其中的复杂关系，人们会怎么说？就是有一千张嘴也说不清啊！

到了老科协，敲了敲李会长办公室的门。听到一声"请进"，他就走进去。看见李会长戴着老花镜，手里拿着一本书。他从眼镜上方朝吕忠华望过来，认出是吕忠华，显得非常高兴。他左手没有放下书，用右手摘下眼镜，放到桌子上，朝门口走来，握住吕忠华手，上下抖了抖，说道："是你啊。你来得正好。请坐。"

他把书放到办公桌上，从柜子里取出一只纸杯，要给吕忠华倒水。吕忠华赶忙止住了他，说道："刚吃过饭，不用喝水。"

李会长也不客气，就放下杯子，顺手戴上老花镜，拿起书来。

"我是学农业的，不像你大学中文系毕业的。接受了新任务，我什么也不懂，就到图书馆找书来看。可是不行，有些内容还是理解不了。外国人说的话太深奥。你来了，正好给我说说。"

他拿着书走近吕忠华。

"你看，就是这几行，"李会长指着它们，念了出来。"'一株树在最初的几年中，就从自己的树干中发出了它以后要有的一切主要的枝芽，而以后他们仅仅是繁茂起来而已。同样，我们想赋予一个人一生所有的那些东西，也应当在这个最初的学校（母育学校）中赋予他们。'——夸美纽斯。这段话说的是什么意思啊？夸美纽斯又是哪一个？"

说实话，吕忠华现在真讨厌这个夸美纽斯，一个十七世纪的捷克人，去世300多年了，跑出来捣什么乱呢？他现在最想做的事情，就是把这个夸美纽斯扔窗户外去，然后气呼呼地把帽子摘下来，往桌子上一摔，吼道："李会长，我不干了！"

可是，夸美纽斯在李会长的书里待着，他不能夺下书摔出去；现在是夏天，他也没有帽子做道具。更重要的是，多年的教养使他善于把一切不快藏在心底，只有到了适当的时候才表现出来。

于是，吕忠华就凑了过去，看着李会长指点的几行字。等李会长说完，他摆摆手说："什么大学中文系啊？毕业这么多年，那些知识差不多都还给老师了。我试着理解一下看看。夸美纽斯是个教育家。他曾经写过《大教学论》和《母育学校》等教育著作。这几句话的意思是说，大树的枝干都是从小树的枝芽长起来的；没有小树的枝芽，就没有大树的枝干。人呢，就跟树是一样的。因此，孩子在婴儿的时候，父母就应当在品德、习惯、语言、知识等方面教育他。从这个意义上来讲，父母对婴儿的教育，就像学校对儿童的教育一样重要。所以，夸美纽斯就把婴儿的家庭叫作'母育学校'。"

李会长摘下眼镜，两眼放光，点着头说："听你一说，我就明白了。难怪有些孩子让学校也束手无策！孩子在母育学校里没有学好，就好比一棵小树被砍掉了一根树枝，即使长成大树了，疤痕看不见了，只是树皮将疤痕遮盖起来而已，那个疤痕实际上还在！所以呀，我们现在做的工作很有意义，通过我们的努力，改变父母观念，优化家庭教育环境，从而改变孩子。虽然晚了点，但是总比放任不管要强啊！"

"李会长讲的话更加深刻。"吕忠华由衷赞叹。

"哪里哪里！"李会长笑道，"如果我能有这一丁点进步，是你这个老师启发得好啊。"

李会长说着，回到办公桌边。突然，他想起了什么，问道："哎，你看，我太自私了，光顾我自己向你请教问题，还没有问你呢。你今天来有什么事情啊？"

吕忠华一时语塞。刚才跟李会长交流，他的心情竟然归于平静，把内心的不快也忘记了。现在李会长贸然一问，他反倒不知道怎么回答。尤其令他尴尬的是，他忽然不想在此时提放弃季宇航的事情了，可又没有想好该说什么。

于是，吕忠华脸红了。

"这个，这个……"

李会长哈哈大笑起来。

"认识这么多年，我是第一次看见你这么羞涩。就好像年轻时候爱上一个女孩子，你还没有表白呢，就被我看破了。"

吕忠华被李会长逗笑了。心情一轻松，话题也就找好了。

"我想提个建议，"吕忠华说，"我们的'少防办'成立以来啊，并没有集中到一起开过会。我建议啊，我们一个季度，半年，集中起来开个会。这个会呢，既务实，也务虚。务实，就是大家把工作当中遇到的问题摆出来，大家商量解决的办法；务虚呢，就是理论研讨会，事先准备好稿子，会议上交流。"

"这个建议好啊，"李会长说道，"指望我们老科协一班退休人员，能力毕竟有限。集中大家的智慧才能把事情办好。行，我马上让办公室拿一个计划出来。"

两个人又聊了几句，吕忠华就告辞了。走在回家的路上，想起刚才没有向李会长撂挑子，吕忠华并不后悔，反而有点庆幸。李会长比自己大一岁，资历老，职位高，贡献大，本当在家含饴弄孙，可是他每天坚持到老科协上班、下班，经常深入基层，把老科协搞得有声有色，每年都受到省里、市里表彰。

尤其是接受新任务之后，为了弥补自己知识缺乏的遗憾，竟然借来专业书，从头学起，令人敬佩！面对这样的一位领导，吕忠华哪里好意思张口！

"算了，"他对自己说，"毕竟困难不如办法多。季宇航的事情，我再想想办法吧。"

第二十章　T字击垮杜伊雪

　　该到杜伊雪家去了，吕忠华想。上次跟她妈妈潘克兰交谈时，潘克兰保证过的，从此不再干涉杜伊雪的私人生活，不知道做到没有。

　　周末，吕忠华给潘克兰打了电话，问她和杜伊雪什么时候有时间。潘克兰说今天星期五，杜伊雪明后天休息，晚上可以不做作业；她也在家。

　　周五晚上8点，吕忠华如约来到潘克兰家。

　　几天没见，潘克兰心情好像开朗了，笑的时候，眉心不再藏着一丝忧郁。进了门，吕忠华也看到了客厅的变化。折叠桌子换成了四条腿方桌；塑料凳子不见了，代之以有靠背的木头椅子。原先放箱子的地方，改放了一只电视柜；那种大肚子的电视机不见了，墙上挂了一台43英寸高清电视机。

　　吕忠华见了，不由得夸奖道："啊，真是鸟枪换炮啦。"

　　潘克兰有点不好意思，说道："哪里，都是便宜货。"

　　杜伊雪听见门响和他们的说话，从卧室里走出来，跟吕忠华打招呼："吕爷爷好！"

　　吕忠华说道："伊雪好！我看你们家发生变化了。应该感谢你妈妈呀。"

杜伊雪点点说："嗯。"

吕忠华笑着说："感谢妈妈，单是说个'嗯'可不行。你应该过来抱着你妈妈，给她一个香甜的吻。"

杜伊雪却没有像吕忠华希望的那样，立马跑过去抱住潘克兰。她看着潘克兰，忽然忸怩起来，看看吕忠华，又看看她妈妈，两只手一上一下，握在一起。

"不要怕，你妈妈会非常高兴的。"吕忠华鼓励道。

杜伊雪终于走过去，有点笨拙地抱住她妈妈，仰起脸来，用嘴巴轻轻地触了一下她妈妈的脸颊。潘克兰享受地闭着眼睛，眼角却有点湿润。在她的记忆中，杜伊雪从来没有抱过她、吻过她。当然，这也要怪她自己。潘克兰除了在杜伊雪小时候抱过她，七岁以前生病时候抱过她，生气时候打过她，母女俩就没有肢体上的接触，更别说面对面的拥抱了！不仅没有拥抱，每天还像防贼似的盯着女儿，眼神就像狱警看犯人！就是女儿想拥抱妈妈也不敢呀！

"妈妈对不起你，小雪！"潘克兰拍着杜伊雪的后背，轻轻说道。

"不，是我不好。"杜伊雪说。

不知过了多久，母女俩才分开。这一幕，让一旁看着的吕忠华心里也感到暖暖的。不知怎的，吕忠华忽然想起了被季广发驱赶的事情，他的心一沉。是啊，无论做什么事情，有烦恼，也有快乐；有坎坷，也有坦途。经历坎坷走上坦途，人生的快乐也就降临。季广发驱赶他，让他感到愤怒、悲哀和痛苦；但是，这就如行路，他正在翻越一条崎岖的山道。现在唯一需要的就是坚持。

"看到你们母女互相拥抱，我很高兴。"吕忠华笑着说。

吕忠华招呼母女二人坐下。

　　"今天我来啊，是检查工作的，也是看望伊雪的。小潘啊，上次你说过，不再控制伊雪，给她自由的空间，不知你做得怎么样？"

　　"我是再也没有干涉她私事了。"潘克兰发誓一样地说。

　　"说得具体一点吧。"

　　"嗯，是这样。我让女儿给自己手机设了指纹密码和数字密码，我不知道她新设的两种密码。女儿在卧室里的时候，我一般不打扰她；如果有事情一定要进去了，我就先敲门，得到女儿允许我才进去。"

　　"伊雪，是这样的吗？"吕忠华问杜伊雪。

　　杜伊雪点点头。

　　"我妈妈再也没有翻过我书包，"她补充说，"我从外面带回来的东西，妈妈也不看了。星期天我外出找同学玩，妈妈也不去跟踪了。我要钱买文具，妈妈也放心地把钱给我，不再追问和怀疑了。"

　　"人与人之间的关系，总是相辅相成的。你妈妈对你一反从前的态度和做法，把无限的信任给了你。不知道你是如何回报的？"

　　"嗯？回报？"杜伊雪没有听懂。

　　吕忠华笑了一下。他知道，是自己没有表达清楚。

　　"就是说，"吕忠华解释道，"你妈妈对你完全信任，你有没有做到完全诚实呢？有没有欺骗你妈妈？"

　　"没有。"杜伊雪肯定地说。

　　"确实没有。我女儿一向是诚实的，这是最让我骄傲的优点。"

"看到你们母女关系得到改善，我很高兴，"吕忠华说，"接下来，我想谈一个很现实的问题。杜伊雪今年上半年初二，下半年初三，明年就要参加中考了。我想知道伊雪成绩怎么样，存在哪些问题，想达到什么样的目标。"

听到吕忠华的话，潘克兰和杜伊雪低下头去，都不吭声。不一会儿，潘克兰抬起右手擦了擦眼角。杜伊雪把脸转向了窗外。

吕忠华大概明白了怎么回事。

"哟，你们这是怎么了？如果杜伊雪成绩优秀，你们开开心心地说出来，让我跟你们一起高兴；要是杜伊雪成绩不能让人满意，我们就一起来分析一下，看有没有什么方法来提高成绩。你们现在这个样子，"吕忠华开了个玩笑，"我是不是可以理解为，你们觉得我烦了，希望我赶快走啊？"

潘克兰不好意思地擦了擦眼角，抬起头来，叹口气。

"女儿成绩一直不好。小时候胆子小，怕他父亲，学习静不下心来；后来怪我太性急，一直监视她一举一动，也让她没有安全感，学不下去。成绩总是在中等偏下。"

"现在我越来越不想学习了，"杜伊雪幽幽地说，"反正学不好，干吗费那么大心思？我做点别的不好吗？"

"哦，是这么回事。"吕忠华沉思起来。

"伊雪，你拿张纸，再拿支笔来。"过一会儿，吕忠华说。

杜伊雪跑回屋里，拿来一张纸，一支笔。吕忠华把纸铺在桌子上，有意地把桌子摇了摇，桌子纹丝不动。他笑着说："小潘，上次我听你说过，折叠桌子会往一边翻。有一次伊雪吃饭，趴在桌子上，稍微用了点力气，桌面就竖起来，饭菜撒到伊雪衣服上。"

潘克兰说："可不是嘛。当时女儿哭了，我也哭了。那时我们刚搬到这里来，一点积蓄都没有，桌子还是从楼下垃圾桶旁边捡回来的。所以，趁这次机会，首先我就把桌子给换了。"

吕忠华转脸对杜伊雪说："你看，你妈妈对你多好。小时候你受的一次委屈，她到现在都记着。经济条件好的时候，首先给你换了桌子。"

杜伊雪笑了，看了她妈妈一眼。吕忠华说："心里真的感谢，就在嘴上说出来。"

杜伊雪很快说道："谢谢妈妈。"

潘克兰说道："好久没听女儿说谢谢了。上一次女儿说谢谢，应该还是她上幼儿园的时候。不过不能怪女儿，要怪就怪她爸爸，也怪我。"

吕忠华说："过去的事情就过去吧，我们要把眼睛看向未来。"

他把话锋一转，接着说道："我让伊雪拿来纸和笔，是要利用一种'T形分析法'，来分析一下我们面临的问题，求得解决的方法。"

吕忠华说着，就把 16 开纸垂直铺在桌子上，上面留下五分之一空白，用笔在下面写了一个大大的"T"。潘克兰、杜伊雪互相看了一眼，把头凑过来看这个"T"。很显然，她们不明白吕忠华写这个 T 字的意思。写好 T 字，吕忠华又在 T 字左上方写下六个大大的字："放弃学习好处"，在 T 字右上方写下六个大大的字："放弃学习坏处"。

吕忠华停下笔，回忆道："那还是几十年前，我刚工作不久，看到过一篇文章，说社会上有一些'三拍干部'：脑袋一拍'有了！'胸脯一拍'干了！'屁股一拍'坏了！'批评这些干部做决策简单粗暴，遇到事情不经过调查研究，不经过深思熟虑，脑子里想到什么，就立马做出决策，最后遭遇失败。其实何止是领导干部呢？我们老百姓就没有这样的人吗？很多啊，比领导干部多多了，可以说比比皆是啊！刚才我听杜伊雪说，'反正学不好，干吗费那么多心思？我做点别的不好吗？'伊雪，我可以把这句话看作你的一个决策吗？如果这是你的决策，那么我问你，你经过调查研究了吗？你进行过情况分析了吗？你经过慎重思考了吗？"

杜伊雪茫然地看着吕忠华。她从来没有想过，自己脑子里随随便便产生的一个想法，竟然涉及这么复杂的问题！

潘克兰也觉得很新鲜，她可从来没听过这样的话！假如十几年前她能懂得这些道理，跟杜永安结婚前多打听打听，不是简单地盯着杜永安家的超市，一定能避免现在发生的悲剧！可惜已经晚了！一阵悲哀涌上心头，她轻轻叹了口气。

"好了，"吕忠华说道，"看得出，杜伊雪没有经过分析思考。现在，我们就一起来做这件事情。"

他拿笔指点着 T 字左上方。

"现在，我们来分析一下'放弃学习'。怎么分析呢？就是先说说放弃学习的好处，再说说放弃学习的坏处。此后的'坚持学习'照此办理。杜伊雪，你说放弃学习的好处，我写。"

杜伊雪却不吭声。她知道自己放弃学习是错误的，说出来丢人。吕忠华看透了她的心思，劝说道："没有关系，我们现在纯粹是客观分析，不涉及对一个人的评价。我们就像谈论别人一样，站在局外人的角度来看待这件事情。我先说吧。第一，可以减轻自己的思想压力。学习存在竞争，竞争就有先后，思想压力是免不了的。要是躺平了不学习呢，思想压力就减轻了，甚至可以说没有了。你说是不是啊？"

于是，在 T 字一横左下边，吕忠华写了这几个字：①减轻自己的思想压力。

"来，你说第二条。"他对杜伊雪说。

杜伊雪看了她妈妈一眼，见潘克兰也望着她，就低下头，还是不说话。吕忠华把这些都看在眼里，继续说："第二条我也来说吧。你不学习了，你妈妈不用考虑你的成绩了，每天都能快快乐乐地工作挣钱养活你。所以这第二条嘛，就是让妈妈感到快乐。"

他又写下这几个字：②让妈妈感到快乐。

"你们再想想，还有什么好处。"

"好处应该是越想心里越舒服，可这两个好处，我怎么越想心里越不好受啊。"潘克兰幽幽地说。

"那是你的看法，"吕忠华说，"你应该为伊雪考虑一下。现在，女儿以放弃学习为快乐。为了女儿的快乐，你应该帮着她一起想，坚定女儿放弃学习的决心。再说了，刚才我不是说了嘛，我们是站在第三者的角度来看待这件事情的，不要把我们自己的感情带进去。伊雪，第三条想好了吗？"

杜伊雪摇摇头。吕忠华挠了挠头发，说："唉，还是我说了吧。第三条，可以为家庭省钱。读书是要花钱的，不读书就能省钱，一年起码省下一万块钱吧？等到伊雪满 16 岁，还可以出去打工，一年起码挣个两三万。这一上一下，一年就能节省三四万啊！那时候，你们的家庭条件可以得到更大的改善了！"

吕忠华写下这几个字：③每年节省（收入）三万元。

"你们还有没有什么说的啦？"吕忠华看看母女俩，"我能想起来的就这些了，你们再补充一下吧。"

看她们没有反应，吕忠华说："好，放弃学习的好处我们就告一段落。一会儿想起来的话再接着说。下面我们思考一下放弃学习的坏处吧。"

"以后我就没有同学了。"杜伊雪第一个开了口。

吕忠华诧异，又有一丝欣慰，但也感到一点失望。她最先想起来的竟然是没有同学了！不过，吕忠华还是鼓励她。

"说得对！以后，别人有高中同学、大学同学，你呢，只有幼儿园、小学、初中同学。而且随着时间的推移，人们会逐渐忘记幼儿园、小学、初中同学，只记得高中和大学同学。你想想，幼儿园的同学还能记得几个？"

杜伊雪摇摇头。"除了小学、初中还在一起的，其他都忘记了。"

"嗯，那我们就记下放弃学习的坏处，第一条：没有高中、大学同学了。"吕忠华写下这几个字：①没有高中、大学同学。

随后，出乎吕忠华意料，放弃学习的坏处，潘克兰母女找得比好处多，比如：文化低，将来不好找工作；即使找到工作，收入也不高；收入不高生活就不好，吃的、穿的都不如人；生活不如人就被人瞧不起；文化低就会染上不良习惯，打麻将、看电视、玩手机什么的；文化低，将来也不会教育子女，子女教育不好做父母的受罪；没有工作将来没有养老金，七老八十了还要出去干活，不像人家有养老金的坐在家里享福……

吕忠华一一写下来，竟然凑了 8 条！这也难怪，潘克兰祖辈务农，自己文化不高，初中毕业而已，对于没有文化的难处，她当然体会得比谁都深刻！目睹家庭的处境，杜伊雪自然也深有感触。

看她们都没话说了，吕忠华说道："我还要补上一条。据我所知，小潘，你起诉杜永安离婚，他是非常不愿意的，最后是法院判决的。为此，杜永安一直恨你们；你们过得不好，甚至活不下去，他才高兴。是不是可以加上一条：放弃学习，杜永安会非常开心。”

刚才，母女俩各自说了这么多放弃学习的坏处，杜伊雪越说、越听，越觉得自己荒唐，思想上已经承受了相当大的压力。经吕忠华这么一说，杜伊雪终于被压垮了。她把脸一捂，呜呜地哭起来。

潘克兰生气地说："哭什么？放弃学习不是你选择的吗？"

杜伊雪突然从椅子上站起来，脸上的泪水在灯下闪光，她也不擦。她谁也不看，像对着半空说话："我明白了，我不能放弃学习，我拼死也要念书，我要考上高中，我要考上大学！"

说完，一转身回到卧室里去了。

吕忠华目送杜伊雪关上门，赞许地点点头。潘克兰脸上也有泪，但是嘴角却止不住地翘起来，露出一丝笑容。

第二十一章　老太智慧出妙招

　　吕忠华一直担忧着韩俊凯。第一次拿旧菜刀砸门，第二次把小孩放到环卫工人清扫车里，吕忠华隐隐感到事情并没有完。他认为，韩俊凯还会干第三件、第四件匪夷所思的事情。吕忠华还预判：干这样的事情，今后会成为韩俊凯的常态。

　　吕忠华读过美国社会心理学家马斯洛的书。马斯洛提出，人的需求有五个层次，分别是生理、安全、感情、尊重、自我实现。生理层次就是衣食住行，现在谁都能吃饱穿暖；安全也不在话下，运河县是全国平安县，这个荣誉不是白给的，说本县路不拾遗也不算夸张；感情也无须多谈，韩俊凯作为家中长子、本地富豪的长子长孙，是全家人关爱的对象。至于尊重和自我实现，韩俊凯则连普通人家的孩子都不如。他从来没有受到过尊重，到哪里都是人们同情和嘲笑的对象；而率先贬低他的，则是他的母亲。他从来没有过自我实现；在家人和母亲的严格监督、管教之下，他自己想做什么事情都做不成。

　　但是，他毕竟也有自由的时候，有一个人独处的时间和空间；那个时候，他就能放飞自我了。从韩俊凯所干的两件事情来看，他还是颇有头脑的。他不干一般调皮孩子所干的事情，什么打架呀，顶撞老师呀，玩手机呀，逃学呀，都是老生常谈，不能引人注目。他朝人家门上扔菜刀，他把小孩放进环卫工人垃圾车。如果从新闻角度来讲，哪一件事情报道出来都吸人眼球！

吕忠华很想把自己的想法告诉田文菊。可是给她打了几次电话，她都以有事为借口，拒绝跟吕忠华见面。吕忠华知道，自己把这个自以为是的女人彻底得罪了。但是，他不想就此罢休。私人之间相处，吕忠华身体力行清代文人张英的主张："让他三尺又何妨"；但是工作方面，吕忠华总是坚持原则。在韩俊凯的事情上，吕忠华也是如此。他始终感到一种强烈的责任感在驱使着他，使他后退不得。于是，在最后一次通话的时候，吕忠华严肃地告诫田文菊：如果她再不改变教育韩俊凯的方法，韩俊凯必将再次做出让母亲难堪的事情。

田文菊哪里相信吕忠华的话。她轻轻一笑，说道："好，如果韩俊凯再干那样的傻事，我保证，你吕局长说什么我听什么，不说二话。"

其实，吕忠华当时说的也是气话。事后想想，万一从此以后，韩俊凯只是成绩差，但老老实实做人，他吕忠华的面子往哪儿搁呀？当然，面子的事情小，韩俊凯转化的事情大！从此以后，他将如何开展工作？吕忠华真正是挠头了。

就在此时，一件偶然的事情打破了僵局。

那天，吕忠华到超市买芝麻酱。上海《文汇报》上说芝麻酱能补钙，他非常相信，已经吃好几年芝麻酱了。刚到二楼不一会儿，看见田文菊从侧面走来，旁边有一位老太太，看样子跟她很像，可能是她母亲。他有点尴尬，昨天刚打过不那么友好的电话，今天就遇见了，打招呼还是不打招呼啊？算了，还是装作没看见吧。田文菊估计跟吕忠华想法是一样的，瞟了他一眼，脸就转过去了，挽着老太太的胳膊继续往前走。

不料老太太却转过头来，看着吕忠华，问他道："请问，你是不是吕局长啊？"

　　吕忠华很意外，随口说了一句："我是吕忠华。"

　　老太太撇下田文菊往回走，边走边说："哎呀，我看就像嘛。你不记得我了？我是杨桂芳啊。"

　　"哦，你是缫丝厂的杨大姐！"

　　"是我啊，是我啊。"杨老太转脸把田文菊拉过来，说道："这是我女儿田文菊！这是你吕叔叔！快叫吕叔叔！"

　　田文菊尴尬极了，脸憋得通红，就是说不出口。

　　杨老太批评道："怎么连一点礼貌都不懂？快叫吕叔叔！"

　　田文菊声音很小地叫了声："吕叔叔。"

　　吕忠华只好答应一声："哎，你好小田。"

　　杨老太拉着女儿胳膊不放，说道："女儿，你不知道啊，我要好好感谢吕局长哎。那年我退休，因为身份证写小了十岁，按规定十年后才能退休。要想马上办，必须有原始档案才行。可是厂子倒闭了，原始档案在哪里呢？我在县里到处找啊找啊，都没找到。有一天找到吕局长，他答应帮我找。哎，过几天，吕局长打电话让我去拿档案，我这才办了退休。后来吕局长送礼不要，请客不到。真是太感谢吕局长啊！"

　　吕忠华笑着说："因为你原始档案还在，我才能找到；要是遗失的话，我也无能为力了。还是你老运气好啊。"

　　"吕局长现在住哪里啊？改天拜访你。"

　　"我住运河小区。"

　　"哟，跟我女儿一个小区啊。改天一定拜访！"

　　杨老太还真不含糊，说话算话。过了两天，就带上女儿田文菊和外孙韩俊凯，拎着两盒茶叶，敲响了吕忠华家的门。

吕忠华打开门，看见这一家三代人，很是吃惊。起先，杨老太打电话，只是说登门拜访，没说带谁来。吕忠华以为她是一个人来；如今却是三个人，尤其是还有田文菊，让吕忠华感到不可思议。田文菊很要面子；那天在超市，她妈妈已经让她很尴尬了，为什么今天还会来呢？杨老太究竟使用了什么样的"魔法"，才让田文菊踏进他这个家门？

时间有限，不允许吕忠华多想。他马上现出笑脸来，把三代人让进家门。

杨老太笑吟吟地奉上两盒茶叶，说道："早知道吕局长爱喝茶，给你带两盒。"

吕忠华不接，赶忙说道："杨大姐，你是知道的，我什么礼物都不收。"

杨老太故意装作生气的样子，把茶叶往茶几上一放，说道："我知道，那是你在职的时候，你收礼是违纪。现在你退休了，收点礼算什么呢？违反哪条纪律啊？"

吕忠华不好再推辞，决定先收下，以后再还礼，于是说道："好好好，恭敬不如从命，那我收下了，谢谢杨大姐！"

杨老太脸色迅速由"阴"转"晴"，说道："不用谢。"

吕忠华从冰箱里拿来几瓶饮料，几样小食品，让大家随便吃，随便喝；接着陪杨老太聊天，说一些二三十年前县城里的事情，回忆共同认识的人，为他们的人生点赞或者叹息。田文菊和韩俊凯对他们的谈话不感兴趣，没有参与，在客厅里东张西望。韩俊凯看见客厅里有一个书柜，就走到前面好奇地打量。吕忠华一直暗中观察田文菊、韩俊凯母子，他发现韩俊凯似乎对某本书感兴趣，就暂时中止与杨老太的谈话，说道："韩俊凯，你喜欢哪本书啊？"

韩俊凯转过脸来，看看吕忠华，又看看田文菊，右手食指戳在嘴角，身体晃来晃去，不吭声。吕忠华看看田文菊，又转向韩俊凯说："没关系，喜欢哪本书尽管拿出来看。"

韩俊凯轻轻地说："我妈妈不给我看课外书。"

"胡说！"田文菊涨红了脸，"我什么时候不给你看课外书的？"

田文菊说这句话的时候，她的底气是不足的。她确实反对韩俊凯看课外书。"连课本都学不好，还看什么课外书！"这是她的口头禅。平时，如果发现韩俊凯看课外书就处罚他。今天，她看到吕忠华客厅里有一个大书柜，里面的书籍五彩缤纷，排列得齐齐整整，她就知道主人是一个爱看书的人，也想起了自己小时候看书的事情，忽然间觉得爱看书的人非常高大上，而不读书、禁止孩子读书的人，简直丑陋不堪了。听到韩俊凯说妈妈不给他看课外书，她觉得儿子揭了自己的丑，忍不住就撒了谎反驳儿子。

吕忠华发现了田文菊的尴尬，连忙替她解围："你妈妈的意思是说，上课时、做作业时不要看书，除此之外的时间还是可以看的嘛。现在既不是上课时，也没有做作业，你可以看看书。喜欢哪一本啊？自己拿。"

韩俊凯犹豫着，看看她妈妈，又看看外婆。吕忠华笑道："不好意思呀？没关系，我来替你拿。"他站起来，走到韩俊凯跟前，拉开书柜门："告诉我，喜欢哪一本？"

韩俊凯指了指《小创客玩转无人机》。吕忠华问道："你为什么喜欢这本书啊？"

吕忠华说着，取下《小创客玩转无人机》递给韩俊凯："坐沙发上看。"

韩俊凯说："我喜欢无人机，可我妈妈不给我买。她说没有钱。"

田文菊的脸又红了。儿子的话向吕忠华表明，她对儿子公开撒谎。她又恼又羞，想解释，却不知从何说起。又是吕忠华给她解了围，还把她夸了一通。

吕忠华笑了，对韩俊凯说："我想应该是这么回事吧。你想买无人机的时候，正巧你妈妈当月的钱用完了，当时她手上没有钱，又不想提前开支下一个月的，所以说没钱。这表明你妈妈计划性很强，值得我们学习呢。同时啊，这还包含着妈妈对你的关心，她怕你因为玩无人机耽误学习。"

杨老太对女儿说："你看人家吕局长多会说话！吕局长，你哪来的这本书啊？你玩无人机啊？"

吕忠华笑道："我哪里会玩这个呀。这是我女儿的书。她想在班级里成立无人机兴趣小组，就买了这本书来看。可是年级不让学生搞社团活动，她就把书丢家里了。"

杨老太叹了口气："真羡慕你们家，老老少少都爱看书。吕局长啊，有件事情不知当说不当说。"

"有话尽管说。"

"我外孙小俊凯啊……"

杨老太正要说下去，忽然看见吕忠华举起两只胳膊，向她做了个暂停的手势。她停住了，有点不解，正要问，吕忠华回头对韩俊凯说："俊凯啊，我们大人要说点大人的事情，你到我房间里去，把门关上看书好不好？"

韩俊凯答应了一声，进屋去了，关上房门。

"听你的语气，"吕忠华笑着说，"我知道你要说什么，所以让小俊凯离开一下。有些话不宜让小孩子听到。"

田文菊心里一动，想说什么，又没有说。

杨老太感动地说："吕局长想得就是周到！好，我接着说吧。小俊凯呢，学习成绩不太好，还调皮捣蛋。我就奇怪了，他爸他妈都是本科毕业，怎么小孩成绩这么差呢？我女儿、儿子从小都乖得要命，怎么小俊凯这么调皮呢？我女儿说小俊凯身体不好，成绩受到影响。我也不知道怎么回事。我听人家说，你在老科协，专门帮人家小孩进步的。我想啊，帮一个是帮，帮两个也是帮，你能不能帮帮我们小俊凯呢？还有我家闺女，虽然说也是大学毕业，可教育小孩缺乏经验，你抽空也给她上上课好不好？"

杨老太一番话，大大出乎吕忠华意料。就好像他正坐在城楼观山景，突然浇下来倾盆大雨，让他来不及躲，来不及擦拭脸上的雨水。他瞟一眼边上的田文菊，见她脸上也现出惊愕的样子，好像看一个陌生人似的看她老妈。

杨老太说完，满怀期望地看着吕忠华，等待他做出回答。杨老太怎么会说这番话呢？她是什么意思啊？她知道吕忠华介入韩俊凯的教育问题吗？吕忠华跟田文菊的矛盾她了解吗？今天她说的这番话征得过女儿的同意了吗？一瞬间，吕忠华脑子里涌现出无数个问号来。他极力梳理自己的思绪，却好像握着自己衣襟，想把全身衣服都拧干似的，根本用不上力。他只好含含糊糊地回答："这个……我哪里有这个水平啊……你家女儿……很会带孩子的……"

杨老太的话，也让田文菊猝不及防。前几天，她和吕忠华刚为这个发生矛盾，现在妈妈又请人家来帮自己教育孩子，想一想都觉得荒唐！她嗔怪地说："妈，你说什么呀，人家吕局长很忙的……"

杨老太对女儿说："你懂什么呀？吕局长是个热心人，以前又是我老领导，再忙也没说的！是不是啊，老领导？"

吕忠华的思绪逐渐清晰。话说到这个份上，他不好再推辞了。他原先就负有转化韩俊凯的责任；因为田文菊的固执，上一次他们不欢而散，他正发愁如何化解矛盾呢，杨老太出面请他了！这不是很好的转机吗？当然，为了照顾田文菊的面子，他必须"悠着点儿"！

"帮忙倒是可以的，我闲着也是闲着嘛。可是人家年轻一代有年轻一代的想法，我们的教子观念跟人家有差距，我掺和进去不大好吧……"

杨老太摆摆手："我年纪大，文化低，大道理不懂。我就觉得呀，什么想法不想法，什么观念不观念的，能让小孩成绩提高的就是好想法，能让小孩不调皮的就是好观念，是不是？我们家小俊凯现在这个样子，哪好意思说什么好想法、好观念啊！"

母亲的话，像一记重拳打在田文菊心上。虽然口头不承认，但是事实已经证明了，她对韩俊凯的教育是失败的。那天吕忠华说，孩子没有教育好，是由于她爱面子；孩子没有病，硬说他有病，这是把家长教育不当的责任推到孩子身上。当时，这些话令她非常反感。可是，当天晚上，她回味了吕忠华的话以后，不得不承认，吕忠华说得没错；自己那样对待孩子，确实是为了保全自己的面子。那么，究竟是自己的面子重要，还是孩子的教育重要呢？这是一个非常简单的问题，自己怎么就给错了答案呢？让自己在错误的道路上走了这么些年！

但是，要让她向吕忠华承认错误，把他请回来，她却无论如何做不出来——说到底，还是面子！这个该死的面子，害了世上多少人啊！

她宁愿另觅途径，探讨教子之道。

可是今天，母亲突如其来地跟她说，要来吕忠华家拜访，向他表示当年的感激之情。她拒绝了。然而经不住母亲的批评、劝导，她也不好意思把不来的原因告诉她，就半推半就地带上儿子，跟着母亲来了。谁知道，竟然有这么巧合的事情，母亲公开邀请吕忠华来帮助自己！

出于爱面子的本能，她想阻拦。可是，她又怎么阻拦呢？又怎么能阻拦得住呢？

她现在唯一的选择，只能是赞成母亲的提议了。

"吕叔叔，您就别推辞了，帮帮我们吧。"

田文菊的话，再次出乎吕忠华的意料。他不知道这几天来田文菊的内心斗争，仍然以为她是一个高傲、自负、爱面子的年轻母亲。可是，这样一个年轻母亲，竟然开口请他帮忙了，这是多么不容易啊！

于是，吕忠华笑着说："既然小田也这样说，那我就试试看吧。"

随后，他提出四点建议。这四点建议，不是他随口说的；而是琢磨已久，并且请教过女儿的。第一，马上给韩俊凯停药。很多医院给韩俊凯检查过，都说他身体发育正常，只有一两家医院说他有病，不可信。为稳妥起见，可以再带孩子到县医院，请专家确诊一次。第二，从现在开始，停止把韩俊凯跟成绩好的孩子比较。如果一定要比较的话，那就拿韩俊凯的优点，跟其他孩子的缺点比。第三，发现韩俊凯的兴趣爱好，并且开发这个兴趣爱好，把它打造成他的强项。第四，学习方面，做错题、考试差，不要批评，而是要和孩子一起，找出做错题目、出现差错的原因。

"在这四点当中，第二点是最重要的，"吕忠华说。"有个心理学名词，叫作皮格马利翁效应。皮格马利翁是希腊神话里的人物，他雕刻了一个女孩子，并且爱上了她，每天都凝视她，赞美她，希望她变成人。可是雕像毕竟是雕像，不能变成人。女神被他的精神所感动，决定帮助他。等到皮格马利翁再次凝视雕像，赞美雕像的时候，雕像真的变成了一个美丽的少女。后来，人们就用皮格马利翁效应，来形容心理学上的一种现象，那就是：期望和赞美能够使孩子变成你希望的那样。"

杨老太说："文菊记下来没有？一定照着做啊。"

田文菊慎重地点点头说："我记下了。"

不一会儿，杨老太带着女儿和外孙，向吕忠华告辞。田文菊叫韩俊凯把书还了；吕忠华说不用了，送给俊凯了。吕忠华送她们到楼下。杨老太叫女儿和外孙先走一步，自己有话对吕局长说。

看杨老太那副神秘的样子，吕忠华忽然明白了什么。

原来，杨老太那天见了吕忠华以后，在跟其他老人闲谈中，了解了一些吕忠华的近况，听说他参加了预防少儿犯罪工程活动，也听说了田文菊跟吕忠华之间发生的过节。她知道错在女儿，就想解决他们之间的矛盾。她知道女儿脾气倔，好好说话听不进去，干脆不跟她说，直接把她带过来，现场敲定。她也知道女儿好面子，做老妈的开口请了吕局长，她做女儿的不好拒绝。事情还真给她办成了！

吕忠华既惊讶又佩服，夸奖道："杨大姐，你太厉害了！"

杨老太笑着说："说不上厉害不厉害，只是为了外孙子好！"

过了两天，吕忠华给杨老太送去了一架四轴飞行器——就是"无人机"，说是给她外孙的。杨老太说什么也不收。

"不收可不行，"吕忠华笑着说，"我要是送补品给你，你可以不收。我现在送的是无人机，是转化韩俊凯的工具，你要是不收的话，说明你不疼你外孙。"

杨老太眨巴眨巴眼睛，看着盒子上那个奇形怪状的图片，问道："这个东西能……让我外孙好？"

吕忠华点点头说："能啊！韩俊凯由于经常被拿来跟优秀的孩子比，拿自己的缺点跟别人的优点比，他失去了自信，觉得自己什么都不行。但是，每个人都不甘心被人瞧不起，所以有的人染彩色头发，有的人理怪发型，有的人刺青，有的人惹是生非……目的就是为了引起别人的关注。如果我们能培养韩俊凯的某一项特长，让他产生自信心，由此证明他并不比别人差，那么，他的行为习惯就会向好的方面发展。"

"你说的有道理。可是，小俊凯喜欢这个吗？"

"你忘记啦？那天在我家，他要看无人机的书，临走时我把那本书送给他了。"

杨老太捶了捶自己的脑袋，笑着说："你看我这记性！"

吕忠华说："我给他找好老师了。下午抽个时间，我们一起把韩俊凯带上，到银河教育去。银河教育专门培养学生的科技兴趣，教学生飞无人机。"

杨老太感动地说："吕局长想得太周到了！下午我和女儿、外孙都过去！"

第二十二章　搞清真相丽婷愧

那天，吕丽婷给王相岩打电话，让他删掉朋友圈里他们碰杯的照片。打完电话以后还很生气。吕丽婷觉得，王相岩发这张照片不是炫耀的意思。她吕丽婷就是个普通教师，大庭广众之下跟她碰杯、合影，有什么了不起的呢？何况他们还是同学。吕丽婷觉得王相岩暗藏心机，那就是向人们暗示着什么——暗示什么呢？大家不是傻瓜，谁都能看明白。

吕丽婷烦的就是这个。你王相岩是个大男人，你要是想跟我谈恋爱的话，就公开追求啊，成与不成先不管他！可是，自己不追求，反而扭扭捏捏发一张照片来暗示。你想先让舆论形成风暴，把我俩往一起推吗？没门儿！

打那以后，吕丽婷就没管这件事情。毕竟大家朋友都很多，朋友圈每天几十条、上百条信息是常事，谁有时间往前面翻啊！但是，她心里还记着，并且不打算宽恕王相岩——当然喽，她不能把他怎么样，以后少来往就是了。

这天，小严又来找她。闲话没说上几句，小严就笑嘻嘻地说："我发的那张照片怎么样啊？也没见你点赞。"

"你发的照片？什么照片啊？"吕丽婷莫名其妙。

"你真不知道还是装傻啊？"小严嘴一噘，故作生气地说，

"你和我表舅碰杯的照片啊？"

"你表舅？你表舅谁啊？"

"王相岩啊！前几天跟人家碰杯，转脸就把人家忘了！你这个人呀……"

"什么？那张照片是你发的呀？"吕丽婷大惊。

"不是我是谁呀？你们碰杯，我叫你们朝我看，笑一笑，我就拍下来了，第二天我就发到朋友圈里去了！"

"你的微信名不是严防死守吗？什么时候改成天光云影啦？"

"严防死守？早过时啦！那时候我不想找对象，所以严防死守！现在我想开啦，就改成天光云影啦——嘿嘿，天光云影共徘徊，多美妙的情景啊！"

"你可害死我啦！"吕丽婷走到小严身边，左手揪住她的花式发辫，装作狠命的样子往后拉；右手捏成拳头，在她肩膀上啪啪地捶。

小严咧着嘴巴，"哎哟哎哟"叫着，装作痛不欲生的样子说："我怎么害你啦？我怎么害你啦？人家虽然是检察官，是跟你碰杯，又不是抓你！害你什么啦？"

闹了一会，两个人静下来，吕丽婷将自己误把她发照片当成王相岩发照片、打电话给王相岩骂他、让他把照片删掉的经过说了一遍。

"你发就发了，还加个心形符号干什么？暗示我们谈恋爱呀？我就是看了那个才生气的！"吕丽婷抱怨道。

"想多了吧？心形符号表示各种爱——父爱、母爱、朋友之爱、战友之爱、同学之爱，不仅仅是男女之爱哟！"

"好了，不用解释了，"吕丽婷自责地说，"我不问青红皂白，不经过调查研究，就主观武断地怪罪王相岩，你说我这个人怎么这样啊？人家王相岩会怎么看我啊？其他人知道了会把我当成什么人啊？就算其他人不知道吧，也会给王相岩带来心理伤害啊！王相岩家庭条件不好，会不会加重他的自卑感啊？"

吕丽婷说着，站起来来回走，有时跺脚，有时停下来站在椅子后面，用巴掌拍一下椅子。她垂着头，一脸自责的神情。在熟悉她的小严眼里，这是吕丽婷从来没有过的。

小严宽慰她说："哎呀，你别这么自责，不然我心里也不好受啊！毕竟照片是我发的嘛！你心里不舒服就骂我好了。你也别想那么多，表舅肯定知道你弄错了。他心胸开阔，肯定会原谅你的。不然的话，他当时就跟你吵起来了，是不是？"

吕丽婷沉默了一会说："要是他当时跟我吵起来就好了！我错怪了他，他骂我一顿，我们就扯平了。可是他偏偏什么都不说，自己默默承受了，我这心里能好受吗？"

小严无奈地说："那怎么办呢？"

"我要当面向他赔礼道歉！"吕丽婷下了决心。

"当面道歉？好呀。你去到检察院他的办公室，踹开门，作个揖，鞠一躬，说一声，对不起，我错了！拜拜喽！哈哈哈！"小严很为自己的想象力而得意。

"去你的！我跟你说正经事呢！"吕丽婷推了小严一下。

"你说怎么办？我听你的。"

"我请他吃饭，你作陪。饭桌上我郑重向他道歉。"

小严摇摇头。

"我表舅比较那个——怎么说呢？这么说吧，你说请他吃饭，向他赔礼道歉，他肯定不会来。他觉得那就是他应该做的，不需要感谢。"

"你傻呀！你不会跟他撒谎，说你请客吗？"

"他不会相信的。我们家的传统，基本上都是长辈请晚辈吃饭，晚辈给长辈送礼。也有晚辈请长辈吃饭的，但是很少。尤其像我这个身份，女孩，晚辈，说要请他吃饭，他一眼就看穿我有事情瞒着他。"

　　"照你这么说，我们就走投无路了？"

　　"也不是，"小严说，"我再想想办法，探探他口风，过两天给你回话。"

第二十三章　忠华把脉季宇航

　　那天，吕忠华到季宇航家家访，吕忠华和季广发交谈充满火药味。最终，季广发把吕忠华赶出家门。吕忠华本来决定就此退出，去老科协找李会长，却被李会长学习不辍的精神所感动，没好意思开口。既然没卸下担子，就要继续挑着赶路啊。所以，吕忠华很是动了一番脑筋。

　　可是，思来想去，吕忠华觉得无从下手。

　　从感情上来讲，吕忠华真的想撤退。季广发那天说，他母亲不想见到他，这句话勾起了他痛苦的回忆。当年他被一封简短的信抛弃掉，如今他又被简单的几句话打发了。前后相隔四十多年，历史好像转了个弯，又回到了原来的位置，受伤的还是他。从某一个角度来讲，楚绍红一家是吕忠华的"仇人"；他们过得越糟糕，吕忠华心里才越痛快；季宇航要是成了少年犯，他吕忠华该喝酒庆贺！既然如此，吕忠华为什么还要帮他们呢？

　　根本原因在于，吕忠华不是那种把快乐建立在别人痛苦之上的人，即使感情上疙疙瘩瘩的，该帮忙还得帮忙；何况如今这件事不是他个人的事，而是组织上交办的事，他不能因为个人恩怨而退缩。

　　撇开思想感情上的问题不谈，找不到解决问题的路径才是真的。季广发是一家之主，把他赶走了；季广发的母亲也不想见他了。偷偷摸摸去找季宇航吗？可是，解决季宇航的问题，最关键的还在家长，单独找了季宇航又有多大作用呢？何况，受到死猫事件的影响，季宇航对他比较敌视，根本不会理他。

有一天，吕忠华一边散步，一边思来想去。走到板栗园旁边，忽然脑子一亮。季广发对他说，他妈妈不想见他；可是楚绍红没对他说过呀！如果她不想见他，为什么那天邀请他在板栗园见面呢？即使后来不想见他吧，总得有原因啊！可吕忠华实在找不到原因！嗯，有可能是季广发撒谎！目的就是让吕忠华就此放手！

为了证明自己的判断，吕忠华决定打个电话试试。果然，楚绍红声音、语调没有半点变化，还是恳求吕忠华帮助季宇航。吕忠华心里有了底。他做出了自己的判断：季广发是转化季宇航的绊脚石。要想把工作持续下去，必须把季广发调开。

于是，他动用自己的老关系，对季广发展开了一番调查。季广发在工业园区一个机械厂工作，做的是模具工。他工作能力强，技术好，是车间里的台柱子，车间主任很看重他。机械厂老板是退役军人，共产党员，富有家国情怀。他最近不在厂里，带了一批人到贫困地区扶贫，筹建分厂。老板本来点名要季广发去的，车间主任舍不得，就没去成。

得知这些情况，吕忠华很高兴，觉得下一步工作有抓手了。要马上把这些情况跟季广发家属沟通，征得他们同意。就在此时，他接到了方小玲的电话，说她婆婆想见见她。吕忠华问她们在哪里，方小玲说她在婆婆家里，马上带婆婆赶回小区。吕忠华说你们先别过来，他过去。不然的话，让季广发看见了会节外生枝。说罢，他就骑上电瓶车，二十分钟后赶到了楚绍红家。

楚绍红家住在西郊，一个独立的小院。院子里有三间正房，两间偏房，都是红砖红瓦。周围的房子大多数这样，只有极少数是楼房。住在这里的几乎都是老年人；他们的儿女则在城里买了楼房，住进了城里。民间早就风传这里要拆迁，可是至今毫无动静。原因是县里的政策变了，原先是县城西扩北移，现在变成东移南扩了。

吕忠华进了院子，左右打量一眼。正房门前铺了水泥地坪，扫得干干净净。院子西侧种了一棵梧桐树，树下种了些蔬菜；一些悬铃落在蔬菜叶子上，把青翠的菜叶子装饰得斑斑点点。东侧两间偏房，门没有关，可以看见灶台、煤气瓶。

正房里收拾得很整洁。家具都是旧的，但是一尘不染。屋子正中间摆着八仙桌，桐油油漆过，桌上的木条和缝隙清晰可见；周围四把椅子，椅背贴着桌沿摆放。北墙下面，东西横放着一张长条桌子，两头顶住东西两面墙，当地人叫作"供桌"，60 年前用来放亡人牌的，如今极少见到了。

踏进屋门，吕忠华一瞬间仿佛穿越时空，回到了 40 多年前。那时他高中毕业，楚绍红还在学校读书，两个人暗中确立了恋爱关系，但是大人们还不知道。他到楚家去，那时的楚绍红就像今天这样，到门外迎接他，让他先进屋去；那时楚家正房的摆设，跟今天所见的几乎完全一样……他的眼睛有点湿润。

他赶忙眨眨眼睛，吐出一口长气，平静一下自己的情绪。

他和楚绍红一个西边，一个东边，分坐在八仙桌两旁。方小玲给吕忠华泡茶；在桌上摆了两个果盘，一个放香蕉，一个放瓜子。忙完了，方小玲拉过一把椅子，坐在她婆婆左侧。

说了几句闲话，他们谈起了季宇航的事情。

"那天你和季广发说话，我和宇航就在卧室里。你们说的话我都听见了。季广发那个人脾气比较倔，当时他那样说，我不敢出来和他争。"方小玲说。

"小玲都跟我说了，"楚绍红说，"广发太不像话了，我不知道，他怎么会这样呢？自己的孩子管不好，政府来帮我们，你吕叔叔来帮我们，他倒好，好心当作驴肝肺！还胡说什么，我不想看见你！我不知道他到底想干什么呀？"

"我们该怎么办啊？"方小玲忧虑地说。

"我有个想法，你们看看行不行，"吕忠华说，"把季广发打发到外地去，让他管不到季宇航，给我们提供一个转化季宇航的空间。"

"打发到外地去？那行吗？"楚绍红问道。

"当初我们一心想回来，现在让他出去，他会愿意吗？"方小玲也担心。

"这个我们等一会儿再说，"吕忠华说，"小方，你先回答我，如果让季广发到外地工作一段时间，你愿不愿意？"

"我当然不愿意一家人分开！可是现在，不分开就不能教育季宇航，我愿意。"

"究竟是怎么回事，你给我们说说。"楚绍红说。

"我调查过了，季广发所在的机械厂，在贫困地区搞扶贫，在那里建设了一个分厂，需要一些技术能手。如果你们愿意的话，我可以通过关系，让季广发去分厂工作。分厂离这里100多里路，不算远；工资是家里的1.5倍。你们看怎么样？"

"我没意见，"楚绍红说，"工资高低倒不重要，重要的是能给我们腾出时间来教育小孩子。"

"我也没意见。"方小玲说。

"那我们就这样说定啦？"

"说定了。"婆媳俩都说。

"好的，"吕忠华高兴地说，"接下来我们谈一些专业性的问题。"

吕忠华给她们讲的，是一个外国心理学专家的著名实验。那个专家叫班杜拉，所做的实验叫"波波玩偶实验"。两组4—6岁的儿童，第一组看的视频是：一个房间里放一只名字叫"波波"的大玩偶，跟成年人差不多高。一个成年人走进来，用各种动作殴打玩偶，边打边骂。第二组看的视频是：一个成年人和波波玩偶在一起，却并不打它，只是专心地在玩偶旁边玩拼图。后来，把这两组儿童分别带到两个房间里，每个房间里都放着大玩偶。结果，第一组孩子对玩偶又打又骂，而第二组除了极个别的孩子，没有谁对玩偶做出粗暴的举动。

"两组儿童，观看的视频不同，最后表现也不同。你们说，这是什么原因造成的呢？"吕忠华给她们提了个问题。

"那还用说，模仿呗！"方小玲说。

"是跟大人学的。"楚绍红说。

"所以说，季宇航产生暴力行为，根源就在于父母对他实施暴力。他模仿了父母的行为。"

"唉，以前哪个懂啊，都以为棍棒底下出孝子！"方小玲懊悔不迭。

"也怪我，"楚绍红低着头说，"要不是我溺爱季宇航，季宇航也就不会那么懒，成绩也就不会那么差，他父母也就不会那样打他了。"

"事情都过去啦，后悔也没有用了。现在的关键是如何转变季宇航，"吕忠华说。"班杜拉实验还有后半部分，说的就是如何制止暴力行为。"

班杜拉实验的后一半是：安排三组儿童再一次观看录像。不同的是：第一组录像中，殴打玩偶的行为受到了处罚；第二组录像中，殴打行为受到赞扬；第三组录像中，殴打行为没有受到处罚，也没有受到赞扬。然后，再把三组儿童带到放置玩偶的教室里。结果发现，第一组儿童殴打玩偶的行为，明显低于后两组。

"这就告诉我们，要想制止暴力行为，必须对实施暴力行为的人予以惩处。"吕忠华说。

"可是……"方小玲欲言又止。

吕忠华笑道："你是不是想说，季宇航在外面打架，我们惩罚啦，他为什么还不改呢？"

方小玲点点头。

"中国古代有一句老话，"吕忠华说，"叫作'以暴制暴兮，不知其非矣'。意思是说，用暴力的方法阻止暴力，他们不知道这样做是错误的。说的是不是你们？你看，我们老祖先几千年前就说过这样的话了，可是我们今天还在做着这样的事情。"

看着楚绍红和方小玲羞愧的样子，吕忠华赶忙转了话题。

"好了，接下来我们再谈谈如何转化季宇航的具体措施。"

吕忠华说，制定措施之前，要搞清楚季宇航爱打架原因。青少年打架，一般有以下几种情况：哥们义气、嫉妒他人、报复、图财、表现自我、习惯性暴力。根据他的了解，季宇航没有什么铁杆兄弟，所以他打架不是为了哥们义气。听季宇航班主任小严老师讲，他打的并不是好学生，所以也不是嫉妒他人。报复吗？也不是，他打的那些人跟他没有什么过节；图财？也不是，季宇航父母对孩子花钱并不吝啬；相反，楚绍红作为奶奶往往给他过多的钱，所以不是图财。表现自我吗？有可能。任何人都希望得到别人的关注，可是，季宇航成绩不好，在教学评价单一的学校里，他就得不到人们关注；老师不会表扬他，家长也没有表扬过他。怎么办？就靠打架来表现自我。另外，由于家长经常对他使用暴力，他也就对使用暴力习以为常，这就是习惯性暴力。

原因分析出来了，接下来该怎么办呢？

"当然，摆在第一位的是父母不再对孩子使用暴力，"吕忠华说，"这一点，我相信随着季广发的外出，小方能做到。"

方小玲点点头；可是她的脸色显得很沉重，头点得很慢。吕忠华懂得她的意思。

"我知道你在想什么，"吕忠华说，"不打孩子了，孩子犯了错误怎么办？前面我也说过班杜拉的实验，观看打人被处罚视频的孩子，较少发生暴力行为。因此，我的意思不是完全取消惩罚，而是处罚孩子要'事先约定'。"

吕忠华说，所谓事先约定，包括这样几个内容。（1）约定错误。犯了哪些错误就应该处罚。对季宇航而言，只在他犯了打人的错误时予以处罚。（2）约定工具。即处罚的时候使用什么工具、什么方式。最好征求季宇航的意见，如鸡毛掸？戒尺？蹲马步？跑步？俯卧撑？互相商量一下。（3）约定部位。如果使用鸡毛掸或者戒尺，就要约定处罚部位，打腿还是打手、打屁股。千万不能打头、打上半身。（4）约定数量。处罚多少下。（5）约定规矩。犯了错误不得拒绝处罚；处罚的时候不得躲避；不得逃避处罚数量。（6）讲明原因。处罚之前，讲明处罚季宇航的原因，也就是他所犯的错误；同时要求季宇航做个保证，今后不再犯类似错误。

"其实，"吕忠华强调说，"这些措施治标不治本。如果不从根本上解决问题，季宇航的暴力行为很难阻止。所以，我们还要挖掘季宇航的长处，要创造一些条件，发展他的某种特长，提高他的学习成绩，让季宇航不依靠暴力行为，也能在人面前抬起头来。"

"那季宇航究竟能干什么呢？"楚绍红说。她还是忧心，因为她不知道自己的孙子除了打架斗殴还有什么别的本事。

"我觉得啊，季宇航爱动，个子高，力气大，不妨让他去学体育。培训机构有篮球项目，把他送去学篮球。你们现在送他去学科培训班的吧？其实我跟你们说，上培训班完全不必要。你们想啊，如果孩子成绩好，他能自觉学习，课堂就把问题解决了，用不着上培训班；如果孩子成绩差，不爱学习，到了培训班还是不想学习，上培训班也没有用，反而让他更加厌学。所以，赶快把季宇航从学科培训班撤出来，让他学篮球。"

"这个我觉得行，"方小玲说，"小时候给他买过小皮球、半大的篮球，他玩得很开心。后来也常到球场去打球。我们发现了就打他，他去得就少了。"

"好，"吕忠华说，"你们作为家长，暂时就做这两件事情。至于学校那边，我们开学再说。我这里呢，也打算搞一些活动，到时候还请你们家长配合。"

"你说哪去啦吕叔叔，"方小玲感动地说，"你无条件为我们做这么多事情，我们配合还不是应该的吗？"

"我搞的活动暂时有两个，"吕忠华说，"首先，我想组织三个小孩去看守所参观。公安局给各个学校印发过材料，上面的特大标题只有八个字：打赢坐牢，打输住院。我到学校里看见过，几乎每一间教室都贴了。可是，那毕竟是纸面上的，学生看了就看了，记忆不深刻。到实地看看才能有用。"

"那就拜托你了。"楚绍红说。

"还有一件事，"吕忠华说，"我必须要经常跟季宇航互动。

我想了一个办法：在门卫室附近单独设立一个邮箱，上锁，我一把钥匙，季宇航一把钥匙。里面放两个本子。每天，季宇航有什么想法，就写在本子里，写好以后放进邮箱，拿走另一个本子；我把他写了想法的本子取出来以后，就像回信一样，在后面写上我的想法，第二天放进去，同时取回他前一天放进去的本子。这样做，可以随时解决他的思想问题，还可以锻炼他的写作能力。你们看怎么样？"

方小玲抑制不住自己的激动，站起来向吕忠华鞠躬，说道："谢谢吕叔叔！谢谢吕叔叔！"而楚绍红突然抓住吕忠华放在桌子上的右手，止不住流下眼泪，低下头去哭起来。

吕忠华脸红了，感觉到面孔热辣辣的。他慌忙抽回自己的手，说道："那就这样说定了，我走啦！"

楚绍红婆媳留他吃饭，他推辞了，骑上电瓶车回家。

第二十四章　永安教训吕忠华

　　杜永安的生活一直是风平浪静的。当年，他的祖父母、父母亲都是城里人，有非常值钱的城镇户口，全家人都吃商品粮。他们这些城里的孩子，小学或是初中毕业以后，只要没有残疾，没有犯罪，都按政策分配工作，吃白面馒头，大米饭，肥猪肉。可是后来不行了，工厂倒闭，父母亲下岗。还好，父母亲手眼灵活，一家子东拼西凑，开了一间超市。虽说生意没有做得风生水起，但一年十几万还是能赚的。

　　杜永安有很强的"城里人"情结，对"乡下人"不大瞧得起；看见乡下人，都从上往下看。杜永安个子矮，怎么从上往下看呢？那就是仰起头来，把眼皮往下耷拉，装出居高临下的模样，从一条眼缝里看对方。但是，到了娶媳妇的年龄，他才发现自己的观念过时了。此时的城里人概念，已经发生了极大变化：只要在城里买了房子的，都可以把农村户口迁到城里，成为城里人。无奈之下，他只好顺应潮流，把在城里买房子的也看作城里人，把城里没有房子的看作乡下人。

　　他想娶个城里人做媳妇，哪怕从农村迁进城里的也行。可是却不能如意。"经济条件怎样，我可以不考虑；但是人一定要长得漂亮。"杜永安经常发表自己的找对象"宣言"。凡是听到他的

"宣言"的人，都点头说："那是那是。年轻人嘛，哪个不爱美。"但是私下里都摇头撇嘴："自己长得像瓦罐，还想娶个漂亮老婆？"他的哥们儿，也就是那些酒友、烟友们就直言不讳地对他说："算了吧，撒泡尿照照自己影子！哪个漂亮姑娘能看上你！"听到这样的话，杜永安从脸红到脖子，太阳穴上的经脉一跳一跳的，吼道："我长相怎么啦？哪里差？你长得不如我不要嫉妒！"

在外面这样说，回到家里，拿镜子照照自己，杜永安感到非常沮丧。他越看越觉得自己实在不怎么样：脸四方方的，没有什么凹凸起伏——也就是曲线，像个大倭瓜；身材不高倒也罢了，关键是腿短。小时候，有人叫他"矮脚狗"，他拿着砖头追人家。要不是老师看见了及时阻止，那个同学的脑袋就被砸出一个洞了。他懊恼地想："为什么父母亲把我生成这个样子呢？"

他知道在城里找不到漂亮的、能看上他的女人，就退而求其次，到乡下找。有人给他介绍潘克兰。第一次看见潘克兰，他就动心了；觉得心脏跳得有点乱，一会儿往东跳，一会儿往西跳，就是不在正中间上下跳。他觉得潘克兰虽然不如电影明星那么漂亮，但是就好像一群老母猪里面的一只羊，看上去是那么可爱。然而潘克兰看不上他；脸上的表情好像她正要去夹一个盘子里的菜，却发现菜上面趴了一只苍蝇。潘克兰的母亲也犹犹豫豫，说天气，说收成，还说她家驴子爱放屁，母猪爱拱大白菜，就是不说女儿的亲事。好在杜永安父亲见过世面，关键时刻上得了台面，当下就把潘克兰母亲叫到门外，说了几句不知道什么话。再回到屋里时，潘克兰母亲就好像嘴唇抹了一层蜜，说话立刻甜起来。潘克兰却越发不高兴了，好像那一只苍蝇被她一不小心，夹起来送进了嘴里。

不管当时发生了什么情况，最后的结果是杜永安娶了潘克兰，潘克兰嫁了杜永安。而潘克兰的弟弟，也因为姐姐的出嫁，娶回了自己念职中时就私订终身的对象。

潘克兰母亲同意把女儿嫁给杜永安，其中的原因杜永安父母没有跟儿子说。但是杜永安并不是傻瓜，他非常清楚是什么东西在其中起了作用，这就让他为以后的行为找到了充足的理由。

杜永安和潘克兰结婚以后，最初一年，杜永安对潘克兰还是不错的。酒喝得不多，喝了酒也不耍酒疯。潘克兰生了女儿之后，杜永安的思想渐渐发生了变化。他的城里人意识，当初被新婚的快乐所抑制，此时就像冬眠的蝼蛄到了春天，渐渐冒头；他的大男子主义，也像多毛症一般，在杜永安身上肆虐起来。他凭什么不能耍一耍大男子主义呢？潘克兰这个老婆，是父母花钱买来的；进了杜家门里以后，都是由杜家的钱养活的；潘克兰每天带孩子、做家务，那是她应该做的。

于是，他喝酒越来越没有深浅。每天一大早三四点钟，他到农贸市场批发肉菜；回家以后睡觉，一直睡到中午十一点左右，然后起来到超市转转，吃午饭。他吃中饭、晚饭前都喝酒，每次最少半斤。喝了酒，就骂人，打人。起先有所收敛，只是说话带脏字；就好像他那张嘴巴是个米桶，往外倒米，时不时倒出几粒老鼠屎。后来杜永安愈加放肆，骂着骂着，就捎带上潘克兰的妈妈、奶奶了。对于潘克兰而言，这就不是老鼠屎的事情了，而是拿一把剪刀来扎她了。她不能容忍，就骂回去。于是，杜永安就一边骂，一边随手捡起一个什么东西，朝潘克兰砸过去。

杜永安觉得潘克兰忘恩负义，不能让他尽情地骂，这就算了；让他不能原谅的，是潘克兰给他生了个女儿。杜家虽然不缺男孩，但那是上一辈；他的父亲弟兄七个，分家的时候打得一塌糊涂，每个兄弟都挂了花：有的鼻子出血，有的眼睛青肿，有的牙齿脱落，有的手指伤残……他们浩浩荡荡地前往派出所报案；路上还你一拳我一脚，不断上演武打戏，让沿路居民大开眼界。可是，兄弟七人，就杜永安父亲最丢人：没有孙子。杜永安叫潘克兰给他生个儿子，潘克兰却怎么也不干，说自己不愿意身兼两职，既做干家务活的机器人，再做生孩子的大活人。

最终，双方矛盾不可调和，两个人就离婚了。杜永安是不愿意离婚的，但是潘克兰起诉到法院，一次不行两次，两次不行三次……最终，潘克兰带着杜伊雪净身出户，两个人办了离婚手续。

潘克兰搬出去以后，杜永安曾经快乐地想，旧的不去新的不来，离了旧的娶新的！他家开超市，再娶个黄花闺女易如反掌！不料，杜永安自从跟潘克兰离婚以后，恶名在外！据说，有老年人对付调皮的小孙子，吓唬他说："不准哭！再哭矮脚狗就来了！"小孙子立马止住哭，眼睛惊恐地盯着外面……不要说外面的找不到，就是他家超市里的雇员，无论长得什么样的女孩子，只要上午听说杜永安打他的主意，下午就不来了，让她爸妈来替她辞职、结工资。

杜永安曾经相中一个寡妇，请媒人从中撮合。谁料到，媒人跟那个寡妇一说，那个寡妇像吞过鱼钩的鱼又看到了鱼钩似的，回头就往屋里走，一边走一边摆手说："把我介绍给杜永安？老祖宗哎——我跟你叫祖宗了！你让我多活几年吧！"

面对这样的处境，杜永安并不反思自己的过错，反而认定是潘克兰害了他！潘克兰就是一颗丧门星！以前，他杜永安连潘克兰这样的女孩子都能找到（离婚以后，他私下里不得不承认，潘克兰很优秀）；可是，自从潘克兰与他离婚以后，他却连个寡妇也找不到了！这不怪潘克兰怪谁呢？没说的，潘克兰就是他杜永安下半辈子的仇人了！连她的女儿杜伊雪，虽然是他的嫡亲女儿，既然跟了她姓潘的，也就是他杜永安的仇人了！让她们不得安宁！不得好死！走路踩到狗屎！吃鱼嗓子里卡刺！半夜鬼敲门！

让他高兴的是，老天爷果真有眼，理解他杜永安，偏向他杜永安，开始报复姓潘的了！他让杜伊雪成了差生，外出整宿不归，还联合一些坏孩子造定时炸弹，准备把她妈妈炸死！真是万幸万幸！竟然不是来炸他杜永安！

就在此时，他听说了一件事情。吕忠华，一个什么退休领导，竟然经常去找潘克兰、找杜伊雪，说要帮助杜伊雪，让她学习好，让她不再离家出走，让她规规矩矩做人。杜永安听说此事，不由得怒火中烧。他把酒杯往桌子上一顿，骂道："吕忠华敢去帮姓潘的！他找死啊？"

当时，杜永安正跟几个哥们一起喝酒。哥们感到奇怪："嗨，人家帮你老婆教育你闺女，你生什么气啊？"

杜永安呼哧呼哧地喷着酒气，拍着桌子说："什么我闺女？跟我离婚的女人，她闺女就不是我闺女！"

"你没听人家说嘛，血浓于水！虽然杜伊雪没跟你过日子，可她身上流着你的血啊！"

杜永安冷笑道："什么血浓于水？我也听人家说，有奶就是娘！杜伊雪跟她妈妈长大，她妈妈那么恨我，她会不恨我？将来她能照顾我，养我老？嘁！"

端起酒杯，"吱"的一声喝干，很响地打了个饱嗝。

杜永安和哥们儿吃的是中午饭。听说吕忠华帮他闺女，他的胸口顿时就像堵了一把笤帚，喘气不舒畅，还被戳得慌。他打算会会这个吕忠华，就在饭桌上打听了吕忠华的情况。酒足饭饱之后，他趁着酒气，一步三晃地来找吕忠华。

运河小区这名字杜永安很熟悉，他那离了婚的老婆就住在这里。但是他来得不多；潘克兰讨厌他来，也不告诉她房号。因为不知道潘克兰具体住处，他来过几次都没能进去。门卫问他："你找哪个？住哪栋楼哪个单元？几号房间？"他支支吾吾说不出来，门卫就不让他进去。

这天下午来找吕忠华，杜永安是蛮有把握的。酒桌上有人给吕忠华修过热水器，那人就把住址给了他。但是没给他电话，说号码忘了。不一会儿，杜永安来到运河小区门口。门卫张师傅值班，见是杜永安，以前接待过，就提高了警惕。他照例从窗户里探出头来，问他找什么人，住在哪儿。他说找吕忠华，住在 8 栋 3 单元 6 楼。张师傅见杜永安喝得醉醺醺的，眼光有点不善，就进一步问电话多少。杜永安说不知道。张师傅就说，那我给他打个电话，让他下来接你。

张师傅这么一说，杜永安不乐意了。他知道，如果打电话给吕忠华，吕忠华一听是个不认识的人，肯定不想见他；如果问他有什么事情，他又说不出来，就更不愿见他了。

"凭什么要你给他打电话？不打电话就不能找人吗？我就要进去！"杜永安说着就要往里闯。

张师傅赶忙从门卫室里出来，伸出胳膊拦住他。

"你不能进去！"

"我就要进去！"杜永安推开张师傅胳膊。

"你硬要进的话我就报警！"

"你报警我也要进！"

两个人就这样吵了起来。别看杜永安是个"矮脚狗"，但是身子圆滚滚的，哪怕再肥大的衣服穿在他身上，他的肉都能把衣服撑起来，使衣服看上去像吹起来的气球似的，一点褶皱都看不出来。然而他的肉并不肥，也不软，而是像没发好的面，硬邦邦的。他只需轻轻一拨弄，张师傅就得后退半步，根本拦不住他。于是，杜永安进到了小区里。

张师傅气得双手抖抖的，拿起手机给 110 打电话。可能由于气得太厉害了吧，张师傅两只手抖的方向不一致；拿手机的左手向右抖时，右手却向左抖，于是按了一个空；反之也是如此。结果，拨了十几秒钟，电话也没有拨出去。

正在此时，吕忠华从门外回来了。看见张师傅的大长脸阴沉沉的，胳膊肘颤抖抖的，拿着电话的手像在跳舞似的，就奇怪地问道："张师傅干什么啊？"

看见吕忠华，张师傅好像是一个机器人，突然间被拔掉了电线似的，手不抖了。他指着杜永安的背影说："吕局长！就那个矮胖子，他说找你，可又说不认识你！"

"哎！你回来！你要找的人在这里！"张师傅喊道。

杜永安回过头，看见张师傅身边站了一位老人，猜测他就是吕忠华，就往回走。他一边走，一边打量吕忠华；同样，吕忠华也在打量他。杜永安看见的是一位高个子老人，腰不弯，背不驼；吕忠华看见的是一个矮胖子，上身还算正常，但是腿太短。他想起了历史上的隋文帝，那家伙也是身长腿短的。相书上说"身长腿短坐江山"，是当皇帝的形象，于是，隋文帝老丈人独孤信就把女儿嫁给了他。不过，眼前的杜永安看来没那个运气。

"你就是吕局长啊？"快到跟前时，杜永安撇了撇下巴说。

"我就是吕忠华。你找我有事吗？"吕忠华点了点头。由于要低下头来看杜永安，他将下巴往里收了收。

"当然有事！"杜永安大大咧咧地说。走到吕忠华身旁，他抬起右臂，朝门外指了指。"跟我到门口去，我找你有点事。"

"你是谁？什么事？不能到门卫室说吗？"

"当然不能！能的话我叫你到外面去啊？"

杜永安说着，自顾自走出了小区大门。吕忠华虽然感到奇怪，但是没有多想，就跟着杜永安走了出去。他一边走一边想，这个人找我什么事呢？

杜永安走到大门对面那条绿化带后面，停下来。一会儿，吕忠华也到了，在杜永安对面站着，头略微低下，问道："你是哪一位？找我什么事？"

杜永安仰着脸，仰得有点过分，以便能够耷拉下眼皮，做出从上往下看人的样子。

"我是哪一位？说了你就知道了。我是杜伊雪父亲，潘克兰前面那个丈夫。我叫杜永安。"

"哦，杜先生！"吕忠华客气地称呼他。他闻到了一股浓烈的酒气，又见这个人的表情非善良之辈，不由得往后退了两步。"找我有事吗？"

"你问我找你有什么事，你最好看看自己惹没惹什么事。"

"你怎么这样说话？我一个退休老头子能惹什么事啊？"吕忠华不由得有点冒火。

他看着杜永安的样子，想起潘克兰来。潘克兰端庄秀气，虽然算不上怎样漂亮，但是比起眼前这个人来，就不应该在凡间待着，而应该去做七仙女的妹妹八仙女了。潘克兰怎么会嫁给他呢？唉！说到底，还不是父母包办、城乡差别、贫富悬殊的原因么？吕忠华忽然想起自己跟楚绍红当年的事情来。

"没惹事？你最近找没找潘克兰、杜伊雪这两个女人？"

"找啦。"

"那你还说没惹事？找她们就是惹事！"

"我不懂你什么意思。"

"你不懂我什么意思吗？连这个也不懂，你怎么混到局长位子的？花钱买的吧？"

"想说什么你就说，不说我就走了。"吕忠华压抑着怒火。他看出这个人酒喝多了，专门来找碴子的。

"别的我不多说，就说一句话！"杜永安伸出右手食指，竖起来，在吕忠华眼前晃着。"从此以后，离潘克兰、杜伊雪远一点！不然的话，别怪我不客气！"

吕忠华心里稍微平静了一些。他以为自己明白了杜永安的意思。

"杜先生，你误会了，"他说，"我找她们娘儿俩，不是像你想象的那样。我自己有老婆，有孩子。我找她们是老科协安排的，目的是帮助杜伊雪转化，成长，进步。"

杜永安一阵大笑。

"你以为我是这个意思吗？亏你还当过局长的，连我一个大老粗的话都听不懂！她潘克兰跟我离婚了，现在她爱跟哪个睡跟哪个睡，只要不给我看见就行。"

"那你找我什么意思？"

"我找你就一个意思，离开潘克兰、杜伊雪远一点！不要帮杜伊雪转化、进步什么的。潘克兰既然跟我离婚了，就是我的仇人；是仇人，我就不希望她们过得好！她们流浪街头、到处讨饭才好！杜伊雪杀人、抢劫才好！你懂我的意思了吗？"

吕忠华看着杜永安，像看着一个怪物似的。他觉得眼前这个人简直匪夷所思。潘克兰跟你离婚，你恨潘克兰倒还罢了；杜伊雪可是你的女儿呀，你竟然还这样诅咒她！

"杜先生，你要求的事情我可能办不到，"吕忠华说，"转化杜伊雪是县老科协的安排，我是共产党员，退休干部，必须去完成这项工作。"

"话不跟你多说，"杜永安不耐烦了，"我这个人一向直来直去。从此以后，如果你再去找潘克兰、杜伊雪，你就要小心了；要是她们去找你，你不把她们赶走，你也要小心了。"

说完，杜永安伸出右手，握住吕忠华左胳膊，轻轻一拉，吕忠华那么高的身体，就像一根秸秆一样被拉了过来；但这根秸秆不能用来烧火煮饭。接着，杜永安把吕忠华左胳膊向后一拧，往上一掀，吕忠华的左胳膊就弯曲、抬起；而吕忠华的身体，也就在瞬间弓下去，像一把镰刀，只是不能用来收麦子罢了，太钝。同时，吕忠华感觉到身体左边从手腕到肩膀一阵剧烈的疼痛。此时从正面观察吕忠华，就会发现他牙龇着，嘴咧开，眉皱起，平时那英武的形象全被毁掉了，真是惨不忍睹。

"记住啦？这算是最轻的！"杜永安把嘴巴凑近吕忠华，喷着一股浓烈的酒气，在吕忠华耳边低声吼道。

大约杜永安心地善良吧，他看吕忠华年纪大了，害怕他承受不住，只拧了一次，持续十几秒钟而已，话一说完就松开手，扬长而去，留一个肉嘟嘟的后脑勺给吕忠华。

吕忠华好一会儿才直起腰来。他甩了甩还在疼痛的胳膊，看着杜永安远去的背影，一股屈辱感袭到心头。他非常后悔：年轻时候光顾着读书了，怎么就没有练出一副硬实的骨架呢？

第二十五章　交流小本用起来

　　吕忠华提出调开季广发的建议。在征得楚绍红、方小玲婆媳俩同意之后，吕忠华就利用自己以前的老关系，托人找到了季广发所在工厂的厂长；由厂长出面，做通车间主任的工作，把季广发调到了外地分厂。由于工资高于本地，母亲和方小玲都支持，季广发也就不说什么，反而庆幸自己得到了这份好工作，于是高高兴兴地到外地上班去了。

　　季广发离家以后，楚绍红到儿子家的次数多了，有时候也会住在那里。她们严格按照吕忠华的安排，着力改变对季宇航的教育方式。楚绍红不再溺爱孙子，敢于对他说"不"了。关于处罚暴力行为，方小玲跟季宇航达成了"事先约定"的几个条款，但是一段时间内并没有用上。正值暑假，季宇航没有上学，跟同学没有接触；上了一个培训班，班里人少，学生事忙，老师在身边来回转，缺少暴力的处境和氛围，季宇航也就老实了。

　　与此同时，季宇航开始读《敌后武工队》《林海雪原》等书籍。这些书籍都是吕忠华赠送的。吕忠华跟楚绍红、方小玲强调说："读书不仅能提升孩子智力，使他们养成智力劳动的习惯，还能纠正孩子的不良行为，促进他们的思想进步。为什么呢？拿季宇航来说，他之所以调皮捣蛋，是因为他没有什么长处来表现自己，刷存在感，于是只好采取惹是生非这个下策。我让他读这些抗日、剿匪的书，读这些塑造我党、我军英雄人物形象的书，让他把自己的情感跟书里的人物绑在一起，让他觉得书里的英雄就是我，我就是书里的英雄。这样，他在生活当中就渐渐会拿英雄人物的言行来约束自己。"

吕忠华给韩俊凯送了同样的书。给杜伊雪送的书则不同，以描写女主角为主，情节多带有淡淡的悲伤，让杜伊雪看了之后往往流下眼泪。

"这个不大好吧？"潘克兰听了吕忠华的解释，心里有点疑问。

吕忠华笑着说："你放心好了。英国政治家、小说家迪斯雷利说，知道悲哀是怎么回事的人，很少愁眉苦脸。古希腊著名思想家亚里士多德也说，悲剧的作用是激起怜悯和恐惧，从而导致这些情绪的净化。杜伊雪忧郁的情绪比较浓一些，先让她看一些带点儿悲伤的作品，反而能使她远离悲伤。"

于是，杜伊雪的桌子上就多了几本这样的书：《边城》《家》《茶馆》《城南旧事》《简·爱》《呼啸山庄》《雾都孤儿》。

另外，吕忠华还按照自己的计划，找到小区里一个空闲投递箱，加了一把锁。两把钥匙，一把自己留着，一把给季宇航。两只本子，编为1、2号，轮流放进投递箱里，由季宇航交替使用。

吕忠华没有简单地把钥匙交给季宇航了事。他还记着自己跟季宇航的过节。虽然他心里早就放下了，不跟季宇航计较了，孩子嘛；但是他估计季宇航不会放下。他心里一定记着吕忠华对他发火的事，毕竟对于季宇航来说，那是一件丢人的事情啊！隔了一段时间，吕忠华心平气和地看待那件事情，觉得自己确实有点过分！一个孩子，不就是弄死一只猫嘛，值得大发雷霆吗？使自己急火攻心，也让孩子觉得人不如猫，从而产生了逆反心理！

第一次到季宇航家的时候，吕忠华向季宇航道歉了，可是季宇航给他一个白眼。这表明季宇航不待见他。而今，如果硬是把钥匙塞到他手里，说不定他转脸就丢到垃圾桶里去了。为了解开季宇航心结，吕忠华还要做点什么。做点什么呢？季宇航会配合他吗？

"嘿嘿，"吕忠华自己笑了。费什么心思呢？现成的人嘛，小严老师。一物降一物，卤水点豆腐。小严是季宇航的班主任。季宇航可以不理他吕忠华，可以跟家长吵，班主任的面子还是要给的。于是，在吕忠华的邀请下，小严和他第二次来到季宇航家。因为事先通过电话约定，楚绍红、方小玲、季宇航都在家。

三口人在客厅门口迎接小严和吕忠华。楚绍红、方小玲分别站在门两边，季宇航站在他妈妈后面。吕忠华、小严先后进门，楚绍红、方小玲各自伸出左右手，把他们往客厅中央请。就在他们离开门口，方小玲关了门，往沙发那里走的时候，突然"啪"的一声，客厅里一片漆黑。

大家纷纷停住了脚步。

"停电了？怎么早不停电，晚不停电，这个时候停电？"方小玲抱怨道。

"我看不像停电啊，"楚绍红说，"你看，小区里路灯都亮着，对面12号楼灯也亮着，怎么就我们这栋楼停电呢？"

方小玲跑到窗户口，隔着玻璃向下看了看说："能看见楼下亮灯呢。恐怕不是停电，是我们家跳闸吧？"

"你们家电闸在哪里呀？我去看看。"吕忠华说着，取出手机，打开手电筒。客厅里亮起一团光来。

"我来吧，我知道。"季宇航不知从哪里钻了出来，向厨房那边走去。他也打开手机上的手电筒，照着电闸，右手按住什么东西，往上推了一下。客厅里一下子亮起来。

大家松了一口气，才又迈开脚步，往沙发那儿走。没人注意到，季宇航推上电闸开关以后，取下一根细细的灰白色的绳子，在电灯光下几乎看不见。他迅速地把细绳装进裤子口袋里。

是的，他刚才制造了一起"跳闸"事件，来表达心中的不满。

但是，别人并不知道这一切。尤其是楚绍红，先前跟季宇航做工作，说吕爷爷要来的时候，他并没有表示反对。此刻，她特地把季宇航拉到前面来，指着吕忠华向他介绍："这是你吕爷爷，小时候跟你奶奶同村长大的。快叫吕爷爷。"

季宇航没有像上次那样翻白眼，而是乖乖地叫了声"吕爷爷"，就低下头去。

吕忠华怕冷落了小严，对季宇航说："班主任严老师也来了。"季宇航又叫了声"严老师"。随后，几个人就围绕着茶几，各自坐在沙发上。茶几上早已放了一盘橘子，几瓶矿泉水。

坐定以后，吕忠华才把自己带来的塑料袋打开，从里面取出一个小纸箱，放在茶几上，对季宇航说："听你妈妈说，你喜欢吃芒果。我给你买了一点。尝尝看，好不好吃。"

楚绍红说："来了我们就感谢不尽了，还带什么东西呀。"

方小玲说："谢谢吕局长了！宇航，还不快点感谢吕爷爷。"

季宇航坐在她奶奶身边，两只胳膊撑起自己身体，两肩耸起，腰弯着，一直低着头。听了妈妈的话，就抬起头说了声："谢谢吕爷爷。"

随后，季宇航忽然站起来，到卧室里去了一趟，回来时手里多了一把剪刀。他用剪刀拆开纸箱，把里面的芒果取出来，给每人分了两只。

吕忠华说：“季宇航，不用分啦，这是单独给你买的。”

“我不吃别人送的东西。”季宇航语气冷淡地说。

大家都沉默了，吕忠华很尴尬。

楚绍红生气了，指着季宇航说：“你……”

方小玲呵斥道：“季宇航，胡说什么呀你？”

吕忠华从嗓子里挤出笑声来，说道：“哈哈哈，没什么，小孩子嘛。宇航啊，我看你个子比较高，身体素质肯定不错。不知道你喜不喜欢什么体育活动啊？”

季宇航放下剪刀，又回到奶奶身边坐下。

“你想知道么？我喜欢玩球。我在学校玩乒乓球，篮球，足球。”

吕忠华说：“是吗？你们都怎么玩啊？”

季宇航望了望严老师，严老师笑着说：“望我干什么？跟你吕爷爷说呀。季宇航在学校可会说话了，口才可好了。”

季宇航腼腆地笑了一下，说道：“玩乒乓球……我们一下课，拿起球拍就往外跑，谁先占到球桌谁先打。后到的就在旁边看。打上三五球，两个人有一个太差，总是接不住，旁边的人就一把推开他，说他‘什么臭水平’，自己上去打。打着打着上课铃响了，球拍一收，捡起球就跑回教室……”

“你最喜欢什么球呢？”吕忠华问。

“我最喜欢篮球啊。小时候奶奶给我买小皮球，我朝天上一撂，伸手去接，球掉我手上我也接不住，一次接不住，两次接不住，我就哭，朝地上一坐。奶奶把球捡给我，我又朝天上撂……”

说着，季宇航笑了。

“哎呀，季宇航记性真好！”小严夸奖道。

"我也不记得了，都是奶奶告诉我的。"

"你为什么喜欢篮球呢？"吕忠华问。

"嗯……乒乓球，小个子打起来灵活；足球呢，老是踢不进去，就烦；篮球呢，经常投就能投进好多，觉得好有成就感。"

"你篮球打得怎样？"

"我也不知道怎样……经常跟人一起打，选人的时候大家喜欢选我。"

"那说明你打得不错啊，"吕忠华夸道，"你看这样行不行。我已经打听好了，我们县里呢，有一个篮球培训机构，如果你愿意的话，周末就去参加篮球培训，学习打球技巧。你愿不愿意啊？"

季宇航望望奶奶，又望望母亲。

"我不知道。"

"季宇航，"吕忠华看出了其中的端倪，笑眯眯地说，"现在你不需要看她们，只需要自己做决定。我已经跟你奶奶、妈妈沟通过了，他们完全同意你参加篮球培训。"

"可是，"季宇航却没有表态，"你为什么跟我联系培训机构？我不想要你跟我联系。你联系的培训机构我不去。"

楚绍红忍不住了，脸一红，伸手朝他背上拍了一巴掌："胡说！"

小严老师严肃地说："季宇航，你要这样想就错了。替你联系培训机构的，不是吕局长个人。吕局长是代表县里的，代表老年科技工作者协会的，你不能因为是吕局长出面找你，就做出糊涂的事情来。"

吕忠华从第二次尴尬中缓过神来，接着说道："你听说过因噎废食的成语吗？古代有一个人，因为吃饭被噎了一次，从此以后不再吃饭，最后饿死了。你可以不喜欢吕爷爷，但是不能拒绝吕爷爷为你办的事情。你说是不是啊？"

季宇航低下头，不吭声。

"季宇航可要去学啊！"小严老师说，"好好学，认真练！说不定啊，你就是第二个姚明呢！"小严说。

"做不做第二个姚明以后再说，"吕忠华不赞成小严的说法，就岔开话题，"关键在于打篮球有利于发挥特长，活动身心。"

"季宇航，"小严站起来，走到他身边，拍了拍他肩膀，"你去上这个篮球培训班，我答应你一件事。"

"什么事？"

"上学期，你们几个同学不是要成立一个篮球队吗？你们跟我说，我没有同意啊！其实不是我不同意，是学校里不让啊！学校里个别领导说，搞什么篮球队啊！学生正儿八经的事情是听课、做作业呀！季宇航啊，只要你去上这个培训班，我保证支持你成立篮球队！怎么样啊？"

"小严啊，你说他们个别领导不让？这个问题我替你解决！开学以后，你只管向你们梁校长提出来。"吕忠华向她保证。

"那太好啦！"小严拍手说道，"你们不知道呀！不光个别领导不让学生成立篮球队，一些老师也整天把学生关在教室里呢！就是不让他们参加课外活动呢！我就看不惯啊！他们这样做，学生一时能出成绩，长远来说肯定会落后啊！"

"小严老师说得很对，"吕忠华说，"宇航啊，还有一件事情，你奶奶、妈妈跟你说了吧？就是我们启用互动小本的事情。本子在放芒果的塑料袋里。你有什么话想说，就写到本子上，放进投递箱里。我呢，每天开一次投递箱，针对你写的内容，给你答复。这是投递箱钥匙。"

说着，吕忠华从衣服口袋里取出一把钥匙，交给季宇航。

季宇航有点迟疑，又看着奶奶、妈妈。

"季宇航，你不用担心啊！奶奶、妈妈肯定会同意的啦！"小严老师说，"你吕爷爷用这个办法，实际上是为了安放你的心灵啊——不懂什么意思，是吧？就是你心里有什么话，不好跟别人说呀，或者不愿意跟别人说呀，就写在本子上，跟吕爷爷说吧！心里话说了，心灵就安稳啦。不然，心里是不是很难受啊？你有过这个体会吧？我们都有过啊！还有啊，你吕爷爷当年是我们县里一支笔杆子呢！写作水平可高呢！你跟他用互动小本子对话，他实际上是教你写作呢！别人花钱都请不到啦！"

"季宇航，你们严老师抬举我啦，我没有她说得那么厉害。如果你没有意见的话，那我们就这样定啦。来，钥匙给你。"

季宇航离开沙发，到吕忠华那里拿了钥匙，又回到奶奶旁边坐下。

吕忠华忽然担心起来，也许就在明天，这把钥匙就进了垃圾桶呢。

他的心忽地沉了下去。

第二十六章 "五二〇"里没谈爱

这两天，吕丽婷没事就给小严打电话，问她安排道歉的事情。小严说："你催什么呀？是不是急着要见他呀？那也行，我就给表舅打电话，就说你老同学想你喽，你快去找她呀。"

吕丽婷在屋子里团团转："你胡说什么呀？再胡说我可要揍你了！"

说着，拿手掌拍得桌子啪啪响。小严咯咯地笑起来。

"安排好啦。明天晚上小西湖酒家，楼上520房间。"

"哎，你不是说你请不来你表舅的吗？"

"怎么，你瞧不起我呀？我只是谦虚一下而已！而已！"说到这，小严又笑了，"我让我爸出面请的，表舅哪敢不到啊？哎，我让我爸给表舅约了时间，六点钟。你可要准时啊。我爸说，我们都迟点儿到，你给他道过歉了我们再到。"

"好嘞。替我谢谢你爸啊，想得这么周到。"

放下电话，吕丽婷觉得小严的话有点怪怪的。究竟怎么怪，她也说不出来。

第二天下午5点多钟，吕丽婷准备出门赴约。她拿一把梳子站在卫生间镜子前面，看着镜子里的自己。左右长发垂下来，遮住了两边脸孔，中间只剩下一条挺拔的鼻梁，两只各半的眼睛，一个少了两个嘴角的嘴巴，使她看上去阴森森的。她自己看着也笑了。

她把头发梳理整齐，挽到后面，用一个蝴蝶结橡皮筋扎好，端详着镜子里的自己。她对自己的相貌是满意的。也许双眼皮不那么明显，但她认为双眼皮太明显不好，那会让瞳孔被下层眼皮遮住，眼睛显得没有神采；也许额头窄了一点，但是作为女孩而言，额头不能太宽，否则产生"天庭饱满"的效果，那就像男孩子了。

"唉！"对着镜子，吕丽婷却轻轻叹了口气。虽然模样长得好看，可是快到三十岁了，婚姻之舟却搁浅了；想去大海里远航，想去港湾里停泊，螺旋桨却无法转动了。吕丽婷在大学里没有谈过对象；虽然那时不乏追求者，但她只是对他们轻轻一笑，即转身离去。她上的是师范大学，而她并不希望自己的另一半也当教师；同时她也知道，同学们来自全国各地，大学毕业以后，必将挥一挥衣袖，不带走一片云彩，所以她懒得在谈恋爱上耗时间。

可是回到原籍几年，吕丽婷却陷入了无奈的境地。没有遇到一个自己心仪的人；媒人介绍的，没有一个让她怦然心动，见了几次面就无疾而终，有时看了一眼就急于离开。分析其中的原因：从爱情的角度，没有人能让她产生电击一般的感觉；那么，就只能在职业、收入、家庭、品德、言行、举止等方面来考量了。可惜，非此即彼，总有让吕丽婷不满意的地方，她也就失去了继续交往的兴趣。

至于王相岩，听小严说他还是单身以后，她不得不承认：她的心脏跳得有点反常。不仅是心脏跳得快，一言一行也有点违反常规。记得那次研讨季宇航的问题，王相岩讲话的时候她就有几次走了神，是小严用胳膊碰了碰她，她才回过神来。可是却记不清自己当时想了什么。是陶醉在他的声音里了吗？轮到她发言，她本来能言善道，语速总像离弦的箭，那天她却字斟句酌，语速放缓。为什么会这样？难道真是爱上他了吗？可是，她马上否定了自己，反问道：他值得我爱吗？长得帅气，职业让人羡慕，为什么没有找对象呢？家在农村，仅仅因为这个吗？城里长大的女孩也许会计较他的出身，可是也有很多从农村考上大学的女孩，难道她们也会计较么？

"唉，不想了，费脑筋。"她摇了摇头，把梳子往梳妆盒里一扔，就去换衣服。

这一身衣服，是三月里为今年这个夏天特地购买的。现在暑假过了快一半，她还没有穿过。今天穿起来试试吧。穿好以后，她到镜子面前看效果。上衣浅浅的绿色，像柳树刚发芽那样的颜色；V型领口下面两个蝴蝶结，左右各一；蝴蝶结中间，垂了两根长长的布条；泡泡袖下面，半条胳膊白得晃眼。牛仔裤，高跟鞋，让她的身体显得尤其修长。

吕丽婷给自己打了95分。她朝镜子笑了一下，算是犒劳自己。可是，就在她移步离开的时候，一个问题忽然跳进了脑子里：我为什么这样精心打扮自己？还特意穿上新衣服！除了王相岩以外，其他人都是很熟悉的，我打扮给谁看呀？难道我真的在意谁吗？或者说，我虽然没有意识到自己在意谁，潜意识里却有了答案，难道冥冥之中有谁在暗示我这样做了？

已经5点40了，吕丽婷终于离开了镜子。她拎起包，拿了车钥匙，进了电梯。下楼、骑电瓶车。必须在6点前到。时间有点紧。

虽然是傍晚，天气还很热。刚出电梯门，就像进了蒸笼，团团热气就把人裹住了。推着电瓶车出了小区，身上已经汗涔涔的。吕丽婷很快骑到车座上，一拧车把，电瓶车冲了出去。一股凉风扑面而来，浑身顿时清爽无比。

一拐弯到了汉宁路，前面不远处就是小西湖酒楼了。汉宁路很窄，街道、道路都是它。来来往往的行人、横冲直撞的电瓶车、商家装货卸货的三轮车和小货车，经常把这条路塞得满满当当。来到一家粮店门口，吕丽婷发现路被堵住了。一辆三轮车装满了货物，急着离开，掉头时，却被一辆小货车挡住了。小货车司机正在驾驶室，想让开，却见后面堆着一堆货物，商家正在往里面搬。于是，双方都动不了。

不过，这可挡不住行人和电瓶车。他们从两辆车的缝隙里通过。骑电瓶车的不下车，也不开电门，两只手扶着车把，两只脚蹬着地，就过去了。吕丽婷走出缝隙，却遇到了一个人，骑在电瓶车上，也是脚蹬着地，从她面前横过去。大约前面遇到障碍，那人停下来。吕丽婷见那人车后有个空当，很小，但是小心一点也可以过，就过了。不料过了以后，后轮的轴被什么挂住，吕丽婷回头察看，一不小心车子歪倒了！吕丽婷来不及从车上下来，右腿赶忙挪开，身子却往一边摔。幸亏两只手扶着车把，没有摔倒，只是坐在了地上。

周围的人都朝她看。吕丽婷脸红红的，羞死了。她放开车把，拿两只手用力撑住地面想爬起来。第一次没有成功，第二次出人意料地轻松，她几乎没有用力就起来了，同时感觉到胳膊被一只手抓住往上提……她仰脸一看，天啊，竟然是王相岩！

她的脸更红了。

"摔伤了没有？"等吕丽婷站起来，王相岩松开手，关切地问道。

吕丽婷用力摇摇头。王相岩跟手扶起电瓶车，支起来。

吕丽婷低头拍打裤子。拍完了，摊开双手，手掌心有点脏。王相岩说："手伸远点，洗一洗。"说着，举起手里的纯净水瓶子，拧开盖儿，朝吕丽婷手上倒水。王相岩又从身上掏出纸巾，抽出两张递给吕丽婷，让她擦手。

　　"你怎么到这里来啦?"吕丽婷问。

　　"小严她爸爸约我来小西湖吃饭的。你去哪里呀?"

　　"这么巧啊，小严她爸爸也约了我呢。"吕丽婷隐藏了自己"精心策划"的过程，装作刚才知道的样子说。

　　"好呀，那我们一起走。"

　　王相岩帮吕丽婷推着电瓶车，一起来到小西湖。停下车子，进了大厅，迎宾小姐笑吟吟地迎上来问："先生好! 女士好! 两位哪一个房间?"

　　"520 房间。是在五楼吗?"王相岩问。

　　"我们这里只有一楼、二楼，"迎宾小姐两只手互相握着，放在腹前，眉开眼笑地说，"一楼是配菜间和厨房，二楼是包间。房间名字是谐音，图个吉利。像 222 房间谐音'爱爱爱'，168 房间谐音'一路发'。你们定 520 房间，谐音就是'我爱你'。我看你们两位真是天设的一对，地造的一双; 祝你们两位你也爱，我也爱，今天爱，明天爱，此生此世天天爱，来生来世永远爱。"

　　面对饶舌的迎宾小姐，王相岩、吕丽婷窘极了。他们不敢接话，害怕迎宾小姐再吐出一串什么顺口溜，让他们窘上加窘。他们不敢看迎宾小姐，也不敢目光相碰，各自头一低，加快脚步往楼上跑去。

　　吕丽婷想起来昨天和小严打电话的事。怪不得当时觉得小严的话有点怪怪的呢! 原来怪在"520"这个房间号上!

　　推开房间门，果真空无一人。但是空调已经打开，凉爽得很。

两个人各自坐在桌子的一边。虽然都装作满不在乎的样子，但是迎宾小姐的话还在耳边响着，使得两个人的表情依旧很不自然。王相岩咳了一声。其实他嗓子里没有痰；之所以咳嗽一声，是为了制造一点响动，免得两个人都沉浸在尴尬的氛围里；另外，也是谈话开始前发出的信号。

"他们怎么还没来啊？我打个电话吧。"王相岩说。

"不用啦，"吕丽婷说，"他们向来不迟到的，今晚迟到必有缘故。如果催促的话，他们会不好意思的。"

"你总是能站在对方的角度考虑问题，让我很佩服。"王相岩由衷地说。

听到王相岩的话，吕丽婷心里说："哪里呀，要是搁在平时，不用你说，我电话早就打出去了。今晚他们晚来是精心设计的呢。"可是她嘴里却说："是吗？我倒没在意。感谢你发现我一个优点。"

"怎么叫发现呢？"王相岩笑着说，"你满身都是优点，我不过是随便点出一条罢了。就好像一棵树，树冠上都是绿叶，我只是随意捡起一片罢了。"

"你的话叫我坐不住了，"吕丽婷也笑着说，"其实我缺点很多，尤其是有的缺点简直不能容忍。就比如上一次吧，我打电话给你，说你把我们的合影发到了朋友圈里，把你狠狠地骂了一顿。可是你呢？一声不吭让我骂。在这里，我要郑重地向你道歉：非常对不起，请你原谅！"

说完，站起来朝王相岩鞠了一躬。

"哎呀你说哪去了。小事一桩，我都忘记了！快坐下！快坐下！"

吕丽婷的言行，出乎王相岩的意料。他急忙站起来，把两只手往下按。

　　吕丽婷坐下来，自责地说："当我得知事情的真相以后，我真是后悔得想打自己几个耳光子！心里一直惴惴不安！你也是的，当时你为什么不辩解呢？眼睁睁看我一直错下去！"

　　王相岩笑着说："不行呀！如果我辩解的话你会相信吗？你不相信，我却极力为自己洗脱，我们不是要吵起来吗？我当时就想，委屈就委屈吧，以后等掌握了确凿证据再说。"

　　"可是后来你知道了真相，却没跟我说。"

　　"那就更不能说啦，"王相岩还是笑着，"如果跟你说了，那不是叫你难堪吗？就好像指着你鼻梁骂你啊！这种事情，我怎么能做得出来呢？"

　　吕丽婷忽然觉得鼻子发酸。这就是王相岩吗？以前对他真的一点也不了解！

　　她还想说点什么。就在这时，门被打开，小严一家人走了进来。

第二十七章　吕家夫妇起烽烟

　　吕忠华在家做晚饭。煮杂粮粥，蒸包子，炒了两个菜：一个西红柿炒鸡蛋，一个青菜蘑菇。连着吃好多天大米粥了，吕忠华想换换胃口。按照吕忠华的意思，他是一次大米粥都不想吃的。他不知道为什么老伴对它那么喜欢，应该是来源于童年的饮食吧。蒋桂英早年是城里人，*国家提供的粮食就两样：大米、白面。早晚大米粥、白面馒头，中午大米饭，是她家当年固定不变的食谱。现在，她的主打食物还是大米粥、面食、米饭。而吕忠华小时候在农村生活，很少吃到大米，早晚都是玉米面粥、煮山芋，中午也是山芋，有时候加上玉米面饼子。麦子收下来，很少磨成细粉，往往把整粒小麦磨了，拿来做饼子，煮粥。粥里面再加上一点磨碎了的黄豆，就成了人人喜欢的杂粮粥。直到现在，吕忠华还是改不了爱喝杂粮粥的习惯。

　　蒋桂英从老年大学回来，用力嗅了嗅家里的气味，说道："不对头哎，你煮杂粮粥啦？"

　　吕忠华赶忙从厨房出来，底气不足地说："是哎，老是吃大米粥，今晚换换胃口。"

　　"换换胃口？总吃一样东西吃腻啦？"

　　"就是。其实杂粮粥很好的啊，喝起来香喷喷的，关键是养生。"

"哦？老吃一种食物会吃腻，跟一个人过久了腻不腻啊？要不要换一换啊？"

蒋桂英说着，把手提袋往沙发上一扔，看也不看吕忠华一眼。

"开什么玩笑！我就是有那个贼心，也没有那个贼胆啊！"

虽然吕忠华不知道，今晚为什么蒋桂英突然说起了这个话题，但是他并没有多想。他以为只是碰巧，因为他换掉了她爱吃的大米粥。跟老伴说了几句话，就回到厨房继续忙去了。

门口一阵锁响，吕丽婷回来了。门一关就朝厨房里喊："爸，饭做好没有啊？我饿了。妈，你就知道吃现成的，帮爸爸忙一下嘛。"

蒋桂英冷冷地瞥了女儿一眼，说道："你就帮你爸说话，看我什么都不顺眼！你不是喜欢你爸吗？跟你爸过去，别跟我在一起！"

"哟，妈今晚怎么啦？"

吕丽婷说着，把小包放进卧室里，出来摘了蝴蝶结，让头发散乱开来，跑到蒋桂英面前，蹲下，向上凝视着她，说道："你今晚神情不大对头，语气不大对头，心情肯定也不对头。什么原因导致的呀？莫不是发烧了吧？"

她伸手摸了摸蒋桂英额头。蒋桂英抬手把她胳膊打开。

"不发烧呀。"吕丽婷说。

"你才发烧呢！"

"不发烧为什么说胡话呀？呵呵，让我跟我爸过，那你上哪去呀？有相好的啦？"

"这话应该问你爸去！"

吕忠华端着菜出来了，笑呵呵地说："有什么问题需要问我啊？"

吕丽婷调皮地眨了眨眼睛说：“我妈说呀，她有个相好的，她想跟他过去，让我跟你过，问你愿不愿意呢。”

吕忠华只当是女儿开玩笑，也就笑着说：“行啊，女儿是爸爸小棉袄，只要小棉袄跟着我，让我冬天不冷，随你妈跟谁去。”

“姓吕的，此话当真？”蒋桂英朝吕忠华一瞪眼睛。

蒋桂英的语气，让吕忠华和吕丽婷都愣住了。

“妈……妈妈，你在外面真……真的有人啦？”

“不是我外面有人，是你爸外面有人了！”

吕丽婷夸张地用手捂住胸口：“哦，吓我一跳！我以为我要没妈了呢！”

“怎么，你爸在外面有人你就不管啦？”

“有人就有人呗！正好，将来我爸老得动不了了，由他那个相好的来照顾她；妈妈你老了，我来照顾你。省得我一个人照顾两个，累死累活的！”

吕忠华不高兴了，对蒋桂英说道：“你瞎说什么呀？谁外面有人啦？”

“对，咱们言归正传，妈，谁说爸外面有人啦？”吕丽婷说。

“外面的人都在说，只有我和你蒙在鼓里呢！”

“外面的人都在说？”吕丽婷装模作样地扳着手指算了一会儿，说道：“外面包括哪些地方呀？如果包括全世界，那就几十亿人；如果只算中国，那就十几亿人；如果只算本县，那就百十万人。妈，这么多人都在说，你怎么调查出来的呀？”

“你……”蒋桂英气得瞪着女儿，举起胳膊。

吕丽婷把头朝前伸了伸说：“妈，打我呀。从小我就知道你不讲理，明明自己说错了话，还把责任推到别人头上。来，我给你一个机会，让你用实际行动证明自己，越老越不讲理！”

蒋桂英把胳膊缩回去，说道："你是要气死我呀！不打你了，吃饭！有人想把我气死，我偏要吃饱喝足。"

"就是嘛，不吃饭，生闲气，不值得！"吕忠华说。

吕忠华已经把菜放好，包子、粥也端到桌子上了。听老伴说要吃饭，就给每个人盛好粥，端到面前。

"告诉你，"蒋桂英对吕忠华说，"这可不是空穴来风。我听人家说，你有个初恋情人，叫什么楚绍红。"

"哦，这个事情我知道！"吕丽婷想起了小严跟她说过，"老爸跟一个老太太有情况"的事情。

"你知道？知道为什么不跟我说？"蒋桂英瞪了女儿一眼。

"继续说，继续说，"吕丽婷催促她。

"哦，我说到哪里了？"蒋桂英想了想，继续说，"对了，她老伴去世了。她本人模样长得还可以，通过孙子跟你联系上了。你们还到板栗园约会！"

"你不要胡说啊，"吕忠华说，"是老科协派我转化季宇航的，又不是我联系的！何况，我也不知道季宇航奶奶就是楚绍红啊。"

"哼！"蒋桂英哼了一声说，"就算你当时不知道吧，责任不在你。现在你知道了，还跟人纠缠什么呀？马上放手吧。"

吕忠华急了，他拿筷子敲了一下碗边，说道："谁跟人纠缠啦？我是奔着转化季宇航去的，总不能因为一些人的胡说八道，就跑到老科协李会长哪里辞职吧？"

"辞职不辞职随你，反正是有她无我，有我无她。留她留我，你看着办吧。"

"妈，你太让爸爸为难了。"

"怎么？你替谁说话？你也让那个什么楚绍红迷住啦？"

"妈——"吕丽婷无奈地说，"我发现呀，你现在就像墙角的老鼠，逮谁咬谁！"

蒋桂英吃了最后一口菜，把筷子往桌面一拍，说道："好，你说得对，我是老鼠，你爸和那个什么红，他们都是猫，想把我咬死呢。"

说完，站起来离开桌子，回到卧室，把门一甩。

吕丽婷朝她妈妈背影看了一眼，耸了耸肩膀，小声说道："爸，考验你智商和耐力的时候又来啦。"

当天晚上，蒋桂英对吕忠华展开冷战。任凭吕忠华进门，装作没事人似的跟她说点闲话，她都一概不理睬。吕忠华心里很烦恼。他安慰自己："算啦，不要生气啦，她就是这么个人，不要跟她计较啦。"可是，无论他把这句话对自己说多少遍，他都不能安慰自己，他仍然生气。没办法，这是他的软肋。

当初，他一心想找个城镇户口的女孩做老婆，以至于过了好几年单身生活，成了大龄青年。最后终于找到了蒋桂英。然而，找到城镇户口的女孩，却要付出失去尊严的代价。结婚以后，蒋桂英依仗自己是城镇户口，一直凌驾于吕忠华之上。无论什么样的家事，最后决定权都在蒋桂英手里。工资上交倒也罢了，拒绝吕忠华的合理开支，则让他受不了。朋友之间交往，别人请客，他要回请，向蒋桂英要钱，蒋桂英不给。吕忠华跟她讲道理："朋友之间交往，哪能白吃白喝呢？"蒋桂英则回答："哪个叫你去吃吃喝喝的？嘴馋啦？过去农村日子那么苦，你不也过来了吗？"吕忠华耐心地说："为人在世，谁都有几个知心朋友。知心朋友在一起，不为了吃吃喝喝。"蒋桂英则讥笑说："什么知心朋友？我看是狐朋狗友。"直到吕忠华跟她吵了架，她才不情愿地掏出点钱给他。而逢年过节，蒋桂英也不想回老家看望公婆；勉强去了还不给买礼物，也是在吕忠华跟她拍桌子、打板凳之后，她才耷拉着眼皮跟吕忠华去乡下。

20世纪90年代末，国营厂子纷纷倒闭，城镇户口不再分配工作，城镇户口的光环才渐渐消失。此时，蒋桂英的厂子也倒闭了，好多人成了下岗工人。幸亏吕忠华有眼光，早几年说服了蒋桂英，把她调到事业单位当工人，才使她免去了下岗的命运。本来她应该感谢丈夫，可是，多年养成的"城里人"习气却不变，蒋桂英在家里依旧颐指气使，说话还是爱用祈使句、反问句。可是吕忠华跟她吵架却越来越少。吕忠华已经习惯了她的说话方式，随着年龄增长，脾气也好多了；面对妻子的傲慢无礼，他更多采用沉默的方式来应对。

但是这一次不行，如果一直沉默的话，蒋桂英会认为自己真的跟楚绍红旧情复燃了。他必须自证清白。要想她能听下去、听进去，他必须压下火气，装出笑脸来。

"桂英，"他在老伴身边坐下来。蒋桂英赶忙把身体往另一侧动了动，表示跟他划清界限。吕忠华没有把身子往跟前凑，而是接着刚才的思路往下说。"其实你是想多了。楚绍红虽然跟我谈过，可她其实是我的仇人。"

吕忠华这样说，引起了蒋桂英的注意。她稍稍转过脸来，看了吕忠华一眼，眼皮立马又垂下了。

"什么意思？"

"你听说过这样一个寓言故事吗？说是清澈的河里有一条鱼，每天生活得自由自在。有一天，这条鱼正在水面捕食，一只老鹰从天上飞过，对它说，你想从高空俯瞰大地吗？那可是太美啦。鱼说，想啊，可是我怎么样才能到高空呢？老鹰说，那好办，我飞得低一些，你跳一跳，咬住我的爪子，我飞起来，你就能俯瞰大地了。鱼一听很高兴，就跟着老鹰上了天空。此时，一个猎人拿着弓箭对准老鹰，老鹰看见了大吃一惊，赶忙抖了抖爪子，把鱼抖落了，自己飞得无影无踪。鱼呢？落到一片臭水坑里，从此过着臭烘烘的生活。你认为，鱼应该感谢那只老鹰吗？"

蒋桂英看了吕忠华一眼，又转过脸去。虽然没有说话，但是眼神明显地告诉吕忠华："当然不应该感谢！我又不是傻瓜，难道连这么简单的事情都分不清是非吗？"

"寓言是现实的反映。现实生活中，我就是那条鱼，楚绍红就是那只老鹰。你说，她不是我的仇人是什么？"

吕忠华停了停又说："不仅楚绍红本人，就是她的父母亲也是我仇人。想当年，我本来可以入党、推荐上大学，但是他父母亲硬生生地把我卡住了。1983年县里干部大调整，超龄的、没有学历的老干部下，年轻的、有学历的、在党的上。如果我当年入了党，1983年一下子就能提副科级，恐怕到现在绝不止正科级，早升到县处级了！你说，她父母亲不是我仇人吗？我现在还能跟她怎样呢？"

蒋桂英出了口长气。看来心里的疙瘩解开了。

"我相信你的话，"她终于开口了，"但是，你必须拿出行动来，证明你的话不是假话。"

"你说我该怎么做？"

"很简单，从此跟姓楚的一刀两断！不要再管她孙子的事情！"

吕忠华又急了："你能不能不把两件事情扯到一起呢？转化季宇航的事情，是老科协交给我的任务！我不能不完成！"

"那就各走各道！"

蒋桂英甩出这句话，从床上下了地，噔噔地走出卧室，留下吕忠华一个人待在原地。

第二十八章　会见厅里遭误解

经过慎重思考，吕忠华最终选择这样一条路：老科协交代的事情必须做，老伴那边谨慎应付。

吕忠华考虑带孩子们去参观看守所。他跟看守所熟识的连所长联系，连所长说："好啊，正好后天是看守所开放日，我们邀请报社记者、人大代表、政协委员，还有部分社会人士来参观，你就带孩子们来吧。"

吕忠华分别给季宇航、杜伊雪、韩俊凯家长打电话，得到了他们的支持。田文菊自告奋勇，开上自家的车子，带大家一起前往。吕忠华特意叮嘱了一句："带上身份证啊。没办身份证的要带户口簿。"

开放日九点开始，吕忠华和大家约好，八点二十在华富小区门口集合。华富小区离吕忠华他们住的运河小区将近一公里。本来，他和三个孩子都是运河小区的，吕忠华应该选在自己小区门口，但是考虑到有可能碰到蒋桂英，就改了地点。

吕忠华提前五分钟到；八点二十杜伊雪来了；田文菊开着车子来了。可是季宇航没来。田文菊抱怨说："怎么回事啊？吕局长打电话问问看？"吕忠华说："过五分钟再打吧。也许他们正在路上走着呢。"

八点二十五分，季宇航还没来。吕忠华正要打电话，却听到手机铃响了，是楚绍红打来的："吕局长啊，你等等我们啊！我不知道季宇航今天怎么的，磨磨蹭蹭。我们走出小区大门了，再过几分钟就到了。"

　　吕局长接了电话，跟田文菊说："快到了。"

　　利用这个机会，吕忠华跟杜伊雪、田文菊、韩俊凯聊了起来。

　　田文菊根据吕忠华那天讲的四点建议，一一说开了。她说，已经带孩子到县医院做了一次检查，医生说孩子没问题，目前已经给他停药了。

　　"停药还不算，"田文菊笑着说，"我婆婆把没吃完的药都拿了出来，连同说明书、包装盒、装药的塑料袋，一股脑儿全都放在垃圾袋里，自己拎了下去，扔进楼下垃圾桶。还把其他一些扔在垃圾桶旁边的垃圾拎起来，往那些药上砸下去，一边砸还一边说：'就是你害了我孙子！就是你害了我孙子！'哈哈哈，当时我笑死了！"

　　笑着笑着，田文菊却抹起了眼泪。

　　"我婆婆说，都亏你吕局长。"田文菊说。

　　"亏我什么呀？应该的。无人机培训参加了吗？"

　　"参加了，"田文菊笑着说，把韩俊凯往前推了推，"俊凯，给你吕爷爷说说。"

　　韩俊凯望了吕忠华一眼，脸却红起来，不知道说什么。

　　"没关系，大胆说，"吕忠华鼓励道，"老师教你遥控无人机吗？"

　　"教啊。我们的老师才厉害呢。我飞无人机老会撞，老师飞无人机哪里都不撞，从人胳肢窝都能飞过去。"

"是吗？那太厉害了。你要认真学习，争取把老师的本领都给学过来！"

"我学习可认真呢。老师说我比他们学了一个月的都飞得好。"

田文菊继续说，她再也没有拿韩俊凯跟别的孩子比过。发现孩子做得好的地方，就表扬他。做错了作业也不批评他，只是要求他检查一下哪里错了，想不起来就记下来问老师。

"照你这样做下去，我相信，韩俊凯一定会变得优秀起来。"吕忠华高兴地说。

正在说着，楚绍红骑着电瓶车来了，后面坐着季宇航。车子停了，季宇航不动。楚绍红催促说："下来呀。"季宇航才慢吞吞地把左腿着地，右腿抬起来从后面绕了半个圈，站到了地上。

"就是不想来，"楚绍红抱怨地说，"催半天才来！"

"我为什么要来啊？"季宇航梗着脖子说。

杜伊雪说："看看犯人们都在干什么呀！"

"我想看看犯人们吃什么。"韩俊凯说。

"想看他们干什么、吃什么？你们有毛病啊？是不是也想当犯人啊？"季宇航瞪着他们说。

吕忠华说："首先更正一下啊，看守所里关着的人，统一叫作在押人员，因为他们没有经过法院审判，不能叫作犯人。看守所对我们来说，是一个神秘的地方，我们去看一看，开开眼界嘛。另外对我们起到一种警示作用，告诫我们要遵纪守法。"

"不跟他啰唆了，你们走吧，时间不早了。"楚绍红说。

田文菊说："季宇航奶奶，你去不去呀？我车子能坐下。"

"不用啦，季宇航奶奶还有事情，我们几个去就行了。"吕忠华想起昨天跟老伴吵架的事情，赶忙制止了。他知道，以后跟楚绍红接触得越少越好。

"车子有地方吗？我没有事呢，也跟你们去看看吧。"楚绍红说。

吕忠华暗暗叫苦，可是没有理由来阻拦她，也就不再吭声。片刻，他忽然想起一件事情，就问楚绍红："你带身份证了吗？"

"带了呢。"

吕忠华怀疑她早就做了准备。田文菊的车子坐不下的话，恐怕她也会骑上电瓶车去的。这么一想，吕忠华浑身不自在，可是也没有办法喽，只好默认了。

"行，我们走吧。"田文菊说。

楚绍红找个地方停好电瓶车，田文菊招呼大家坐进车里，她驾着开往看守所。一般而言，母亲开车，韩俊凯作为儿子，而且满了12岁，应该坐在母亲身边；况且，吕忠华一直喜欢坐后面。但是这一次，坐后面就跟楚绍红坐一块儿了，所以吕忠华就坐进了副驾驶的位子。小县城的规矩，副驾驶是给老人、客人、领导坐的，吕忠华坐副驾驶位子，田文菊也很欢迎。楚绍红则带着三个孩子在后两排。

一会儿到了看守所大门口的广场上。大家下车，来到门卫室。保安员要求大家出示身份证，根据身份证在表格上核实姓名。保安员拿着他们的身份证，在表格上找了一会，说："没有你们的名字呀。"

吕忠华说："昨天我跟你们连所长联系过的。麻烦你给他打个电话。"

保安员拨通电话，一会儿放下电话，说道："连所长说是公益活动，同意你们进去。你们身份证放在这里，每人领一个通行证。"

拿到通行证以后，他们出了门卫室往里走，按照指示牌的箭头到了会见厅。会见厅很大，大约 200 平方左右，摆放着空调、饮水机、十人位带皮垫的排椅。进门处是身份核验区，顶头有男女卫生间。南、西两面墙上还设了 12 间视频会见室。已经到了不少人，有些是吕忠华熟识的，吕忠华就和他们打招呼。其中一个人叫老高，年龄和吕忠华差不多，工作当中两个人曾经有过合作。他大大咧咧地走过来跟吕忠华握手。看见他周围站着的五个人，老高不由得睁大了眼睛。

"哇，你们一家人都来呀？这是你夫人？这是你儿媳妇？三个孙子、孙女啊？好家伙，二胎政策放开才几年，你们家三胎早就有啦！恭喜恭喜！"

三个孩子直愣愣地望着这位爷爷，觉得好奇怪，他怎么会说这些话。楚绍红红了脸，却不吭声；田文菊也不好意思，却也不好开口解释。

吕忠华脸也红了。他伸出胳膊，用半握着的拳头捣了老高一下："胡吣些什么呀！我在老科协，负责配合学校和家庭教育小孩子。这两位女士是学生家长。"

老高哈哈大笑，让半个会见厅的人都朝这边看。

"得罪得罪啊！"他拱手转了半个圈，给大家作揖，"不过呢，你们要是从街上这么一走，保证谁看到都说你们是一家人！哈哈哈哈！"

季宇航扯了扯楚绍红衣角："这个人什么意思？是不是说他是我爷爷？"

楚绍红转过脸，低声呵斥道："别胡说！"

"哼！"季宇航哼了一声，没再说什么。

第二十九章 宇航俊凯被捉弄

季宇航、杜伊雪、韩俊凯，三个孩子住在同一个小区，又是同一个年级，在学校里经常碰面，在小区也是低头不见抬头见。茶余饭后，下楼闲逛，不知不觉就走到一起。

参观看守所之后，有一天上午，三个人都去上培训班。他们起先上的都是学科培训班，后来季宇航增加了篮球培训班，韩俊凯增加了无人机培训班。以往培训班 11 点放学，但各自回到小区有先后。今天巧得很，韩俊凯背着无人机，季宇航背着篮球，杜伊雪背着书包，三个孩子在小区门口相遇了。

"哟，球王放学啦！"杜伊雪笑着对季宇航说。

"什么球王？练了几天球就是球王啦？"韩俊凯不屑地说。

季宇航不说话，朝着韩俊凯走过去，抱住他，右腿插到他双腿后面，上身用力往前压，韩俊凯就朝后倒去。

"我不是球王，我是尅人王！"

杜伊雪从后面抓住季宇航背包带，使劲往后拉扯。同时用膝盖往季宇航屁股上面顶了一下。

季宇航直起腰来，放开韩俊凯，恼怒地说："你干什么呀？"

"你说干什么啊？好好的就动手！你能动手我就能动腿！"

"我尅他碍你什么事？"

"你说碍我什么事？打伤他你要进看守所的！到时候我们还要去看望你！那天参观你忘记啦？"

"嘁！那天参观我就不想去的！"季宇航鄙夷地说。

"为什么不想去？"杜伊雪问。

"我不喜欢那个姓吕的。我爸跟我说，他想勾引我奶奶，让我奶奶做他老婆。我奶奶要是做他老婆，将来谁跟我爷爷埋在一起啊？所以我不喜欢他。"

"你胡说！"韩俊凯说，"人家吕爷爷有老婆！我还见过呢！比你奶奶长得好看！"

"你懂个屁！人家说男人都喜新厌旧。虽然他老婆长得好看，可是天天看、天天看，也就不好看了。"

"那你也喜新厌旧啦？"杜伊雪盯着季宇航，生气地说。

"不不不，"季宇航慌忙说道，"也有男人不是喜新厌旧的，比如我就是。你看，我们三个人都认识好几年了，我没有讨厌韩俊凯，也没有讨厌杜伊雪，对吧？"

"哼，"韩俊凯说，"那是因为我是男的，不是你老婆；杜伊雪是女的，可她也不是你老婆。你要是娶了老婆呀，肯定喜新厌旧。"

"你屁股又痒痒了不是？"季宇航上前一步，抓住韩俊凯 T 恤衫前胸。

"住手啊你！"杜伊雪一巴掌打在季宇航胳膊上，把他打松了手，"刚参观过你就忘记啦？打输住院，打赢坐牢！你想住院还是想坐牢啊？"

季宇航拧着脖子看韩俊凯。

"他说我喜新厌旧！"

"说你喜新厌旧怎么啦？你要是真喜新厌旧，不仅韩俊凯会说你，其他人也会说你；人家不仅会说你，还会骂你！你要是不喜新厌旧，别人不会瞎说，瞎说也是白说，是不是？可是，不管人家说你还是骂你，你都不能动手！"

"怎么，我就让他白说，让他白骂呀？"

"他要是瞎说，你就打110，你就到法院告他！那天参观，那位民警叔叔不是说啦，无论哪个人做错事，犯了罪，作为一个普通人都不能擅自处理，必须要报告警察，报告法院，让警察、法院来处理他。"

"就是的！"韩俊凯在旁边说。

季宇航又把拳头举起来。不过他这回没有动手，只是瞪了韩俊凯一眼，向他示威。

"你看你，又想动手了。我跟你说呀，你要是不改，迟早有一天要进看守所！"杜伊雪说。

"进看守所怎么啦？剃个光头，穿着号服，威武！"季宇航说着，又开两腿，撑开两只胳膊，像鸭子似的走了几步。

"你真的想进去吗？帮我办一件事情你就能进去了！"

"什么事啊？"季宇航问。上次替她制造了"定时炸弹"，被派出所叫去训话，他并没有放在心上。"不就是训话吗！"他心里说。至于看守所，他嘴上说得很硬，进去了威武，实际上是撑面子，他并不想进看守所——没有好吃的，没有好穿的，没有手机，想见的人见不上，不想见的人天天在一起。更重要的是没有自由，不能到处玩。

"你们跟我走。"

杜伊雪说完，拔腿就走。季宇航、韩俊凯却犹豫着，你看我，我看你。杜伊雪走了几步停下来，笑了。

"季宇航，你吹什么牛？还说自己是尅人王呢，现在变成狗熊了？季狗熊！"

"你才是狗熊！"季宇航说着，朝韩俊凯一招手，"走，看看她有什么事情。"

韩俊凯犹豫着。

"我妈叫我准时回家，不要在路上玩。"

季宇航把他胳膊一扯："怕什么？我们不是玩，是去帮杜伊雪做事情！是吧？"

"对，是给我帮忙呢。"

韩俊凯被季宇航扯着胳膊，就跟着杜伊雪走。杜伊雪在前面走得飞快，书包在背后一颠一颠的。走了几分钟，没走到。季宇航紧走几步，跟杜伊雪并排，问道："还没到啊？"

"别急，马上到了。"

又走了十几分钟，他们来到一家早餐店门口。杜伊雪停下来，指着路对面一家超市说："看到了吗？那家'人人超市'。等一会儿，有一个人从里面出来，你们就上去揍他。那个人中等个头，腿短，浑身肉。"

"好好的，揍人家干吗？"韩俊凯说。

"那个人是我爸，我以前不知道被他揍了多少回，我也要他尝尝被人揍的滋味！"

"揍大人呀？"季宇航摸了摸后脑勺。

"怎么，害怕了？你不是爱揍人吗？大人也是人，不是吗？"杜伊雪拿话激他，"没关系，你揍了他，我给你写一封情书！"

"去你的，我才不干呢！上次给你造炸弹，你给我写了一封情书，是从网上抄的，最后署名'潘金莲'，被我爸爸发现了，揍我一顿。"

"这次我给你写真的。"

"写真的我也不干。我被你爸打伤了，不得去住院吗？开刀，上钢板，还不把我疼死！要是把我打残了，我就成了瘸子，一辈子打不了篮球了！"

"或者上钢板疼，或者成瘸子，那才好啊！"

"好什么好？我残废了你说好？你的心真是坏透了。杜伊雪，没想到你这样坏！"

"我知道，"韩俊凯说，"杜伊雪说好，是对她来说好。她爸把你打残了，自己就要去看守所当在押人员，将来再送到监狱里劳动改造，她就报仇啦！是不是，杜伊雪？"

"韩俊凯说得对，我就是这样想的。怎么样季宇航？干不干！"

"喊，我不想做个残疾人！"季宇航把地上的一个石子踢了一下。

"没关系，你残废以后，我嫁给你做老婆，一辈子服侍你，好不好？"杜伊雪看着季宇航，很诚恳的样子。

"不干不干，"季宇航连连摇手，"我残废以后腿就瘸了，你跑了我也追不上你。不干不干。"

"那你换一个人吧，"杜伊雪说，"你把他打残了，我一样嫁给你做老婆，行不行？"

"打谁呀？"

杜伊雪指了指韩俊凯。

"他。韩俊凯这么矮小，打不过你。你把他腿打瘸了。现在就打，我在旁边给你助威。"

季宇航瞅着韩俊凯，又挠起了后脑勺。

"叫我打韩俊凯？把他打残了你就嫁给我做老婆？我怎么觉得有点不对劲呢？"

"有什么不对劲啊？今天你要是不把韩俊凯打残了，我就嫁给他做老婆了！韩俊凯家有钱，我可喜欢了！"

季宇航一直盯着韩俊凯看，思考着；眼睛里的光线让人捉摸不透。韩俊凯感到害怕。他往后退去。

"季宇航，你可不能打我啊！看守所民警说的话：打赢坐牢，打输住院。你忘记了吗？"

季宇航一拍巴掌，"哦"了一声。

"我明白了，杜伊雪，你这个坏蛋！你耍我呀！"

他捏起拳头，把胳膊往后缩，做出要打杜伊雪的样子。杜伊雪往韩俊凯后面一躲，说道："谁耍你啦？你要打就打，不打就拉倒！"

季宇航冲上去，朝韩俊凯身体两边连连出拳；杜伊雪则在韩俊凯身后，朝两边躲来躲去。

过一会儿，杜伊雪累了，停下来。季宇航冲上去，抓住她胳膊，把她后面的"马尾巴"扯了一下，脸上装出凶狠的样子，其实手下并没有用力。

杜伊雪装作很疼的样子，连连叫唤："哎哟哎哟。"

季宇航松开手，指点着杜伊雪："我满 14 周岁了。把韩俊凯打残，我就该到看守所做在押人员，然后去监狱当劳改犯了，哪里还能娶你做老婆？哼哼，你想让我上当啊？没门！"

杜伊雪突然哈哈大笑起来，一直笑，笑个没完没了，笑得蹲在了地上。

韩俊凯朝季宇航看了一眼，说道："我们都上当了。杜伊雪是捉弄我们的。"

"杜伊雪，你是不是捉弄我们啊？"季宇航上前去，扯了扯杜伊雪后面的"马尾巴"说。

杜伊雪笑声停了。她抹了抹笑出来的眼泪。

"真的不是捉弄你们啊。我就是想看看，你们参观过看守所有没有收获，就想了个主意，带你们过来打我爸……其实，我知道你们肯定不会打的……"

"你还是捉弄我们啊!"两个人异口同声地说。

杜伊雪拔腿就跑，两个人在背后追逐起来。他们身后，洒下一路笑声。

第三十章　笔端写出真心话

那天，吕忠华把两只本子放进装芒果的袋子里，给了季宇航；又将一把钥匙也交到他手中。吕忠华之所以想出这种方法，是因为他觉得利用这种方式能更好地交流沟通。当面说话，往往考虑不周，脱口而出，一不小心就让别人误解；而拿起笔来，写下所思所想，经过深思熟虑，效果就不一样。还有，面对面交流时，有些话往往说不出口；而用纸和笔来交流，就不存在这个顾虑。

给了季宇航钥匙和本子，吕忠华用另外的本子给季宇航写留言，写完以后放进投递箱里。

第一次留言，吕忠华是这样写的：

宇航：你好！不用纸笔跟人交流，大概有十几年了吧。我今年六十多岁了，你才十几岁，属于隔代交流，对我来说，是很新鲜的事情；对你而言，恐怕这样的机会以前也没有过，是吧？所以，这样的交流对于我们很有意义，也会很有意思。初次给你留言，没有什么别的话，就是希望你我之间，都能畅所欲言。你有什么问题，有什么想法，有什么不满，有什么要求，都可以跟我说，好吗？吕忠华

写完以后，吕忠华把本子放进了投递箱。隔了一天，吕忠华

打开投递箱，取出本子，发现里面除了自己写的字，其他地方空空的。看来季宇航根本没有取回。吕忠华拨打了方小玲的电话，让她跟季宇航说一下，赶快把本子拿回去，写回复。方小玲答应了。

第四天，吕中华打开投递箱，本子在里面。他以为季宇航还没有拿走，急忙拿出来翻开。一看里面有字，他连投递箱都没有关，就戴上老花镜读起来。

字看清了，不像初中生的字。他的心里陡然一沉。

忠华：看到你的字，我非常高兴。很多年没有看到你的字了，但是你的字一直留在我的记忆里，留在我的心里。那时候，你的字很漂亮，在全校都是出名的。如今，你的字还是那样漂亮。就好像没想到能看到你的字，我也没想到还能看见你这个人。几十年来，虽然我们同在一个县城生活，有时候甚至近在咫尺，但是我们从来没有机会见过面。你还在职的时候，有时候会在电视上看见你，我总是目不转睛地看着你，可惜镜头很快就转换过去了。那时候，我没想过要去找你，甚至从来都没有想过我们还能再见面。多少年前对你做下的那件错事，让我的心里一直压了一块石头，我哪有脸面去见你呢？可是，因为孙子教育转化的事情，我们竟然又见面了，这真是天意啊！那天，我一打开门，看见是你，我简直不敢相信自己的眼睛，一瞬间就呆住了。要不是跟在你后面的那个女老师，我不知道自己过多长时间才能够回到现实里来……

忽然，耳边有人打招呼："吕局长，没事啊？"

"哦哦，没事没事。"吕忠华好像做了亏心事似的，慌忙回答；同时朝跟他说话的人点点头。他忘了把老花镜摘下，没看清说话人面孔，人家就走过去了。吕忠华意识到自己失态，趁机合上本子，给投递箱上了锁，带着本子离开了。

吕忠华的心里，五味杂陈。上次老伴听说楚绍红是他初恋，不久前他跟楚绍红见了面，很不高兴；后来虽然不再说什么，两个人之间矛盾不再升级，那是因为她没有得到新的情报。如果今天这个事情传到她耳朵里，那还得了！那就不是吕忠华跟不良少年通信的事情了，而是两个老情人旧情复燃了！

吕忠华把楚绍红写字的那一页撕下来，撕成了碎片，扔进了垃圾桶。吕忠华责怪起方小玲来。怎么能让她婆婆去取呢？他拿起手机给她打电话。

"小方吗？对，我是吕忠华。是这样啊，你让季宇航来取本子，他不来取的话你来取。取回去以后交给季宇航，你让他当着你的面写。不管他写什么，你都不要干涉。"

方小玲答应了。吕忠华没有提楚绍红写信的事情；他不想这件事情让太多的人知道。也许方小玲知道，但是吕忠华故意不提，以免彼此都尴尬。

吕忠华换了一个本子，把第一封信抄了上去，放进投递箱。过了两天，吕忠华果真收到了季宇航的回信，很简单：

吕爷爷：你好。收到你的留言，我很高兴。你对我无微不至的关照，使我非常感动。我一定好好学习，天天向上，做一个好孩子。季宇航

空了几行之后，又有几行字，吕忠华读下去：

上面的字，是妈妈当着我的面叫我写的。现在你看到的字，是我把本子送到投递箱的时候，抽时间写的。我不喜欢你，不想跟你通信。我现在的生活过得很好，你管我什么呢？你有时间的话，多吃点，多喝点，锻炼锻炼身体吧。

吕忠华看到这些字，苦笑了一下。说也奇怪，读了季宇航写

的这些内容以后，吕忠华不仅没有讨厌他，反而对他产生了浓厚的兴趣，觉得他是个可造之才。有什么理由吗？没有，直觉而已。他由此坚定了信心：跟季宇航的通信，必须坚持下去！

于是，吕忠华又写道：

宇航：你的两个回复我都收到了。你以为我读了你后一个回复一定很生气，其实你猜错了。恰恰相反，我觉得你第一个回复有点虚假，当然你也说了，是当着你妈妈的面写的；而后一个回复才是真实的。毫不夸张地说，看了第二个回复我很感动。

感动之一：你很自信。你说自己生活过得很好，我就放心了。老科协之所以派我跟你接触，就是因为你以前过得不好；现在你觉得很好，我真是由衷地高兴。

感动之二：你自己不想写回复，可是妈妈叫你写你就写了，这表明你是爸爸妈妈的孝顺儿子。

感动之三，你很关心我，让我多吃、多喝、锻炼身体。我应该感谢你！宇航，以后我们用两个本子，一个本子当你妈妈面写，写让你妈妈高兴的话，我回复，不妨叫它"公本"；另一个本子写你不高兴的话，我也会回复，姑且叫它"私本"。为了不让你妈妈发现，你可以自己下来拿本子。我打电话跟你妈妈说。
吕忠华

为此，吕忠华又给方小玲打电话，告诉她一定让季宇航自己下来拿本子。

很快，季宇航有了回复。

看了你的信，我觉得好奇怪。真是老年人啊，看问题就跟我们不一样，跟老师、跟爸爸妈妈都不一样。从我记事起，我就没有一样优点，全是缺点；我只写了一封信，你就说我有三条优点，什么自信，孝顺，关心人，让你感动。其实，那些都是假的。我生活得不好，天天要做作业，烦死了；妈妈叫我写，我也不想写，不得已才写；关心你也不是真的，我是讽刺你的。哈哈哈。

吕忠华看了回复，心里说，这个小兔崽子，诚心气我呀。哼哼，你想气我，让我放手，我偏不放手，看你能把我怎么样！于是提笔写道：

宇航：你说，你身上全是缺点，那是不对的。就好比你现在看我，也没有优点，都是缺点。公正地说，你身上有很多优点，我也有很多优点；只是他们没有看到你的优点，你也没有看到我的优点，是不是？

那我就给你找找你的优点。

优点一：你说天天做作业烦死了；关心我是假的，其实是讽刺我；这表明你是个很直爽的人，不要小心眼，容易跟人家相处。

优点二：你妈妈让你写信，你不得已写了，说明你还是听妈妈话的呀，是孝顺儿子呀。就好比一个孝子，服侍生病的老父亲，给他擦屎擦尿。他是不是喜欢闻屎尿的味道呀？不是；可是他克制自己，仍然每天坚持服侍老父亲，我们能说他不孝顺吗？

优点三：你不喜欢我，讽刺我；讽刺是一种修辞手法，而你善于运用，说明你很会说话呀，语文水平很好啊。

嗯，说了你的三条优点，我再给你解决一个问题吧。

你说天天做作业烦死了，这可危险啊。你现在才初二，今后还要念初三、高中、大学，这八年时间都要做作业的。如果把做作业当作烦人的事情，还要烦八年啊，你受得了吗？如果这个问题不解决，一直害怕做作业，恐怕你连高中都念不下去，更别说上大学了。那样的话，你祖母的希望就要落空了，爸爸妈妈的心血就要白费了，自己将来又如何在社会上立足呢？

我要帮你解决的问题，就是：如何让自己喜欢做作业？

你愿意我帮你解决这个问题吗？如果愿意的话，你在下次回复的时候告诉我；或者让你妈妈打电话给我，我们约个时间见面。

吕忠华把本子放进投递箱，当天下午就接到季宇航电话，说他写了回复，让他打开箱子看。吕忠华很意外，也很高兴，马上回家，打开箱子，取出本子读季宇航回复。

我愿意跟你见面说话。可是，有两件事我一直放心不下，那就是：那天因为一只死猫，你为什么对我那么凶？我现在想起来还怕，你能告诉我为什么吗？还有，你是不是表面上为了帮我，实际上是找我奶奶啊？

吕忠华想，这是季宇航心里的最后两块疙瘩了。如果能解开的话，季宇航就能平稳地发展了。他提笔写道：

宇航：谢谢你这么快就回复了。你提了两个问题，我先回答第一个问题。

你问我那天为什么那么凶，这要从我退休说起。我退休了，整天没有什么事情，发现流浪猫很可爱，就去喂养。彼此有了感情，觉得它们就是我的亲人。你把它搞死了，我觉得就像把我的亲人搞死了，所以才对你那么凶。后来想想，我当时的做法是错误的。无论猫的生命如何尊贵，都不如人的生命尊贵；再说，你毕竟是个孩子，还不理解动物的生命也是命的道理。因此，我不应该对你发那么大的火。那天第一次到你家，我向你道歉了，你还记得吗？

第二个问题。我找你，是县老科协安排的，不是我自己做出的决定。去找你之前，我并不知道你的奶奶是我的熟人。你奶奶认识我，多说几句话是正常的事情。我自己有老伴，她也退休了，我和她感情很好，我不会对你奶奶做什么的，你放心好了。

跟你几次文字交往，我很愉快。你还有什么话想说的，都可以说。

吕忠华写完，又放进了投递箱。当天晚上，他就接到了季宇航电话。两个人终于单独见了面。

第三十一章　俊凯决胜无人机

田文菊带着韩俊凯，在吕忠华带领下参加了看守所开放日活动，心里产生很大震撼。在此之前，她从来没有关注过看守所，也没听说过看守所的事情。参观以后，才知道在这个小小的县城，有那么一群人在高墙电网里过着那样一种生活。他们没有自由，一天二十四小时待在那个狭小的空间里；他们没有私密，从早到晚身边都有几十双眼睛盯着，头顶还有摄像头监控着每一个角落；他们睡觉的地方只是一条狭窄的线条，彼此的身体像砖块一样砌在一起……

参观过程中，她竟然感到有点儿莫名其妙的惧怕，有两次甚至微微发抖——那是她转脸看见儿子，想到他朝吕局长家门上扔菜刀、把人家小孩塞进垃圾车的时候。她不停地跟儿子说："你看他们一个星期吃的是什么？馒头，米饭，猪肉，鸡蛋，鱼，蔬菜。你喜欢吃的东西这里都没有。你将来想到这里住吗？"

韩俊凯摇摇头："我才不呢。"

"你才不？那你拿菜刀砸吕爷爷家门干什么？把人家小孩丢垃圾车里干什么？要是你年纪大几岁，人家早把你抓进来待着了！以后千万不能犯糊涂了！听到没有？"

"听到了！"

回到家里，田文菊又跟母亲谈了感想，母女俩少不得又对韩俊凯进行一番教育。

　　杨老太说："要想小孩少犯错，不犯罪，还是想想吕局长给我们指点的路子。他说过的那几条，你做得怎么样？"

　　田文菊说："我觉得做得不错啦。我再没有拿别人的小孩跟俊凯比过。我总是在心里对自己说，我们家俊凯最好！我们家俊凯最好！凡是俊凯尽力做的事情，我都表扬；凡是他没做好的事情，我都说：'怎么回事啊？为什么没做好啊？'帮他找找原因。"

　　韩俊凯正在摆弄他的无人机，听到外婆和母亲谈论他，一边摆弄，一边说："外婆，我妈最近确实变了，她不再凶我了。要是以前啊，我随便摆弄什么东西，她都'汪'地朝我叫一声：'做作业去！'"

　　田文菊觉得话有点刺耳，说道："你这孩子，怎么说话呀？我朝你'汪'地叫一声，难不成我是狗啊？"

　　韩俊凯嘻嘻笑着说："我听着刺耳嘛，你知道我怕狗，凡是让我害怕的声音，我听着都像小狗叫：'汪！汪！'"

　　杨老太哈哈大笑起来。夸道："这孩子，自从玩上了无人机，变得爱说话了。"

　　"我以前无论做什么，妈妈都说我不好，我就什么都不敢做了，连话也不敢说了。现在我做什么妈妈都说好；不好的话就告诉我为什么不好，叫我改。我就敢说话了，敢做事了。"

　　"不对吧？你说以前不敢做事，为什么敢拿菜刀砸吕爷爷家门，敢把人家小孩扔进垃圾车呀？"杨老太说。

　　"拿刀砸吕爷爷家门，是季宇航叫我去的。我不去他会揍我。把小孩放进垃圾车，就是想气妈妈。看见妈妈被警察叔叔训话，我可开心了。"

"你这个小东西，这么恨你妈妈啊！我打你！扫把呢？"田文菊故意装出凶相，咬着牙说。还有意地东张西望找扫把。

这要在以前，韩俊凯就怕了；而今，他知道母亲是逗他玩，也就跟他妈妈开玩笑，向外婆告状："外婆，你看你闺女多凶！"

杨老太笑呵呵地说："好，我打她！"

田文菊手机响了。她拿起手机，说了几句，对杨老太说："妈，徐紫莹马上来玩。"

"徐紫莹？不是你好朋友吗？"

"是啊，带着她儿子苏正豪来的。"

田文菊说着，走进自己的卧室。她要调整一下自己的情绪。来的这对母子，母亲是她闺蜜，儿子跟韩俊凯同年级。此前，田文菊多次带着韩俊凯到徐紫莹家，目的只有一个：夸苏正豪，贬低自己儿子韩俊凯。她想通过这种方式，让自己的儿子振作起来，优秀起来。可是，事与愿违，儿子竟然越来越不堪，真让她伤透了心。后来，吕叔叔给她讲了"皮格马利翁效应"，她才知道人是要赏识的，是要夸奖的，尤其是小孩子。自从按照吕叔叔的方法做了以后，她看见韩俊凯有了明显的变化，那就是有了兴趣爱好，性格变得开朗了。但是，学习方面进步还是不大，每次问起成绩来，培训班老师总是摇头。不过吕叔叔也说过，提高成绩的事情是急不得的。今天，徐紫莹母子来了，可不能再像以前一样，专门拿儿子的短处跟人家长处比了。

改变不容易，需要勇气。田文菊对着镜子，给自己打气："我的儿子很可爱，我的儿子很优秀！"她捏起拳头，在自己胸前挥了挥。可是发现自己没有手劲，拳头攥不紧。她叹了口气，赶紧理了一下自己头发，把衣襟往下抻了抻，想使它更挺括一点。可是，奇怪，小腹处竟然有一处褶皱，抻开了又折起，抻开了又折起，非常倔强。她恼火得很，想脱下来另外换一件。可是来不及了，门外响起了敲门声。"算了算了！"她懊恼地对自己说，不再想衣服的事，赶忙跑出去开门。

田文菊打开门，一对母子走进门来。女的四十左右，穿一件黑底连衣裙，鸡心领，短袖；领口、袖口各有一朵红花搭配；裙子下摆，四周有数朵红花，衬托起上端的大片黑色。儿子跟韩俊凯差不多大，上身穿一件粉红 T 恤衫；前胸上、下，各有一行潦草的英文字母，中间一个长发卡通女孩，眼睛像鸡蛋，嘴巴是短短的"一"字，中间向下部突出，像被谁给掰弯了似的。

田文菊领这对母子进屋坐下，杨老太给他们端上饮料和水果。韩俊凯却迅速消失，客厅不见了他的影子。他把自己关在了卧室里，无人机也不摆弄了，怕弄出响声。他想就这样静悄悄地待着，一直到这对母子离开。他不敢见他们，尤其是徐阿姨的儿子苏正豪；他太优秀了。每次他们一来，都是自己的灾难。母亲总是历数苏正豪的好处，自己儿子不争气的表现，一一对比，最后长叹一声："唉，我们家韩俊凯要是没有病……"

前不久韩俊凯停了药，他亲耳听医生说他没有病，这让他非常欣慰。可是，自己各方面那么差，还是躲一躲好；不然，又搞得自己心情不愉快。

可是不一会儿，田文菊在客厅里叫他了。叫一声，韩俊凯不应；接连叫了第二声、第三声，韩俊凯才懒洋洋地答应一声，慢吞吞地开了卧室门，走进客厅，低着头，不吭声。

徐紫莹弓着腰在沙发上坐着。看见韩俊凯进来，一下子直起腰来，碰了碰她身边的苏正豪。

"韩俊凯来了。"

"俊凯，喊徐阿姨呀。"杨老太说。

韩俊凯抬头看了两位客人一眼："徐阿姨好。"

"俊凯好。来，到正豪身边坐下。"

韩俊凯不过去，走到外婆旁边，在一把椅子上坐下来，头又低下了，两只脚悬空，在椅子下面前后摆动。

徐紫莹看着韩俊凯，脸上露出微笑。

"俊凯还那么内向呀?"徐紫莹对田文菊说，"我们家正豪可是爱说话呢，每次上课都积极发言，演讲还得过奖状呢!"

徐紫莹这么说，并不是她有意炫耀。她和田文菊是闺蜜，两个人嫁得都不错，彼此没有什么高低贵贱之分。但是每次只要带着孩子见面，田文菊总是埋怨韩俊凯，夸奖苏正豪，渐渐地，徐紫莹也就觉得自己的儿子非常优秀了。而苏正豪也争气，每次都能从与韩俊凯的对比中获得鼓励，增加了战胜困难的勇气。这一次之所以带儿子来，是因为苏正豪期末考试没考好，她想利用韩俊凯这个反面教员给他鼓鼓劲。

不料，田文菊却没有顺着徐紫莹的话说。

"我们家俊凯最近也活泼多了。以前我们母子在一起，都是我说话，他不吭声;现在话也多了。我想什么时候也让他去上一个演讲口才班。"

徐紫莹怔了一下。怎么田文菊跟以往不一样了呢? 夸起自己儿子来了! 她换了个话题。她知道韩俊凯成绩不大好，决定就从这里打开缺口。

"你家俊凯期末考试成绩怎么样啊? 是不是还在班级垫底呀? 我们家正豪考得可好呢。"

其实，苏正豪期末考试也就中不溜，可她觉得不能打击孩子积极性;尤其是在韩俊凯面前，一定要保持高人一等的优越感，就用"可好呢"三个语意含混的字，来评价儿子的考试成绩。

以往听到这些话，因为正好拿来教育韩俊凯，田文菊都觉得很入耳；可如今她听不下去了。

"说也奇怪，俊凯今年不垫底了！还上升十几名呢！"

田文菊明显夸大了事实。韩俊凯的成绩没有上升，没有下降，总是那么稳定在班级中下等位置，上次期末考试也不例外。但是，她受不了徐紫莹的说话口气。这是怎么了？连她自己也感到不解。

杨老太在一旁听着，明显产生了敌意。她与徐紫莹接触比较少，并不了解她，也不了解女儿和她之间的过往。听到徐紫莹总是抬高自己儿子，贬低自己外孙子，她就不高兴了。

"你们家正豪啊，会不会玩无人驾驶飞机啊？"杨老太问徐紫莹。

"无人机？"徐紫莹有点迷糊。"哦，好像电视上才有那个东西吧！玩那个干什么？"

"哎，你不知道啊？现在不少孩子都在玩呢！我们县里还有人办无人机训练班呢！我们家俊凯也买了一架！"她朝身边坐着的韩俊凯的膝盖拍了拍，"俊凯，拿过来玩给他们看看！"

韩俊凯看了看外婆，又看了看他妈妈，不动弹。

"去拿啊。"田文菊也催促道。

韩俊凯就站起来，走进卧室，把无人机拿出来。他走到客厅窗户前面，打开窗户，一股热浪扑进来。他把无人机放在空调外机上，往后退了退，启动开关。无人机发出"嗡"的响声，一下子离开外机，往天空飞去。随着韩俊凯双手的不停动作，无人机忽上忽下，忽左忽右，飞得轻松自在。

田文菊、杨老太都往窗前靠了靠。徐紫莹坐在沙发上不动；苏正豪看她没动，也没站起来。她不明白，韩俊凯怎么就玩起了无人机，而且玩得那么娴熟，在她儿子面前大大地出了一次风头。

"快过来看看啊！"田文菊催促自己的闺蜜，"你看我家俊凯多能干！"

徐紫莹勉强站起来，往窗户跟前挪了两步，面无表情地看着窗外的无人机。苏正豪见他母亲站起来看，也往窗户前凑了凑。一边看，一边发出赞叹的声音。

"哎呀，飞得好快！哟，急转弯……这么稳当……"

几分钟以后，韩俊凯指挥无人机降落在空调外机上，伸手拿回无人机，关好窗户。

杨老太喜洋洋地说："我家俊凯厉害吧！"

"厉害厉害！"徐紫莹虽然满心不愿意，也只好附和着说。说完，她把脸转向田文菊，给她泼了一瓢冷水。

"可是考高中、考大学不考无人机哦！"

"这个……"田文菊一时语塞，不知道怎么回答，望着徐紫莹，脸有点发烧。

"我们家俊凯不指望拿这个考大学，"杨老太说，"吕局长说，无人机只是个调料，让俊凯通过玩无人机，感觉到学习有鲜美的味道。他还说呀，无人机就像一根树干，俊凯呀从这根树干爬上去，就会发现很多树枝，很多花，很多果；那时候他爬哪一根树枝、采哪一朵花、吃哪一只果子都行。"

徐紫莹坐不住了，只觉得沙发在摇晃，似乎要把她摇下去；又好像有谁提溜着她的胳膊，要把她拔起来。她终于撑起两条腿，长长出了口气。

"哎呀，时间不早了，我们该回去了。"她说。

"吃了饭再走吧。"杨老太挽留她。

"对，吃过饭再走吧。以往哪次不是吃了饭走的？"田文菊也说。她是真心希望她们母子留下来，让自己高兴的心情能延续下去。真的，她跟闺蜜在一起好久没有这么快乐过了。

徐紫莹却坚定地拒绝了。她带儿子来是想炫耀一下，给他鼓鼓劲的；却被韩俊凯给比了下去。她不能适应这个变化。

第三十二章　永安眼前断红砖

　　杜伊雪上了文化补习班。

　　学科培训机构现在受到了限制，很多改行了。但那个时候，一个小县城都有上百个。县城里的孩子十之八九都上补习班。有些没上，要么是家里缺钱，要么是父母有自己的教育理念，教育孩子有办法，有信心。

　　杜伊雪此前没上补习班，是因为缺钱。她父母离婚的时候，法院判决杜永安每个月给杜伊雪 500 块钱生活费，到十八岁为止；但杜永安法庭上签了字，实际上根本就没有给过一分钱。潘克兰了解杜永安的为人，也就忍气吞声，没有开口要。这才导致她们母女俩只能租人家小阁楼安身。

　　杜伊雪下了决心发奋学习之后，考虑到杜伊雪家庭状况和学习成绩，吕忠华决定给杜伊雪找个补习班，并且自己出钱。吕忠华先问潘克兰送不送杜伊雪去补习，问杜伊雪愿不愿意去补习。潘克兰表示愿意送杜伊雪去补习；杜伊雪也想去，就是担心家里拿不出钱来。潘克兰说，无论怎样穷这个钱都要花。吕忠华则表示，自己认识的人多，托个关系不用花钱。就这样，潘克兰没有出钱，杜伊雪上了补习班。当然喽，钱是吕忠华自己偷偷垫上的。

在补习班里，杜伊雪是老师最喜爱的学生之一。虽然成绩一般，但是听课专注，记笔记认真，做作业不偷懒，字写得也很工整。有什么问题就问老师。

杜伊雪所在的补习班，一共二十几个孩子，都是上学期初二，下学期升初三的。每个人一张桌子，左右彼此间隔一米多。杜伊雪因为来得较晚，坐在最后。

这天，班上来了个男生，叫马仁毅。进班之前他对班主任说，他跟杜伊雪熟悉，想坐在杜伊雪旁边。班主任想都没想就同意了。实际上，杜伊雪跟他并不熟悉；看见邻桌来了个新生，也没觉得有什么异常，仍然是专心地做作业。

马仁毅带了个深蓝色的书包。上课前，他从书包里取出下一堂课用的英语书，还有本子、文具盒，放在桌子上；随后把书包放进桌肚子里。他坐得端端正正的，朝右边的杜伊雪望了一眼，咳了一声。杜伊雪没有抬头。

上课了，教英语的老师走进教室。不是学校正规上课，没有班长喊起立，师生互相也不问候，老师直接开课，让大家打开课本第几页。杜伊雪按照老师要求翻开书，马仁毅也翻开书。他只是随手翻了一下，并不是老师要求的那页。当然，除了他自己，其他人都不知道。

"Wu Wei is a born artist……"老师带大家读课文。全班同学都张开嘴巴，跟老师读起来。

马仁毅也张嘴，也读。杜伊雪听到了他的声音，差一点笑起来。但是，她只是咧一下嘴，就把刚要吐出的"噗嗤"给咽了回去，继续读。马仁毅读了什么让杜伊雪发笑呢？原来他并没有读英语，也没有读汉语，他发出的声音只是连续的"哇哇哇哇"。当然，他的声音并不大，老师没有发觉。

带领学生读一会儿课文，老师讲课。大家都注意地听；马仁毅望着老师，不知道他听没听。这个老师很怪，讲课不看学生，总把两只眼睛盯着天花板，好像她的对象就在天花板上坐着。马仁毅望老师一会儿，发现了这个特点，就把脸转向杜伊雪，轻轻地说话。

"我叫马仁毅，你是杜伊雪吧。"

杜伊雪看了他一眼，没吭声，继续望着老师，听她讲课。该记的，就在书上写一下。马仁毅没有得到回应，就把目光移开，在教室里到处看。整整一堂课，他没有读，没有听，没有记。

下课了，老师拿着课本走出教室。马仁毅目送老师出门，收回目光，看着杜伊雪，伸出右脚踢了踢杜伊雪左腿。

"哎，你叫杜伊雪啊？"

杜伊雪转脸看看马仁毅，低头看看自己的裤脚，伸出手去掸了掸，没好气地说："是啊，干什么？"

"小脸长得怪俊的。嘻嘻。"

"你……"从来没有人用这么轻浮的语气夸她。杜伊雪又气又羞，瞪大眼睛想骂他，又忍住了，转脸低头看书。

马仁毅晃晃悠悠地站起来，走到杜伊雪桌子旁边，一把抢过杜伊雪的书，翻着说："看什么书啊？这么认真。"

杜伊雪知道，这个人就是故意找碴子的。她再也忍不住了，狠狠抢过书，瞪了对方一眼，把书往桌子上一摔，用力往凳子上一坐。

马仁毅不生气，反倒嘻嘻笑了，回到自己位子上，抖起了二郎腿。

前面同学有的回过头来看看他们，没有人吭声。

上课铃又响了。杜伊雪铁青着脸，搬起凳子放到桌子上，把桌子拖到了前面，紧挨着西面的墙壁放下了。这堂课是语文，教语文的李老师也是班主任。一进教室，他就看见杜伊雪的桌子，问她道："哎，你桌子怎么放在这里？"

杜伊雪用手背抹了抹眼睛，说道："刚来的那个同学上课讲话，还欺负人。"

李老师用目光搜寻到马仁毅："哎，怎么回事啊你？上课讲话，还欺负人，你来干什么的啊？"

马仁毅装作委屈的样子说："老师，杜伊雪瞎说八道的！我哪敢啊！"

李老师朝杜伊雪努努嘴："搬回去。如果他再敢讲话，欺负你，你马上报告，看我不治他！"

杜伊雪低着头，把桌子搬了回去。

李老师上的这节课，马仁毅确实非常老实。虽然他同样不听，不看，不记，总是抖腿，东张西望，却没有招惹杜伊雪。

上午十一点放学。马仁毅提前收拾好东西，却不走，站在那里等着什么，眼睛瞄着杜伊雪。杜伊雪收拾好书本，背起书包，离开课桌，马仁毅紧跟在她的后面。学生们鱼贯下楼；到楼下院子里，各自走向自己的电瓶车。马仁毅却站在那里不动，目光一直随着杜伊雪走。等到杜伊雪骑上车子，驶出院门，马仁毅才奔自己的电瓶车走去。

没有人注意到马仁毅这些行动。

从这一天起，杜伊雪就陷入了不断的麻烦之中。马仁毅似乎并不是来学习的，而是专门干扰她杜伊雪的。逢到班主任上课，马仁毅就装出一副老老实实的样子；逢到其他老师上课，马仁毅就经常跟杜伊雪讲话；杜伊雪不理他，他就自顾自地讲，当然，还是把杜伊雪当作听众的，讲话内容也针对杜伊雪，使得杜伊雪听课效率大大降低。杜伊雪报告班主任，班主任批评马仁毅，马仁毅立马认错，表示不再犯类似错误；但是回到教室，一切照旧。没办法，杜伊雪只好申请调座位。

调整了座位，上课时杜伊雪耳根清净了。可是马仁毅并不死心。有一次下课，门口一个学生上厕所去了，他那张桌子空着，马仁毅就跑到那个位子上坐着。杜伊雪出教室，从那张桌子旁边走过，马仁毅忽然伸腿绊杜伊雪。杜伊雪踉跄一下，向前面趴倒。正好一个学生从门外进来，杜伊雪倒在了他的身上。那个学生后退了两步，却没有倒下，杜伊雪才避免了摔倒在地上的惨剧。

杜伊雪又急又气，站稳脚，来不及向那个男生道谢，就转脸呵斥马仁毅。

"你想干什么啊？猪蹄子往哪伸啊？"

马仁毅也不示弱，他噌地站起来，反唇相讥道："你哪里不能走啊，非要从这里走？你那两只脚才是猪蹄子呢！"

"你是！"

"你才是！"

"……"

两个人吵起来。

有学生去报告班主任李老师。李老师把他们两个，还有在场的其他学生，带到办公室，问清了事情原委，严厉批评了马仁毅，要他向杜伊雪赔礼道歉。马仁毅并不恼，笑嘻嘻地向杜伊雪道歉。杜伊雪觉得他道歉是假的，但也不好说什么，就以沉默来表示自己的不满。

当天的最后一节课，马仁毅不在，杜伊雪感觉松了一口气。放学了，杜伊雪骑上自己的电瓶车。走了几步觉得不对劲，下车一看，前面车胎没气了。检查一下，没见到车胎上有钉子什么的，只好推着回家。她猜测是马仁毅干的。

吃晚饭的时候，杜伊雪把这几天发生的事情，一股脑儿跟母亲说了。说着说着还流下了眼泪。潘克兰手足无措，除了安慰女儿几句，不知道该怎样处理这件事。报告班主任吗？杜伊雪已经报告了，班主任已经处理了，可是这个男生死不改悔。如果他以后每天都干扰杜伊雪，杜伊雪还如何学得下去？要是有人能收拾他一下，让他感到害怕就好了，可是谁能收拾他呢？杜永安倒是最好的人选，可是潘克兰宁愿杜伊雪不去上这个补习班，也不愿求他！

"要不，找吕爷爷？"杜伊雪吞吞吐吐地说。

"什么事情都找人家？不好意思啊。"潘克兰说。

"我跟他说吧。"

潘克兰想了想说："还是我跟他说吧。"

吕忠华接了潘克兰电话，想了很久，也想了很多。一个调皮学生，调皮到如此地步的学生，一般来讲，家长是不会送他进补习班的。这就好比一件破了的旧衣服，谁把他送到干洗店去打理？马仁毅进了补习班，明明跟杜伊雪不熟悉（杜伊雪说从来没见过这个男生），却跟班主任讲他认识杜伊雪，要求把座位安排在杜伊雪身边，这里面难道没有什么算计吗？马仁毅所有的调皮行为都与杜伊雪有关，这难道是偶然的吗？

如果马仁毅背后有人指使，那会是谁呢？吕忠华想起了自己遭到杜永安警告的事情。对，除了杜永安，不会有其他人！找杜永安？他肯定打死不承认。最好的突破口就是马仁毅。

他让女儿查查马仁毅是不是实验初中的学生；如果是，提供他的相关信息。女儿很快从微信上给他发过来。

马仁毅，家住万莲小区 12 号楼。父亲马一松，蔬菜批发市场搬运工；母亲冯彩莲，人人超市营业员。

人人超市？吕忠华脑子里一亮。那不就是杜永安父母开的超市吗？吕忠华心里有了底。

第二天，吕忠华去了杜伊雪上的那个补习班。他找到班主任李老师，表明自己身份，说要找马仁毅谈谈。李老师从班级叫出了马仁毅，吕忠华把他带到楼下。补习班门口就是路边花园，里面有露天木椅，椅子上面有绿树遮阴。吕忠华叫马仁毅坐下，自己则站在他对面。吕忠华身材本来就高，这样一来，就更加显得高高在上，对马仁毅形成了一种压迫感。

他低着头，眼睛盯着马仁毅说："马仁毅，我是县老科协派来的，今天很郑重地找你谈话。接下来我要问你几个问题。凡是你知道的，必须如实回答；如果不如实回答，你就要承担由此而引起的一切后果。"

马仁毅舔了舔嘴唇。他不知道老科协是个什么机构，也不知道自己做了什么事情惊动了这个老科协，更不知道承担的是一种什么样的后果。他的心咚咚地跳得很响亮。

"你从来没上过什么补习班，为什么现在来了？为什么补习班一开班的时候不来，却在补习班上课过半以后才来？"

"我也不知道，爸爸叫我来我就来了。"

"看你这样子就是个调皮鬼，平常是不是跟父母对着干？叫你向东你偏要向西，叫你打狗你偏要撵鸡！是不是？"

"是。"

"这次为什么叫你来你就来了？"

"他们说，我来一天给我二十块钱。"

吕忠华心里有数了。应该是杜永安收买了马仁毅的父母亲。

"叫你来干什么？真的是补习功课吗？"

"……是……是吧。"

"胡说！你父母从来不叫你上补习班，怎么现在突然叫你上？你明明不认识杜伊雪，为什么对班主任说你认识杜伊雪？"

马仁毅低头不吭声，吕忠华也盯着他的头顶不说话。这样过了一会儿，马仁毅偷偷抬起头，目光跟吕忠华的眼睛一接触，立即低下头去。

"说吧。不然，老科协不会饶过你，会把你送到派出所的。"

又是这个老科协！马仁毅撑不住了，把自己知道的都说了出来。

果然是杜永安找了马仁毅父母，答应给予一定报酬，让马仁毅在补习班里干扰杜伊雪，让她烦躁不安，不能好好学习。马仁毅平时在班级就是个刺儿头，破坏纪律是他的拿手好戏，听说上补习班不用学习，还能逗女同学玩，更开心的是拿到零用钱，就高兴地答应了。

吕忠华搞清楚情况，就把马仁毅送回去。他警告马仁毅，从此以后不得再对杜伊雪进行任何干扰，否则的话吃不了兜着走，连父母都跟着倒霉！

"你知道这叫什么事吗？这叫犯罪！要坐牢的！"吕忠华吓唬马仁毅。

送走了马仁毅，吕忠华马不停蹄，去找自己外甥。他估摸着，马仁毅回家肯定要跟他父母亲说；他父母亲无论是否跟杜永安讲，杜永安都会询问有关情况；而马仁毅父母势必不敢隐瞒。那样的话，杜永安一定会对他吕忠华下手。上次他已经领教过杜永安的力气，这次可不能坐等吃亏，必须先发制人，赢得主动。

外甥在公安局做刑警。他先用电话联系上了，外甥在公安局大门口等着他。外甥邀请他去办公室坐坐，他说不往里面跑了，几句话说完就走。他把自己跟杜永安的瓜葛讲了一下，接着说："最近，杜永安派一个调皮学生去补习班，天天干扰杜伊雪学习。我警告了调皮学生。杜永安迟早会知道这件事情，那时他可能要找我麻烦。我想，与其让他先找我，不如我先找他，让他知道我吕忠华不是好惹的。"

外甥说："这样好。具体怎么做想好了吗？"

"没有呢，就是想让你拿个主意的。"

外甥想了一下，说道："不妨这样。你先给他打电话……"

吕忠华听了外甥的想法，很赞同，说道："好！不愧是刑警！你什么时候有时间？我给杜永安打电话。"

"你刚才说，杜永安的作息时间是起早进货，回来睡觉，上午11点起床，中午、晚上喝酒。酒后脑子不清醒，不跟他啰唆。那就上午11点左右吧。那个时间我也快下班了，跟领导说一声就能提前走。"

"行，那就明天上午11点吧，我把他约到市民广场健身区。"

"好的。"

告别了外甥，吕忠华就给杜永安打电话，约明天上午11点见面。杜永安答应了。

吕忠华约杜永安见面，杜永安估计他知道马仁毅的事情了。杜永安冷笑了一声，想道，好你个姓吕的，不识抬举啊。上次拧你胳膊不疼是不是？还是疼得不够，转脸就忘记了？他想，如果明天吕忠华提起马仁毅的事情，他就一口咬定自己不知道；如果吕忠华已经把事情了解清楚了，那就把事情挑明：我就要那样干，你吕忠华能把我怎么样？潘克兰、杜伊雪是你什么人，你那么卖力地帮她们？

第二天上午 11 点，吕忠华准时来到市民广场东侧的健身区，在一条长椅上坐下来。外甥也到了，穿一身便服在玩双杠。两个人彼此心照不宣，没打招呼。11 点多，杜永安来了。没喝酒；但那样子和喝酒差不多，摇摇晃晃，眯着眼，什么都看不惯似的。

走到吕忠华对面，杜永安把两只胳膊一叉，抱在胸前，仰起头，眼皮一耷拉，好像居高临下的样子，说道："找我什么事啊，说吧。"

"你派马仁毅到补习班捣乱，是吧？"

"胡说！"杜永安放下胳膊，用右手指点着吕忠华，"我认得哪个叫马仁毅啊？"

"哼，"吕忠华冷笑道，"马仁毅妈妈叫冯彩莲，是人人超市营业员。人人超市哪家开的？不是你家开的吗？"

"冯彩莲是我家超市营业员，你不能不让人家儿子上补习班吧？他儿子上补习班调皮捣蛋，跟我有什么关系啊？"

杜永安两条短腿蹦蹦跳跳，似乎要跳到吕忠华身上去。

"一天二十块钱，你花钱雇了马仁毅。马仁毅什么都说了，你想瞒也瞒不住了！"

"既然你什么都知道了，那我就实话告诉你，马仁毅就是我派去的，我就是让他去捣乱的，让他干扰杜伊雪的，你能把我怎么样？"

"我不能把你怎么样，我只是要求你立即停止你的行为，让马仁毅老老实实，不再干扰杜伊雪。"

"我要是不呢？"杜永安眯着眼睛，身体往吕忠华跟前凑了凑。

"那你就是扰乱社会治安，我就打 110 报警；另外让培训机构开除马仁毅！"

"你敢！"杜永安伸出粗短的胳膊，抓住了吕忠华的手腕。

忽然，他觉得自己的胳膊被一把钳子钳住了，一阵麻撒撒的感觉直往心里钻。他不由自主地松开手。转脸一望，不知什么时候身边竖起了一堵墙，一张年轻的脸从高处俯视着他。

是吕忠华外甥，他穿着一件军绿色 T 恤衫，胸前、上臂有四个肉疙瘩，好像四个实心球，随时滚下来砸中杜永安。

"有话好说，不要动手动脚的。"年轻人说。

"你是哪个？关你什么事？"

"我是吕局长外甥，叫崔子轩。你对我舅舅动手，你说关不关我事？"

杜永安明白了，今天吕忠华是有备而来的。他刚到健身区的时候，就看到眼前这个人在玩双杠，高难度动作做得漂亮潇洒，边上好几个人在看，连连赞叹。原来他是配合吕忠华给他杜永安下套呢！

"关你事！关你事！"

好汉不吃眼前亏，杜永安立马装熊，点头哈腰。眼梢瞟了吕忠华一下，见吕忠华站了起来，嘴角挂着一丝笑容，杜永安恨不得一头钻到地底下。

崔子轩搡了一下，把杜永安胳膊还回去。

"告诉你两件事，"崔子轩伸出右手食指，指点着杜永安，"第一，回家就安排马仁毅退学，明天的补习班里，不能再出现马仁毅的影子；第二，不准对我舅舅动手。能不能做到？"

"能做到！能做到！"

"那你走吧。"

"想问你一下……你是哪个单位的？"

"我是公安局刑警大队的，想切磋武艺的话找我啊。"

崔子轩说着，用脚尖踩了一下地上的一块红砖，那红砖就翻到他脚面。他随即用迅雷不及掩耳之势踢了一下脚，那红砖就"嗖"地飞到空中。在红砖落下的时候，崔子轩伸出手掌，照着红砖劈了一下，"啪"，红砖就从中间一断两截。

　　周围响起一阵喝彩声。杜永安觉得那一掌劈的就是自己脑袋，他感到耳朵里"嗡"一下子。还好，他脑子还没有蒙，很清醒。随着红砖落地，杜永安迅速迈动脚步，离开了吕忠华和崔子轩。走了很远才回过头来，他看见吕忠华和崔子轩已经并肩走远了。

第三十三章　甩出篮球当武器

　　季广发到外地上班，每个星期正常休息。也可以申请不休息，调整为两个星期休息一次，这样，一次性休息的时间就长一点，可以请假回家看看。季广发用少休一个周末，换来了一个长一点的周末，回到家里。

　　正值下午，他母亲楚绍红在老房子里，妻子方小玲上班，儿子季宇航上培训班，家里空无一人。进屋以后，他放下旅行包，打开电扇吹风，朝客厅各处看了看，到家里各处走了走。跟半个月前没什么变化。在儿子的房间里，他看见一本厚书，书名是《林海雪原》，放在枕头上；一只本子扔在枕头旁边，浅蓝色封面，16开骑马订。打开一看，上面是儿子写的稚嫩的字，下面是别人写的字，字体成熟。最后还有署名，季广发一看，是吕忠华！唰唰唰，季广发翻了好几页，都是两个人交替写的短文。季广发粗粗看了几篇，肺都要气炸了。

　　原来吕忠华一直没有停止跟季宇航的交流！

　　也就是说，吕忠华并没有听从他季广发的警告，仍然像钉子一样，插在了季家的门缝里！

　　他气愤地拿出手机，想要给吕忠华打电话，把他骂一顿。又一想，算了，骂他一顿又能怎样呢？能挡住他吗？苍蝇不叮无缝的蛋，他自家人不拒绝，就挡不住吕忠华进家门！

不一会儿，方小玲回来了。季广发回来之前给她打了电话，她就从外面带了点菜，回到家就开始做晚餐。方小玲打开塑料袋，把西红柿、包菜、黄瓜、肉、鱼什么的一一取出，说道："帮忙洗洗菜呀。"

季广发心里憋着一股火，一声不吭，就去洗菜。他把菜放进盆子里，用手搅着，把水搅得哗哗响。

方小玲说："干什么弄得那么响啊？"

季广发说："你说干什么啊？我问你，我不在家这些天，那个姓吕的是不是经常来我们家啊？"

方小玲瞪着他说："你这话问得好奇怪！人家没事干啊，老跑我们家来？"

"你不要瞒着我？我都拿到证据了！"

季广发跑到儿子的卧室，把季宇航跟吕忠华交流的本子拿过来，朝餐桌上一甩。

"你看看，这是什么？姓吕的每天给儿子写信，儿子每天回信，他不来我们家的话，本子怎么传递？"

方小玲撇了撇嘴说："你以为吕局长像你这样笨啊？人家在小区门口搞了一个投递箱，季宇航和他一人一把钥匙，他写了信放进投递箱里，季宇航去拿；季宇航写了信也放进去，吕局长去拿。根本不用来我们家！"

这倒出乎季广发的预料。他沉默了一会儿。

"就这也不行！只要他们两个人写信，就表明我们家与他有来往，我的心里就不舒服！"

方小玲斜了他一眼，把菜刀在砧板上拍了两下。

"你真是管得太宽了！你跟人家吕局长来往降低身份啦？你

是什么贵人啊？哦，就算你妈妈当年跟他谈过恋爱，那都过去四五十年了，就是一块烧得通红的煤炭，放到现在也都只剩下灰烬了！凉透了！"

"话是这么说，就是心里面这道坎儿过不去！"

"有什么过不去的？你担心吕局长跟你妈怎样怎样，我心里倒是想啊，吕局长心里正恨着你妈呢！"

"恨我妈？"

"对呀。我偷偷打听过，当时两个人都在农村，你妈先追的人家吕局长。你爸也是农村人，可是在城里有工作，是国营厂的合同工，你妈就抛弃了吕局长，跟你爸结婚了。因为这件事，吕局长一家就搬走了，吕局长再也没有回去过。你说，吕局长对你妈该有多恨呀？你还担心他们这样那样！真好笑！"

"你这么一说呀，我更怀疑了，我们更不能跟他们来往了！"

方小玲大感意外，停下手里的切菜刀，瞪着丈夫。

"不要瞪我，我说给你听你就明白了。正因为姓吕的跟我们有仇，所以他就要报仇。怎样才能报仇？有一句古话说得好：'即以其人之道，还治其人之身。'我妈当年不是抛弃他了吗？好，他现在来追我妈，追到手以后再把我妈抛弃，这不就报了仇吗？"

方小玲摇摇头。

"你不要瞎猜，我看吕局长绝不是这样的人。"

门响了一下，开了，季宇航走进来。看见季广发，季宇航说："爸爸回来啦。"

季广发看见季宇航背上有一个网兜，兜里装着一只篮球，问他道："打球去啦？"

季宇航说："我报了个篮球培训班。"

季广发一听，眉毛一拧，手从菜盆里拿出来，指着季宇航。

"哪个叫你去打篮球的？学习那么差，还去打篮球！翻天了！"

说罢，气汹汹地朝门口走去。根据惯例，他又要揍季宇航了。

方小玲拿菜刀拍了一下砧板，用高八度的声音喊道："季广发！有话好好说，不要动手！"

季广发回头看了一眼方小玲，继续往前走。

"不打？不打不成人！我半个月没在家，就给你惯成这个样子！不打哪行啊？"

季广发还没伸手，感觉自己腿上被什么东西撞了一下。低头一看，是一只装在网兜里的篮球。篮球从他腿上弹了回去，又回到季宇航那边。

是季宇航用篮球甩了他一下。

"兔崽子，胆大了！敢还手了！"季广发更加生气。他举起胳膊朝季宇航横扫过去。根据以往的经验，他的巴掌将落在季宇航的头部，随即会发出"啪"的一声脆响。可今天反常了，他的手碰到了一个障碍物，虽然表面光滑，力道却很大，跟他的胳膊相遇，"嘣！"把他的胳膊反弹回来。

季宇航第二次用篮球做武器，反击！

季广发被激怒了。他随手抓起了一件东西。

木头椅子！

方小玲急了。她"哐"地扔下菜刀，跑过来，举起双手，抓住椅子一条腿。

"你要打打我，不要打儿子！"

这时候，响起了一声超常冷静的声音，虽然不大，却足以振聋发聩。

"让他打。现在我小他打我，将来他老我打他。"

夫妻俩一齐朝发出声音的方向看去，遇见了阴沉着脸，瞪着双眼的季宇航。他完全没有一丝一毫的惧怕。跟前一段时间相比，简直判若两人。

季广发忽然发现，季宇航几乎跟自己一样高了。他才初二，还要长的，将来肯定比自己高。他好像看见了自己在季宇航的拳头下面打滚的样子。

他的胳膊软了，抓不住椅子了。椅子顺便就落在了方小玲的手里。方小玲接过椅子，放到地上。

季宇航把网兜朝后背一甩，回头向门外走去。

"你上哪去啊？"方小玲喊道。

"我去奶奶家！"

门"砰"的一声关上了。

"翻天了你！回来！"

季广发拉住门把手。方小玲上前抓住他胳膊。

"算了吧，你跑得过他？"

季广发看着方小玲，方小玲看着季广发。季广发没好气地说："以前怎么不是这样？都是你们相信那个姓吕的话，把他惯的！"

"不要错怪人家好不好？你就不想想，季宇航总要长大的，你总是这么打他，他能不记仇吗？不管是今天还是明天，只要你不改，总有一天他会反抗的。"

"姓吕的说什么你听什么，你中了他的毒了！"

"什么中毒不中毒的？人家说得在理！不光我觉得在理，你妈也很赞成他的话哩。就比如打孩子吧，人家也没说绝对不打，只是说处罚孩子要事先约定，不能根据自己的脾气胡来，想打就打。我和你妈给季宇航做了约定，他就主动地少犯错了。从你走了以后，我们几乎没有打过他。还有报篮球培训班，也是吕局长建议的。"

"什么？你们怎么就同意了呢？"

"我们怎么不同意呀？吕局长说，季宇航长期遭受家暴，觉得自己一无是处，自卑感很强，通过打篮球让他提升自信心。又说，季宇航经常被打，他也就经常打人，通过打篮球消耗他体力，减少他打人行为。我们觉得很有道理呀。还有，他给季宇航送书，说通过看书寄托自己的情感。"

"他说什么你们就信什么，他是神仙啊？"

季广发不洗菜了。他把洗菜盆拿到方小玲面前，狠狠地往灶台上一放。方小玲白了他一眼，没说什么。

季广发坐到沙发上生闷气。他觉得很窝囊，今天竟然遭到儿子反抗，这在以前从来没有过。儿子固然一天天长大，可是如果不是吕老头煽动的话，他怎么会想到反抗呢？要不是他母亲、老婆都受了吕老头的蛊惑，方小玲不再体罚季宇航，季宇航哪来这么大胆子呢？不行，还是要把吕老头从他们家生活当中赶出去！

从自己家这边下手恐怕行不通了。他得另外想办法。

第三十四章　现场采访陷窘境

　　这天上午，吕忠华接到老科协李会长电话，让他到老科协去一趟。

　　到了李会长办公室，李会长笑呵呵把他迎进来，让他坐到沙发上，给他倒了一杯茶，放上了碧螺春茶叶。

　　吕忠华端起茶杯，吹着杯子上面的热气。

　　"李会长遇到什么喜事啊？看把你高兴的。"

　　"是老科协的喜事，也是我的喜事，更是你吕局长的喜事啊。"

　　"此话怎讲？"

　　李会长告诉吕忠华，基础教育阶段后进生队伍庞大，不良少年一年年不见减少。很多地方存在这样的问题，大家都感到很头疼，却没有好方法来解决。指望家长吗？说来好笑，这些不良少年恰恰是由家庭教育造成的，指望他们有什么用？指望学校吗？学校已经被升学率拖累，每一所学校都想掐尖，对后进生避之唯恐不及；那些不得已招了后进生的，只把目光盯在部分优生身上，对后进学生放任自流；一些学校很想改变后进生，可是心有余而力不足，效果很差。

　　在这样的大背景下，我们运河县审时度势，率先动员社会力量，由老科协唱主角，公检法司大力支持，学校老师积极配合，开展不良少年转化工作，并且初见成效，社会反响强烈，学生家长点赞。老科协及时总结经验，上报县委县政府，引起了上级有关部门重视。巧的是，省报一位姓昝的记者，来我县采访一位老党员先进事迹，偶然听说了这件事情，非常感兴趣，表示要腾出时间来采访。县融媒体中心得知消息，随即邀请了市电视台、市报社等新闻机构，跟省报记者一起采访。

"你说，这是不是大喜事啊？"

吕忠华听了李会长的介绍，手一抖，像被烫了一下。他赶忙把端着的杯子放到茶几上，拍了一下大腿。

"李会长啊，不能采访啊。"

"不能采访？为什么啊？是我们老科协拖后腿？是你们做得不好？是其他各部门不配合？"

李会长不愧是老领导，提出的问题针针见血，谁敢说个"不"字啊！

"不是啊！老科协、其他各部门、包括学校老师做得都很好，只是我没有做好！"

"哈哈哈哈！"李会长笑道，"如果你说他们谁谁谁没做好，那我还相信；现在你说自己没做好，那我只能理解为是你的谦虚了。是不是？没说的，按照计划，接受采访！"

"李会长，其他人做得比我好，采访他们吧，不要采访我！"吕忠华恳求道。

"你就别再谦虚啦，"李会长说，"你以为我不知道啊？我们也通过电话进行家访呢！倒是其他有些同志做得不够好。比如有个初中学生叫马仁毅，是我们老科协一位老同志负责的，到现在为止，除了到他家礼节性地走访过一次，再也没有任何联系！可是你呢？你算算你付出多少？难道不应该宣传一下吗？"

吕忠华知道再推辞也没用了，就勉强应了下来。可是，老伴、季广发、杜永安，他们的形象交替出现在他眼前，让他如坐针毡。

李会长把一张采访计划表给了吕忠华。

"因为你是重点采访对象，我们请县实验初中给你派一个助手。考虑到小严老师是季宇航班主任，我们提出派小严老师来，他们答应了。你们马上开始准备。你跟小严联系一下吧。"

"好吧。"吕忠华应了一声，声音懒洋洋的，很勉强，自己听着都不满意。可是，要让他此时此刻声音洪亮、精神抖擞地说出这两个字，真的很难。好在李会长也没说什么。

此后的一两天，吕忠华按照计划表上的要求，给方小玲、潘克兰、田文菊打电话，告诉她们记者要采访的消息，请她们带孩子准时参加。因为担心楚绍红来，吕忠华特意嘱咐方小玲，说上面有规定，要求孩子的母亲出席。为了应对记者的采访，吕忠华拟了个采访提纲，到小区门口的打印店打印了几份，放在小区门卫室里，让她们从那里拿。

三天以后的上午，县融媒体中心牵头的采访活动开始了。地点在融媒体中心录播大厅。老科协李会长带领"青少年违法犯罪预防工程办公室"全体成员到场，此外邀请了工作开展得比较好的几个老干部，以及他们的帮助对象、家长。为了保护隐私，帮助对象都没有被安排坐在台上，电视镜头也不对准他们。

"少防办"全体成员、记者也坐在台下；主持人、几个老干部和帮助对象的家长坐在台上。融媒体中心工作做得很到位，台上的每把椅子上都贴了姓名，被采访对象对照姓名入座即可。主持人椅子在西侧靠近台口，吕忠华和三位家长、另外三位老干部一共七个人，坐在舞台中央。

上午9点开始采访，吕忠华8点半就到了。先到会的坐在台下，其中一些是吕忠华熟人，吕忠华就坐在台下跟大家说些闲话。后来的几个家长，孩子安顿好以后就被请上台去了。快到9点，主持人来请吕忠华到台上去。他跟熟人拱了拱手，就往台上走。走过几级台阶，踏上舞台朝中间一看，他不由得愣了。东侧三位老干部，西侧三位家长，都坐在那里了；中间一个空位，不用说是他的。不过，他愣的不是这个，而是三位家长里，少了一个方小玲，多了一个楚绍红；更让他惊讶的，是楚绍红恰恰被安排在他右侧，紧挨着他。

方小玲没有来！她为什么没有来？是方小玲有事，还是楚绍红主动替代？

他仿佛看到了蒋桂英的眼神。最近几天，蒋桂英跟他打冷战。每天按时上老年大学，按时回家，只是不跟他说话。如果吕忠华因故没有做饭，她回来以后也不说话，也不埋怨，只做自己的一份，很快吃完，洗洗碗筷，就去玩手机。

仅仅因为听说吕忠华跟楚绍红谈过恋爱，现在有所交往，蒋桂英就那样对他；如果再看见电视上他跟楚绍红坐在一起，而且两个人互相配合，接受采访，蒋桂英将会怎么样呢？

他不敢想下去。

提出给楚绍红换一个座位吗？可是拿什么理由跟主持人说？私下里让她们三个人调座位吗？可是如何跟她们开口？其实哪里是私下里呢？在众目睽睽之下呢！何况很有可能在他上台的时候，摄像机就已经开始拍摄镜头了！电视上不是经常这样吗？不能调座位了！

可是不能不调座位！

吕忠华脑子里像有两个人在打架。他走着走着，一只脚就踢到了主持人的椅子腿，椅子"吱"的一声就转了个方向。主持人看他这个样子，又看他的脸色和眼神都不对劲，忙轻声问他道："吕局长，您没事吧？"

主持人轻柔的女声，把他从沉迷当中唤醒。他急忙摇了摇头，抖了一下肩膀，说道："没事没事。"

吕忠华有多年的从政经验，类似的尴尬场合经历过不少。他很快让自己镇定下来，并且把刚才的那些念头从脑子里统统驱逐出去。"调""不调""蒋桂英""播出"，这些词语就像晴天里的几朵轻云，只在遥远的天边飘移着，渐渐融化在碧蓝的天空里。

他脚步轻快地走到自己的座位前，坐了下来。

采访活动开始了。主持人介绍各位嘉宾，向他们表示欢迎。接着请出老科协李会长，介绍"运河县青少年违法犯罪预防工程"活动及开展情况。李会长从活动背景、活动谋划、活动开展、活动成果、未来打算五个方面，概括讲述了活动全过程。大家一边听，一边记，一边在心里感叹：一个全社会普遍存在的问题，为什么大家都视而不见呢？难得运河县老科协发现了，重视了；而且方法得当，效果显著。真是个很好的典型啊！如果在全社会推广，将会给未来社会带来多大的变化呀！

李会长讲完，热烈的掌声送他回到座位上。主持人宣布下面进入采访阶段。按照计划，先采访吕忠华和他的转化对象及其家属。

有记者问："尊敬的吕先生，您已经60多岁，退休几年了，为什么要做这个既没有经验、又费心费力、还有可能劳而无功的事情呢？"

吕忠华接过主持人话筒，面带微笑看着大家。中文系的学历、多年从政的经验、临时抱佛脚的学习、这个把月的工作历程，再加上他此前做过功课，都让他有了底气。

"谢谢您的提问。您提到我的年龄、提到我退休，可见您对我很关心，这让我感到很温暖。您还提到我没有经验、费心费力、有可能劳而无功，可见您对家庭教育、学校教育都很了解。说实话，一开始接手这项工作的时候，我真的没想那么多。我真奇怪，自己多多少少也吃了六十几年饭了，积累了不少人生经验，怎么遇到事情不去深思熟虑，还像个年轻人一样莽莽撞撞呢？我想，原因只有一条：因为老科协李会长太会挖坑了，他让我们往坑里跳，我们都没有发现这是一个坑！"

这些话表面上看是贬低李会长的；但是大家知道，吕忠华做的事情是上级领导交办的，吕忠华作为一个老党员不会抵触；然而这件事情很难办，李会长一定采取了一些方法，让他们推辞不得，所以吕忠华才这样讲。正话反说，起到了意想不到的效果。大家哈哈笑起来；好像潮水倒灌，一波水引来了一波浪，接着爆发出掌声。

随后，吕忠华回忆了李会长把十几位老干部请到老科协，戴党徽、重温入党誓词、谈入党过程的事情。"不是战争年代，没有子弹横飞，没有军号吹响，没有热血喷溅；但是，面对党徽，重温誓词，回忆入党过程，我们谁能够无动于衷？谁会当逃兵？谁愿意做狗熊？所以我们都二话不说，接过了这副担子！"

吕忠华一番话，让台上台下再次响起了掌声。

掌声让吕忠华很自豪，很快乐。回顾自己几十年来的工作历程，似乎很少发挥得这样精彩。以前当领导讲话，下面掌声一片，不一定是发自内心；今天讲话面对的是记者，而记者往往比较挑剔，善于钻空子；能给他这样的掌声，他感到非常高兴，觉得一段时间以来的付出很值！

县融媒体中心茆记者提问："尊敬的吕先生，您花了这么多时间，做了这么多事情，吃了这么多辛苦，取得这么好成绩，请问您爱人支持吗？能不能请她谈一谈？"

"我爱人她今天没来……"吕忠华想说。

"对，请吕夫人谈谈吧。"下面很多人说，阻止了吕忠华想说的话。

"主持人，把话筒给吕夫人。"茆记者喊道。

主持人有点迷惘，她不知道谁是吕夫人；今天没有人告诉他吕忠华的夫人也来。但是她看到台下的记者、嘉宾们都盯着舞台；而台上除了吕忠华以外，六个人里三位老干部都是男士，三位家长只有一位年龄与吕忠华相当，而且长相也颇为接近，于是就想当然地认为，楚绍红是吕夫人。

她就把话筒递给楚绍红。

"请吕夫人谈谈，您是否支持丈夫的工作？您是怎么支持的呢？双方是否为此产生过矛盾？是怎么解决的呢？"

李会长感到奇怪，没通知吕忠华爱人来啊，主持人怎么说让他爱人讲话呢？坐在吕忠华右侧的楚绍红，应该不是他爱人吧！他多年前见过吕忠华爱人，忘记什么模样了，可是在这个场合，主办方没有安排，吕忠华怎么会把爱人带来呢？

此刻，吕忠华的心就好像过山车忽然断了电，停留在轨道的最顶端，怦怦地跳得厉害。他知道这个误会虽然有可能录下来，但是不会播出；可是毕竟现场这么多人，很难预料会发生什么后果。他插话否认，然而下面的声音太大，没人听见他的话。主持人说话的时候，他本可以举手从上往下一劈："停！你说错了！"但那又不是他的行事作风。

于是，他只有在主持人说完以后，赶忙抢过话筒解释道："对不起啊，今天我爱人没有来，坐在我旁边的是我帮助对象的家长，孩子的奶奶楚绍红。"

李会长松了一口气，终于搞清楚了。但是他心里又产生了一点遗憾：千不该万不该，竟然把人物关系搞错了。不过没什么，电视镜头要剪辑，不会播出去；文字更不用说，记者们不会把这个误会写进去，也不会产生任何问题。

但是，他不知道吕忠华的心里有多苦！有多怕！

误会搞清楚以后，采访继续进行。

省报邰记者起先没有提问。他一直在倾听、观察、记录，有时和附近的几个孩子轻声地说说话。当提问进入尾声的时候，邰记者要过话筒，说了一段话。

"运河县老科协高瞻远瞩，敢为人先，令人钦佩；吕先生等一班老干部不计名利，不怕辛苦，勇于奉献，表现了共产党员的优秀品质，是我们后辈人学习的榜样。但是我认为，面对这件事情，我们决不能简单地停留在一般的报道上，我们还应该进一步反思。第一，以往讲教育都是对下一代的教育，我们是否应该关注一下家长的教育？世界上做任何事情都要学习，可笑的是做父母亲却不需要进行任何学习！动物只要在物质上满足孩子即可；人除了物质需求之外，还需要思想、知识和技能方面的教育，可是我们的父母有这方面的准备吗？第二，学校教育为什么不能肩负起弥补家庭教育不足的重任？300多年前捷克教育家夸美纽斯说，'学校变成了儿童恐怖的场所，变成了他们的才智的屠宰场'。夸美纽斯的意思是说，一些学校的老师好像屠户，学生像羔羊一样，排着队从他面前走过，老师不停地挥舞屠刀，屠杀学生的才智。只有在老师疲倦或者休息的时候，一些学生才能侥幸躲过他的屠刀。现在有没有这样的学校、这样的老师？如果没有，为什么我们的学生家庭没有教育好，到了学校也没有什么改变？"

昝记者的话说出之后，竟然没有掌声。这也难怪，因为他提出了两个沉重的话题，几乎人人都在思考之中，连主持人也忘了接过他的话筒……但是，经过几秒钟的沉寂之后，终于爆发出前所未有的热烈掌声！

采访活动进行了两个小时。由于吕忠华他们准备充分，采访进行得很顺利，记者们很满意。老科协李会长非常高兴，采访结束后特意把吕忠华留下来，跟他握手，表扬他，末了对他说："今晚请你喝酒！"吕忠华谢绝，李会长说："怎么，请不动你啊？你替我们老科协长脸，我自己掏钱请你！"

吕忠华只好答应了。其他三位干得好的老干部也受到了邀请。

虽然在摄像机前一派风光，但是吕忠华心里总是忐忑不安。他不知道明天会发生什么事情；人们会不会把今天的误会当作笑谈讲出去，讲出去以后蒋桂英会不会听到，听到以后会有什么反应。正常情况下，他的生活日复一日，年复一年；今天跟明天没什么两样，明天就是今天的重复模式。可是也许从明天开始，他的整个生活都将颠覆，今不如昨，人不如狗，生不如死……

第三十五章　寻常告别似永别

　　采访活动比预期还要成功，吕忠华的心情却不好。活动结束以后，李会长、省报訾记者、"少防办"成员走上台来，跟台上的老干部、孩子家长握手，并跟他们合影留念。吕忠华本来并无抗拒之心，却因为楚绍红的存在心里忐忑不安，所以极不情愿；但是不好说什么。他只好像一条凳子似的，任由他们搬来搬去。不过，他心里一直在默默祷告，那就是：合影时候千万不能跟楚绍红坐在一起！

　　还好，老科协李会长在中间，吕忠华和省报訾记者分别坐在他两边，楚绍红等三位家长被安排在边上。吕忠华心里的石头总算落了地。

　　采访活动结束，三位家长带着孩子先走，吕忠华留下来跟大家告别。11 点多，他独自骑上电瓶车回家。一路上，他老是想着一件事情，那就是一定要搞清楚，为什么方小玲答应参会却没有参会，换成了楚绍红。他想打电话询问，又想到要赶回家做饭，就没有打。

　　午饭后休息了一下，起床时已经快到三点了。老伴上老年大学，女儿也不见踪影，他就坐到沙发上，给方小玲打电话，询问上午不去参会的原因。

"我婆婆没跟你说吗？"方小玲很惊讶，"我本来打算去的，都开始做准备了，婆婆跟我说她想去，我就让她去了。我跟她讲，那你跟吕叔叔打个招呼啊，她说好的。"

"哦，我明白了。"吕忠华放下电话，沉思起来。

他不大淡定了。他的心就像树杈上的鸟巢，被不知哪一个方向的风吹得摇晃起来。

他是打电话直接邀请方小玲的，方小玲也答应了的；可是楚绍红却主动要求去，这究竟是什么原因呢？出于对孙子的疼爱？可以理解，因为孙子是自己带大的，跟孙子感情深；不想让方小玲耽误工作，让她多赚点钱？也有道理，毕竟她们家经济条件一般，还欠着房贷；想抛头露面，风光一下？也不是没有可能，毕竟来自农村，生活在城市底层，上报纸、上电视还是有吸引力的。

可是她有没有想过，她的所作所为会给他带来麻烦？

她应该没有想过。必须跟她谈谈，提醒她以后注意。

这样想着，吕忠华拿起电话打过去。

"吕局长啊，你好。"接到吕忠华电话，楚绍红很高兴。

"你好。楚绍红啊，是这样的。上午参加采访活动，怎么方小玲没有去啊？"

"哦，这个啊。我跟小玲说的，让她去上班，我替她去。她让我跟你说一下，我想着，谁去不是一样啊，就没跟你说。你不要见怪啊。"

楚绍红嘴里这样说，心里却不是这样想的。她是诚心不跟吕忠华说的；她怕说了之后吕忠华不同意。

"哦，没什么。我只是想说啊，哪个参加活动是上边统一安排的，如果有什么变动事先要打招呼，不然就会出岔子了。"

“你放心，以后做什么事情我一定先跟领导汇报。”

“好的，就这样，我挂啦。”

吕忠华挂了电话，该说的那句话还是没有说。不是他不想说，而是说不出口。如果他开口了，楚绍红会怎么说呢？人家会说：怎么，老头老太就不能见见面、说说话啦？见见面、说说话，都是在大庭广众之下，有什么见不得人的呢？为什么你总往不干净的方面去想呢？那时候，他吕忠华该怎么回答？

吕忠华记得一个故事，说是两个和尚过河，看见一个女人也要过河，却怕水不敢过，老和尚就把她背过了河。过河以后，两个和尚继续赶路。过了一会儿，小和尚对老和尚说，我们是和尚，怎么能跟女人接触呢？老和尚说，我早已经把她放下了，你还放不下。吕忠华想，自己都六十多岁了，怎么思维还像那个小和尚呢？人家楚绍红根本没有其他乱七八糟的想法，怎么你吕忠华老是往那方面去想呢？

可是，他吕忠华不往这方面想，挡不住别人不往这方面想啊。社会上人多嘴杂，说什么的没有呢？尤其是那个蒋桂英，自己的另一半，谁能挡住她发挥自己无边无际的想象力呢？上次仅仅听说楚绍红是他的初恋，就跟他打了这么久冷战；这回要是一起接受采访的事情被她知道了，她还不闹翻天啊！

看来，还是要说一下才好！哪怕不直接说，暗示一下也行啊……

正在这时手机响了。吕忠华一看，是楚绍红，赶忙接了电话。电话里，楚绍红说话却期期艾艾的，没有刚才那样爽快了。吕忠华有点奇怪。

“你……说话方便吗？”

“方便。你说吧。”

"你……能不能……来我家一下？"

"有事吗？"

"来了再说，行吗？"

"嗯……好吧。"吕忠华犹豫片刻，答应了。

吕忠华不知道什么事，想着正好利用这个机会跟楚绍红说一下，以后他们尽量少见面，少联系，就下楼骑上电瓶车，去楚绍红家里。

楚绍红早就在门口等着了。她把吕忠华让进院子里，又让他先进了客厅。八仙桌子擦得干干净净，一只玻璃杯泡了茶叶，放在桌子西侧；桌子中间放了一个果盘，摆了几只香蕉，几个橘子。

吕忠华和楚绍红各自在一边坐下来。楚绍红让吕忠华喝水，吃水果。吕忠华不动手，楚绍红拿了一只香蕉剥了一半递给他。吕忠华接过来，说声"谢谢"，却不吃，捏在手里端详着。他记得自己第一次吃的苹果是楚绍红给的，第一次吃的香蕉也是楚绍红剥给他的。唉，难怪人家说光阴似箭，日月如梭啊，转眼之间几十年过去了……

"有什么事情？说吧。"吕忠华慢悠悠地咬了一口香蕉，嚼着，品尝着，跟几十年前那一口香蕉的味道作了对比。还是当年的香蕉香甜啊。

"上午你给我打电话，我知道你想说什么。"楚绍红说。

"嗯？"吕忠华一时没有反应过来。

"我不知道我为什么要代替方小玲去开会，可我知道我给你添了麻烦。那一次参观看守所，我不知道为什么有人把我当你老伴，当时我是又高兴又不好意思，可是更多的是惭愧和痛苦。没想到昨天又被人家搞错了。我不知道这些人是怎么想的。我倒无所谓，可我想到你，你是有家有室的人，又是党员干部，我不知道这会给你带来什么样的麻烦。"

楚绍红一番话，倒让吕忠华不知道如何开口了。跟她说"带来不小的麻烦"吗？他说不出口；跟她说"没什么麻烦"吗？可是麻烦并没有过去。那么，不作回答，岔开话题？楚绍红不是傻瓜，她当然知道这是什么意思，还不如干脆告诉她算了。

吕忠华毕竟是吕忠华，他想到了一个绝妙的回答。

"这个不是你我考虑的问题，"他装作轻松的样子咬了一口香蕉，"我们就不要考虑了吧。我们要关心的，还是季宇航的教育问题。"

"季宇航的教育以后就要靠你了。"楚绍红幽幽地说。

"怎么能这么说呢？毕竟家长是最重要的。我们大家一起努力吧。"

"季广发脾气不好，文化又低，也不听你的话。好在他现在不跟宇航在一起。方小玲倒是转变了不少，可是当孩子出现问题的时候，她也只能搓搓手，跺跺脚，想不出办法来。你说，不靠你靠谁？"

"话不能这样说，"吕忠华端起杯子喝了一口水，"季宇航从小跟你一起生活，对你最亲。你从前对他太过溺爱了，如果你能转变思想，改变做法，对转变季宇航的作用，要比他父母亲都重要。"

"可是现在我毕竟不跟他住在一起啊，天天陪伴他的还是他妈妈。更何况，我……"

"你怎么了？"吕忠华听着语气不正常，紧跟着问。

楚绍红没有回答。她匆忙站起来，走到供桌东首，那里放了两只水壶。她是要去拿水壶，却没有马上拿，在水壶跟前站了一会，用手揉了揉眼睛，不知道是不是什么虫子钻进去了。乡下空旷，附近都是植物，虫子比城里多。她终于拿了一只水壶，过来给吕忠华倒水。她眼角有点红，看来真是眼里进了虫子，此刻已经被揉出来了。

"说呀，你怎么了？"

"哦，有只虫子钻眼里了。"

"不，我是说，你刚才说'更何况，我……'，什么意思啊？"

"我？我没说什么呀。"

吕忠华有点奇怪地瞪着她。刚才明明说了，怎么一会儿就记不得了呢？是真的忘记了，还是突然觉得不该说，就假装忘记了？

吕忠华不安起来，真有点如坐针毡的感觉。

"腿麻了，我活动活动。"

他找了个借口，说着就站起来，在客厅西侧，从供桌到门口走了两个来回，重又坐下来。时间很短，他想了很多。吕忠华对自己说，我真是咸吃萝卜淡操心，楚绍红是你什么人？她爱说什么、说了什么，关你吕忠华什么事呢？对于他们家的事情，除了帮助季宇航以外，真的不能操心太多。不然，很难说会发生什么事情呢。

吕忠华端起刚倒的水，低头吹了吹，喝了一口。

就听耳边楚绍红对他说："天晚了，你回去吧。"

他蓦地抬起头，楚绍红并没有看他。他一瞬间怀疑这句话是否出自她的口。自己的听力并没有问题，狭小的空间只有他们两个人。她肯定说了这句话了。

他没有问"你说什么"，而是相信了自己的耳朵，说了一声"好吧"，就站起来准备离开。

吕忠华推上电瓶车，往门口走去。楚绍红送他到门外，停住脚步。

　　"认识你真的很高兴。"楚绍红望着远方说。她没有看吕忠华。

　　这句话很突然，吕忠华猝不及防，不知道怎么应对，只是愣愣地看着楚绍红侧脸。

　　"季宇航的事情拜托给你了。此后，我们不会再见面了。"楚绍红说完这句话，急忙往回走。进了院门回转身，低着头把门关上了。

　　楚绍红临别时的几句话，大大出乎吕忠华的意料。他回过头，怔怔地看着紧闭的院门。院门有两扇，从两边的门枢向中间关闭。门上紫色的油漆脱落了一块又一块，对联底下翘起的一角被风吹得呼扇呼扇的。这是农家普通的两扇院门；他曾经那么熟悉，以至于每天回家时候都不去看它一眼；可是现在却感到如此陌生。尤其是住在两扇院门后面的人，他曾经那么熟悉的人，好像骤然摘下了几十年来戴的假面具，露出真实的面孔来，让他不禁感到骇然。

　　吕忠华低头跨上车座，打开电门。临走的时候，他又回头看了一眼院门，红砖砌起来的矮墙。终于，吕忠华带着满脑子的疑问，转动车把，缓缓离开了楚绍红家。

第三十六章　桂英心里很纠结

　　吕忠华根子不在县城，甚至不在本县。他家原本从山东来，几十年后又搬到邻县；本县没有父系亲戚，没有母系亲戚。因此，虽然说在本县工作了几十年，但是根须并没有那么四通八达，尤其是那些角角落落，更是远一大截子呢。根须不发达，导致的最大问题是信息不灵通。

　　而蒋桂英就不一样了。她家能够数得着的祖上都是本地人，都住在县城；八十年前，当县城还不是县城，只是一个普通小镇的时候，蒋桂英家就是小镇的居民了，七姑八大姨之类的亲戚之多，从天上掉下一块砖头就能砸中好几个。这就使得蒋家关系异常复杂。如果依然拿根须来打比方的话，蒋家根须之发达，能够延伸到每一个蚯蚓、蝼蛄、蝉蛹栖身的洞穴。亲戚多，出礼花费大，也给蒋家建立了一条条非常灵通的信息渠道。

　　这不，融媒体中心发生的事情，第二天就传进蒋桂英的耳朵里了。

　　当时她正在画室里画画，边上一位叫祁影的同学，不时拿眼睛瞟她一下。起先她没怎么注意；毕竟蒋桂英爱好画画，名副其实，作画时候全神贯注。可是后来，当她画好一笔，直起腰来欣赏自己的成果的时候，偶然一转脸，看见祁影正盯着自己，眼神有点反常；好像她突然从许仙的老婆白素贞，变成了一条盘在床上的白蛇似的。她不由得问道："怎么了？你怎么不画呀？"

祁影左右看了看，走近了她，嘴巴贴近她耳朵，低声说道："你还能画得下去啊？"

"怎么画不下去啊？"

蒋桂英感到奇怪，说道。说着，又把脸转过来，看着自己的画作。那是一株梅花，枝叶都是墨色，只有两朵花红艳艳的。她举起笔来，在一片树叶下方添了一笔。

"你没听人家说啊？老吕在外面出双人对呢！"

"什么？出双人对？"

蒋桂英重又看着祁影。她一时没搞明白：出双人对，形容恋人之间感情非常好；她没跟吕忠华出去，即使一起外出也不是情侣，怎么说是出双人对呢？

祁影添油加醋，把当时的情景叙述了一遍。不管是谁听了祁影的话，都会得出这样的结论：吕忠华带着一个女人外出了；两个人于众目睽睽之下坐在一起；在场的人都把吕忠华和那个女人当成一对了；吕忠华试图辩解，但是越描越黑，人们更加相信他们是夫妻了。

蒋桂英听了祁影的话，凝视祁影几秒钟，就转过脸来。她脸色依旧平静，没有追问细节，没有大发雷霆，没有捶胸顿足。她再次举起笔来画画，笔尖一顿，落在了一朵鲜红的梅花上。糟糕！那朵花最大的一个花瓣，被一个蚕豆大的黑墨团儿给遮住了！

蒋桂英干脆不画了，把笔朝画板上一扔。画作上的留白部分，就溅起了几滴黑色的血斑。就像美丽姑娘的洁白的脸上，趴了几颗黑色的胎痣；而每颗痣上还竖着几根黑毛！

"你给我收拾一下，我先回去。"

蒋桂英对祁影说完，把桌子角上的小包一拎，脸也不转，谁都不看，一字不说，噔噔地就出去了。

蒋桂英出了老年大学，却并没有回家。她走进了生态公园。

上午不是最热闹的时候，游人不多。西边的湖面水碧天蓝，微波荡漾；游船停在湖畔，水波摇着它们，好像在摇床上小憩。南风抚着树梢，树梢旋着圈儿摇晃，好像被自己的男朋友抚摸着，很是惬意。蒋桂英瞧着湖、船、树不大顺眼，就转而往北，朝魏阳山走去。爬爬山，累一累，也许能缓解自己的心情。

上一次听说老伴有过初恋，起先也很生气。在此之前，她完全不知道这件事情，也无从得知这件事情。吕忠华上辈不是本地人；吕忠华本人高中毕业不久即举家搬迁，与乡邻断了往来。他后来虽然回到运河县工作，但是与同学、乡邻都没有什么来往；蒋桂英的关系网编织在县城，没有延伸到乡下，所以一直不知道吕忠华有过初恋的事情。

听说吕忠华有过初恋，她觉得自己吃了亏。在她看来，人的感情就像树上的苹果，数量多少是固定的；别人多吃了几个，你就要少吃几个。初恋的感情更加珍贵，就像本地泗水王墓里面出土的马车，一共九辆，别人拿走一辆就少一辆，无法弥补。吕忠华有初恋，蒋桂英没有初恋；吕忠华感情的马车被人赶走了，而她的车一辆不少。有一段时间，蒋桂英脑子里总是盘旋着这个逻辑，转不过弯儿来，对吕忠华的不满与日俱增。

伴随着初恋风波的，是蒋桂英仍然解不开的一个结：她这个"城里姑娘"嫁给了一个"乡下汉子"。她当年的同学、伙伴，大多嫁给了城里人——就是老县城人；只有她嫁给了从乡下来的吕忠华。同学、伙伴家里遇到事情，酒席桌子上坐的都是城里人，说着县城里的方言，资、刺、思和知、吃、诗不分，把"接风"的音发成"结婚"；而她蒋桂英家里遇到事情，酒席桌子上有一大半是乡下人，彼此说的都是乡下方言。由于这门亲事是父亲做主的，蒋桂英为此好长一段时间对父亲有意见，见了他总是爱理不理的，连"爸爸"两个字都懒得叫出来。

不能不承认，蒋桂英父亲眼光远大。几年以后，城市户口作废了，无论是谁，只要在城里买了房子，都算作城里人了；当年的城里人大部分下岗，自谋职业，跟乡下来城里买房子的人站到同一条起跑线上。如果不是吕忠华帮忙，把她从工厂里调到事业单位（仍然是工人岗位），她下岗也是不可避免的。尤其是吕忠华后来在仕途上发展不错，当过县直机关股长、乡下的副乡长、乡长、镇长、镇党委书记，县里几个关键部门的局长。虽然没有晋升为处级干部，但是在全县也算是声名赫赫的人物了。这多多少少为蒋桂英挽回了一点面子；走在当年的同学、伙伴面前，腰杆渐渐就挺直起来。

但是，残留在骨子里的那种"城里人"的意识，还会时不时地从言行里冒出来。当蒋家得益于吕忠华的时候，蒋桂英就忘了自己是城里人；当与吕忠华发生矛盾的时候，她就想起了自己是城里人"下嫁"，吃大亏了，于是火气就愈发旺起来。

这回依然如此。得知吕忠华有初恋以后，她对吕忠华开展冷战。冷战的目的是发泄自己的火气。说也奇怪，对于那个自己从未见过面的"情敌"（如果丈夫几十年前的初恋也算作"情敌"的话），她产生了一种无法排解的愤怒。在蒋桂英心目中，楚绍红就是那个摘走苹果的人，就是那个赶走泗水王墓里出土的马车的人。她不能原谅她；不能原谅她，却不能奈何她，蒋桂英只有将火气发泄在吕忠华的身上了；并向她提出了自己的要求：辞掉

"少防"工作，回归家庭。随你养猫也罢，跳广场舞也罢，下棋也罢，就是不能跟那个楚绍红接触。

吕忠华没有辞掉"少防"工作，蒋桂英心知肚明；但是吕忠华小心翼翼，顾及她的感受，躲避楚绍红，她也有所察觉，心里稍微得到一点安慰。面对这种局面，对于冷战是否升级，蒋桂英心里没有底。也罢，摸着石头过河，看事情发展再说吧。后来，她也曾远远地见过楚绍红，见她不再青春年少，模样也不比自己好看，心态渐渐平和起来。

谁能料到，他吕忠华愈加猖狂起来，竟然跟老情人在公开场合露面！即使他们之间不会发生什么故事，这也算是向她蒋桂英公开挑衅吧？也算是对她蒋桂英的羞辱吧？这叫她蒋桂英面子往哪儿搁？

蒋桂英站在魏阳山的观景台上，俯视脚下。一条小溪急急忙忙地向西北流去；溪边小道的树荫摇摆着，忙不迭地告诉人们它有多浓。小楼暗红色的墙壁，穿过风景树之间的空隙来掀人眼帘。唉，干吗要做个人呢？做个物体多好！没有烦恼，不讲面子，无视感情……

可是，她蒋桂英毕竟不是物体呀，也没有物体那样的胸怀；她还要考虑到面子，还要计较感情！这件事情究竟该怎么处理呢？跟吕忠华离婚？是不是有点过分？面子上是不是更加难看？那时候大家肯定都会这样说：

"蒋桂英被人抛弃啦！"

"当初的城里姑娘被乡下汉子抛弃了！"

如果不离婚，同样会有人在她背后指指点点：

"听说蒋桂英老伴外面有人了。"

"蒋桂英还不知道呀？是傻子吧？"

"蒋桂英怎么能受得了的呢？给我早离婚了！"

那么，就装作不知道？可是，自己心理上的那一关怎么过呢？相比而言，别人的议论倒可以忽略，心理上的挣扎却是无法逃避的！

想来想去，她的脑袋瓜子都疼了，却没有任何结果。唉！怎么办？要不，回家跟女儿商量商量？

她深一脚浅一脚地从观景台上下来，从西南小径往下走。小径是石块铺的，不小心踩到石块边缘的话，脚就会被棱角硌着。蒋桂英低着头，走得很小心。突然，右侧冲出一道黄的光，定睛一看，却是一条黄的狗，在她面前停下来，对着她摇尾巴，似乎认错了人。蒋桂英被它一吓，脚踩到了石缝上，一阵钻心的疼痛从脚底传来。蒋桂英咧一下嘴，心里的火气转移到狗身上。她伸出脚去，找准狗屁股踢去。那只狗的主人也许是一位妙龄少女，当它看清眼前的人只是一位皱巴巴的老太太时，它的尾巴不摇了，毫不犹豫地转头而去。蒋桂英使出去的力道落了空；她想把脚收回来，而脚却顺着自己的惯性继续向前，只不过方向由向前变为向下。这么一来，蒋桂英的身体就往前栽了……

"哎呀！"她惊叫一声。

然而她却没有倒下。山坡不陡峭，身体只是往前倾了倾，踢出去的脚就立即着地了。却把她吓出了一身冷汗。

她愈加恼火，无处发泄，只好狠狠地踏着地面，加快脚步下山去了。

第三十七章　一闹二作三离婚

蒋桂英耷拉着嘴角回到家里。女儿没出去，坐在电脑桌前。听见门响，她跑到客厅里来，看见是蒋桂英，睁大了眼睛说："是你呀妈。这才几点呀你就回来了？"

蒋桂英在门口脱下鞋子，没有像以往那样规规矩矩地放在门垫上，而是轮流把两只脚往前踢，鞋子就飞出去了。好在用力不大，只落在一米开外的地面，没有飞到沙发、茶几上。蒋桂英的这个举动把吕丽婷吓了一跳。

"妈，你怎么啦？生什么气呀？"

"生什么气？你说我能生什么气？"

"嘿嘿嘿嘿，你还能生什么气？无非是我爸在外面有小三了呗。"

"你……"

看着女儿嬉皮笑脸的样子，蒋桂英气不打一处来。她瞪了女儿一眼，穿上拖鞋，走到沙发旁边，狠狠地把包往沙发上一扔，随即往沙发上一坐，两条胳膊抱在一起，梗着脖子，坐在那儿呼呼喘气。

女儿站在她后面，两条胳膊撑在沙发上，侧着脸看着她，对着她耳朵轻声说："妈，我爸真有小三啦？"

"你真不知道?"蒋桂英转脸望着她,反问道。

"真的不知道。告诉我怎么回事。"

蒋桂英把刚才听到的事情说了。

"以前听人说他们曾经是恋人关系,我虽然生气,但想想已经过去这么多年,也就算了。只要他们现在断绝来往,我就不去计较了。前段时间,你爸确实有所克制,我以为他改邪归正了。没想到现在竟然变本加厉,在公开场合出双入对,你说,我能不生气吗?"

"我爸真不像话!"吕丽婷附和着说,"丝毫不考虑妈的感受,太自私了,胆子太大了!简直不像一个共产党员,不像一个退休干部!不要说妈生气,我也不能忍受!必须惩罚他!妈,你打算怎么办?"

"我现在就是纠结这个,"蒋桂英听了女儿的话,心里的气消了一些,"惩罚他是必须的,可是究竟怎样惩罚呢?"

"你有哪些想法?说来我听听。"

"我想过跟他大闹一场,让他丢人现眼;我想过'作'他,让他天天过不安生;我想过跟他离婚,让他成为孤家寡人……女儿,你有什么好主意?"

"我妈脑子真好使,想得非常周全,我没有补充的了。可是这三种方法,你究竟是只用其中一种,还是都用上呢?"

"你看呢?"

"我看呀,"吕丽婷皱着眉头,想在眼睛里尽量挤出一点凶恶的光来,却不能够;于是只好退而求其次,咬着牙根,把说话的声音放得狠一点。"我爸太自私了,完全不考虑我们母女俩的感受!对我爸这样的人,就不能有一丝一毫的怜悯之情!用一种方法太便宜他了,最好三种方法都用上!先闹,闹上一场,让他丢人；再作，让他过得生不如死；最后离，跟他离婚，我跟妈一起过！另外，离婚时候，我找个代理律师，通过法律渠道，把他的养老金控制在我们手里，让他每个月向我们要钱；等到他不能动弹、进养老院的时候，我们不给他交养老费，让养老院把他抬出来扔到街上去！等到你们都百年之后，我也不让你跟他合葬，让他成为孤魂野鬼，怎么样？"

吕丽婷这番话鬼气森森，蒋桂英听着，竟不由自主地打了个寒战。她怀疑地看着吕丽婷："闺女啊，这有点过分了吧？他可是你亲爸呀！你怎么能这么狠呢？"

"他是我亲爸不错，可他背叛了我妈；妈是我最亲近的人，凡是背叛我妈的人就是我的仇人！我这样对待仇人难道有什么错吗？"

"你的想法我大部分赞同，"蒋桂英想了想说，"不给他交养老费就算了吧，该交就给他交。还有说不让我跟他合葬，那我跟谁合葬啊？他成孤魂野鬼，我不也成了孤魂野鬼了吗？"

"妈，你可真行啊！百年之后还跟仇人做夫妻！你愿意我还不愿意呢！你放心，我给你找个年轻小伙子，你们结个冥婚，行了吧！"

"呸！"蒋桂英朝她啐了一口，"别让我恶心了！还冥婚呢！"

"好好好，"吕丽婷说，"那我们就一闹二作三离婚！"

"行！一闹二作三离婚！具体怎么办，你考虑考虑。"

"行，我尽快拿出一个作战方案，报老妈批准之后实施！为了谨慎起见，此前我们按兵不动，要装作没事人的样子，不然就会打草惊蛇，我们就可能前功尽弃！"

"没问题，妈听女儿的！"

"哎，这才是我的好老妈！"吕丽婷在蒋桂英脸上亲了一口。

第三十八章　倒吕计划全解析

　　这边，母女俩确定了"倒"吕仲华的方针；那边，吕忠华还被蒙在鼓里。因为心里有"鬼"，吕忠华在家里更加小心翼翼，该做什么事做什么事，甚至没有事的时候也找事情来做。蒋桂英呢，因为取得了女儿支持，双方达成一致意见，也不动声色，看上去比往常要温文尔雅。

　　这天，吕丽婷来到老年大学，把正在画画的蒋桂英叫出来，在走廊里的长椅上坐下，高兴地对她说道："方案拿出来了。在家里说不方便，所以到这里跟你讲。"

　　吕丽婷从小包包里取出一个本子来，从夹着中性笔的那一页打开，拿着笔，敲打着本子说："妈，我在拿方案的时候，想到了一个重要问题。"

　　"什么问题？"

　　"这么说吧。如果我们到湖边去钓鱼，我们知道自己会被鱼拖着掉进湖里，被湖水淹个半死，我们还去不去钓鱼？"

　　"肯定不去啊！活腻啦！找死啊！"

　　"所以说呀，我在制订方案的时候，首先要考虑到我们自身的安全。我们不能在一闹二作三离婚的过程中，让自己遭受损失，产生痛苦，得不偿失，你说是不是？"

"哎呀，这些道理谁不懂？我又不是傻子！快把你的方案拿出来呀。"

吕丽婷向老妈汇报她的"一闹二作三离婚"方案。一闹。从三个角度闹：首先闹到老科协，向老科协李会长控诉吕忠华找小三的事情，让他在老科协抬不起头；其次闹到老爸老家，让七姑八大姨都知道他的丑事；再次闹到网上，在微博、抖音、快手上发信息、发视频，叫全社会都来骂老爸。二作。也有三个角度：a. 吃饭作，他做饭我们不吃，我们做饭不给他吃，让他没得吃；b. 睡觉作，把老爸老妈的双人床给卖了，老妈跟吕丽婷住，让老爸没地方住，睡沙发；c. 出行作，把他轮胎戳坏、把他头盔收起来、把他乘车码卸载，让他骑不成电瓶车、跟不成公交车。三离婚。当这些事情做了以后，估计不等老妈提出离婚，老爸就主动拉着老妈往民政局跑了。但是老妈先不跟他离婚，拖他几年再说，继续闹他、作他。

蒋桂英听了女儿的方案，非常赞成，头不停地点着说："这个好！这个好！我女儿有才！我女儿太有才了！"

"当然，"吕丽婷严肃地说，"天下没有免费的午餐。我们在闹、在作的时候，也是要做好准备的。现在就来看看，我们要达到目标的时候，要做好什么样的准备。"

吕丽婷告诉蒋桂英，一闹，要准备好情绪。

"情绪？还要准备？什么意思呀？"蒋桂英瞪着女儿。

"妈，你怎么连这个都不懂呢？你要知道，我们是故意策划的，事先准备好方案的；就好像演员演戏，事先都背熟剧本的。你如果不准备好情绪，到了老科协，心平气和地向李会长控诉，李会长会相信吗？恐怕不但不相信，还怀疑你有精神病，把你送到精神病院关起来！"

蒋桂英觉得有道理。

"那要准备什么样的情绪呢?"

"一哭二叫三上吊!首先你要哭,要准备好好愤怒的情绪,要准备好眼泪;如果没有眼泪,我给你准备一点带有刺激性的液体,比如清凉油、洋葱,你放在兜里,没有眼泪的时候用手摸一下,再把它沾到眼睛上,眼泪就不停地流了。其次是叫,哭出大声来,最好让全楼层的人都听见。你哭过去世老人的,就把那种劲头拿出来哭!再次是上吊,你包里准备一根绳子,如果李会长不答应你处理我老爸,你就拿出绳子来说要上吊!"

"可是办公室里没有房梁啊,绳子往哪挂?"

"妈,你真是老了!你又不是真的去上吊,只是做做样子!你就装出找地方挂绳子的样子就行了!"

"哦哦,我懂了。"

"还有,妈,我记得你说过,上次体检心脏有点问题,但问题不大,不需要吃药,平时注意一点就行了。你去闹的时候呢,情绪激动,心脏肯定会受到刺激,所以,为了以防万一,我给你买一盒速效救心丸放在包里。到时候,你只要觉得心里难受,就赶紧掏出药丸来塞进嘴里。注意,放在舌根底下,让它自己化掉!听见没有?"

蒋桂英愣愣地看着吕丽婷,好像很陌生似的。

"作为女儿,我不敢让我妈冒着这么大风险。所以,到时候我跟你一起过去。你进去哭、叫、上吊,我在走廊里等。万一你心脏出现问题,吃速效救心丸不管用,你就尖叫两声,我听见以后,就马上打 120,给你叫救护车……"

"我怎么越听越不对劲啊,"蒋桂英锁着眉头问女儿,"听你这么一说,我去老科协就好像去杀场似的!你是不是诚心不让我去啊？心疼你爸了是不是？"

"妈，你要这样说的话可就冤枉我了！"吕丽婷显出无奈的样子说，"你让我拿方案，做准备；既然是做准备，我是不是要把各种可能性都要考虑在内？"

蒋桂英无话可说。只是瞪着女儿，想着用什么词儿来反驳她。

吕丽婷接着往下说。闹到老爸的老家，要雇几个相貌凶恶的人跟着；否则，七姑八大姨一吆喝，上来几十口子，她们母女俩如何回得了家？闹到网上要做好接受网暴的准备，比如言语谩骂、人肉搜索、恶意剪辑、篡改P图、造谣诋毁、侵扰生活……蒋桂英不懂这些时髦词语，吕丽婷告诉她：言语谩骂就是在我们发布的信息上面留言骂脏话；人肉搜索就是打听我们隐私，你上过哪一家公厕、用什么牌子的卫生纸都捅到网上；恶意剪辑、篡改P图，就是把你的声音或者图像，跟另一个不相干的人的声音或者图像，通过剪辑拼接在一起，造成你和某人勾搭、相好的假象……

"网络是这样啊！比我们生活中还可怕嘛！"

"当然啦！好多人因为受不了网暴，选择了自杀！所以，如果我们闹到网上，就要做好接受网暴的心理准备！"

吕丽婷这么一说，蒋桂英打了个寒战，好像自己已经遭遇到网暴似的。

"不管怎么样都要闹！"蒋桂英下了决心，狠狠地说，"不然，太便宜他了！"

"可是，"吕丽婷摊开手说，"我们没有证据啊。李会长是老领导，讲究证据；到老爸老家去闹也要有证据，闹到网上更要有证据。不然人家不给你发布的。"

"什么叫证据？他们一起公开出席采访活动不就是证据吗？"

"妈，不是我说你，因为老爸跟人家谈过恋爱，你就这样无端怀疑他，你的思想太狭隘了！要是这么说的话，你曾经跟老男人一起上台跳舞，我爸是不是就说你跟某人出双入对？你曾经跟单位男同事一起外出聚会，我爸是不是就可以说你跟某人勾搭了？你曾经跟老年大学男同学一起出去开画展，我爸是不是就可以说你跟某人偷情了？"

"我跟他们没有过初恋！"

"可这是理由吗？我爸完全可以这样说：正因为你们没有初恋，彼此才更有新鲜感、更想了解对方的内心、更想走进对方的生活！"

蒋桂英恼了。她噌地站起来，俯视着女儿说："我就知道，你跟你爸亲，不跟我亲！你跟他过去吧！"

说吧，噔噔地回教室里去了。

看着母亲的背影，吕丽婷无奈地摇了摇头。

第三十九章　丽婷下乡侦察记

那天，吕丽婷和王相岩到小西湖酒楼吃饭，因为说自己在520房间，引来了服务员一段顺口溜，彼此非常尴尬。不久小严来了，带一个男孩，小严叫他小庾，是开发区一家科技公司的技术员。小严悄悄跟吕丽婷说，是媒人刚介绍的，先相处一段时间再说。这个男孩性格开朗，一坐下就拿吕丽婷和王相岩开玩笑。

王相岩心里紧张得咚咚跳，老是拿眼睛的余光瞟着吕丽婷，担心她生气。还好，吕丽婷始终微笑着，反过来拿他和小严开涮。王相岩见此情景，放下心来，心情变得非常愉快。如果吕丽婷讨厌自己，或者严格地限制他们之间的关系的话，她必定会板起脸来严肃声明；如今她没有这样做，虽然不能说她爱上了自己，但是起码可以说，他们之间来往的大门已经敞开了一条缝，接下来就看自己如何动作了。抬起腿来一脚踹去？畏畏缩缩不敢叩门？谨小慎微一点一点推开？王相岩理所当然地决定采取后一种。

此后，王相岩请吕丽婷吃饭，邀请小严和她的男友作陪，吕丽婷没有拒绝；但是吕丽婷不久就回请了一顿。吕丽婷彬彬有礼；没有像自己想象的那样，对他所献的殷勤全盘接受，但是也表明希望仍在。就好比王相岩往空中扔了个气球，下面垂着一根线头；气球在吕丽婷的头顶盘旋，吕丽婷抓住了线头却并没有扯下来，但是也没有撒开手，也没有吹一口气让它飘走，这就表明吕丽婷有可能扯着线头，把气球揽在怀里。

对于王相岩的表现，吕丽婷看在眼里，记在心里。自从经历过道歉事件之后，吕丽婷对王相岩有了好感；但是，王相岩的家庭出身仍然让她望而却步。经济条件倒是次要的，吕丽婷担心的是王相岩父母难以相处。她看见过不止一个女孩子，结婚以后跟住在农村的公公婆婆处不好。究竟怎么办？吕丽婷来到了人生的十字路口。向东是王相岩的相貌、职业、性格、为人，但伴有未知的因素；不知前方是坎坷不平的荆棘路，还是鲜花盛开的阳关道。向西则是一片白茫茫大地，仍然需要自己探寻通行的道路。

她决定向东。但是在踏上这条路之前，她要先去"踩点"。对于王相岩的家庭情况，在几次聚会当中，吕丽婷已经断断续续知道了一些。连他父母的姓名、住址，住宅在村子的哪一个方位，房前屋后有什么特征，她都一清二楚。虽然是不经意之间了解到的，但是她有意识地记忆下来，并在事后进行了分类整合。可以说，吕丽婷对王相岩的了解，已经远远超过他的表外甥女小严了。

这天，吕丽婷给小严打电话，问她明天有没有事，约她去乡下一个地方游花看景。小严立马同意，还问去什么地方。吕丽婷卖了个关子，说："到那里就知道了。我要给你个惊喜。"小严说叫上小庚吧，让他开车带我们去。吕丽婷同意了。

第二天，小庚开车先接上小严，再到运河小区门口接上吕丽婷。小庚问往哪个方向走，吕丽婷说："向南，过一号桥。"

"过桥以后呢？"小庚问。

"到时候再告诉你。"

"你直接告诉我不就行了吗？开个导航，什么都搞定了。"

"我跟小严说了，要保密，给她一个惊喜。"

一路上，他们随意聊些感兴趣的话题。无论怎么聊，吕丽婷都注意窗外的风景，忘不了在路口提醒小庚走哪一条路。一开始，小严还两眼迷茫；行驶了一段时间，小严脸上渐渐绽开了笑容。她知道吕丽婷要去哪里了。她就哼了一声道："想瞒我？还瞒不瞒？"

"真聪明！你看出来啦？"吕丽婷笑着说。

"你是骂我呀！回我自己老家的路我会不认得？只是你肯定不会上我老家，而是去另一个地方！小时候我跟大人去过，差不多忘记了。但是大概方向我是知道的。"

"我知道你会知道！但我警告你啊，不许向他告密！到了那里也不要跟人家攀亲戚！"

"哪里要攀亲戚啊？我们本来就是亲戚嘛！"

"那也不许你提！"

"好的，我不提还不行吗？这人哪，一旦掉进爱情的网眼里就会变得很古怪！连亲戚都不许认！"

"那你呢？你现在钻进爱情的蚕茧里了，古怪不古怪？小庚，她古怪吗？"

"唉，你不问我都不好意思说。她现在变得可古怪啦！饿了要吃，渴了要喝，热了要开空调，想方便就上洗手间……"

"哦，我这就叫古怪！那我不古怪的时候什么样？饿了不知道吃，渴了不知道喝，热了晒太阳，想方便就进厨房？你就说我是个智力障碍者嘛！"

小严朝小庚头上打了一下。大家哈哈大笑起来。

快到王相岩老家的时候，吕丽婷简单地跟小严和小庚谈了自己的计划。他们两个频频点头。

王相岩所在的村子坐落在小河两边，河上有一座小桥相连。河边石头护坡，岸上栽了两行风景树，树下种了几棵月季花。河水很清澈，走近河岸，能看见水里游着的小鱼。王相岩家在河东，距离河边隔着几户人家。三个人把车子停在村口，打听到王相岩家的具体地址，就顺着村前的小路走过去。

王相岩家有一个院子，红砖砌的院墙约有两米高。院门敞开着。他们走到院门口，看见院子里有一幢小楼，下面三间，上面两间，东侧是阳台。房屋前面铺着水泥地坪，西侧是一块菜地，种着一行行绿色的蔬菜。菜地中间有一棵桃树。碧绿的树叶中间，不时有浅绿、红色的小圆点闪过。那应该是成熟的桃子了。

小严向里面问道："屋里有人吗？"

屋里走出两个老人来，一看就是王相岩的父母亲。王相岩长得很像他们，但是他们的头发都不像王相岩那样炸着，这倒很奇怪。两位老人衣着朴素，但是都很干净、整齐。王相岩母亲看着门前的三个人，问道："你们找哪个啊？"

"我们来做生意的，想跟你们打听点情况。"小严说。

"做生意的？"王相岩父亲打量他们一眼，"我们不做生意。"

"你是哪个啊？我好像见过你的。"王相岩母亲对小严说。

"没有，"小严看了吕丽婷一眼，慌忙说道，"我们都是第一次来。"

"大爷，不是的，"吕丽婷说，"我们是做生意的，但是到你家不是做生意。我们这位男士用中药泡茶喝，想到你家来要点开水，多少钱随你们收。"

"哦，这样啊，"王相岩母亲说，"喝水就喝水，收什么钱啊。你们进来吧。"

三个人进了院子，看见东侧还有两间小平房，是厨房和杂物间。到了正房门口，王相岩父母亲让吕丽婷三个人先进屋。吕丽婷进了正房，比他们两个人都用心地打量。地上也做了水泥地坪，打扫得干干净净。东西两堵墙，都涂着雪白的涂料，把正房隔成三个小间。迎面的墙上没有窗户，挂着一幅画和一副对联。下面摆着一个电视柜兼储物柜，里面的东西摆放齐整。屋子中间有一张餐桌，左右各放着两把椅子，还有几把椅子放在两边墙下。

　　"你们坐下，坐。"王相岩母亲指了指西边墙下的椅子说。随手打开了电风扇，对准他们三个人吹。

　　吕丽婷坐下之前，先偷偷地用手指抹了一下椅子面，放到眼前看看。手指头干干净净，没有灰尘，吕丽婷才放心地坐下。农村灰尘多，能保持这样的干净，应该是每天都擦拭过的。吕丽婷觉得这两个老人不错，爱干净，也勤劳。小严则是大大咧咧的，看也不看，往椅子上一坐，坐下之后才东张西望。

　　"我给你们烧水。"王相岩母亲说。

　　"大娘，不用啦。有现成的开水就行了。"吕丽婷说。

　　"我听说泡茶用开水好啊。我给你们烧去，也不费事。"说着，王相岩母亲就从电视柜上拿起一把电热壶，往外走去。不一会儿，端着壶走进来，插上电。

　　在王相岩母亲忙乎的过程中，王相岩父亲一直默不作声。他先是端着椅背，把墙边的椅子朝中间挪了挪，让客人坐起来方便些；随后就走出去了。不一会儿，端进来一个碟子，里面放了几只绿色带红的桃子。刚洗过，桃子湿漉漉的。桃子一进来，氛围就不一样了，就好像端进来一碟子春风似的。

　　"尝尝吧，熟了，甜呢。"

小严两眼放光，左手拿起一个递给吕丽婷，右手拿起一个递给小庚，拿起的第三个往嘴里一塞就啃。

"嗯，真甜。"小严边吃边点头。

吕丽婷心里又一次温暖了。她缓缓地咬着手里的桃子，一边打量王相岩父母亲。她发现王相岩父亲虽然不怎么说话，但是总在观察着他们。吕丽婷想，可能对他们三个人的身份并不相信。小严小时候来过这里，据说一大家子还合了影。也许他还记得小严，在寻找脑海里的记忆呢。

过了一会儿，她看见王相岩父亲走到老伴身边，悄悄扯了她衣角一下，两个人就出去了。不一会儿又走进来。这让吕丽婷颇为奇怪。是不是小严早就猜到了吕丽婷的行踪，向王相岩告了密？也就是说，王相岩父亲不是在寻找脑海里的小严，而是在揣摩这个不请自来的"准儿媳妇"？这么一想，吕丽婷觉得身上一阵燥热。

还好，接下来的谈话并没有围绕这个可能性的主题，这让吕丽婷感到些许轻松。

"刚才你们说是做生意的，做什么生意啊？"王相岩母亲问。

"我们主要销售一些科技产品，"小庚说，"考虑到一些科技产品高高在上，农村用不起，我们开发了一些物美价廉的产品，专门面向农村销售，让农民们花很少的钱，也能用得上科技产品。"

小庚说完笑了笑，对自己现场瞎编的才能颇为满意。小严朝着小庚笑，还把右手放在下面，朝他竖了竖大拇指。两位老人也很高兴。

"都有些什么产品呢？"王相岩父亲问。

"嗯，什么豆浆机啊，净水器啊，电磁炉啊，真空锅啊……

反正常用的东西都有。"

"你们以前来过我们这里吗？"

"你们这里我们没来过，别的地方我们去过。"

两位了老人对视了一下。王相岩父亲忽然站起来。

"哦，刚才村里让我去一趟……"

"要去就快去，早点回来啊。"王相岩母亲说。

"哎，哎。"王相岩父亲说着，就急急忙忙走了。

吕丽婷站起来，想到处看看。王相岩母亲也急忙站起来，走到吕丽婷跟前。

"你们别走啊，中午在这里吃饭。"

听到老人这句话，吕丽婷更加相信，小严把她给"出卖"了。在不在这里吃饭呢？通过刚才的一番观察，吕丽婷已经初步认可了王相岩的父母亲，觉得他们待人热情，心地善良，勤劳，爱干净，说话也平和，不像是那种挑剔、爱发脾气的人。家庭条件也不是原先想象的那样差，起码有一幢两层小楼；装修虽然简单，却像真正的农家。不过，如果留在这里吃饭的话，那还得考虑考虑……

"我们不在这里吃饭，"吕丽婷说，"不过我们还想歇一歇，看看你们的农家小院。"

"你们随便看，随便看。"

他们三个人走到屋外。吕丽婷把小严拉一边，朝她身上拧了一下，小严"哎哟"叫一声。

"你干什么呀？"她轻声抱怨道。

"你说，你是不是把我出卖了？"

"我没有啊。"小严瞪大眼睛，一脸无辜。根据吕丽婷对小严的了解，一旦小严现出这样的神情，那就表明她是诚实的。当然，吕丽婷也不能完全肯定。

"等回去再跟你算账！"吕丽婷又拧了她一下。

小严咧了咧嘴，皱了一下眉，没吭声。两个人从边上回来，脸上又显出笑意。她们走到院子外面，站在一排行道树下面。本地原先的柳树、洋槐、苦楝树什么的，在县城很少见到了，更多的是银杏、香樟、枫树、国槐、合欢什么的。而在乡下，这些树都种了很多，他们三个人就站在一棵洋槐下面。树荫很浓，小片的树叶在风中发出细碎的响声，听着颇像谁在窃窃私语。

忽然，他们看见西边走过来几个人，王相岩父亲走在前面。王相岩父亲看见他们，侧过身朝后面几个人说话，手指还对着他们这个方向。吕丽婷他们很奇怪。一会儿，几个人走到跟前，一个四十来岁的中年人面孔严肃，上下打量他们一眼，开门见山地问道："你们是来做生意的？"

吕丽婷三个人互相望了一眼，不知道怎么回答。做生意只是随口编出来的理由，现在有人来正式调查，他们不敢理直气壮地承认了。

"我们……啊……是做生意的……"小庚吭哧吭哧地说。

"你们卖净水器、豆浆机是吧？"

"是……是的……"

"你们前三天免费送小礼品，第四天卖货第五天退钱？"

小庚不知道他们说的是什么意思，何况他们真的没有这样干过；又见他们个个板着脸，觉得事情有点儿不对劲，就不再往下编了。

"这个，我们没有……"

"没有？实话告诉你们，我们已经报警了。半个月前，你们两女一男在邻村行骗，公安早就盯上你们了。赶快回屋去，一会儿民警来了带你们走。"

他们总算明白是怎么回事了，三个人都笑起来。吕丽婷用手碰了碰小严。

小严走到王相岩父亲跟前，把他胳膊抓住，叫道："大舅爹，我是严晓娜，王相岩是我表舅，我爸是你外甥，你不认识我啦？小时候我来你家，还跟你们照了照片呢！"

王相岩母亲从后面走上前来，抓起小严的手。

"你是晓娜啊！我说看你有点面熟呢，就是想不起来在哪里见过。赶快进屋，今天中午在这里吃饭。"

王相岩父亲和同来的几个人，看见这情景都愣住了。

中年人指点着王相岩父亲，笑了起来。

"都是你，说在邻村行骗的几个人到你家了。害得我们虚惊一场！"

王相岩父亲赶忙向两边赔不是。中年人带着几个人走了，王相岩母亲欢天喜地，抓着小严的手，领着他们回到院子里。

第四十章　阚主任对抗蒙羞

　　暑假就要结束了，吕忠华把三个学生的情况梳理了一下，思考下一个阶段如何开展工作。上一阶段适逢暑假，家长、社区教育是主体，学校教育只是配合——其实连配合都谈不上，人家老师正值暑假期间，有私人的事情要处理，要进修学习。如果小严不是女儿的好朋友，吕忠华连小严也请不到的。马上开学了，学校教育就成了主体，社区教育就要配合。学校教育有现成的模式和经验，而社区教育如何配合学校教育，则是一个崭新的课题，需要吕忠华这样的实践者们去探索。

　　经过一段时间的小本子交流，季宇航已经跟他形成了默契，两个人无话不谈了。每天一次的小本子交流，有时候季宇航觉得话犹未尽，就在另一个本子上继续写。而吕忠华也是每次必复。在回复的时候，吕忠华从来不是站在道德的高度，对季宇航指手画脚，谆谆教海；而是以一个朋友的身份，对季宇航写的事情、看法发表意见。如果批评季宇航的话，他会先用三分之二的篇幅来表扬他，然后用三分之一的篇幅来批评。批评的话语从来不尖锐，都是用分析、商量的口气说出来。每一次季宇航都心甘情愿地接受。有时候季宇航重复犯某一个错误，他一而再，再而三地检讨，吕忠华都能宽容他，鼓励他，从而赢得了季宇航的信任。

季宇航的篮球训练两天一次，正常进行。有时候，季宇航会告诉吕忠华，他们篮球培训班要举行比赛；吕忠华就主动赶去观看，给季宇航鼓劲，还给他和队友们送上纯净水、水果。

杜伊雪在培训机构补课。在排除了马仁毅的干扰之后，杜伊雪学习更加勤奋。起先，杜伊雪参加的是提前学习初三课程的班，由于基础不牢，杜伊雪经常遇到"拦路虎"。她通过母亲找到吕忠华，想转到一个补初一、初二课程的班。吕忠华就去帮她调了。还夸她选择得对："初三的课程开学可以学。现在把基础打牢，将来能够进步更快。"吕忠华还经常"敲打"潘克兰，打电话问她是不是犯了"老毛病"，有没有一直盯着杜伊雪。潘克兰每次回答都是否定的，让吕忠华感到宽慰。吕忠华经常到补习班去看望杜伊雪，询问她母亲对她的态度，每次都得到她肯定的答复："妈妈现在对我很宽松，不再像以前那样盯着我了。"每次去看杜伊雪，吕忠华还跟杜伊雪的补习班班主任、任课老师交流，从他们那里了解杜伊雪的情况，询问补习班需要配备哪些文具、书籍。吕忠华把学习用品都给杜伊雪配齐，还经常给她送些水果、酸奶。

韩俊凯继续参加无人机训练班。这孩子好像有这方面的天赋，除了练习遥控飞行，还研究无人机构造，进而探索构造原理。当然，再深入的东西，就不是训练班老师能教，也不是韩俊凯能够理解的了。但是，这种刨根问底的精神，得到训练班老师的大力赞赏。同时，韩俊凯继续上着学科培训班。考虑到韩俊凯妈妈田文菊的高傲性格，吕忠华跟她交流不多，有事就找她母亲杨老太。通过杨老太，吕忠华了解到，田文菊不仅给韩俊凯停了药，也中止了拿别人家的孩子跟韩俊凯比。杨老太说，田文菊现在认识到了，不是高学历的父母就能生高智商的孩子，也不是有钱人的孩子智商就高。韩俊凯就这样了，不能因为他智商不高就嫌弃他，就折磨他。杨老太说，田文菊还能换个角度看问题了；孩子智商虽然不高，但是有自己的爱好，通过这个爱好再来带动其他方面，"这个就是你说的什么什么的？"杨老太一时想不起来。吕忠华告诉她，是溢出效应。"对对对，是溢出效应。"她高兴地说。

吕忠华制订了开学后配合学校教育的计划。三个孩子暑假后都念初三；他打算提请学校考虑，在初三年级开展社团活动，成立一个篮球队、无人机表演队；同时增加课外阅读课。孩子犯了错误，在通知家长的同时，也跟吕忠华打个招呼；吕忠华定期跟班主任做个交流。

吕忠华准备把自己的想法跟老科协汇报一下，争取得到他们的支持，却接到了老科协开会的通知。原来，老科协早把这项工作安排好了。事情涉及"少防办"的多个单位，所以也请他们派人来参会。会上，老科协李会长讲话，发布了下一阶段工作计划，要求各单位步调一致，互相配合，推动"少防"工作协调开展。

按照老科协工作布置，以及自己制订的计划，开学前两天，吕忠华来到运河初中，找到了梁校长。吕忠华跟梁校长早就熟悉，两个人寒暄几句，就转入了正题。

"你是老领导，我说话不跟你拐弯，有什么说什么，"梁校长快言快语地说，"教育的失衡，不是一天两天了。那天你们接受记者采访，那个省报的昝记者说话一针见血，我深有同感。但是作为一个基层学校的校长，我无能为力。就好比很多人急功近利，只抓备课、讲课、听课、做作业，恨不得连学生的吃饭、睡觉都取消。你能制止吗？制止不了，也不敢制止。具体到你说的事情，我非常赞成，可是因为实行承包制，决定权在年级手里，我不好答应你。"

"这么说就不能通融了？"吕忠华非常失望。

"也不是没有指望，"梁校长笑了一下，"你去跟初三年级主任谈，把道理给他讲透了。如果他能采纳，当然很好；如果他不同意，你就向他施压……你懂的。"

吕忠华哈哈大笑，说道："梁校长越来越厉害啦！好的，我去试试看。"

年级主任三十来岁，姓阚。他坐在办公室左后侧，紧挨着墙角。前面的办公桌子上放着电脑、打印机，以及一个小书架。梁校长把吕忠华带来，介绍给阚主任，就走了。

"吕局长有什么事？请讲。"阚主任并不停止手上的工作，也不看吕忠华，说道。

吕忠华有点不快。工作再忙，也不必在乎这一点时间吧？但他没说什么，只是把县里实施的"青少年违法犯罪预防工程"介绍了一下，谈了自己担负的具体工作。他说，为了巩固暑假里转化工作成果，他希望在初三年级开展社团活动，分别成立一个篮球队、一个无人机表演队，由季宇航、韩俊凯两个孩子担任队长；每周排两节阅读课。

吕忠华说着的时候，阚主任就笑了起来。显然，阚主任在听。但是他的笑却不是友好的笑，也不是赞同的笑，而是讥讽的笑。吕忠华也看出来了，所以说着说着他就停下了。

"你的意思是……不行？"

"行不行，我们先不说，听我跟你讲。吕局长，你到底没在教育部门干过，不懂得教育规律。你说成立什么篮球队、无人机表演队，异想天开啊！你想想都初三了，哪有时间给他们打篮球啊、表演无人机啊？大家都在学习，你让他们打什么篮球、搞什么表演，其他同学怎么想啊？大家还学不学啊？"

办公室里还有两三个人。听了阚主任的话，他们都嘿嘿笑了。吕忠华知道他们笑什么，无非是笑他不懂教育。可是吕忠华却在心里为他们难过。他通过女儿了解过当今的教师队伍。这几个在座的人，恐怕连一本教育名著都没有读过。要是问他们《大教学论》《爱弥儿》《教育诗》《给教师的建议》《帕夫雷什中学》《为了自由呼吸的教育》，他们肯定都大眼瞪小眼。他们只知道给学生灌输知识，却不懂得如何育人；而因为不懂得如何育人，导致他们连知识也教不好。所以就有一个说法：是"牛蛙"成就名校、名师，而不是名校、名师教出了"牛蛙"。那些所谓的"名校""名师"，你让他们不去"掐尖"、不带优班试试！恐怕一到公布中考、高考分数的时候，一个个都狼狈得跟丧家犬似的！但是吕忠华没有说这些。求他们办事情，不能搞僵了关系。

"不好意思，阚主任，我没把话说清楚，"吕忠华自我检讨，"我说成立篮球队、无人机表演队，不是全校性的，也不是初三年级的，只是某个班级的几个孩子。总体上不影响其他同学。至于时间，他们可以利用活动课、体育课来玩。"

"那不行，"阚主任一口拒绝，"到了初三我们会停了活动课，体育课都拿来训练体育考试项目，体育考试结束后，体育课都拿来上课了。"

"我知道考试很重要，"吕忠华耐心地说，"可是如果学生的心态好，学习效果会更好；要是学生心态不好，学习效果也会受到影响。这两个学生，是初二年级出名的调皮鬼、刺儿头，不学习还捣乱，让其他孩子也不能好好学习。他们靠打篮球、玩无人机找到了自我，调整了心态，我希望他们这个良好心态能保持下去。"

"嘿嘿嘿嘿!"阚主任笑着摇头,瞥了一眼吕忠华。那眼神不仅含有讥讽,还有怜悯。"玩还能玩出好心态?没听说过。"

"阚主任没听说过吗?那我就给你讲讲。"

"对不起,我没工夫。你实在想说就回家说,自娱自乐。不要耽误我工作。"

"阚主任!"吕忠华被激怒了,他用指头敲了几下桌子,"告诉你,这两个孩子跟我无亲无故。我代表的不是我个人;我是代表县政府'青少年违法犯罪预防工程'办公室跟你谈事情的,请注意你的态度!"

"阚主任,让人家说话天不会塌下来。"旁边一个四五十岁的老师说道。

也许是吕忠华的态度让阚主任感到一丝畏惧,也许是年纪大的老师说话起了作用,阚主任不再吭声。

"你们在读大学时候都学过教育学、心理学,我不过是最近才恶补了一下。说起来,你们才是真正的行家。"吕忠华先给阚主任戴了一顶高帽。"你们都知道心理学上有个'层递效应',俗称'进门槛效应'。如果有人向一个人提出一个小要求,这个人接受了;当别人在此基础上再提出一个小要求,这个人为了给人留下前后一致的印象,就倾向于接受第二个小要求。这两个孩子在打篮球、玩无人机方面有了起色,我们可以趁机向他们提出遵守纪律的要求、认真学习的要求,也就不会导致他们心理上的拒绝。这方面的例子不是没有。中国当代教育家李希贵在山东高密中学当校长的时候,有个学生书法很好,但是成绩很差,逃学成瘾。李希贵让他给学校报告厅题名,他被人们冠以'书法家'的头衔,就不再逃学了;学校让他组织书法学会,他就锁定了考大学的目标。最后这个学生考上了中央美术学院。这就是'哪里闪光就从哪里打造'。"

"你说的这个只是个案。"阚主任轻飘飘地说。

"所谓个案，是指几十上百件事情里只占一件；而李希贵做了这件事情，这件事情就成功了，这是百分之百啊!"

"这是你的说法，我不同意。我是初三年级主任，为了保证每一个学生都能考好，我有自己的一套完整的计划。我不能因为个别人、个别事件的干扰就改变我的计划。"阚主任不留一点余地。

刚才讲前面一段话的时候，吕忠华的心情逐渐平复下来。听到阚主任的这些话，吕忠华又有点生气了。

"恕我直言，"吕忠华忍不住开始"揭短"，"其实你抓得再紧，也不能保证每一个学生都能考好。现在的运河初中已经不是过去了。十几年前，你们学校在全县拔尖，最好的小学毕业生都被你们学校招来了，所以你们考试成绩全县最好，真正做到了每一个学生都考得好。可是自从按照学区房招生，你们的教学成绩一下子掉到全县十几名开外，什么原因？就是只注重知识灌输，忽略了育人策略造成的。现在让这两个孩子打篮球、玩无人机，就是一种改变他们的策略啊。"

"你看不起我们学校是吧？那当初你怎么把女儿送我们学校来了？"阚主任也生气了。

"那是我女儿超过了你们学校的录取分数线，"吕忠华冷冷地说。"对不起，我扯得太远了。我们还是就事论事。请你给个答复：两个孩子成立篮球队、无人机表演队，安排阅读课，你同意不同意？"

"我不同意!"阚主任回答得很坚决。

"那我要多跑几趟喽?"吕忠华看没有商量的余地,只好站起来。

"你不要再心存指望。只要我一天当年级主任,一天就不行!"阚主任掐灭了希望的最后一线光芒。

吕忠华盯了阚主任一眼。阚主任没看见吕忠华看自己,他的眼睛还在电脑上。实际上不是他有非做不可的事,而是用这种方式表明:你的事没门儿。一个退了休的局长,还到我面前来哼哈的,你算老几?还打着县政府的旗号来压我,你以为我会吃你那一套?嘁!

吕忠华盯了阚主任一眼,转脸就走了。一向彬彬有礼的他,很少做这样没礼貌的事情。但是他实在说不出"打扰你啦,再见"几个字!就这个场合而言,这几个字好像又香又脆的饼干,他实在不能往垃圾桶里丢!

吕忠华来到梁校长办公室,向他说了刚才碰壁的过程。梁校长呵呵笑了。

"你了解这个人了吧?"

"这样一个刚愎自用的家伙,你怎么把他提拔起来的呢?"

"哪里是我提拔的呀,是上一任校长提拔的。当然,上任校长也有难处,也是迫于压力才提拔他的。"

"看来他有这个呀。"吕忠华用食指在桌子上写了一个"山"字。

"是呀,这座山名叫'鬼耳朵'。"梁校长也用食指写了个"隗"字。

吕忠华哈哈大笑起来。

"原来是他呀。当年我做镇党委书记的时候他是党办秘书。难怪你让我去碰壁呢!"

"是呀，先激起你一腔怒火，然后才有动力去收拾他。"

接下来的事情就简单多了。吕忠华去找了隗副县长；隗副县长打了个电话，把阚主任叫到自己办公室，狠狠训了他一顿；让他当面给吕忠华赔礼道歉，并采纳吕忠华的建议。

"人家说的哪里错啦？我看都是对的！你自己不读书不看报，孤陋寡闻，不学无术，还对人家耍态度！你想断送自己前程是不是？"

几句话说得阚主任如芒刺在背，只好向姑父表态：全力支持吕局长工作，回头马上成立篮球队、无人机表演队，安排阅读课。

"看来你还没有认识到育人的内涵、意义和方法，"隗副县长说，"我这次找你来，不仅仅是让你支持吕局长工作，更是让你提高对教育的认识。你就按照人家吕局长的建议，让师生劳逸结合。不能搞'死揪'；'死揪'的结果就是把教师'揪'瘫，学生'揪'死，教育'揪'烂！如果你一定要'死揪'的话，那就不要'揪'时间，让师生起五更睡半夜；不要'揪'体力，让大家累死累活；而要'揪'方法，开展教研活动，做到智慧育人！"

听着隗副县长的话，阚主任只有点头的份儿。隗副县长不仅是他的姑父，更是教育的行家里手。工作刚三年，就把一个"烂班"带出了好成绩。他本来想在教育上发展，却被领导看中，调到教育局机关从事行政工作。后又被县里列为"跨世纪人才"，放到基层锻炼，成了吕忠华的部下。

"今后要多读点书！"隗副县长说，"人家吕局长虽然不是搞教育出身，可是提起教育名著来如数家珍，什么《大教学论》《教育诗》《给教师的建议》《为了自由呼吸的教育》，有的连我都没有读过！我让他写了下来。你把书单拿回去，买来好好读读!"

隗副县长的话, 阚主任哪敢打半点折扣! 开学三天之内, 吕局长说的事情他全都给办了! 不仅季宇航、韩俊凯领衔的两支队伍成立了, 还保留了初二的活动课、阅读课; 几本教育名著也放到了阚主任办公桌的书架上。

而梁校长也趁机把自己憋了许久的火气发泄出来。原来, 阚主任倚仗姑父的权力, 把目光盯在了校长的位置上, 连梁校长也不放在眼里, 经常对梁校长阳奉阴违, 而在自己分管的初三年级则为所欲为。梁校长批评他, 他总是找理由反驳。碍于他背后的隗副县长, 梁校长很无奈。

受了很久的窝囊气, 梁校长终于逮着了这个机会。就在阚主任被隗副县长"训话"之后, 过了一两天, 梁校长打电话叫阚主任到他办公室, 告诉他吕忠华把他告到了老科协, 老科协李会长找到了县长, 县长叫县府办打电话给教育局, 让教育局查清这件事情。

"你看你干的那叫什么事? 义务教育阶段取消活动课、体育课, 禁止学生搞社团活动, 这都是违反《义务教育法》的行为啊! 你自己悄悄干倒也罢了, 却到处张扬, 你是怕人家不知道你违法呀? 还有对人家吕局长的态度, 高高在上, 不理不睬, 你当真以为人家退休了, 就真是一个普通老百姓啦? 人家以前结下的人脉关系就都断啦? 一点都不动脑子! 现在教育局等着我回话, 你说我是如实说呢, 还是替你说假话?"

阚主任一反过去趾高气扬的神态, 不断地赔着笑脸, 点头哈腰。

"这个, 梁校长, 我说是那样说, 不是还没干吗。你看课表上还有活动课、体育课、阅读课。还有吕局长的事情, 我不是都办了嘛。"

"那你让我怎么跟局里说？"

"你就说姓阚的没那么说，也没那样干，是……"阚主任说着停下了，他自己也感觉出荒唐来了。他这么一说，意思是人家吕局长栽赃陷害了？于是赶忙改口说："一切由梁校长做主！"

"你以为人家吕局长是傻瓜啊？这么多年领导白干啊？人家早把你的话录了音！他说要一直盯着这件事情！"

阚主任头上冒了汗。

"求求你了梁校长，你把这件事情给摆平了，以后我一切都听你的。你叫我向东我不敢向西，叫我打狗我绝不撵鸡！"

"哼哼，好吧，我跟局领导说说看。"

就这样，运河初中的刺儿头主任，被梁校长借助吕忠华的力量给驯服了。

第四十一章　忠华出轨有证据

　　那天在老年大学，吕丽婷把"一闹二作三离婚"的方案跟母亲说了，并提出母亲要"准备情绪""准备冒风险"，把蒋桂英惹恼了，以为女儿是偏袒父亲，故意吓唬她。但是事后想想，女儿说的并不是完全没有道理的；如果真按照女儿说的那样去闹的话，不去"准备情绪""准备冒风险"还真不行；凭她这样的年龄，像那样闹起来的话，身体可能真的承受不了。当然，这些都不是关键因素；真正让她谨慎行事的，还是女儿的那句话：

　　"可是我们没有证据啊。李会长是老领导，讲究证据；到老爸老家去闹也要有证据，闹到网上更要有证据，不然人家不给你发布的。"

　　说到证据，蒋桂英心是虚的。仅仅凭借老伴和楚绍红打几个电话、谈几次话、公开场合接受记者采访，就说他们是情人关系，实在无法说服别人。其实，蒋桂英心里也没有认准他们之间是情人关系；她知道，自己之所以看不得老伴和楚绍红来往，主要是因为他们年轻时候谈过恋爱，是自己的嫉妒心在起作用。蒋桂英的嫉妒心就像汽油，不断滴在"初恋"这个火星上，就燃起了熊熊大火，扑灭起来比较困难。

　　最后，蒋桂英决定，"一闹二作三离婚"的事情就放一放吧，先拿到证据再说。为此，她盘算了一个"连环计"：先搞清楚老伴和楚绍红当初的恋爱、分手经过，再搜集他们打电话、见面的谈话内容；冷不防"查岗"，监控老伴的行踪；找机会查看老伴的微信、短信。

老伴的早年的同学、老乡，有好些住进了县城，蒋桂英毫不费力就找到了。他们说，楚绍红当年是"校花"，又是大队书记女儿；吕忠华长相帅气，学习成绩好。这两个人郎才女貌，所以人们对他们谈恋爱的事情都津津乐道。男女相爱，一般情况下是男追女，男的家庭条件好，女的家庭条件差；而他们俩是女追男，两个人的家庭条件也是反过来的，这就增加了他们谈恋爱的故事性。尤其是他们相爱的结局，更具有欧·亨利小说的效果。正当大家以为吕忠华会被推荐上大学，有情人终成眷属的时候，却出现了大反转：吕忠华没有被推荐上大学；楚绍红甩了吕忠华，嫁给了一个城里工人；而那个城里工人长得很丑……最后，吕忠华父母带着儿女，举家迁移到外县。

看来老伴没有撒谎。

而蒋桂英第二个计策却没有什么效果。通电话是两个人之间的事情，说什么内容也只有他们知道；即使公安局刑警介入，也只知道他们通过电话，而不知道谈话内容。至于说吕忠华到楚绍红家说了什么，楚绍红怎么回应，蒋桂英请人旁敲侧击地问过方小玲；方小玲却像被吕忠华洗过脑子似的，不是夸吕忠华怎么怎么好，就是把吕忠华跟他们的谈话鹦鹉学舌似的说上一遍……蒋桂英的朋友也曾半开玩笑、半试探地问过方小玲："你家婆婆年轻时候跟吕局长谈过恋爱，现在又没有老伴，干脆你把他们撮合到一起算了！"方小玲却摇头说："那不能！人家吕局长为我们家季宇航好，我怎么能忍心去拆散人家家庭呢？再说，我婆婆也是个好心人，她对吕局长除了感谢就是惭愧，除了惭愧就是感谢，根本没有其他想法！"

听了朋友传过来的话，蒋桂英心里起初轻松了一点，但是想了想之后又疑心起来。她认为方小玲不会对外人讲真话；毕竟吕忠华每个月退休金近万元，而楚绍红每个月退休金才两千多元；如果吕忠华跟她婆婆结婚了，每个月会给他们家带去一大笔收入，方小玲能不心动吗？在这件事没有办成之前，她当然不会跟任何人说！

冷不防"查岗"没有效果。没有发现老伴的行踪有什么异常。

老伴的手机也偷看了，微信、短信里没发现什么敏感信息——不，甚至一条信息都没有！

恰恰是这个现象，让蒋桂英再次大起疑心。

存了电话号码、加了微信，竟然没发过一条信息？

是不是因为涉嫌暧昧谈话，互发信息之后立即删除了？

肯定是！不然无法解释！

怎么办？据说警方可以把删除的信息、微信恢复，她蒋桂英能请警方来恢复吗？——几乎是不可能的，除非涉嫌诈骗，或者出了命案。

让他们两个来骗自己钱财？说出来的话，人家会怀疑自己得了精神病；要不就把老伴或者楚绍红杀？——想到这个，蒋桂英自己都忍不住笑了。当然不行！事情到不了那一步，更因为蒋桂英不是那种凶残之人。

正在蒋桂英左右为难时，有个人联系了她，要求蒋桂英加他微信。这个人自称季广发，是楚绍红儿子，季宇航爸爸。

蒋桂英一下子激动起来，简直是不小心掉进了下水道，却又捡了个金元宝啊！季广发肯定是自己的贵人！她立马加了季广发微信。

季广发把自己介绍了一下，谈到了跟她联系的目的。他说，她妈妈楚绍红长得很漂亮，但是他父亲长得很丑。也许因为这个，他母亲在家里是一家之主，而父亲只是家里的一个长工。父亲每个月工资都交由母亲保管，自己连一分零用钱也不留。父亲没有任何爱好，不抽烟，不喝酒，不打牌。而母亲对父亲从来没有好脸色，说话都是命令口气，父亲从来不敢说半个"不"字。季广发从小就觉得父亲非常可怜，很同情父亲，但是又无法改变母亲的态度。更加不幸的是，父亲中年下岗，没等到退休就因病去世了。季广发长大以后，无法对父亲尽孝；他的报答，只能是在逢年过节，从不耽误去父亲墓地烧纸；还有就是等母亲百年之后，把她跟父亲安葬在一起，让父亲在地底下不再寂寞。可是眼下，他连这个指望也快要落空了；因为他偶然看了母亲的手机，偶然发现了吕叔叔拼命追求他母亲的情况。他无法强求母亲，也阻止不了吕叔叔，只好冒昧地请求蒋阿姨做一做吕叔叔工作了。

最后，他发来了好多吕忠华和楚绍红的微信截图。

蒋桂英一看截图，肺都要气炸了。刚捡的金元宝，刹那间变成了一颗炸弹，把她的脑浆炸成了一团糨糊；她的脑子整个蒙了。拿着手机的手一直哆嗦着，好像突然之间帕金森病空降到她身上似的。

不知过了多久，蒋桂英才清醒过来。她颓然坐到沙发上，用拇指触了一下手机，眼前又出现了一行一行、在蒋桂英看来是不堪入目的对话：

吕忠华：没想到还能再见到你。

楚绍红：我也是。

吕忠华：跟当年相比，你一点都没变，甚至更漂亮了。

楚绍红：我老了，我自己知道。

……

吕忠华：怎么一看到你我就心跳加快？

吕忠华：就好像返老还童似的。

楚绍红：你本来就显得年轻。

……

吕忠华：现在没有什么妨碍我们了吧。

楚绍红：不要多想，我只是为教育小孙子。

吕忠华：不要担心我老伴，她死要面子，当初她一个工人，嫁给我这个大学生她都不大愿意的，认为我是乡下人。只要我一提出来，为了保住自己面子，她会马上同意。

楚绍红：不说这些吧。

……

通过这些微信截图，蒋桂英了解到，吕忠华一心想跟楚绍红走到一起，态度非常积极；而楚绍红似乎犹豫不决，从来没有正面回答吕忠华的问题，一再强调自己跟吕忠华交往只是为了教育转化季宇航。蒋桂英还了解到，这么多年来，吕忠华虽然表面风光，但是内心里一直很痛苦，原因是蒋桂英总是高高在上，对公公婆婆不孝敬，对吕家人不亲密，对吕忠华很刻薄。他受够了，所以想跟蒋桂英分开，跟楚绍红过一个幸福的晚年。

"哼，想得倒美！你想跟我离婚？我偏不跟你离婚！拖死你！我倒要看看你有什么能耐，能把我从这个家里挤走，迎娶你的心上人！"蒋桂英咬牙切齿地说。

一家三口人，蒋桂英决定先把女儿拉拢过来，让她成为自己的同盟军。

下午，蒋桂英破例地给女儿打电话，说要请她到外面吃饭，有重要事情商量。吕丽婷问就我们两个啊，请不请老爸呀。她说不请。这让吕丽婷满腹狐疑。自从她大学毕业参加工作，母亲就从来没有请她到外面吃过饭，每次都是吕丽婷请她。如今事出反常，一定有什么问题！

母亲却像没事人似的。她站在菜品展示柜前点了四个菜，随后走在前面去包厢，坐下，拿过水壶给自己倒水，再给女儿倒水。端起杯子抿了一口，却被烫着了，忙张大嘴巴，倒吸了一口冷气，气哼哼地说了一句："什么开水，死烫！"

正因为母亲像没事人似的，才让吕丽婷看出反常来。母亲以往跟女儿出来，总是唠唠叨叨，说个没完。而今天只是给自己找事情做，不唠叨，说明母亲心里有事。

果然，饭菜刚上桌，蒋桂英就迫不及待地告诉女儿，她收到了她老爸给楚绍红发的微信截图。一边说，一边打开给女儿看，一边愤愤地骂着。

"你看你爸多不要脸！人家不想理他，他还厚着脸皮缠着人家！早知道他是这样一个人，打死我也不嫁给他！还共产党员呢，还退休干部呢，都是假装的！"

吕丽婷看着这些截图，默默无语。她非常震惊。在她心目中，老爸一直是个比较含蓄的人；他很少表扬女儿，看到女儿表现出来优点，他只是温柔地看着女儿微笑，抚摸她的头，很少开怀大笑并大声表扬她。可是如今，他对楚绍红的表白却是毫无遮掩的。难道爱情会使人发生如此改变吗？

正因为如此，吕丽婷有点怀疑。可是，微信截图真真切切，不由得她不信；一张张清晰的图片，一个个醒目的字迹，像一个个巴掌朝她脸上扇着，像一粒粒弹子朝她眼睛上弹着；她感到脸又烫又麻，眼睛一跳一跳地疼。

"这些东西哪里来的?"

"季广发，楚绍红的儿子给的。"

"他是什么意思啊?"

蒋桂英把季广发的附言发给女儿。

"他想让我劝劝你爸，让你爸不要再追他妈了。"

"妈，你打算怎么办呢?"

蒋桂英冷笑一声，说道："你说怎么办? 前几天我说要闹，你叫我准备情绪，准备好救护；最后说，一切都要有证据。现在有证据了，该我准备情绪了，该你准备救护了。"

"妈，你真想闹起来啊?"

"你说我不闹怎么办? 我人都给他丢尽了!"

"妈，你看这样好不好，你先别闹，我找我爸谈谈，如果他能改悔的话，闹的事情就算了。"

"算? 那我不是吃大亏啦?"

"那我们也让他吃亏不就行了吗?"

"怎么让他吃亏?"

"妈，你放心，我一定想个办法来惩罚他。"

"好吧，你先跟你爸谈谈，看他会不会听你的。不过，即使他听你的话，改邪归正，我也要让他六神不安! 哼!"

蒋桂英拿起筷子，用力往碟子上戳了一下。碟子歪了歪，发出"当"的一声脆响。边上的一截鸭脖滚出来，跌落在桌面上。

第四十二章　永安饮酒现异常

　　这天上午，吕忠华忽然接到潘克兰电话，说杜永安昨天晚上喝醉酒，跑到学校去，拦住上完晚自习准备回家的杜伊雪，用脏话骂杜伊雪妈妈。杜伊雪又羞又恼，当场就哭了。杜永安被学校保安拉住，杜伊雪才脱身。今天，杜伊雪没有上学，说没脸见人了。潘克兰请吕忠华去她家一趟，跟杜伊雪说说。

　　吕忠华很快就来到潘克兰家，先安慰杜伊雪，劝她去上学，不然正好中了杜永安的计了；随后向她保证说，他尽快去找杜永安，不会再让类似的事情发生。

　　杜伊雪由她妈妈送到学校去了，吕忠华陷入了沉思当中。左思右想之后，他决定还是找杜永安谈谈。

　　这是吕忠华第三次跟杜永安打交道了。第一次是他被杜永安拧胳膊，第二次是带外甥教训杜永安。前面两次都是"秀肌肉"——杜永安向吕忠华"秀肌肉"，外甥向杜永安"秀肌肉"；这一次该"秀脑子"了——吕忠华向杜永安"秀脑子"，凭口才说服杜永安对前妻、女儿好些。吕忠华发现，杜永安每一次打骂老婆、孩子，总是在喝酒之后。杜永安就像一辆履带式拖拉机，断了操纵杆，无法控制方向；而酒就是柴油。杜永安每次喝了酒，就像给这辆拖拉机加了油，它就开足马力横冲直撞起来。令人奇怪的是，这辆拖拉机只撞自己老婆、女儿，不撞别人。看来问题的症结在喝酒，以及他那种"城里人"情结。如果能说服杜永安戒酒，解开他的"城里人"情结，问题就解决了。

吕忠华先打"外围战"，做杜永安父母亲的思想工作。这天上午，他来到人人超市。忙碌的高峰刚刚过去，只有几名顾客站在货架前，超市显得空旷了些。吕忠华来到收银台，问杜永安父母亲在哪里。收银员指了指货架前的一个老妇说："那个是杜大娘。杜大爷在库房。"

"杜大娘姓什么？"

"姓范。"

杜永安母亲身材瘦小。吕忠华朝她走过去，到她旁边，看着她额前飘动着的几缕白发，问道："你是范大姐吗？"

范大姐转过脸来，把吕忠华上下打量一下："我姓范。你是哪个啊？"

"我叫吕忠华，受县里老科协委派，帮助你孙女杜伊雪。"

范大姐听了，眼里没有出现惊喜，反而闪过一丝警惕。

"她们都跟我们不来往了，你找我干什么？"

"那么，你想不想她们跟你来往啊？"

"想啊，哪个不想？她们不理我们，我们怎么办？"

吕忠华心里有底了。他告诉范大姐，她们之所以不理你们，是因为你的儿子杜永安对她们不尊重。杜永安没跟潘克兰离婚的时候，情况你是知道的，打骂是家常便饭；因为受不了，潘克兰才跟杜永安离了婚。离婚以后，杜永安还时不时地干扰她们的生活，每次找她们都是喝过酒之后，见到她们还像过去一样，嘴巴不干不净的。不过不敢打了。她们巴不得离你们家远一点，怎么会理你们呢？

"你说该怎么办呢？我们只有杜永安一个孩子，从小娇惯他，现在想管也管不了。因为这个喝酒、打人的毛病，现在他离婚了连个对象也找不到。将来我们老两口不能动了，指望哪个啊？"范大姐焦虑地说。

"我正准备跟你儿子谈谈，把他的毛病纠正过来，需要你们的配合。"

"你要我们怎么配合呢？"

吕忠华让范大姐把丈夫叫来，跟他们谈了自己的想法。见他们犹豫不决，吕忠华说，这是最后的机会，如果不这样做的话，不仅他们的孙女儿不认他们，杜永安也很难再找到对象；假如杜永安再把身体喝垮了，喝出个中风，半身不遂，你们白发人照顾黑发人，那时后悔都来不及了。听到吕忠华这样说，他们才点点头，答应配合。

快到 11 点了。按照惯例，范大姐回家做饭，而杜永安会起床来到超市转一圈，然后回家吃午饭。果然，范大姐走了不久，杜永安就到超市来了。他的父亲杜师傅在门口，杜永安一进门，他就抓住杜永安胳膊，把他领到了吕忠华面前。杜永安见到吕忠华，很是意外。想起上次被吕忠华外甥"秀肌肉"吓住的事情，他的表情很不自然，既有一丝畏惧，也有一丝厌烦。

"找上门来啦，有事吗？"杜永安头扭到一边，不看吕忠华。

"怎么说话的？"杜师傅拍他胳膊一下。

"跟我来一下，我有话对你说。"吕忠华说完，自己先走，进了超市里面的储物间。里面有一张长桌，两边各有一把椅子。吕忠华先坐下了。

杜永安不动弹，他父亲又拍了他一下，说了声"去"，他才慢吞吞地跟在吕忠华后面。进了储物间，吕忠华叫他坐下，他不坐，脖子还梗着。

"不坐就不坐吧，好在话也不长，"吕忠华说，"你昨天又去学校，在校门口堵杜伊雪，让她非常害怕，今天都不想上学了。在此之前，你的酗酒和暴力，潘克兰的严密监控，导致杜伊雪精神几乎崩溃了，不仅不想学习，还惹是生非。如今她的状态刚刚有点改善，你又去干扰她！我问你，她是不是你女儿啊？"

"不是！"杜永安嘴里吐出两个硬邦邦的字。

"你连女儿都不认啊？你还算个父亲吗？"

"不是我不认她，是她不认我。离婚以后，她妈妈总是在她面前说我坏话，使她非常非常恨我！"

"那么离婚以前呢？离婚以前就不恨你吗？你酗酒成性，开口就骂，举手就打，这像一个做父亲的人吗？"

杜永安呼呼出气，不吭声。

"说来说去，都是你喝酒惹的祸！你说，是不是？"

杜永安摇了摇脖子，还是不说话。显然，他无法否认吕忠华的话。

"我想问你一句话：你是否希望妻子和女儿回到自己身边来？"

杜永安忽然睁大眼睛，看着吕忠华。

"怎么，不愿意吗？"

"潘克兰花几年时间，寻死觅活要跟我离婚，她还会回来？"

"不相信吗？这就是我这次来要说的事情，关键看你怎么做。"

"要我怎么做？"

"戒酒。"

杜永安头摇得很快，像陀螺忽然被抽了一鞭子似的。

"我戒不了，也不想戒。人生在世，吃喝二字。每天不喝酒还有什么意思啊？"

"喝酒已经让你妻离女散，还会使你脑中风，瘫痪在床，生不如死！让你白发苍苍的老父亲、老母亲服侍你，给你喂饭、擦身子、倒尿盆！"

"妻离就妻离，女散就女散！中风就中风，瘫痪就瘫痪！告诉你，你不要咒我！我不怕你咒！我不怕死！真正有那一天我就跳楼！"

杜永安脖子上青筋暴起，粗着嗓子说。

停了一下，他朝吕忠华跟前走两步。

"你六十多岁，我四十多岁，你看阎王老爷先收哪一个？哼！走着瞧吧！"

杜永安说完，头也不回地走了。

吕忠华气得呼呼直喘。他盯着杜永安的背影，一个字都说不出来。

过了一会儿，杜永安父亲走进来。他朝吕忠华摇摇头，叹了口气。

"对不起，让你受气了。他不会听劝的。"

"看来只好那样了。"吕忠华说。

"就那样吧。"杜师傅说。

过了几天，一个中午。马上就要吃午饭了，杜永安像往常一样，拿过一瓶酒来，拧开瓶盖，往茶杯里咕嘟咕嘟倒了一杯。这瓶酒 500 毫升，他往杯子里倒了一半，正好把杯子倒满。剩下的 250 毫升，晚饭前再把它干掉。杜永安酒量中等，跟朋友聚餐时能喝八九两，但是喝过以后全身无力，两条腿往一起摽，脚步踉跄，不能干活，要好好睡上一觉才行。而每顿喝半斤，正好让他脑袋晕乎乎的，血液在血管里流得飞快，浑身血脉偾张，打人、骂人、干活都得心应手。所以，中午、晚上，饭前半斤酒就成了他的保留节目。

可是今天有点怪。半斤酒没喝完，就感觉面孔发烧，好像被火烤着一样；心脏如同一面鼓，被谁敲得咚咚响；胃部被一只看不见的手指搅动着，翻江倒海；脑袋也像被谁摘下来，放在地上当球踢着，又疼又晕。

这酒是喝不下去了，饭也不能吃了，杜永安就抱着脑袋离开了桌子。

父母亲看见杜永安一脸痛苦，忙问他道："怎么啦？不舒服吗？"

"有一点。我先睡了。"

"要不要上医院？"

"不用了。"

儿子不吃饭，他们也吃不下去了。草草扒了几口米饭，就收拾碗筷。

还好，杜永安睡着了，没发生其他问题。几个小时以后，杜永安醒了，午饭前的不良感觉都已消失。杜永安很奇怪，怀疑自己喝到了假酒。他把酒瓶拿过来仔细看，没看到什么异常；而且这酒是自己家超市里的，供应商就是本县的总代理，跟他很熟悉的，不应该是假酒。可是，如果不是假酒，午饭前那些生理现象是怎么回事呢？

晚饭前，他从超市换了一种酒来喝。半斤酒刚喝了一半，午饭前那些奇怪的生理现象又出现了！

他父母亲看见杜永安脸上的表情起了变化，又问："怎么了？还不舒服啊？"

杜永安一手揉脑袋，一手揉腹部，断断续续说："嗯，有……一点。脸发烧，头疼，头晕，恶心，想吐。"

"要不要上医院?"

"不要,我睡睡。"

睡了两三个小时,那些症状又消失了。

晚上将近十点,超市已经关门,杜永安父母都在家里。他们见儿子出了卧室来吃饭,再次问他怎么回事,要不要去医院看看。杜永安说好了,不用看了。父亲说明天带他去医院检查一下,不然,平白无故怎么就会这样呢?杜永安说可能是喝酒喝的。父亲说,以前喝了酒不是这样,现在喝了酒为什么是这样呢?肯定是身体出了毛病啊,明天一定去检查一下。

对于父亲的提议,杜永安没有回答,不过他同意父亲的说法。他想明天确实应该去检查一下了。虽然回答吕忠华时候,他气势汹汹地说"不怕死""真正有那一天我就跳楼",其实他跟正常人一样,求生的欲望还是很强烈的。

第二天凌晨,他照常去菜市场进货。把货物送到超市,他没有像往常一样上床休息,也没吃饭,而是由父亲陪着,开车去了县医院做体检。本来,杜永安不要父亲去的,可是父亲一定要跟着,他就没有再拒绝。

县医院院子里停满了车子,好像举行车展似的。杜永安开车找了好一会儿,也没找到停车位。正当他准备到外面找停车场的时候,有一辆车子往外倒,空出一个地方来。杜永安马上占了这个位子。下了车,进了门诊大楼,见大厅里排了好几条长长的队伍,有挂号的、交费的、取药的、等电梯的。还有好多人从楼梯步行,上楼、下楼,眉头紧锁。杜永安看到这些,心里忽然沉重起来。凡是到这里来的,不是病人,就是病人家属;凡是到这里来的病人,不是疑难杂症,就是重症,哪一个人心里都不会轻松。他杜永安虽然不是病人,也不是病人家属,他是来体检的;

体检就有多种可能性。他虽然四十刚出头，但是病症不分年龄，死神不问老少，谁知道他能检查出什么问题来？

他父亲问了值班员，得知体检中心在四楼，就带着杜永安顺着楼梯去了四楼。

算上排队时间，体检持续了两三个小时。体检后，父亲回家，杜永安在医院餐厅吃了简单的早餐，就回去睡觉。几天以后，杜永安父亲到医院拿体检结果，却被告知，让杜永安亲自来拿。听到父亲回家这样说，杜永安的心跳得很厉害，不由自主地想到了"癌症"两个字。不过不对呀，如果真的得了癌症的话，医生一般都瞒着病人，只告诉家属的。看来他没有得癌症。那究竟是什么病呢？

医生看出他的紧张，安慰他："轻松一点，没有大病。"

医生说话的内容，没有超出体检结果。他让杜永安来，只是对他强调体检报告上的一些问题。医生告诉他，他血压偏高，应该正常服用降压片；当然，由于血压不是太高，通过饮食疗法也能降压，那就是戒酒，少吃油盐。另外，他还有脂肪肝、心律不齐的毛病，也要戒酒、少吃油盐。

医生最后强调说："总之，一定要少吃油腻、多盐的食物，最重要的是戒酒！不是吓唬你啊，你体型跟别人不一样，更容易得富贵病！如果你一直喝下去的话，不仅存在中风、肝硬化、肝癌的风险，起码早死二十年！"

杜永安吓出了一身冷汗。他再也不敢嘴硬，不敢像对吕忠华那样对医生说"我不怕死"的话了。

此后一段时间，杜永安果真大大减少了喝酒的次数。不是他真心想戒酒，而是像以前一样，每次只要喝酒，必然出现那些脸孔发烧、头痛头晕、恶心欲吐等症状。最终，杜永安不喝酒了。

第四十三章　蒋桂英离家出走

　　蒋桂英把收到的微信截图给女儿看了，准备大闹一场。对于父亲想离婚的说法，吕丽婷起初是怀疑的；待到看了微信截图的内容，吕丽婷相信了。但是她劝母亲先不要闹，缓一缓，自己跟父亲谈一谈，看是否能打消他的荒唐念头。

　　这天上午，蒋桂英上老年大学去了，吕忠华和女儿留在家里。昨天下午，吕丽婷就给父亲发了微信，跟他约好了这个时间，说要跟他谈谈。吕忠华问有什么事吗，吕丽婷回复说到时候就知道了。当晚回到家里，吕丽婷不提这个事情，装得跟没事人似的，吕忠华也就不提。他猜测可能是两件事情：一件是女儿的婚姻，蒋桂英反对女儿跟王相岩交往，原因就是王相岩家在农村；而吕忠华赞成，因为自己老家也是农村的。女儿是想联合他，增加自己一方的力量。另一件，可能就是关于她母亲说他移情别恋的事情了。这两件事情，确实都应该回避她母亲。

　　蒋桂英走了不久，吕忠华把视线转向女儿，问她道："说吧，什么事？"

　　"我给你发一些东西，你看微信。"女儿说。

　　随着女儿手指的不停移动，吕忠华收到了一幅幅他和楚绍红微信对话的截图。

吕忠华气坏了。他满脸通红，握着手机，摇晃着，瞪着女儿。

"这个，你，哪来的？"

父亲一句话，让女儿认了真。她以为父亲与楚绍红之间，确实存在不正常交往之事。他以为神不知鬼不觉，却被女儿拿到了真凭实据，故而如此发怒。

"你先别问我哪里来的，"吕丽婷板着面孔说，"你只告诉我，这些图片是不是真的。"

"根本就是无稽之谈！你看，我跟她虽然有微信，但是从来没发过什么信息！"

吕忠华说着，把微信打开，找到楚绍红名字，点开给女儿看。果然是空的。

女儿只是瞥了一眼，就把眼光收回来了。

"我相信微信是空的，"她冷冷地说，"微信里的对话很好删除的。"

"你胡说！"吕忠华忍不住高声斥责。在吕丽婷记忆里，父亲从来没有跟她如此说过话。

"有理不在声高，"吕丽婷冷静地说，"我把这些截图给你看，不是为了跟你吵架，而是为了警告你，挽救你，挽救我们这个家庭。"

吕忠华盯着女儿，胸口一起一伏，看得出心里还憋着气。他还想说什么，却忽然笑了。当然，这笑容里有几多无奈、无助，甚至略显伤感。

"好吧，"他挥了挥手，声音顿时低了下去，好像很疲惫似的，"有什么话你就说。"

吕丽婷看见父亲眨眼间变得弓腰塌背，仿佛一下子老了十岁，心里不由得一颤，觉得自己对父亲是不是太狠了一些。但是，想到父亲的糊涂行为，这个行为对母亲的伤害，对家庭造成的危机，吕丽婷的心又硬了起来。只有现在的狠，才有将来的爱！

"我代表我妈——当然，话是我说的，也就是我的意思。我代表我妈向你提几个要求。第一，你把楚绍红的微信、电话删了。"

吕忠华毫不犹豫，把手机递给女儿。吕丽婷接过手机，删了楚绍红微信、电话。

"第二，从此不得再跟楚绍红见面。"

女儿此话，让吕忠华极不舒服，很生气。不得再见面？偶然见面算不算？楚绍红儿子、媳妇、孙子都住在我们小区里，万一撞见了怎么办？其实，吕忠华明白，女儿不是这个意思。她说的是不得相约见面。他只是受不了女儿——当然也是她妈妈的——这个近乎无理的要求。不过，吕忠华又想起不久前，楚绍红对他说的那几句莫名其妙的话："季宇航的事情拜托给你了。此后，我们不会再见面了。"互相不见面，已经是板上钉钉的事情了，女儿只是说说而已，又有什么过分呢？

想到这些，吕忠华默默点头。

吕丽婷一直暗中观察父亲，发现他点头，放心多了，于是继续往下说。

"第三条，不要参加老科协的工作，放弃对季宇航、杜伊雪、韩俊凯的转化教育，回归家庭，继续喂你的流浪猫、跳你的广场舞、打你的扑克牌。"

吕忠华忍不下去了。他噌地一下站起来，又恢复了挺胸收腹的雄赳赳姿态。他伸出胳膊指点着女儿："你跟你妈也太过分了吧？告诉你们，删微信、删电话，不跟楚绍红见面，都行；让我放弃老科协工作，放弃三个孩子，没门!"

说完，吕忠华打开门，出去了。关门的时候，没忘记用力，"砰!"把吕丽婷吓了一跳。

午饭前，蒋桂英回家，而吕忠华没有回来。吕丽婷不会做饭，就订了三份外卖。

吕丽婷把跟父亲谈话的经过，告诉了母亲。母亲竟然出奇的平静。她走进卧室，打开衣柜，挑选里面的衣服。这个衣柜放的都是夏天的衣服。衣服挂在衣架上，她拉出一件看了看，塞进去；又拉出一件看了看，再塞进去。最后关好柜门，去了另一个衣柜，那里面放着秋冬季衣服。

"我早就料到会是这个结果的，"她翻动着秋冬衣服，面无表情地说，"所谓删除微信、删除电话，都是假的。删除了再添加嘛。所谓从此不再见面，也是假的。我们谁都不会看着他，他想见面就能见面。真正厉害的是最后一招，就是不放弃老科协的工作。只要不放弃，他就有理由到楚绍红孙子家，就有理由找楚绍红。正因为不放弃，他就能打着冠冕堂皇的旗号，让你没有办法干涉。"

"那你打算怎么办？"

"怎么办？离婚！我受不了这个窝囊气!"她把几件秋天的衣服拿出来，放在床上；拿出一只旅行包来，把衣服放进去。

吕丽婷看得出，妈妈在找衣服，想马上离开这里。看来她是下决心了。

"妈，听我一句劝。不到万不得已还是不要离婚。"

蒋桂英不吭声，还是找衣服、揣衣服。

"你离婚让我怎么办？我跟谁去？让我自己选，我选你还是选我爸？最关键的是，你一离婚，就给人家楚绍红腾出位子了！"

蒋桂英正在活动的双手停住了，她转脸看着女儿。

"看我干什么？不懂啊？如果我爸跟楚绍红是假的，你离婚对我爸就是不公平；如果是真的，他们就不是逢场作戏，而是想在一起过日子。而你就是他们的绊脚石，他们要想办法把你搬走。你呢？不要人家搬，你自己就走了，给人家腾出地方了，你说，你傻不傻？"

"那我就随他们啦？等他们去起诉跟我离婚？"

"那也不必。他不是舍不得三个小孩吗？你去老科协找李会长，告他一状！就说，这项工作已经严重妨碍了家庭和睦，使家庭面临分裂，强烈请求李会长剥夺他的工作权利。以前没有证据，现在有了这么多证据，还怕李会长不支持吗？"

"不行，让出地方就让出地方。每当我想到你爸一大把年纪了，还厚着脸皮装嫩，跟楚绍红说出那些情话，我就浑身起鸡皮疙瘩！我实在一天也过不下去了！至于你，跟我也罢，跟你爸也罢，随你！"

蒋桂英继续找衣服、揣衣服。吕丽婷知道，母亲去意已决了，不由得心里一阵酸楚。

蒋桂英没有吃女儿点的外卖，拎着箱子走了。

出门时她对女儿说："我住到你三姨家。"

中午，父亲也没有回来。吕丽婷有点饿。打开一份外卖，雪白的米饭，喷香的炖鸡，一根根盘在容器里的炒茼蒿，撩动着人们的食欲。

吕丽婷吃了一口米饭，却停下来，抽出一张餐巾纸，擦了擦眼角，又擤了一下鼻涕。

她已经好多年没有流泪了。

第四十四章　法庭调解离婚案

蒋桂英到法院递交了离婚诉状。

在此之前，吕忠华曾经给她打过电话，解释过，恳求过；她听完以后，一句话不说，挂了电话。吕忠华亲自到小姨子家找老伴。小姨子对他很客气，并且说正在尽力劝她；蒋桂英却不跟他见面。

蒋桂英要跟吕忠华离婚的消息，很快传遍了运河小区。吕忠华原先在小区享有较高的知名度，但也不是谁都知道他，谁都认识他；如今出了这件事情，那些认识他的人开始传讲他的故事，不知道他的人也开始打听他。一个老干部，老党员，年过六旬跟初恋情人接上关系，开始移情别恋，被老伴起诉离婚，这件事情太刺激了！难怪人们只要听到"吕忠华""蒋桂英"的名字，就停下脚步，支棱起耳朵听呢！

不过从表面上看，吕家人的生活并没有发生什么变化。除了不见蒋桂英进出小区，吕忠华、吕丽婷每天还是像以往一样，离开小区、返回小区。吕忠华仍然喂他的流浪猫；念亲养的四只猫，一只死了，三只长大了，但是还跟它们母亲一起生活。除此之外，由于三个孩子已经上学，只需每周跟他们联系两次、抽时间跟他们的老师交流一下以外，吕忠华也部分地恢复了以往的事情：跳广场舞和打牌。之所以说是"部分"，因为他的大部分时间并没有花在这上面；他更多地上图书馆、待在家里，看女儿推荐给他的教育学、心理学之类的图书。同时，他也懒得出去，他害怕人们的眼光。表面上，虽然人们跟以前一样，看见他就"吕局长""吕局长"地叫，跟他寒暄，但是眼光却跟过去不一样了；探询、不解、疑虑、不屑、同情……不一而足。而这些眼光，正是他所畏惧的。每当他走出小区、走回小区，他都觉得这些眼光射出的一支支箭镞，齐刷刷地落在他的后背上，让他疼到心里。

不过，为了应对老伴的起诉，吕忠华也做了充分的准备。

说实话，他是不愿意离婚的，毕竟跟蒋桂英生活了几十年；虽然不像刚结婚时候那样恋着她，但是早已习惯于有她的身影、声音、气息的日子。更重要的是，如果两个人离婚，就给县里的"青少年犯罪预防工程"抹了黑。一些人会无中生有地说："什么'少防办'呀？就是一帮老头子闲不住了，找个机会风流一下罢了！"这是他最不愿意看到的。

他跟楚绍红交往，一半是为了季宇航的事情，一半是出于怀旧，其中包含着隐隐的同情——四十多岁下岗，五十多岁丧夫，儿子当个普通工人，孙子调皮捣蛋……至于其他的心思，他还真没有动过。

蒋桂英闹起了离婚，吕忠华也能理解。毕竟她有所谓的"城里人"情结；虽然她们那些人后来纷纷下岗，大都混得不怎么样，却忘不了当年做"城里人"的辉煌。他们成家的时候，吕忠华虽然是"国家干部"，但处在"清水衙门"，每个月就那几十块钱工资，其他什么也没有，更别说奖金、分房子了。而蒋桂英虽然是工人，但是月月有奖金，结婚还分房；四十几平方，在当时也算是"大房"了。所以，她有理由瞧不起他。要不是岳父当年目光远大，料定吕忠华有文凭，必定不会久居人下，蒋桂英是绝不会嫁给他这个"农村人"的！而几十年以后，他这个"农村人"竟然跟初恋情人"旧情复燃"，她怎么能受得了呢？

吕忠华问心无愧，但是微信里的证据却让他有口难辩。他可以断定，这些截图都是伪造的；但是他却不明白是如何伪造出来的，因而无法洗清自己。但是，吕忠华毕竟没有老糊涂，他懂得面对一件没有头绪的事情如何处置。他知道，微信是手机里的，手机是归电信、联通、移动三家管的。他就去拜访老熟人、联通党委书记，党委书记给他介绍了一位专家，这位专家让他明白了一件事：从网上非法买两个微信号，分别把微信名、微信头像设置成吕忠华、楚绍红的名称和头像，再一人分饰两个角色，互相发微信，截图，就成了。

可是，只是明白了对方的作案手段还不行，还必须证明你自己确实没有发过这样的微信，这就需要恢复已经删除的微信。然而，吕忠华确实没有发过这些微信，当然也就恢复不出来；显然，以此来自证清白还是行不通的。究竟该怎么办呢？吕忠华去找自己的外甥崔子轩。

谁料到，崔子轩的话又让他陷入窘境。

"即使我把你删除的微信恢复，没有发现任何对方提供的内容，也不能作为证据，"崔子轩说，"因为我只能以个人身份来提供证据，而我又是你外甥。舅妈照样不会相信。"

"这么说，就没有一点办法了吗？"吕忠华非常沮丧，也很着急。

"办法也不是没有，"崔子轩说，"但是必须让舅妈到法院起诉你。"

"你说什么？"吕忠华莫名其妙，"你舅妈已经到法院起诉了，我是为了让她撤诉才来找你的，你反而说让她起诉离婚？"

"舅舅，是这么回事，"崔子轩说，"舅妈到法院起诉你，你提供你的微信号作为证据，法院为了公正地判决，就会要求公安机关协助，对你的微信文件进行恢复，然后出具证明，那才具备法律效力。公安局出具的证明显示，你和楚绍红之间并无微信交流记录，舅妈也就无话可说了。"

"是这么回事啊！那她起诉得好！起诉得好啊！"吕忠华恍然大悟，差点手舞足蹈起来。

吕忠华又把此事向老科协李会长做了汇报。李会长代表老科协到法院做了说明，询问处理这个案件的最佳方案。法官说，他们会尽快处理这个案件，将根据法律程序，对这个案件先行调解，尽量不予开庭审理。

到了法庭进行案件调解的日子。这天上午 9 点，法官、书记员、吕忠华一家三口，一共五个人，围着一张长方形桌子坐着。法官和书记员坐在宽的一边，吕忠华一家分别坐在长的两端，吕丽婷坐在她母亲身边。

在此之前，吕忠华已经跟女儿沟通过了。他说，为了做好调解工作，法院委托公安部门，恢复了他和楚绍红的微信全部内容。他和楚绍红并没有进行微信联系，因而实际上没有什么可供恢复的，公安局只是出具一个证明而已；证明那些所谓的微信截图全都属于伪造。他特意跟吕丽婷交代，调解时她要坐在母亲旁边。

可是，调解工作还没有开始，就出现了令人意外的一幕。

楚绍红带着儿子、儿媳妇出现在调解室里。大家都惊讶地看着他们。法官不知道他们是谁，以为是走错门的，就问道："你们找谁啊？"

吕忠华看见楚绍红一家走进来，搞不清发生了什么事，一下子紧张起来。他忍不住空咳两声，看看蒋桂英，看看楚绍红，尤其注意蒋桂英的表情。他不知道该做出何种判断，如何应对。

　　吕丽婷则看了看法官和书记员，似乎在询问是不是他们请来的。听到法官问他们找谁，才知道楚绍红一家不是他们请来的，于是又看看父亲。而他的父亲也是一脸懵懂的样子。她转脸看看身边的母亲。她知道跟母亲无关，但是她想知道母亲做出什么样的反应。

　　蒋桂英立即认出了眼前的人。一段时间以来，她脑子里每天都是这个人的影子，却没有跟这个人面对面交流过。小区里，两个人曾经有过隔一段距离的相遇，但是楚绍红不认识蒋桂英；而蒋桂英却因为楚绍红跟吕忠华的关系，早就把这个人的模样记在了心里。

　　可是，留在她心里的楚绍红，却跟眼前这个人的形象大不一样。"初恋""小三""二奶""移情别恋"，每当听见这些词语，人们在皱眉讨厌的同时，脑子里自然而然出现的，却是帅哥美女的浪漫形象。吕忠华已经不是帅哥，蒋桂英也没有把楚绍红想象成美女；但是，每当楚绍红在她眼前浮现的时候，却依然年轻，漂亮；还会像小姑娘一样跺脚，扭腰，晃脖子，娇滴滴地说话——总之，一举一动都在讨吕忠华的喜欢。所以，每当想到吕忠华，想到楚绍红，她就气不打一处来，巴不得吕忠华、楚绍红是两只蚂蚁，她一脚把他们碾死！而现在，楚绍红就在她面前站着，她触手可及，却大大地失望了——她并没有那么年轻、美丽，也没有那么轻盈、俏皮，当然不会对着吕忠华跺脚、扭腰、晃脖子、娇滴滴地说话。蒋桂英不由得有点失望；就好像她准备了弓箭、火铳，要伏击前来袭击的老虎，结果大门一开，闯进来的却是一只兔子。当然，在失望的同时，蒋桂英也大大松了一口气。她在问自己："我以前是不是有点疯狂了？"

不过，她马上警惕起来——不能掉以轻心。毕竟情人眼里出西施；也许在吕忠华眼里，楚绍红就跟她蒋桂英想象的一模一样呢！于是，她放开的心脏又紧缩起来，心里不由得画上了一个问号："怎么，来进行面对面争夺了吗？"又一想，不对，她的儿子季广发跟她一起来，而季广发是反对他妈妈跟吕忠华交往的。那么，他们一家联合行动的目的究竟是什么？

没等蒋桂英做出反应，也没等其他人发声，楚绍红就对法官说："法官啊，你们不是在调解案子？我也是这个案子的当事人，不知道我能不能说两句话啊？"

楚绍红并没有作自我介绍，但是法官仔细研究过蒋桂英的起诉书，对里面的人物了然于胸，已经大概知道她是谁了。他问楚绍红："你是楚绍红吧？你有什么话要说啊？我对面有凳子，你们三个人先坐下。"

楚绍红仿佛没有听见法官的话，继续说下去。

"这个事情啊，你们不能怪吕局长啊！你们不知道啊，吕局长为我家孙子尽心尽力，他没有错啊！"

说着，楚绍红剧烈地咳嗽起来。

法官指了指对面说："阿姨，你先别激动，坐下再说。"

方小玲和季广发赶忙扶着楚绍红，走到法官对面的空位子上坐下。

其他人听了楚绍红的话，还没有来得及做出什么反应，蒋桂英这边发出了抗议的声音。

"你是什么意思啊，楚绍红？不能怪吕忠华，他吕忠华什么都没错，那就是我错了？什么都怪我了？哦，你们天天眉来眼去，勾勾搭搭的，你们反倒没有错，不该怪你们？"

楚绍红听了蒋桂英一番话，转脸朝她看去，显得微微一惊，似乎刚刚发现她；但很快就平静了。她稍微打量蒋桂英一眼，伸出左手拇指轻轻地擦自己的眼角。方小玲赶忙掏出纸巾递给她。她接了，却不用，接连眨巴几下眼睛，竭力抑制住将要流下来的眼泪。

"你是吕局长夫人吧？有些话我一辈子都不想说的，我怕丢人。今天当着你的面，当着法官的面，我就说了。我不知道这样做对不对。吕局长是我一辈子都对不起的人；我的父母亲害过人家，让人家入不了党，推荐不上大学；我还抛弃了他跟别人结婚。现在我儿子过得不好，孙子调皮捣蛋，我不知道这是不是报应。你说我跟吕局长勾勾搭搭，眉来眼去，我脸皮有那么厚吗？就是再不要脸的人，能做出先害人家，再拆散人家家庭的事情吗？"

楚绍红说着说着，又忍不住了。她先用纸巾擦擦眼睛，又用纸巾捂住鼻子擤鼻涕。

调解室里静悄悄的，楚绍红擤鼻涕的声音显得非常响亮。季广发的头深深地埋下去。方小玲接过婆婆擤了鼻涕的纸巾，又扯出一张递给她。

蒋桂英见楚绍红声泪俱下，说话带着哭腔，没有一点做作，心里的某一根弦被拨动了。她觉得自己很可能是冤枉了楚绍红。可是，她的眼前又浮现出那一幅幅微信截图，心里的火气就再次被点燃了。她尽量压抑着自己的火气，用平稳的声调说话。

"你是不是要脸要面子的人我不知道。我只知道你和吕忠华聊天的那些微信截图都是真的。你不会告诉我说，那些微信截图也是假的吧？"

蒋桂英的目光紧盯着楚绍红。吕丽婷也看着楚绍红，看她如何回答。法官、吕忠华不约而同地打算张口说话，却被季广发的一个动作挡了回去。

季广发坐得离蒋桂英最近，一直低着头。听了蒋桂英的话，他没有站起来，屁股顺势离开椅子，朝着蒋桂英坐着的方向，两条腿往地上一跪。

他这个举动把大家吓了一跳。蒋桂英不由自主地从椅子上站起来。

"蒋阿姨，我错了，我错了。发给你的那些微信截图都是假的，都是我假造的。"

"假造的？"蒋桂英不相信，跟着问了一句。

"是假造的。我已经对不起您了，不敢再撒谎。"

"微信截图也能假造吗？"

"是这样的。我从网上买了两个微信号，用我母亲和吕叔叔的微信名和头像做登记，再在两个微信里互相发信息，然后截图，保存起来。然后就发给您了。我错了。"

蒋桂英低着头，盯着季广发的后脑勺，半疑半信。

这时候法官说话了。

"这位师傅是季广发，是吧？季广发，你先站起来，啊，先站起来。我们这里不兴下跪。蒋阿姨，我跟你解释一下这件事情。季广发不说，接下来我也要向你宣布的。公安部门的鉴定表明，季广发给你发的微信截图都是假的。从已经恢复的吕局长、楚阿姨的微信看，根本没有这些内容。"

法官把手里的一张纸举起来示意一下。

"这就是公安局刑侦室的鉴定书，是具有法律效力的。希望你能明白这一点。"

方小玲离开自己位子，去把季广发扶了起来，坐回到椅子上。

　　蒋桂英突然觉得浑身无力，软绵绵地坐下，低了头。她刚才还像一条活蹦乱跳的鲤鱼，如今却像被抽了筋一样，只剩下躺在水盆里张嘴喘气的份儿了。想起一段时间以来，自己使性子，打冷战，离家出走，这都是干什么呀？自己是返老还童回到十七八了，还是患了老年痴呆了？本来是为了面子，为了自尊，可是这么一来，丢人丢尽了，哪还有什么面子、自尊呢？

　　吕丽婷也觉得脸上热烘烘的。自己一个年轻人，脑子不笨，也知道社会上各种骗局，买微信号诈骗的例子也听说过，怎么没有往假造这方面去想呢？让母亲走到了今天这一步，难道自己没有责任吗？她朝母亲看了一眼，见她呆呆的样子，估计母亲也有类似的想法，就把身子贴她近一点，把她的手抓过来握着。

　　吕丽婷还想说两句安慰的话，忽然听方小玲惊叫了一声："妈，妈，你怎么啦？"

　　坐在椅子上的楚绍红脸上冒出豆大的汗珠，脸色蜡黄，双手抱着腹部，渐渐瘫软下去。周围的人见状，忽地一下全都站了起来，迅速向楚绍红走过去。但他们插不上手，只能在旁边观察，发问。

　　"怎么回事啊？"

　　"以前有这样的情况吗？"

　　"打120吧！"

　　吕忠华在人群外侧看了几秒钟，立即取出手机来，给120打了电话。

　　季广发跪在地上大声喊道："妈！妈！"

　　方小玲站在楚绍红左后侧，双手抱着楚绍红，流着眼泪，断断续续地回答人们的发问。

"前一段时间，我妈身体……不舒服，呕吐，肚子疼，就一个人……到医院检查。医生说，我妈患了不全性肠梗阻，还有子宫平滑肌肉瘤……医生让她叫家里人去，她骗医生说家里没有其他人了……她知道这个病治不好，就不打算治了……我们也是刚刚才知道……"

大家听着方小玲的叙述，都沉默不语。屋子里只有楚绍红沉重的呼吸声，以及偶然发出的短暂呻吟。蒋桂英站在楚绍红身后，用纸巾擦眼角。谁也不知道此时此刻她心里在想什么。吕忠华则是一下子明白了，为什么那天他在楚绍红家，楚绍红说出"从此不要再见面"的话。

救护车很快就来了，载走了楚绍红和她的儿子、儿媳。

蒋桂英一声不吭，拎着小包往门外走。吕丽婷紧跟在她后面。吕忠华向法官和书记员点点头，说了声"麻烦了"。

书记员叫他们等一等："调解还没完呢。"

法官笑着说："这个情况，还需要我们调解吗？"

"要他们签字的……"

吕忠华摆了摆手："不好意思，过两天我们来签字吧。"

尾 声

转眼之间，到了第二年的春天。季宇航、杜伊雪、韩俊凯三个孩子即将参加中考。吕忠华想到运河初中去，跟班主任交流一下三个孩子的情况，不料年级阚主任主动打电话来，说要当面向吕局长做个汇报。吕忠华跟他通完电话，想了想就笑了。人哪，真是的，不吃亏不长记性！自从去年被他姑父训过，被梁校长收拾过，阚主任做人小巧多了，亲自当起了三个孩子的指导老师。迄今为止，他已经好几次主动跟吕忠华联系，向他汇报三个孩子的情况了。

听说吕忠华马上就来，阚主任就计算着时间，估计吕忠华快到了，就到办公室门口迎接。他没有把吕忠华带到自己的办公室，而是领进了年级会议室，那里清净、干净，茶叶、水果、水杯、开水一应俱全。

让吕忠华坐定之后，阚主任给吕忠华杯子里放茶叶、倒水，把水果、葵花籽往他面前放，催着他吃。随后，自己带头吃起来，一边吃一边让："吕局长吃，吕局长吃。"

一边吃，一边向吕忠华汇报情况。

"刚刚进行过中考第二次模拟考试，"阚主任说，"三个孩子比起班级前几名来，当然有不小的差距，但是都有比较明显的进步，将来考上高中肯定没有问题！"

"那得感谢你们学校的领导和老师啊！尤其要感谢你这位年级主任！"

"不敢当不敢当！吕局长这么说我就不好意思了。要说谢的话，应该感谢你，还有你推荐的那些教育名著！李希贵说，学生哪里闪光就在哪里打造；我看到苏霍姆林斯基也有类似的讲话，就在他那本《给教师的建议》里面。"

"是啊，教育家不是浪得虚名的，我们好好学习，认真研究，贯彻落实，总会有所收获。"

"吕局长，"虽然没有外人，阚主任也放低了声音，"听人说季宇航的奶奶得了重病，现在怎么样了？"

"唉，别提了，说起来真让人哭笑不得！"

却说楚绍红在法院调解室疼痛难忍，被 120 送到县医院急诊室，经过短暂处理之后，住进了病房里。医生对她进行了全面检查，跟前面楚绍红自己去检查的结果差不多，一个是她患了不全性肠梗阻，再一个是患了子宫平滑肌瘤。问题就出在后面一种病上面。第一次去检查的时候，医生搞错了一个字，把子宫平滑肌瘤错成了"子宫平滑肌肉瘤"，多了一个"肉"字。虽然只是一字之差，其性质可大不一样！前者只是女性最常见的普通良性肿瘤，通过手术割除就可以治愈；而后者就是癌症，手术以后还要进行放疗或者化疗，5 年生存率平均达到 47%。楚绍红见到"瘤"字，心里咯噔一下，有了一种不祥的预感，就问医生要紧不要紧。因为实际检查结果是子宫平滑肌瘤啊，所以医生就说不要紧，手术切除了就好了。可是，楚绍红心里总觉得不踏实，回来以后，就"子宫平滑肌肉瘤"这种病托人咨询医生，得知是不治之症，就做了放弃治疗的打算。

"幸亏她在法院发病，被送到县医院检查，"吕忠华笑着说，"不然还真的麻烦。住院以后，通过两次手术，两种病都治好了。"

"真是不幸中的万幸啊！"阚主任感叹地说。

他们正聊着呢，吕丽婷忽然探进半个身子。

"阚主任好。爸你在这里啊，打电话也不接。"

吕忠华拿起手机拨弄一下，看了看。

"哎呀，不好意思，因为要跟阚主任说话，我把手机弄静音上了。你说，什么事啊？"

"你是真老还是装老啊？昨天就跟你说过了，王相岩爸妈今天来，两家老人见个面……"吕丽婷说着走了进来。后面跟着王相岩。

"叔叔好，阚主任好。"王相岩跟他们打招呼，阚主任忙给他们拉椅子，让他们坐下。

"你放心，你不说我也不会忘的。只是他们从乡下来，我估计得十点以后到嘛，所以就先来阚主任这里了……"吕忠华笑着说。

"你这都是老皇历了。如今家里有车，谁还让他们跟公交啊？那么慢。他们早就到了。还好，我打听到了你的行踪，不然还没法找你呢。"

阚主任给他们倒水，递水果、葵花籽。

"你们什么时候举行婚礼啊？一定要请我喝喜酒！"

"哪能忘了顶头上司呢？到时候一定请你，还保证你坐上席！"

"不能，吕局长女儿结婚，我哪能坐上席？我去给人倒酒！"

他们两个同事高高兴兴地说话；王相岩坐在一旁，面带微笑地看着吕丽婷。吕忠华看到这一幕，心里不由得涌上一阵甜蜜的感觉。女儿终于找到了自己的归宿！

那一天，吕丽婷和小严、小严男朋友乔装打扮，私访王相岩老家，被王相岩父亲当作骗子。误会解除以后，小严和吕丽婷在王相岩父母亲的挽留下，没有立即返回县城，留在王家做客。小严抽空打了电话，把王相岩给叫了回来。

中午这顿饭吃得很温馨。小严偷偷给王相岩父母透露了吕丽婷的身份，让王相岩父母喜不自禁。他们立即上街采买，把洪泽湖里的特产，什么大闸蟹、白鱼、银鱼、青虾、黄鳝、小龙虾、鸡头米、菱角、莲蓬、鲜藕，只要这天街上有的，几乎一样不落地买了回来。他们生长在洪泽湖边，很善于烹调这些特产，做出了跟县城饭馆不大一样，带有浓厚乡土风味的佳肴，让三个年轻人吃得畅快淋漓。

通过一番交谈，一次误会，一顿饭菜，吕丽婷认识了王相岩的父母。觉得他们善良，淳朴，勤劳，能干，宽容。她的心里，也就默许了自己和王相岩的爱情。

吕忠华跟阚主任告辞。临别时，阚主任说："哟，差点忘了一件事情。过两天，我准备安排季宇航他们举行一场篮球比赛，安排韩俊凯他们举行一场无人机表演，让杜伊雪做现场解说员。到时候，准备请三个孩子的家长来。不用说，吕局长更应该来了。我现在就正式邀请你。"

吕忠华却有点迟疑。

"还有两个月就要中考了，这个时候举行比赛、表演，不怕影响他们学习吗？"

"哈哈哈哈，"阚主任笑起来，"您老放心，绝对不会；不仅不会，对他们提高学习成绩还有促进作用呢。"

"这个从何说起?"

"部队作战,要做战前动员;学生考试,考前也要提振他们信心。如何激发他们的斗志,激励他们的精神呢?从他们最擅长的地方入手!没有比这更好的方法了。吕局长,这就是您说过的,哪里闪光从哪里打造!这句话原先说的是长期性的教育,我拿它来作为短期性的激励!我已经试过了,效果绝对好!"

"哎呀阚主任!真是三日不见,当刮目相看啦!你学习得好,用得比我灵活!"

"哪里哪里,吕局长过奖了!"

"好,到时候我一定来!"

"县老科协李会长也来呢。"

"是吗?那太好了!"

两天以后,周五下午。因为是周末,学校提前上完两节课,学生两点半回家。初三篮球队比赛、无人机表演的海报早就贴出去了,一些喜欢看篮球比赛、对无人机感兴趣的学生留在学校。他们的家长、特邀嘉宾三点前都到了,齐聚在篮球场上。

李会长在阚主任的陪同下来到篮球场,吕忠华走上前去跟他握手。

"今天又是吕局长精彩亮相啊!上个月,我们按照你的提议,举办了青少年违法犯罪预防工程研讨会,每个人摆问题,想办法,既务实,又务虚,大家收获很大。你的发言有观点,有内容,得到大家一致好评啊!"李主任夸奖道。

"李会长过奖啦,还不都是你领导有方!要不是你给我这个机会,让我回忆入党经过给我们激励,在我想撂挑子时候给我感动,我哪能有今天啊!"

"这么说我也立了一个小功喽?"

"李会长是大功臣啊！"

两个人都哈哈大笑起来。

杜伊雪父母亲、爷爷、奶奶来了。他们热情地和吕忠华打招呼。吕忠华把他们向李会长做了介绍。

"你就是杜永安？"李会长打量着他，笑着说道，"你可是大名鼎鼎哦！"

杜永安忸怩不安地说："让李会长笑话了。"

吕忠华问杜永安："现在还喝不喝酒？"

杜永安不好意思地摇摇头："不喝了，自从那次戒酒以后就不喝了。现在，父母亲、潘克兰、女儿管得很严，更不敢喝了。"

吕忠华故意夸他："你能戒掉酒，戒掉以后不再喝酒，表明你很有毅力啊。"

杜永安脸红了："哪里哪里，我没有那个毅力。只是不知怎么的，一喝酒就脸上发烧，头晕、头疼，想呕吐。后来一家人住到一起，就更不喝了。"

吕忠华嘿嘿笑了。他没有告诉杜永安的是，半年多以前，为了让杜永安戒酒，他使出的最后一招是：让杜永安服用戒酒硫。戒酒硫是一种药丸，只有确定戒酒的人才会主动服用；而杜永安不愿意主动戒酒，吕忠华就把戒酒硫给了杜永安父母，让他们每天上午、下午，在杜永安喝酒前一两个小时，把药丸磨成粉，偷偷放在杜永安的茶杯里。这样，每当杜永安中午、晚上喝了酒，就会出现上述种种症状。他到医院体检，吕忠华也事先跟医生沟通好了，把饮酒的后果说得严重些，让他觉得不戒酒不行。就这样，杜永安终于把酒戒了。

此后，吕忠华又找潘克兰做思想工作。经过反复沟通，她答应跟杜永安接触，根据情况作出是否复婚的决定。在父母亲的支持下，杜永安对潘克兰母女表现出当初都没有过的热情来，让潘克兰母女重新认可了他。去年春节前他们复婚，吕忠华做了证婚人。如今，一家人过得甜甜蜜蜜。

杨老太特地来看外孙韩俊凯的无人机表演。田文菊不仅自己来了，还请来了几个闺蜜。这几个闺蜜教子有方，她们的子女，当初都是田文菊拿来跟韩俊凯对比的人物。当年，无论哪一样，韩俊凯跟她们的子女相比，都如同乌鸦对凤凰；而今，韩俊凯虽然没有凤凰那么美，却像雏鹰一样，开始展翅高飞了。玩无人机比较烧钱，又很时髦；她们的子女也有参加无人机表演队的，但是比起韩俊凯来都要逊一筹。一段时间以来，韩俊凯破例地得到了许多赞美词，田文菊再跟这些闺蜜们来往，腰杆也就挺直了。

蒋桂英也来到现场。蒋桂英跟楚绍红坐在一起，两个人低着头，小声说着话，不时抬起头来笑一笑。吕忠华看见她们亲亲密密，心里非常高兴。去年，楚绍红住院以后，蒋桂英经常去看她，照顾她，给她送吃的。事后，蒋桂英对吕忠华说，自己无中生有，疑神疑鬼，让楚绍红受委屈，心里很愧疚。其实，让蒋桂英解除思想上疙瘩的，还有两个原因。一个是她们年轻时都漂漂亮亮的，但是因为工作、生活、环境的原因，如今楚绍红更显得老，气质当然也不能与蒋桂英比。再一个，她没想到楚绍红过得那样艰难，身体还不好。跟她一比，蒋桂英过的简直是神仙的日子，还跟人家斤斤计较干吗？不过，这两个原因她不好说出来。蒋桂英也是个善良的人，从那以后，她就经常接近并帮助楚绍红；自己买什么好吃的多买一份，买衣服也给她捎带一件。她的做法影响了闺女，吕丽婷给母亲买东西，总是买三份：一份给母亲，一份给未来的婆婆，再一份是给楚绍红。

李会长看见楚绍红、蒋桂英坐在一起，亲密无间，扯了扯吕忠华，向她们那边示意了一下。

"你小子有福气哟！"李会长开玩笑地说。

"有福气也是你李会长给的呀。"吕忠华脸红到了脖子根。李会长哈哈大笑起来。

三点钟，篮球比赛开始。两支球队，一支叫火箭队，一支叫神舟队。只听裁判一声响亮的哨音，篮球高高地飞向天空，"嘭！"被几只手掌击中，飞开，又被一位队员抢到手，开始运球。

季宇航属于火箭队，穿11号球衣，打的是大前锋。吕忠华也懂得一点篮球，知道大前锋这个活儿不好干，可以说是吃苦最多，立功最少。他要抢篮板、要防守、要卡位，但是投篮和得分，他却常常是最后一个。为什么选择这么一个吃苦不讨好的角色呢？是不是因为他是队长，要团结队友？吕忠华隐隐觉得，季宇航从小就懂得这个，将来会有较大的发展空间。

比赛有序进行。杜伊雪充当解说员，声音清脆悦耳。

"大家看场上，神舟队前锋12号运球迅猛，到了篮板底下，火箭队危在旦夕。不要慌！火箭队大前锋11号开始卡位！你看他双臂张开，双腿半蹲，腰肢下沉，虎视眈眈……12号起跳，投篮！篮球偏向左前方，没有进球！11号拦截成功！"

吕忠华听着杜伊雪的解说，不禁有点奇怪。没想到她的口才这样好，还懂得篮球知识。

篮球比赛结束。季宇航所在的火箭队，以二比一的成绩胜了神舟队。

大家集体转移到运动场，准备观看无人机表演。韩俊凯和一群孩子，每个人手里都提着一个包，里面装着表演用的无人机，在熙熙攘攘的人群里，显得格外抢眼。

吕忠华加快脚步，赶上韩俊凯，问他道："怎么样？有把握吗?"

"你放心吧，吕爷爷。"韩俊凯咧嘴笑道。

此次表演也含比赛，裁判都是无人机培训班的老师。一般而言，无人机比赛项目有S形绕桩赛、平台起降赛、应用航拍、投掷物品、定点飞行等。今天他们只进行两个比赛，即应用航拍和S形绕桩赛。

五点钟，比赛开始。一架架无人机从平地起飞，飞向各自预定的拍摄景点。在它们的镜头里，运河上的A型斜塔斜拉桥红光四射，桥下流水碧透，百舸争流；生态公园苇叶丛丛，小荷依依；板栗园枝条掩映，秋千影斜；植物园莺歌燕舞，曲径通幽……

春风吹过千里运河，来到这最美县城，它蹒跚了，陶醉了。